Hasta el fin del mundo - Libro 1

Sarah Lyons Fleming

Hasta el fin del mundo

Libro 1

Translated by Pilar de la Peña Minguell

Podium

Hasta el fin del mundo - Libro 1

Translated by Pilar de la Peña Minguell

Original title: *Until the End of the World*

Original language: English

ISBN: 978-1-0394-6039-3

1st edition

www.podiumentertainment.com

*A Sadie y Silas: os quiero, friquis míos,
hasta el fin del mundo y después*

Hasta el fin del mundo - Libro 1

Capítulo 1

Hoy es uno de esos días de primavera en los que antes me parecía que cualquier cosa era posible, que todo terminaría saliendo bien. Me encantaban esos días. Claro que eso era antes de que empezara a evitar la primavera por completo.

No es fácil evitar una estación entera, sobre todo una tan espléndida, pero, durante los últimos tres años, lo he conseguido. Bajo las persianas, me mantengo lejos de la luz del sol y me encierro para no despertar recuerdos de aquella primera primavera terrible.

Pero este año parece distinto. No puedo evitar disfrutar de la brisa que promete la llegada del verano. Hace uno de esos días que te dan brío al andar, uno de esos en los que piensas que la esperanza hace eterna la primavera.

Anoche soñé con Adrian, pero no fue el sueño de siempre, ese con el que despierto llorando con una sensación de vacío en la boca del estómago. Estamos sentados en los escalones del porche de la cabaña de mis padres, con las piernas estiradas y los pies apoyados en el suelo. Yo estoy moviendo los dedos de los pies. Y ya está. Las abejas zumban entre las flores y los árboles susurran a merced del viento, sí, pero ya está. Hay un silencio absoluto. Y mucha paz, de esa que, más que acompañarlo, emanaba de él. Al despertar, la sensación se ha quedado conmigo y he empezado a pensar que a lo mejor podría volver a hacerla mía.

La coleta morena de mi amiga Penny va meciéndose según vamos dejando atrás los edificios de piedra rojiza y los bloques de apartamentos de nuestro barrio de Brooklyn, camino del trabajo. Aunque se lo cuento casi todo, no le he hablado de esa sensación que tengo. Soy como una ardilla con una nuez: quiero esconderla, ponerla a buen recaudo, darle vueltas y vueltas y examinarla.

—Te has puesto las sandalias nuevas —dice Penny mirándome de reojo los pies.

Asiento. Aún hace demasiado frío, pero me he puesto las delicadas sandalias de esparto de todas formas. He pensado que igual me hacían sentir femenina y fuerte, que igual me ayudaban a reconciliarme con la primavera. Pensar que un calzado puede conseguir todo eso es una idiotez, pero cualquier ayuda es bienvenida.

Penny levanta la cara al sol y suspira de gozo. Vino de Puerto Rico a los diez años, cuando murió su padre, y, aun ahora, sigue tomándose el invierno como un ataque personal.

—A mi madre la llamaron anoche, por algo relacionado con el virus LX —dice Penny y se planta las gafas retro en lo alto de la cabeza, donde deben ir—. Dice que está habiendo muchos casos en Nueva York.

El bornavirus LX se ha propagado por todo el mundo en los últimos días. Aquí, de momento, solo se había encontrado en los estados del centro y el oeste. No ando muy al corriente porque en primavera siempre desconecto.

—¿Te ha dicho cuántos?

—No, pero está convencida de que la cuarentena de San Luis es señal de que la cosa se va a poner fea.

—¿San Luis está en cuarentena? —Me sorprende que hayamos llegado a ese punto.

—Sí, desde última hora de ayer. Chicago también. Y se ha suspendido el tráfico aéreo procedente del oeste. —Nos detenemos a la puerta del centro cívico de Sunset Park, donde trabajamos las dos—. ¿Cómo es que no te has enterado? Sueles ser tú quien me cuenta estas cosas.

—Ando distraída. Esta mañana no he oído las noticias.

Quiero contarle más, pero no sé qué otra cosa contarle. No es más que un cambio de mentalidad o algo así y, si al final no lo consigo, tampoco quiero proclamar a los cuatro vientos mi fracaso. Penny echa un vistazo alrededor y tuerce los labios.

—James me besó anoche —le dice al hormigón.

—¿Que James qué! —grito. Me pide que calle y yo bajo la voz—. ¿Venimos juntas todo el camino y me lo cuentas ahora? A las… —Miro la hora en el móvil—. Mierda. Hay reunión. Me tengo que ir.

Penny sonríe. Lo ha hecho a propósito, para que no le diera la tabarra todo el camino hasta el trabajo.

—¡Lo sabía! —digo y frunzo los ojos, fingiéndome molesta, aunque estoy sonriendo—. ¡Tenemos veintiocho años y sigues sin decirme cuando te gusta alguien! Nelly y yo lo estábamos esperando. Me lo vas a contar todo luego, que lo sepas.

—Me piro —canturrea mientras yo subo las escaleras.

CAPÍTULO 2

ESTOY SENTADA A mi mesa, pensando en atizarle al ordenador rebelde con la grapadora, cuando oigo una voz.

—Pssst, Cassie. —Asoma la cabeza de Nelly por encima del panel que separa su cubículo del mío—. Luego tomamos algo. —Abro la boca para negarme, pero menea la cabeza y me dedica una amplia sonrisa de dientes blancos—. Ni te atrevas a decir que no —me amenaza con su dejo arrastrado antes de desaparecer detrás del panel.

Suspiro y me calzo las sandalias para defender mi postura. Seguro que esta vez Nelly se alegra de que me raje. Me siento enfrente de su mesa y mezo el pie.

—¿Estrenas sandalias? —pregunta.

Las cualidades mágicas que les he otorgado esta mañana no se han materializado. De momento, lo único que he conseguido de ellas es un escozor sospechoso de principio de ampolla en varios sitios. Tengo los dedos de los pies helados. Veo que el esmalte de las uñas se ha descascarillado, como de costumbre.

—¿Te gustan?

—Sí, sí, son estupendas. ¿Tú me has visto a mí alguna vez mucho interés en un calzado? —Se pasa la mano por el pelo rubio revuelto y se hace el ofendido—. No, has venido a decirme que no te vas a tomar algo conmigo.

Nelly es alto, fuerte y exageradamente sano. Está claro que se ha criado en un sitio donde comían ternera, bebían leche entera y tomaban el aire fresco y el sol. Sin esa sonrisa permanente, puede parecer hasta antipático. La perfeccionó cuando jugaba al fútbol en su instituto de Texas, donde es imprescindible el dominio de la expresión facial, sobre todo si eres gay.

Suspiro.

10

—Yo preferiría salir, de verdad, pero voy a intentar romper con Peter esta noche.

Suelta un chillido, al estilo texano. Ahora que se lo he contado, no puedo echarme atrás en el último momento sin que me castigue por ello. Ya me estoy arrepintiendo.

—¡No lo vas a «intentar», gallina! —dice, golpeando la mesa con el boli y señalándome después con él—. Esta vez lo vas a hacer. Pero primero nos tomamos una para que cojas fuerzas. —Río porque veo que se va a salir con la suya, claro—. Sus ojos azules me miran muy serios—. Más vale que cortes del todo. O lo hago yo. Te juro que esta vez lo hago.

Me rindo: voy a necesitar una copa. De hecho, me la tomaría ahora mismo.

—Vale. —No parece convencido—. Que sí. Te lo prometo. —Apoyo la cabeza en su escritorio y gimoteo—: Me repatea esto. ¿Por qué tengo que cortar?

—Porque sales con la gente equivocada, cariño —contesta dándome unas palmaditas en la cabeza.

Le saco la lengua justo cuando James, el informático a tiempo parcial, asoma la cabeza al cubículo con un rubor de emoción en sus mejillas angulosas.

—Tíos, venid a ver esto —dice—. El virus ya está en Nueva York.

Lo seguimos por el pasillo hasta la sala de conferencias. Aunque me muero de ganas de preguntarle por Penny, me abstengo de hacerlo porque ella me mataría.

Nuestros compañeros están sentados en sillas y en la mesa alargada, con los ojos clavados en el presentador de las noticias.

Desde ayer, se ha localizado el bornavirus LX en los cinco distritos. El virus apareció por primera vez en Long Xuyen, Vietnam, la semana pasada y, desde entonces, se ha extendido por todo el mundo. Anoche entraron en cuarentena ciudades del centro y el oeste del país, como Denver, Chicago y San Luis, y los gobernadores de los estados han declarado el toque de queda obligatorio. El virus, que se propaga con rapidez, produce daños cerebrales que incitan a los contagiados a perpetrar ataques violentos y propagar la enfermedad a través de sus fluidos corporales.

Según las autoridades, el virus está bajo control. Las personas que tengan fiebre o dolor articular deberán acudir de inmediato a su médico o al servicio de urgencias. Por favor, no intenten curar por su cuenta a sus seres queridos enfermos. De momento, los centros de control y prevención de enfermedades, los llamados CDC, y el Ministerio de Sanidad no han facilitado estimaciones del número de contagios. Les facilitaremos más detalles en cuanto dispongamos de información.

James me mira con una ceja enarcada, suelta un bufido y se dirige a su sitio. Teclea como un poseso. No le pregunto qué hace porque sé que en cuanto termine vendrá a contármelo.

Nelly y yo enfilamos el pasillo con parsimonia. En circunstancias normales, peinaría la red en busca de información sobre el virus, pero me ha entrado por un oído y, cuando llego a mi puesto, casi me ha salido ya por el otro. No pienso en otra cosa que en la táctica que voy a emplear para cortar con Peter. Está la de «podemos seguir siendo amigos» y la de «no es culpa tuya, sino mía», y luego está el hecho de que soy imbécil por salir con Peter, para empezar, y encima haber aguantado tanto tiempo.

—Oye, ¿qué te parece esto? —le digo a Nelly—: «Peter, soy imbécil. Y no puedo seguir contigo porque soy imbécil».

—Se te da de pena —contesta y me pasa el brazo por los hombros para que deje de temblar. No llevo muy bien esta espera tan tensa—. Luego te doy unas pautas mientras nos tomamos algo. Cuando quedes con él, solo tendrás que recitar tus frases. ¿Vale?

Asiento sombría.

—Nelly, ¿y si me caso contigo y ya está?

—Cariño, tú y yo ya sabemos con quién deberías casarte, y esa puerta seguramente sigue abierta.

Se refiere a Adrian. Estuvimos prometidos, hasta que yo lo estropeé.

—Eso es agua pasada, Nelly. —No soy capaz de decir el nombre de Adrian en voz alta porque me echo a llorar, lo sé—. Ya hace dos años.

—Está en el noreste, Cass. Te lo podría localizar. Si quisieras.

Me arde la cara. No he hecho muchas cosas de las que me avergüence, cosas que me hayan dolido, pero lo que le hice a Adrian es de las gordas.

Que Nelly saque el tema hoy debe de ser una señal. ¿Y si le dijera «De acuerdo. Adelante, localízalo»? Dudo que a Adrian le hiciera mucha gracia saber de mí, pero aún conservo esa sensación que me ha producido el sueño y quiero que se haga realidad. La ansío tanto que puede que esté dispuesta por fin a arriesgarme y averiguarlo. Justo cuando abro la boca y busco las palabras me suena el teléfono. Nelly me mira como diciendo que espera respuesta y se marcha. Cojo el teléfono.

—¡Hola, Cassandra! —grita Peter por encima de un fuerte estruendo.

—¿Dónde andas? Suena como si estuvieras en medio de una pista de aterrizaje o algo así.

—Eso mismo. Estamos en un aeropuerto privado de aquí, de Washington D. C., esperando el *jet* que nos lleva a Nueva York. Se ha retrasado. Por lo visto, tenemos «prioridad baja». Hay diez senadores y sus familias por delante de nosotros.

—Será que Philip Morris está regalando vacaciones si votas sí a una propuesta de ley a favor de que los jóvenes fumen —bromeo.

—Sí —contesta sin el menor indicio de que le haya hecho gracia. A veces le flojea el sentido del humor—. El caso es que no sé si vamos a poder salir esta noche. Llegaré tarde, pero igual me paso por tu apartamento y así te veo a primera hora de la mañana. Te echo de menos.

—Claro. Bien. Tienes llave, pásate cuando sea —digo con voz de pito, perfectamente consciente de que yo no lo echo de menos a él—. Nos vemos por la mañana.

—Hasta mañana, entonces —dice y cuelga.

Me lo imagino en el aeropuerto, guardándose el móvil en el bolsillo de la chaqueta de ese diseñador del que yo jamás he oído hablar y pasándose la mano por el pelo moreno, para ir después, decidido, en busca de la persona que parezca más influyente de todo el aeropuerto y convencerla de que su vuelo tiene prioridad sobre el del Air Force One.

Se me asienta el estómago ahora que he conseguido posponer la ruptura. Cuando llegue a casa esta noche, me fingiré cansadísima o borrachísima o lo que sea. Sé que soy una cobarde, pero es que no me gusta herir los sentimientos de nadie, aunque no me caiga muy bien o, en el caso de Peter, me quiera hacer creer que no tiene ninguno. Pero, en el fondo, sí, soy una gallina.

Me he pasado el último año convenciéndome de que Peter no es tan superficial como parece, pero ya no lo tengo tan claro. Lo cierto es que, al principio, hasta me gustaba lo fácil que era salir con él. No se empeñaba en saber lo que yo sentía. No podía compararme con la persona que había sido hacía dos años. Cuando lo conocí, yo salía de una niebla de dos años, pero ahora, según se ha ido disipando la niebla y he vuelto a ser la que era, no le he visto, en ningún momento, siquiera un destello de autenticidad.

He adoptado una postura de lo más pasivo-agresiva y preferido esperar a que fuera él quien rompiera. Me he ido distanciando de él cada vez más e incluso me he mostrado descaradamente molesta con él. Es obvio que esa estrategia no ha surtido efecto. Tengo que imaginarme el después, no el momento de la ruptura. Necesito que pase pronto.

—Te lo tienes que quitar de encima como si fuera una tirita —oigo la voz de Nelly por encima del panel separador.

—¿Cómo haces para leerme el pensamiento, Nelly? ¡Me produce escalofríos!

—Parece que te ha dado un respiro. Más tiempo para emborracharte, digo ¡para ensayar!

Entra James con un cigarrillo sin encender y su iPad. Me recuerda a una mantis religiosa, todo extremidades flacas y largas. Se pasa el día pegado a un ordenador o una *tablet*, fumando como si no un hubiera mañana. Me lo imagino metiéndole fichas a Penny y sonrío.

—Hola —digo.

Se deja caer en la silla y me pasa el iPad, abierto por la página de un blog.

—Mira esto, Cass. Es sobre el bornavirus LX. Es más grave de lo que dicen.

En mi casa, a la hora de cenar se hablaba con entusiasmo del caso Roswell, del agotamiento de los recursos naturales del planeta y del nuevo orden mundial. A James le encantan esas cosas, así que he encontrado un alma gemela en él.

Leo en voz alta: «Parece que, a medida que va propagándose, el virus ha mutado. Los últimos informes recibidos indican que el paso de la infección a la fase final puede ser cuestión de horas».

—En la fase final, la persona se vuelve loca —dice James metiéndose la melenita de color castaño claro por detrás de la oreja—. Entonces atacan, que es como se está contagiando la gente. Lo llevan en la saliva y en la sangre. En una página dicen que llevan veinticuatro horas emitiendo en bucle las mismas imágenes de Chicago porque es un desierto. Conozco a un par de blogueros de allí y sus sitios webs llevan un día entero sin funcionar.

Según una gráfica, se calcula que a mediodía de hoy habrá cincuenta mil contagiados en la ciudad de Nueva York.

—¡Qué locura! —digo—. ¿Cincuenta mil? No van a poder esconder a tantos enfermos. ¿Y aún nos están diciendo que no es grave?

—Ya —contesta manoseando el cigarrillo—. No pondrían en cuarentena a las grandes ciudades si no fuera grave. Los hospitales empiezan a estar al límite de su capacidad.

Pienso en la madre de Penny, María, que es enfermera. Ella sabrá lo que está pasando.

—Sí, bueno, tampoco me extrañaría que el Gobierno no nos cuente nada hasta que estemos jodidos —suspiro—. Tengo que terminar esta circular. Mi ordenador va fatal.

En cuanto se menciona un ordenador, a James se le enciende algo dentro. Me aparta y trastea con el cacharro. Niega con la cabeza.

—Tía, mira cómo tienes el escritorio. ¿Seguro que no le quieres meter algún otro acceso directo?

No le digo que lo he limpiado hace poco y creía haberlo dejado perfecto.

Le levanto un mechón de pelo y escudriño debajo, decidiendo ignorar sus calumnias sobre mi persona.

—¿Vienes esta noche?

—Ah, sí, lo de esta noche. —La sonrisa le ilumina la cara—. La preparación para la gran ruptura.

—Nelly, eres un bocazas —digo, porque sé que me está escuchando—. No, me he librado de eso. Lo de esta noche es solo para pasar un buen rato de los de toda la vida.

—Y buscar la estrategia de ruptura perfecta para Cassie, James —oigo a Nelly al otro lado del separador—. Igual nos puedes ayudar. Cass se ha liado con el tío equivocado, como todos sabemos.

—¿Te vale «Te pasas el día pegado a ese ordenador y estoy harta»? Es la que conozco mejor —dice James con una sonrisa.

—¿Qué tal «¡Te importa más esa empanadilla precocinada que yo!»? —grita Nelly.

James ríe mientras obra la magia que sea en mi ordenador.

—Las chicas dan más problemas que alegrías. A mí no me importaría pillar una empanadilla precocinada. Hace años que no me tomo una.

—Penny viene esta noche —tercio con inocencia. Se oculta bajo la melena—. Y tú, Nelson —añado, señalando con el dedo el panel separador—, no eres quien para hablar del «chico equivocado». ¿Cuántos novios has tenido desde que te conozco?

No contesta. Sonrío triunfante. James ya está enfrascado en su iPad.

—Guau, tengo que echar un vistazo a esto —dice y se marcha despacio.

Capítulo 3

Poco después susurro por encima del panel que separa mi cubículo del de Nelly.

—Tengo un cotilleo que aún no sabes. Ja, ja.

—Ven aquí enseguida —me ordena.

—No, tengo lío.

—Tú no sabes lo que es eso. Si apenas trabajas. No haces más que diseñar circulares y organizar mierdas artísticas para la comunidad.

Sonrío.

—Bueno, tú solo te haces el simpático para que nos den dinero. Y...

—Y por eso te pagan. Así que ven aquí ahora mismo o recaudo menos este año a propósito para que te quedes en paro.

Río y me paso a su cubículo, donde me espera con una sonrisa de autocomplacencia.

—Pues que James y Penny se besaron anoche.

Se frota las manos de júbilo y yo le devuelvo la sonrisa.

—Cuando salimos unos cuantos la semana pasada, se pasaron toda la noche hablando —dice—. Me pareció que saltaban chispas. Me olvidé del asunto porque ya nos habíamos dado por vencidos con ellos dos.

—Lo tenemos crudo. James dice que no quiere novia, pero...

—Pero ¿qué? —pregunta James, recostándose a la entrada del cubículo con una sonrisita.

—Pero yo creo que no besarías a cierta persona si no te interesara, en plan novia —digo tirándole de la manga de la camiseta, porque James no se arregla mucho para venir a trabajar.

—Esa frase no tiene ni pies ni cabeza —dice intentando desviar la acusación, pero se ha puesto como un tomate.

Doy botes como una niña de tres años, pero, como no quiero espantarlo, cambio de tema.

—Oye, ¿se sabe algo más del bornavirus?

Nelly menea la cabeza exageradamente.

—¿Ya estáis con las teorías conspiranoicas? ¿Qué pasa ahora, que esto es un complot del Gobierno para acabar con la sociedad como la conocemos e implementar un nuevo orden mundial?

James pone los ojos en blanco.

—No, tío. Puede que sea alguna enfermedad o arma biológica que se les ha ido de las manos. Pero, sea lo que sea, está por todo el mundo. Están diciendo que vayamos enseguida al hospital si enfermamos, pero no dice si se cura o no. Y no se sabe de nadie que haya enfermado y mejorado. En algunas ciudades chinas ya han impuesto la ley marcial. Si te ven por la calle, te pegan un tiro.

—¿En serio? —pregunto.

—En China siempre te pegan un tiro si te ven por la calle, amigos míos —replica Nelly—. Gobierno opresor, ¿os suena?

Nelly siempre nos desbarata la teoría de que alguien, en alguna parte, está tramando algo que no quieren que sepamos. Si no fuera por él, a estas alturas, James y yo ya nos habríamos pertrechado para el apocalipsis una decena de veces.

—Cierto —reconoce James—, pero aquí tengo imágenes de una ciudad alemana, tomadas hace horas.

James nos pasa su iPad, donde vemos cómo unos soldados retienen a un grupo de transeúntes mientras disparan a unas figuras que se acercan en bloque y que caen al suelo para espanto de los curiosos, pero está oscuro y se ve mal, con lo que a Nelly no le impresiona.

—A ver qué dicen en las noticias —propone Nelly con un suspiro y nos lleva a la sala de conferencias—. No me vais a dejar hacer nada hoy como no consiga impedir que Cassie nos meta a todos en su búnker hasta que se pase el furor de todo esto.

—¡Oye, no te burles de mi búnker! —protesto.

—¿Tienes un búnker? —pregunta James—. ¿Cómo es que yo no lo sé?

—Es la casa de mis padres en las afueras. Sigue llena de comida y eso. Como para un año.

James silba. Sabe que mis padres eran campesinos de fin de semana y que tenían montones de comida en casa, pero supongo que no he mencionado que todo eso sigue allí.

Echo de menos la cabaña después de mi sueño de anoche. Está tan retirada que mis padres siempre decían medio en broma que sería el sitio perfecto para hacer frente al apocalipsis. Era un sitio en el que yo solía leer horas en una hamaca bajo los árboles, me hacía una ensalada con cosas del huerto cinco minutos antes de cenar y pasaba el verano jugando con mi hermano pequeño, Eric, y nuestros vecinos más próximos.

También es el sitio en el que Adrian y yo esperamos sentados a que llegaran mis padres, un viernes por la noche de abril, hace tres años. No volvieron. Nunca supieron que Adrian se me había declarado la noche anterior. Se habrían puesto contentísimos. Adoraban a Adrian casi tanto como yo.

Adrian y yo habíamos estado sentados al calor de la estufa de leña. Él se recostó en el sofá y empezó a hojear uno de los catálogos de energía solar de papá. Yo aún tenía los pies helados de haberme caído a un arroyo durante nuestra excursión y se los planté en el regazo.

—Hola, guapo —le dije y meneé los dedos para que me diera un masaje.

Le salió el hoyuelo. Me encantaba el aire de chavalillo que le daba, a pesar de la barba oscura, que ya empezaba a asomar de nuevo por la noche.

—No sé —contestó, retomando nuestra discusión previa sobre la boda—. A mí me gusta toda la parte de obediencia de los votos.

—Puse los ojos en blanco, sin picar el anzuelo siquiera—. Yo ya te obedezco —añadió sonriente y me levantó el pie para respaldar su argumento—. Va siendo hora de que lo hagas tú también, o que por lo menos me escuches si te digo que no saltes por las piedras porque resbalan, cuando lo único que quiero es que no te empapes.

Se refería a lo que había pasado antes, cuando yo había rechazado la mano que me tendía para cruzar el arroyo y le había dicho que podía saltar perfectamente de una piedra a otra, justo antes de resbalar y caerme al agua.

—¿Sabes que Laura Ingalls le dijo a Almanzo Wilder que ella no aceptaría la palabra «obedecer» en sus votos? Le dijo que no podría obedecer a nadie en contra de su propio criterio. —Cuando lo había leído por primera vez de niña, me había impresionado muchísimo.

—Tu heroína. Pero te ha fallado el criterio con esas piedras. Y la… aptitud física —añadió, esbozando una sonrisa. Era la única persona del mundo que encontraba enternecedora mi torpeza.

—Soy la viva imagen de la agilidad. ¡Venga, ponte a ello! —le dije meneando de nuevo los pies.

Me agarró el pie y lo besó; luego hizo una pequeña reverencia y obedeció.

Cuando por fin vimos el resplandor de unos faros por la ventana, me levanté de un salto. Aunque mis padres fueran jipis de los que odiaban los móviles, siempre llamaban, y yo estaba lo bastante inquieta como para haber preparado incluso un minisermón.

Salí al porche y me sorprendió ver a Sam, el *sheriff*, que se quitó el sombrero con manos temblonas. El haz de luz del foco con sensor de movimiento le dejó el rostro en sombra. Nunca es buena señal que el *sheriff* venga a tu casa y se quite el sombrero. Yo no había tenido esa experiencia antes, pero estaba convencida de ello. Reculé en el umbral de la puerta, como si, de ese modo, pudiera escapar de lo que iba a decirme.

—¿Cassie? Cassie, tus padres han tenido un accidente en la otra punta del pueblo —dijo Sam, acercándose a mí en actitud suplicante.

Lo vi demacrado cuando entró en el rectángulo de luz que la puerta abierta proyectaba en el suelo, como si la gravedad estuviera haciendo horas extra en sus carrillos y en los rabillos de los ojos. Me agarré a la puerta. Adrian me puso una mano en el hombro.

—¿Se encuentran bien, Sam? —preguntó—. ¿Dónde están?

Sam negó con la cabeza y parpadeó.

—Lo siento mucho, Cassie. Lo siento mucho —contestó, agarrando el sombrero tan fuerte que se le pusieron blancos los nudillos—. Han muerto los dos en el acto. Parece ser que han derrapado en un charco de barro y se han estrellado contra un árbol.

—Vale —dije y me metí en la casa temblando como un flan. —Me senté en el sofá. Adrian se sentó a mi lado y me cogió la mano. Vi que lloraba mientras intentaba abrazarme. Me quedé allí sentada, tiesa como un leño, preguntándome qué debía hacer y decir a continuación, como si hubiera olvidado cómo se comporta un ser humano. No recordaba lo que hacía la gente en esos casos—. Vale —repetí impotente—. Sam, ¿qué debo hacer?

Puede que a Sam le pareciera desalmada por no llorar. Mis padres y él eran amigos. Solían hablar relajadamente de huertos y de caza mientras se bebían una cerveza casera en el porche.

En cambio, al levantar la vista, solo vi compasión en sus ojos. Él ya había dado ese tipo de noticia antes, y se me ocurrió que no se habría mostrado tan compasivo de haber sido yo la única destinataria insensible e incapaz de derramar una lágrima. Luego me pregunté por qué estaba pensando semejantes disparates en vez de sentir algo.

—Vas a tener que venir al hospital, Cassie. Lo siento. No hace falta que sea ahora mismo.

Me levanté enseguida porque no se me ocurría qué más podía hacer y salí por la puerta envuelta en el brazo de Adrian. He vuelto una vez, a esparcir las cenizas de mis padres por la tierra que amaron y en la que pensaban terminar sus días. No la he vuelto a ver desde entonces.

La noticia suena atronadora por la sala de conferencias.

… que no cunda el pánico. Hay mucha información falsa en internet y es preferible consultar los datos sobre el bornavirus LX recogidos en la página web de los CDC, que sospecha que habrá unos miles de casos en la ciudad de Nueva York. Quienes tengan fiebre alta o dolor articular, o hayan estado en contacto con alguien al que crean infectado, deberán acudir al hospital más próximo para recibir tratamiento. Según los especialistas, la medicación antivírica debe administrarse de inmediato para que su efectividad sea óptima.

Miro a James con una ceja enarcada.
—La primera vez que lo oigo —dice él.

No dejen de sintonizar New York One para mantenerse informados sobre el bornavirus LX. Dentro de una hora les ofreceremos las declaraciones en directo de la Consejería de Sanidad.

Nelly se vuelve hacia nosotros.
—¿Veis? Unos miles de casos, no es para tanto. Esquivamos a los chiflados y nos tomamos unas copas.
—Igual no deberíamos salir —propongo, presa de un mal presentimiento—. Aunque no sea ni mucho menos tan grave como dicen esas webs, seguro que es peor de lo que lo pintan las «autoridades». Podemos vernos en mi casa.
—¡No! —exclama Nelly con una mueca de fastidio—. ¡No nos vamos a cargar el viernes por la noche!
Le doy un puñetazo.
—Gracias. No sabía que mi casa fuera casi como el infierno.
—Ya sabes a qué me refiero. ¿Y si vamos a Paddy's? Así solo estamos a cuatro manzanas a pie de tu casa, en caso de que queramos largarnos. Que no va a pasar.
—Por mí, bien —dice James—. No creo que la cosa esté tan mal como para que no podamos salir. Además, a Nel solo una explosión nuclear le impediría salir un viernes por la noche.
Nelly asiente enérgicamente.
—Vale, tú ganas —digo—. Igual estoy siendo una boba.
Las noticias oficiales y las extraoficiales son demasiado dispares: la diferencia entre cincuenta mil y unos cuantos miles es enorme. Alguien se equivoca, o miente.

CAPÍTULO 4

Pillo a Penny en la cocina de arriba durante su descanso del grupo de preescolar, del que es coordinadora.

—Entonces, ¿de verdad vas a romper con Peter esta vez? —pregunta sin disimular la alegría que le produce la noticia.

Gruño. Nelly debe de haber mandado un correo electrónico o un mensaje a todo el mundo.

—Yo a Nelly lo mato. De todas formas, te lo habría contado en los próximos cuatro segundos. Lo he decidido esta mañana. A este paso ni lo voy a tener que hacer, porque se va a enterar antes de que lo vea. —«¡Ojalá!»—. Sí, voy a romper, pero esta noche no. Está atrapado en Washington D. C.

Penny me aprieta la mano: sabe cuánto temo esa ruptura.

—¿Quién más viene a tomar algo esta noche? —pregunta, de pronto interesadísima en el contenido de la nevera.

—Bueno, viene James. Lo acabo de ver. Me ha dicho que besas muy bien.

Se sonroja su piel acaramelada.

—No, no le has dicho nada —me dice; luego se queda pasmada y abre mucho sus ojos pardos—. ¿Verdad?

—¡Pues claro que no! —Hace ademán de tirarme la botella de agua y yo me agacho—. Solo te vacilo por no habérmelo contado enseguida. Boba. —Me siento y la invito a que se siente a mi lado, dando unas palmaditas en el asiento—. Venga, cuéntame.

Vuelve a ruborizarse.

—Vale, vale. No sé. Anoche me preguntó si me apetecía que nos viéramos, y nos tomamos un café y después nos besamos. Supongo que ya me gustaba un poco. Se me hace raro, habiendo sido amigos tanto tiempo.

—Tú también le mooolas —digo canturreando y le masajeo el hombro.

Se inclina hacia delante, entusiasmada.

—¿En serio?

—Ya te digo. Se ha puesto colorado cuando…

Penny niega con la cabeza y cierro el pico justo cuando James entra y va derecho a la nevera. Ella me mira los pies y cambia de tema.

—No sé cómo puedes andar con esos taconazos de dos centímetros y medio —dice riéndose, porque sabe que, en efecto, no puedo.

—Ha sido un reto —contesto meneando los deditos—. Creo que me están haciendo ampollas. Igual abril es un poco pronto para llevar sandalias. Tengo los pies helados.

—Bonito esmalte —dice, y yo me vengo con un codazo.

James mira a Penny, sin apartarse el pelo de la cara, y sonríe.

—Hola.

—Hola —contesta ella.

—¿Vienes esta noche? —pregunta asomándose a la nevera.

—Sí.

Él se yergue y abre una lata de refresco.

—¿Qué, hoy no tocan empanadillas precocinadas? —pregunto.

Ríe. Penny nos mira confundida.

—He optado por lo otro —dice mirándome a mí y luego a Penny.

Se sonríen tímidamente. Me quito las sandalias y me levanto con ellas en la mano. Igual prefieren mantener esa conversación tan estimulante en privado.

—Voy a esperar a que empiece la rueda de prensa —digo y, cuando llego a la puerta, me giro y sonrío al ver que James ya se ha sentado en mi sitio.

Hay una periodista rubia a la entrada del hospital.

Muchos hospitales están ya sobrepasados de casos. La policía está fletando autobuses para derivar a los enfermos a otros hospitales de la ciudad. Se está pidiendo al personal sanitario que haga turnos de urgencia.

Penny saca el móvil y frunce el ceño. Puede que su madre haya tenido que volver a meterse en todo el meollo.

Las declaraciones de la Consejería de Sanidad de la ciudad de Nueva York están a punto de empezar.

Al micrófono hay un hombre de pelo algo canoso y barriga considerable. Parece algo cansado. Se frota la barbilla con la mano y empieza.

—Soy Michael D'Angelo, de la Consejería de Sanidad de la ciudad de Nueva York. Como ya sabrán, ha habido un brote de bornavirus en la ciudad. Aunque se trata de un virus importante, no queremos que cunda el pánico por disponer de información equivocada. Los CDC están proporcionando tratamiento a todos los que han contraído el virus. Hemos establecido zonas de tratamiento urgente por toda la ciudad. Es muy importante que reciban tratamiento si sospechan que han estado expuestos. No intenten cuidar de un infectado por su cuenta. Debido a la naturaleza del virus, el riesgo de transmisión es grande.

—¿A qué se refiere con «la naturaleza del virus»? —grita un periodista.

D'Angelo levanta una mano.

—El bornavirus LX produce agresiones en sus últimas fases. Eso conduce a la transmisión del virus por contacto corporal porque los pacientes muerden y arañan a quienes los cuidan.

»Se ha organizado el transporte desde los hospitales de la zona hasta las nuevas instalaciones de tratamiento. El tiempo es fundamental. De momento, se calcula que habrá veinte mil personas contagiadas en la ciudad de Nueva York. —Los periodistas y todos los que estamos en la sala hacemos un aspaviento. D'Angelo asiente con la cabeza—. Sé que parece mucho, pero es el mismo número de personas que caben en el Madison Square Garden, para que se hagan una idea. Podemos evitar que la cifra aumente si los neoyorquinos siguen nuestra indicaciones. Aconsejamos que, en los próximos días, salgan solo si es necesario. Podemos aprovechar el fin de semana para tratar a los afectados y evitar nuevos casos.

»En la página web de sus CDC de referencia encontrarán información sobre los centros de tratamiento. También se informará en las emisoras locales. Todos sabemos que los neoyorquinos reaccionan muy bien en situaciones difíciles y para el lunes habremos acabado con el bornavirus. Necesitamos la colaboración de todos ustedes para poder hacer nuestro trabajo lo mejor posible. Gracias.

Se limpia la frente con un pañuelo y baja del estrado, ignorando las preguntas que le gritan los periodistas.

Todo el mundo habla a la vez. Julio, nuestro jefe, se sirve de su voz grave para llamar nuestra atención.

—Escuchadme todos. Hoy echamos el cierre pronto. No quiero que salgáis de aquí más tarde de lo necesario. Voy a llamar a los padres de los niños de preescolar para ver si pueden pasar a recogerlos antes. Las extraescolares hay que darlas conforme al programa, pero los demás os podéis ir a casa. —Se oyen aplausos y Julio sonríe bajo su bigote fino. Levanta la mano para pedir silencio—. Bueno, bueno, cuando digo «a casa» no me refiero a que os vayáis de juerga —aclara mirando a Nelly, que finge mirar a su espalda mientras todos los demás ríen—. En serio, vamos a cuidarnos. Os veo el lunes.

En un ambiente festivo, empiezan a salir todos a por sus cosas. Penny cuelga el teléfono con cara de preocupación.

—Le he dejado un mensaje a mi madre. Tengo que bajar con los críos. ¿Nos vemos luego?

—Seguro que está bien —digo—. Te espero. No quiero que vuelvas a casa sola. En cuanto se vayan los peques, nos marchamos.

—Sí —tercia Nelly—, y luego nos tomamos esa copa.

Me vuelvo hacia él con los brazos en jarras.

—¿En serio? ¿No has oído lo que ha dicho Julio?

Se encoge de hombros mientras lo miramos todos.

—Tío —dice James—, imagínate que es una explosión nuclear de virus. Vamos a casa de Cassie.

—Vale, vale —responde con un suspiro—, pero no nos vamos sin ti, Pen. Sube cuando hayas terminado.

CAPÍTULO 5

JAMES NOS LEE a Nelly y a mí fragmentos de información sobre el virus mientras esperamos a Penny en mi cubículo. Me suena el móvil. Oigo hablar a mi hermano antes de que me dé tiempo a llevarme el teléfono a la oreja.

—¿Cass? ¿Estás ahí? —Parece preocupado.

—¡Hola, Eric!

—¿Estás bien?

—Estoy perfectamente. Perfectamente. ¿Por qué?

—He tenido que llamarte ocho veces porque no entraba la llamada. Están diciendo que Nueva York está atestado de contagiados. Como cien mil enfermos o así.

—Por aquí están diciendo que veinte mil y que los están mandando en autobuses a centros de tratamiento. ¿Dónde has oído esa cifra?

Pienso en la estimación de antes, cincuenta mil a mediodía. Son casi las tres.

—Hace cinco minutos. En la CNN. Han hecho su propio cálculo según lo que veían en helicóptero. Y justo después de que lo dijeran la imagen ha fundido a negro.

—¿En serio? ¿Estás seguro de que han cerrado la CNN?

Al oírlo, Nelly y James levantan la vista.

—Eso es lo que parecía. Cass, deberíais iros al apartamento, tíos. Tenéis las provisiones de papá, en caso de que no podáis salir por un tiempo.

—Pensábamos irnos allí al salir del trabajo. Julio nos ha dejado marcharnos antes, pero estamos esperando a Penny.

Hay material de acampada y comida en el sótano del apartamento en el que nos criamos. La casera se empeñó en que yo me mudara allí cuando murieron mis padres.

—Eric, ¿y tú qué? ¿Cómo van las cosas en Pensilvania?

Mi hermano se muestra siempre tan seguro de sí mismo que a veces se me olvida preocuparme por él.

—Dicen que ha habido algunos contagios, pero, ya sabes, esto es muy rural. Rachel y yo no nos vamos a mover de casa en todo el fin de semana. Tengo un par de latas de comida extra —bromea.

Río. Siempre está anticipándose a las emergencias, como hacía papá.

—Cass, ha llamado el hermano de Rachel y nos ha dicho que no puede salir de su casa en Filadelfia.

—¿Cómo que «no puede»?

—Demasiados contagiados en la calle. No puede ni salir. Están atacando a la gente y la policía no hace una mierda. Si la cosa empeora, igual deberías irte a la cabaña. Es lo que voy a hacer yo también. Si no podemos volver a hablar, nos vemos allí. Prométemelo, Cassie.

Eric sabe que no voy a incumplir una promesa.

—Eric —le digo con cautela—, no te lo puedo prometer. Estoy convencida de que en el apartamento estaremos bien. Además, ¿cómo iba a llegar hasta allí? ¿En metro? —añado, intentando quitarle hierro al asunto recordándole que no tengo coche, que ninguno de nosotros tiene.

—¡Lo digo en serio, joder! —dice. Parece asustado. A Eric no lo asusta nada. Es la angustia de su voz lo que me hace seguir escuchándolo—. Ya sabes lo que hay que hacer. Eres resolutiva. No te pongas cerebral. Cass, esto me da muy mala espina.

Guardo silencio. En efecto, estoy pensando demasiado. Mi padre solía decir que nada te mata antes que hacer caso omiso de tu instinto. Cien mil personas. Eso son cinco Madison Square Gardens. Cinco Madison Square Gardens de personas deambulando por ahí como perros rabiosos.

—Te lo prometo, E. Si la cosa se pone fea, me voy.

Suelta de pronto un suspiro.

—Vale. Te quiero, Cass. Hasta el fin del mundo.

—Y después. Te quiero. Hablamos luego, ¿vale?

Les cuento a Nelly y a James lo que me ha dicho Eric y nos acercamos a la tele, pero, en el canal donde debería estar la CNN, hay un aviso de problemas técnicos de Time Warner Cable. James cambia a las noticias de NY1, que, por lo menos, siguen emitiendo. Dicen que la situación en el oeste se está resolviendo y que se espera que el lunes haya desaparecido el virus en todo el país.

—Menuda chorrada —dice James.

—¿Qué es una chorrada? —pregunta Penny, que entra cargada con su bolso.

—Que esto se habrá terminado el lunes —contesta James—. CNN ha dejado de emitir.

—¿En serio? Pero otras cadenas siguen emitiendo —dice Penny, extrañada y señalando la tele.

—Igual solo las que dicen las verdad —tercio yo, a lo que Nelly reacciona enarcando una ceja—. Acabo de hablar con Eric y me ha dicho que hay más contagios de los que están diciendo. Me ha hecho prometerle que me iré a la cabaña de mis padres si la cosa se pone fea.

Penny echa un vistazo alrededor mientras asiente con la cabeza; luego mira el móvil y recuerda algo.

—He vuelto a escribir a mi madre para decirle que vamos a tu apartamento, pero antes tengo que pasar por casa. Ana le ha dejado un mensaje en el buzón de voz. El móvil ni le ha sonado. Por lo visto iba para casa al salir del trabajo, pero se ha olvidado las llaves. No consigo avisarla de que vaya mejor a la tuya.

Ana es su hermana pequeña. Siempre se deja las llaves en casa, a pesar de que ya tiene veinticinco años, y espera que haya alguien en casa para abrirle la puerta, del mismo modo que espera que todo el mundo haga su voluntad. En circunstancias normales, Penny no iría a casa corriendo por ella, pero hoy es distinto.

—Pues vamos a tu casa y luego a la mía —digo, como si no hubiera problema, pero me imagino una calle de Filadelfia en la que no puedes salir de casa y me da un escalofrío.

Capítulo 6

Voy inhalando el aire suave mientras recorremos las avenidas. Me he criado en este barrio, entre familias irlandesas y puertorriqueñas, y siempre me ha encantado.

Las ancianas, con esos rostros arrugados que van del marfil claro al tostado oscuro, sentadas en sus sillas de patas de aluminio, se ponen al día de los chismorreos invernales. Se encienden barbacoas y los críos corren por ahí. Cuando vuelvo a casa del trabajo, siempre me alegro de haber decidido mudarme aquí otra vez.

Nelly ve el jolgorio de las calles y hace un puchero.

—¿Veis? Todo el mundo se lo está pasando bien. Pero, no, nosotros nos tenemos que esconder.

—Deja de lloriquear —le digo.

Ríe. Pero sé a lo que se refiere: no parece que la cosa esté tan mal, a juzgar por cómo está todo el barrio en la calle, disfrutando del día. A nadie parece preocuparle.

—No entiendo por qué nadie está haciendo caso de lo que está pasando —dice James meneando la cabeza.

—Lo que está pasando, según las noticias, es que todo va bien —nos recuerda Penny—. No todo el mundo disecciona todo lo que dicen y pasa horas en internet. No me malinterpretéis; yo prefiero prevenir que curar, pero nadie más piensa que esto sea grave.

Cada paso que doy con estas sandalias es una tortura. Me está bien empleado, por preferir la estética a la funcionalidad. Ni siquiera puedo llevar plataformas sin tambalearme como una niña de ocho años que juega a ser mayor. Tendría que haber seguido con mis botas. Me planteo la posibilidad de quitármelas, pero la acera está cubierta de una capa de algo que parece grasa coagulada.

Esperamos a que pasen los coches en la esquina. Le doy un codazo a Nelly y le señalo las manos entrelazadas de James y

Penny. Me guiña un ojo y yo vislumbro a alguien que sale de detrás de un contenedor de basura. Seguramente estaba haciendo pis y, como no quiero avergonzarlo ni avergonzarme, miro a otro lado.

Una exhalación áspera me hace volverme otra vez. Veo a un anciano con el pelo oscuro enmarañado y apelmazado que se acerca arrastrando los pies con una mano sucia tendida. Al principio, pienso que está pidiendo suelto, pero tiene la piel de color gris y la boca permanentemente abierta. Le falta casi la mitad del cuello, como si se lo hubieran arrancado de un mordisco. Debe de haberse contagiado. La herida tiene los bordes negros y está llena de coágulos de sangre, y lleva trozos colgando que no me apetece nada identificar. Me llega el hedor a algo podrido.

—¡Vámonos! —grita James tirando de la mano de Penny.

Al girarme, se me tuerce el tobillo y la punzada de dolor me produce un aspaviento. Tengo que quitarme esta porquería de sandalias. Nelly me agarra del codo mientras me descalzo y luego echamos a correr por la calle. El del cuello mordido nos sigue. Cuando llegamos a su edificio, el tío está a medio camino. A Penny le cuesta acertar con la llave en la cerradura del portal. Igual deberíamos seguir corriendo.

—Venga, venga —suplica Penny.

Aunque le tiembla la mano, la llave entra por fin. Pasamos al pequeño vestíbulo mientras Penny abre con dificultad la otra puerta. El del cuello mordido nos da alcance y planta las manos en la puerta. Sus dedos sucios manchan de escamas marrones el cristal. Tiene los ojos vidriosos. Olfatea el aire con un gruñido gutural y da zarpazos a la puerta.

—Vamos, antes de que rompa el cristal —nos dice Penny.

Cruzamos corriendo la segunda puerta. Una vez dentro del apartamento de la segunda planta, con la puerta cerrada con llave, me derrumbo en el sofá. James corre a la ventana.

—¡Madre mía! —dice Penny con la mano en la garganta, como si quisiera contener un grito—. ¿Qué coño era eso?

Nos hemos quedado todos mudos, con la respiración agitada y los ojos como platos. Yo no me imaginaba así a los contagiados. No parecía enfermo, sino más bien un monstruo de una película de terror. Y nos ha perseguido. Se me eriza la piel de pensar que ahora mismo igual está persiguiendo a otros.

—Voy a llamar a emergencias —digo, y mi voz suena lejana mientras marco con una mano temblorosa—. No podemos dejarlo deambular por ahí.

A los veinte tonos cuelgo y pruebo con el fijo. Una locución grabada me indica que están demasiado ocupados para atenderme.

—No contestan. —Esto pinta mal. Estamos en la puta ciudad de Nueva York—. Están demasiado ocupados.

Nelly se asoma por la ventana.

—Sigue ahí. Penny, ¿cuándo vuelve Ana a casa?

Penny se tira a por el teléfono y pulsa el botón de rellamada una y otra vez.

—¡Ana! —grita cuando consigue que entre la llamada—. ¿Dónde estás? Vale, escucha. Hay un tío en el portal atacando a la gente. Entra por la puerta de servicio. No voy a colgar. James y Nelly te van a abrir la puerta para que entres directamente. ¡No vayas por la puerta principal! —Se oyen chillidos al otro lado de la línea—. ¡Ana, por favor, haz lo que te digo! —Se vuelve hacia Nelly y James—. Está a cinco minutos. ¿Os importa ir a aseguraros de que no hay peligro? Si lo hay, que suba corriendo uno de los dos. —Asienten y se van—. Ya bajan —dice al teléfono. Pasan un par de minutos en tenso silencio—. ¿Está abierta la puerta? Pasa. Te veo arriba.

Penny abraza fuerte a su hermana en cuanto entra. Ana le da una palmadita rápida en la espalda, se zafa de ella y se alisa la melena. Tiene el pelo más claro que Penny, con destellos dorados. Viste botas de caña alta de terciopelo marrón y un suéter largo con mallas. Solo el suéter debe de costar todo mi presupuesto anual de ropa, incluidas las sandalias que he dejado en un rincón. Ana se parece mucho a Penny, con esos ojos oscuros y esa naricilla, pero no tiene la blandura curvilínea de su hermana.

—Bueno, ¿qué pasa con el chiflado de abajo? —pregunta Ana acercándose a grandes zancadas a la ventana.

Está sentado, desparramado sobre el cristal de la puerta. No se mueve. Ojalá esté muerto.

—Ha intentado atacarnos cuando veníamos para aquí —contesta James—. Es lo que hacen los contagiados. El virus se pilla por los fluidos corporales.

Ana se aparta de la ventana y se encoge de hombros.

—Entonces, ¿esta es la gripe porcina esa o como se llame? ¡Me alucina que la gente esté flipando tanto con eso! El bar al que pensábamos ir ha cerrado pronto. Y ahora me toca pasar el viernes en casa.

Ahora que está a salvo, me dan ganas de ponerla en la calle otra vez.

—Ana —le suelto en un tono clarísimo de «deja de tocar las narices»—, siento que se te haya estropeado la noche del viernes, pero ¿no has oído a James? Ese hombre ha intentado atacarnos. Tu madre está atrapada en el hospital con esa gente. Puede que haya ya cien mil contagios en Nueva York. Y no es la gripe porcina.

—Lo que tú digas —espeta Ana con una mueca.

Agarra el bolso y sale tranquilamente de la habitación. Quiero a Ana como se quiere a una hermana que a veces no te cae bien. Aún debe de quedar ahí dentro algo de la niña tierna que era antes. Un verano, en la cabaña de mis padres, se encontró un conejo herido y lo cuidó hasta que se curó. No se fiaba de que lo hiciera nadie más. Cuando mi padre y ella dejaron en libertad al conejito ya sano, lloró y pasó el resto de la semana buscando más animales que salvar.

—Muy bien, desde luego. Por lo menos está a salvo —dice Penny y pone los ojos en blanco con exageración.

Nelly destapa cuatro cervezas. James pone la tele en el canal local. La CNN sigue sin emitir. Yo escucho mientras sigo llamando a emergencias sin parar.

Los autobuses van repletos de enfermos. Se está pidiendo a las familias que prendan en la ropa de los contagiados una notita con sus datos personales y abandonen la zona, con la promesa de que se les informará del progreso de los pacientes. Según la policía, con eso se pretende evitar el contagio del resto de la familia. Informamos en directo desde el Lutheran Medical Center de Brooklyn.

Dejo el teléfono y me acerco a la tele. La periodista se encuentra a la entrada del hospital donde trabaja María. Penny se inclina hacia delante como si quisiera ver a su madre. La cantidad de personas que hay ahí es impresionante, tumbados, de pie, sentados. Avanzan arrastrando los pies hacia una fila de autobuses estacionados a la puerta. Cada vez que se llena un bus y se marcha, lo reemplaza otro nuevo. Autobuses urbanos, autocares escolares, de larga distancia…, parece que han puesto en servicio cualquier cosa con más de cuatro asientos.

Llevan varias horas metiendo a la gente en autobuses, pero llegan más que ocupan su lugar. Nos acaban de informar de que, por seguridad, nos van a trasladar a una zona que está a unas manzanas de aquí. Seguiremos supervisando la situación desde allí. Devolvemos la conexión a los estudios.

Nelly baja el volumen mientras el presentador enumera de nuevo los centros de tratamiento.

Penny suspira.

—Bueno, dudo que mi madre vaya a volver enseguida a casa. Habrá unas quinientas personas esperando ahí. Confío en que administren a las enfermeras la medicación antivírica.

Agarra el móvil, se acerca a la ventana e intenta llamar a su madre otra vez. Su cerveza se estrella en el suelo, en medio de un charco de espuma, y nos sobresalta. Se tapa la boca con una mano y con la otra señala la calle.

Capítulo 7

Hay cuatro delante de un bloque de apartamentos próximo, encorvados, en la acera más oscura de la calle. Uno de ellos es el del cuello mordido, que asombrosamente sigue vivo, con la cabeza ladeada a la izquierda. Hay una anciana que lleva una bata floreada de ir por casa y el pelo recogido en un moño ralo, un hípster con las gafas de sol de aviador torcidas y un hispano con la camisa medio metida por los vaqueros.

Cuando la señora de la bata floreada se aparta tambaleándose, se convierte en una masa carnosa, brillante y sonrosada. Solo por las manos y los pies se ve que antes fue una persona. Los cuatro van embadurnados de sangre fresca; les pringa la boca y les chorrea de las manos. Corre por el hormigón hasta la calle. Se me revuelve el estómago y me recuesto en el alféizar de la ventana. Me dan ganas de gritarles que paren, pero eso los alertaría de nuestra presencia y está claro que la persona ha muerto. Corro a llamar a emergencias. Todos los operadores están ocupados. Vuelvo a intentarlo una y otra vez mientras los otros miran embobados por la ventana.

—Emergencias, ¿en qué puedo ayudarle? —dice una voz.

—Estoy viendo a cuatro contagiados en la calle, ¡devorando a alguien! En…

La voz me interrumpe.

—Señora, ¿sabe si la persona a la que están atacando está muerta?

¿Qué clase de pregunta es esa?

—Sí, creo que está muerta, pero…

—Señora, no podemos mandarle a la policía ahora. Si nos da su dirección, se llevarán a los contagiados lo antes posible.

Le doy la dirección.

—¿Sabe cuándo vendrán? Temo que vayan a hacer daño a alguien más.

—No, señora, no lo sé —contesta en ese tono de agobio típico de todos los funcionarios de Nueva York—. Y, por favor, no salga de casa. La policía no tardará en llegar y va equipada para manejar la situación.

—Sí, por supuesto. Gracias. —Cuelgo y añado—: Por nada.

Vuelvo a la ventana.

—Ni siquiera van a venir.

—Bueno —dice James sin apartar la vista de la calle—, por lo menos esta vez lo han cogido.

Yo tampoco puedo dejar de mirar. Es tan espeluznante que en cuanto aparto la mirada pienso que no puede ser real y tengo que mirar otra vez.

—No solo atacan, devoran —dice Nelly meneando la cabeza, incrédulo.

Entra en la cocina y se sienta a la mesa. Lo sigo para coger papel de cocina y limpiar la cerveza del suelo. Nunca lo había visto tan pálido, pero sus labios apretados no desvelan nada.

—Sé que le has prometido a Eric que te irías si la cosa se ponía fea —me dice, y yo asiento—. Al principio me ha parecido un poco exagerado, pero ya no sé qué pensar. ¿Cómo lo ves tú?

Lo que acabamos de ver no es solo alguien que está un poco enfermo y es algo violento. No quiero parecer histérica, pero estoy asustada. Además, se lo he prometido a Eric.

—Yo quiero ir a la cabaña —contesto.

James se planta en el umbral de la puerta, con el brazo por encima de los hombros de Penny.

—Esto no lo tienen controlado —dice—. A ver, hay gente comiéndose a alguien en una esquina y ni siquiera les parece una puta prioridad. No nos están contando la verdad. La gente todavía piensa que no hay peligro.

Es cierto: oigo música y gritos de alegría a unas manzanas de distancia.

—Vale —tercia Nelly con los puños apretados encima de la mesa. Aunque tiene cara de incredulidad, asiente rotundamente—. Entonces, deberíamos largarnos. Esto es alucinante, es una locura.

Siempre he pensado que molaría contar, aunque solo fuera por una vez, con el apoyo total de Nelly en alguna de las paranoias de James y mías, pero lo cierto es que, en esta ocasión, casi preferiría estar equivocada.

CAPÍTULO **8**

Un grito procedente de la calle nos saca de pronto de nuestro silencio. Cinco tíos jóvenes, armados con bates de béisbol y trozos de barras de refuerzo, se abalanzan sobre los contagiados, que están tan entretenidos con su festín que ni se dan cuenta.

El de las gafas de aviador recibe un barrazo en la cabeza, mientras que el portador de la barra de acero grita del esfuerzo. Le abre la cabeza con un chasquido que se propaga por toda la manzana y atraviesa el cristal de la ventana. Curiosamente, sale poca sangre, aunque se me revuelve el estómago de verlo. Otro le atiza al anciano. El del cuello mordido y la vieja se vuelven hacia los tres que quedan.

—¡Ahora! —grita el más grandullón de los cinco.

El del cuello mordido y la vieja no tienen nada que hacer. Caen en cuestión de segundos y reciben múltiples garrotazos hasta que sus cabezas no son más que un recuerdo. El grandullón se yergue y se limpia la frente con un pañuelo que se saca del bolsillo de atrás. Sin poderme contener, abro la ventana de la cocina de par en par.

—¡Oye, gracias! —grito.

Levantan la vista y miran alrededor hasta que me ven y se colocan debajo de nuestra ventana. Penny se asoma por la del salón y saluda.

—¡Anda! Tú eres la hija de María Díaz, ¿no? —pregunta el líder. Penny asiente con la cabeza—. Escucha, no salgáis de casa. Están por todas partes —nos dice con cara seria de hermano mayor.

—¿Son todos así, tan violentos? —pregunto yo—. Han dicho que atacan a la gente, pero estos parecía que estuvieran devorándolos…

—Uy, los estaban devorando —contesta con cara de asco—. Que nadie se engañe. Además, hay que ir a por la cabeza porque, si no, cuesta cargárselos. Hay que cortarles el cuello o algo. Una locura. Como con los zombis, ¿sabes?

—Es que es lo que son, tío, son zombis —tercia con los ojos iluminados un chaval más joven que lleva una gorra de béisbol—. Es como el juego ese, el de…

—No me jodas, Carlos —dice el líder—. No es ningún juego. ¿Ves ese cadáver? Pues podría ser el tuyo, o el de tu madre o el de tu hermana. —Nos mira a nosotros mientras Carlos examina los restos y se tranquiliza—. Lo siento, tenemos que irnos. Voy a recoger a mi hermana de casa de una amiga. No salgáis. Protegeos. Dale recuerdos a tu madre de parte de Guillermo.

Penny dice que lo hará. Los vemos alejarse, deteniéndose en todos los portales.

—Zombis —masculla James—. ¡Dios!

Se hace el silencio. Penny habla por fin.

—Estoy dispuesta a aceptar que este virus se ha descontrolado. En cuanto venga mi madre, nos vamos de Nueva York. Ella sabrá lo grave que es. Pero… ¿zombis? ¡Venga ya!

Cruza los brazos, muy seria. Penny es una mujer práctica y serena, pero le veo la duda en los ojos, aun cuando se empeña en que no puede ser verdad. Estaban devorando a esa persona, por mucho que cueste creerlo.

—Ya los has visto, Pen —dice James señalando la ventana y estrujándole después el hombro con suavidad—. Yo no descarto nada, ¿tú?

Penny niega con la cabeza, sin descruzar los brazos. Él saca un cigarrillo de la cajetilla. No he fumado desde que volví a dejarlo hace un año, pero creo que me puedo saltar la norma por una vez. James está fumando asomado a la ventana porque nadie en su sano juicio lo mandaría a la calle a fumar, así que me acerco una silla. Sabe lo que busco, así que me pasa su pitillo y se enciende otro para él.

—Gracias —le digo y doy una calada. La nicotina me produce un hormigueo que me llega hasta la punta de los dedos de los pies—. Si esto es el apocalipsis zombi, por lo menos puedo fumar. Total, ¿qué esperanza de vida tengo? ¿Una semana, dos quizá?

James se atraganta con el humo y yo le sonrío.

—Estás fatal.

—El sentido del humor es el último refugio de los condenados, solía decir mi madre. —Doy otra calada al cigarro—. No sé qué más hacer.

James cierra los ojos. Yo miro fijamente la acera, donde se encuentran despatarrados el del cuello mordido y la vieja. En las ventanas de todos los edificios de la calle se amontona la gente. Una niña con coleta me saluda y yo la saludo a ella. Ni me imagino lo que le habrán contado sus padres de todo esto.

De pronto, James abre los ojos.

—¿Y qué más da? —nos pregunta—. A ver, estoy convencido de que no son zombis de verdad, pero se comportan como si lo fueran. Si esto se está propagando rápido, tenemos que salir de aquí antes de que el resto de la ciudad llegue a la misma conclusión que nosotros. No podemos quedarnos aquí sentados esperando.

Tiene razón. Lo suyo sería que nos largáramos antes que los demás.

Ana entra despacio en el salón.

—¿Zombis?

Apago el cigarrillo.

—Sí, por lo visto el virus te convierte en una especie de zombi.

—Puaj —dice Ana con cara de asco, pero no por los zombis, sino por el cigarrillo. Con la mano, se aparta el humo que ni siquiera le ha llegado—. ¿Y qué se supone que debemos hacer?

—Salir de la ciudad —contesta Nelly sentándose al lado de Penny, que se está mordiendo una uña, y dando una palmada en el asiento de al lado.

—¿Y adónde vamos? —pregunta Ana.

—A la cabaña de mis padres —digo yo—. Si conseguimos llegar.

Ana frunce los labios.

—¿En serio?

—Primero vamos a hablar con mamá, Ana, y nos la llevamos también. No te preocupes —tercia Penny y alarga el brazo por encima de Nelly para apretarle la mano a su hermana.

—Voy a ver si la puedo localizar —dice Ana agarrando su móvil—. Ay, mamá ha mandado un mensaje. Por lo visto, nos ha escrito a las dos, hace horas, pero me llega ahora.

No entiendo cómo no ha cundido el pánico, teniendo en cuenta que hasta cuesta hacer una simple llamada telefónica, pero supongo que pasó lo mismo con el 11S y con el apagón. Igual ya estamos acostumbrados.

Penny mira su móvil y niega con la cabeza.

—A mí no me ha llegado. ¿Qué dice?

—«Virus muy mal. Nos vemos en casa de Cassie después del trabajo. Traed ropa. Salimos de la ciudad esta noche. Luego os cuento. Os quiero» —lee Penny espantada y los ojos se le ven enormes a través de las gafas.

—¡Vaya tela, mamá está tan mal como todos vosotros! —dice Ana meneando la cabeza.

Me alivia, no el que la cosa se haya puesto tan fea como James y yo sospechábamos, sino el que tengamos permiso para dejarnos llevar por nuestra intuición, lo que significa que en el fondo no es tan descabellado lo que pensábamos.

CAPÍTULO 9

PENNY Y ANA preparan su equipaje y el de su madre mientras los demás esperamos. Nelly me sonríe, pero la sonrisa no le llega a los ojos. Me dejo caer a su lado en el sofá.

—¿Qué pasa? ¡Qué pregunta más tonta! A ver, concretamente, ¿qué ocurre?

Se mira las manos, atrapadas entre las rodillas. Hace años que ya no trabaja en un rancho, pero las tiene como si aún lo hiciera. Levanta la vista.

—Toda esa gente que estaba a la puerta del hospital… Si son como esos cuatro, ¿cómo los van a controlar?

—Ya. Aún es pronto. Igual encuentran una forma… —Cambio de tema—. ¿Has vuelto a hablar con tus padres?

—Mi madre me ha mandado un correo electrónico antes de que saliéramos del trabajo. Están bien. Allí hay pocos contagios. Están juntos, así que no me preocupa.

Los padres y los cinco hermanos de Nelly viven cerca unos de otros. Tienen ganado y un montón de armas. La primera vez que fui a su casa Nelly los dejó presumir y enseñarle a la urbanita cómo se coge un arma. Luego cogí una escopeta del 20 y reventé una lata colocada en un tocón. Los dejé boquiabiertos, hasta que Nelly rio y les explicó que mi padre me había enseñado a disparar cuando era una cría.

—Sí —confirmo—. Estarán bien. —Apoyo la cabeza en su hombro y lamento no tener padres a los que llamar.

Mi padre siempre estaba preparado para emergencias. De niña, me parecía divertido: tiro al blanco, técnicas de supervivencia, acopio de víveres, teorías conspiranoicas… Al hacerme mayor, pensé que estaba chiflado, de una forma enternecedora, eso sí. Y, a medida que fue transcurriendo mi vida sin grandes emergencias que duraran más de tres días de nevada, dejé de creer que la cosa pudiera llegar a ponerse muy chunga. Me parecía inimaginable que pudiera ocurrir de repente algo peor que la muerte de mis padres. Nadie me había preparado para eso.

—Pues… —La voz de James interrumpe mis pensamientos—. Estoy viendo más de doscientos mil contagios aproximados aquí. El Gobierno lo debe de estar pasando bastante mal a estas alturas, sobre todo porque el resto del país se encuentra en una situación similar.

Mi padre siempre decía que era preferible prepararse de más que de menos, que él no se sentiría como un imbécil si no pasaba nada y que solo en las décadas más recientes la gente pensaba que anticiparse a las épocas difíciles era una pérdida de tiempo.

James da golpecitos con un dedo en su *tablet*.

—Las ciudades donde han aparecido los primeros casos tienen ya un cuarenta por ciento de contagios, con lo que las tasas de contagio son ciertas: podríamos encontrarnos con esas cifras dentro de unos días. Por supuesto, todo depende de si se ha puesto ya en cuarentena a la mayoría de los enfermos.

Eso es casi la mitad de la ciudad. No quiero ni imaginarme lo que sería. A lo mejor esas páginas web están equivocadas y el Ministerio de Sanidad tiene razón.

—Igual lo pueden parar —digo—. Lo lógico sería que hubieran aprendido de los errores cometidos en los estados del Medio Oeste y hubieran empezado a hacerlo bien aquí.

James suelta una carcajada socarrona y reconozco que seguramente tiene razón.

Echo de menos a mi padre. Me hacía sentir que nada malo podía ocurrirme si él estaba allí para protegerme. Me recuerdo plantada allí, en el sótano del apartamento de mis padres, mientras él me enseñaba todos los contenedores organizados.

Me dio una mochila pesada.

—Esto es para ti.

—¿Qué lleva dentro, un yunque?

—Muy graciosa. Es tu mochila de supervivencia. Lleva todo lo que necesitarás si tienes que salir corriendo de la ciudad.

Lo abracé entre risas.

—Vale, pirado.

Él me abrazó también, sonriente pero serio.

—Guárdala en tu armario. Espero que nunca la necesites, pero es que, cuando me puse a pensar que no tenías una, ahora que ya no vives en casa, no podía pegar ojo.

Le di una palmadita en su tupido pelo, una mata que, por más que se empeñaba en domesticar, le crecía en mechones y borlas con vida propia.

—Pues claro que no podías. ¿Quién iba a poder pegar ojo sin una mochila repleta de artículos de supervivencia?

Sonrió, pero la ligereza con que me lo estaba tomando le hizo menear la cabeza.

—Todo esto —dijo señalando los contenedores, las latas de comida— es para Eric y para ti. Confío en que nunca lleguéis a necesitarlo. Mi mayor temor es no poder cuidar de vosotros. Es una pesadilla. Algún día lo entenderás.

Le di un beso.

—Bueno, gracias, papá. Te lo agradezco. De verdad. La tendré a mano.

Sabía que aquello le producía la sensación de que lo tenía todo más o menos controlado y en el fondo no hacía ningún daño. No era una de esas personas que se sientan a esperar a que el mundo se acabe, solo que lo tranquilizaba estar preparado para cualquier eventualidad. Esa mochila está en el sótano y aún lo que él pensó que me mantendría a salvo. Va a ser lo primero que mire.

—Por cierto, chicos, que está muy bien eso de que salgamos de la ciudad y tal, pero ¿en qué nos vamos a ir? —pregunta Nelly.

—Estaba pensando que podríamos llevarnos una de las furgos del trabajo —propongo.

Hay un par de furgonetas de diez pasajeros en el aparcamiento de detrás del edificio. Nelly y yo ya las hemos conducido antes.

—Yo estaba pensando lo mismo —tercia James, asintiendo con la cabeza.

Resuena un estruendo por el pasillo y entra Ana tirando de una maleta con ruedas y calzando unas bailarinas.

—¿Perdona? —dice Nelly muy serio.

—Me da que alguien no acaba de pillar la gravedad de la situación —le susurra James a Nelly.

—Ana, ¿no tienes una mochila? —pregunto procurando no alterarme.

—Aún tengo una de clase, ¿por?

—Igual deberías meter tus cosas ahí —contesto mirándome los pies descalzos—. Y no estaría de más que te pusieras un calzado con el que puedas correr.

Ana frunce el labio superior.

—Genial. ¿Quieres ayudarme tú a hacer la mochila?

—¿Por qué no? —contesto, guiñando un ojo a James y Nelly, que siguen riendo como bobos, y la sigo por el pasillo.

Ana debe de pensar que nos vamos al Caribe, porque le saco de la maleta unos tops de tirantitos medio transparentes, un estuche de maquillaje y un par de sandalias de tacón. Ahora lleva puestos unos zapatos decentes, unos vaqueros y un suéter. Penny lleva algo parecido.

—Tengo miedo, chicos —dice Penny.

Le tiembla el labio inferior y le doy un abrazo.

—¿Por qué? ¿Porque hay miles de personas ahí fuera que nos quieren devorar vivos? Tampoco creo que sea para tanto.

A ese rostro que conozco casi tan bien como el mío asoma una sonrisa. Siempre conseguimos hacernos reír la una a la otra, por muy mal que vayan las cosas. Siempre ha sido así, desde que aquella niña triste cuyo papá acababa de morir entró en mi clase de quinto.

—Te quiero —susurra y me coge la mano.

—Yo también te quiero —digo y le aprieto la suya—. Todo va a salir bien.

James le tiende los brazos y ella se deja abrazar. Señalo con la cabeza la cara de Ana y Penny sonríe. Su hermana estaba deseando que conociera a alguien y sé que está contenta, aunque James le parezca un friqui.

Nelly se levanta y da una palmada.

—¿Vamos?

—Vamos —contesto enhebrándole el brazo.

CAPÍTULO 10

LAS CALLES ESTÁN vacías de contagiados, salvo por los cadáveres. Las tiendas de ultramarinos están abiertas y la gente sale corriendo de ellas cargada con bolsas llenas de comida, rumbo a su casa. Algunos se entretienen por el camino, ignorando por completo el ruego de permanecer en casa.

Cuando llegamos a mi apartamento con jardín, me duele el cuello de tanto mirar por encima del hombro. Entramos en tropel al salón. Hay alguien en la cocina y, por un momento, pienso que es Eric, pero eso sería imposible. Es Peter.

Se está haciendo algo de comer y se ha remangado y quitado la corbata. Es lo más desaliñado que Peter puede llegar a estar. Siempre desentona muchísimo con mi apartamento, en medio del desorden de papeles, libros y material de pintura. No es que yo haya pintado mucho en los últimos años, pero no consigo aceptar la derrota y guardarlo todo. Seguro que yo también desentono en su apartamento, con esos ventanales y esas líneas tan limpias. En cuanto llego allí, es como si hubiera explotado por todas partes, aun cuando procuro ser ordenada.

—Eh, nena, me tenías preocupado —dice Peter abrazándome tan fuerte que me corta la respiración. Lo abrazo también, sorprendida. No sabía que Peter se preocupara—. Nos han llevado en otro avión a LaGuardia, así que he venido directo aquí y al ver que no contestabas el teléfono…

Su cara de preocupación me hace sentir una punzada de remordimiento. Lo único que he sentido yo es alivio de no tener que verlo. Soy una persona horrible y probablemente no tenga a nadie más que a mí. Perdió a su hermana pequeña y a sus padres en un accidente de tráfico cuando tenía doce años. Es algo que tenemos en común, posiblemente lo único. Su abuela rica y distante lo crio, hasta que murió. Está solo. Al menos yo tengo a Eric.

—Lo siento —digo con un nudo en la garganta—. Me alegro de que hayas vuelto.

Cuando conocí a Peter en un bar del centro, lo descarté enseguida: los tíos zalameros y encantadores del Upper East Side no son mi tipo. Pero se empeñó en invitarme a una copa y charlé con él mientras contaba los minutos que me quedaban para poder escaquearme sin resultar grosera. Sin embargo, cuando me preguntó si mis padres aún vivían en Nueva York y mencioné el accidente, no puso esa cara de incomodidad que pone todo el mundo justo antes de disculparse.

Le brillaban los ojos oscuros cuando nos miramos.

—Es como vivir en una casa a la que le han arrancado de cuajo el tejado, ¿verdad? —me dijo, y supe que llevaba años esperando encontrar a alguien a quien poder decirle eso, alguien que pudiera entenderlo.

Asentí, conmocionada, porque esa era precisamente la sensación que tenía, de desamparo, de que ya nada me protegía de las cosas chungas que el mundo me lanzara. Y entonces pensé que quizá me había dejado llevar por las apariencias. Sin embargo, ese tío, el del bar, de ojos tiernos y asombrosa introspección, llevaba meses desaparecido, hasta ahora.

La reaparición es fugaz. Peter me suelta bruscamente y nos hace la ficha a todos, enarcando una de sus cejas oscuras. Pasa del calor al frío tan rápido que me marea.

—¿Y qué hacen todos aquí? —pregunta.

—Esperar a María, la madre de Penny y Ana —contesto—. Nos ha aconsejado que salgamos de la ciudad, así que nos vamos a la cabaña de mis padres.

Ríe con desdén.

—¿En serio? Me parece que estáis exagerando un poco.

Ana, que piensa lo mismo, asiente. Traidora.

Noto que el fastidio que suele producirme Peter empieza a crecer.

—Bueno, si querer marcharse de una ciudad en la que unas personas se están comiendo a otras es exagerar, entonces sí. ¿A ti te ha perseguido un hombre al que le faltaba medio cuello? ¿Has visto a cuatro contagiados devorar a alguien?

—Cassandra, es un brote pequeño. Lo tienen controlado. He hablado con mis amigos de Manhattan y me han dicho que hay policía por todas partes y las calles están vacías.

Parece un niño repipi. Una vez vi unas fotos suyas en un álbum viejo de su librería. Eran de la época en la que aún vivían sus padres. Peter era muy mono de pequeño, con pequitas a juego con su pelo oscuro y una sonrisa amplia y fácil. No parecía un mocoso malcriado como ahora. Cuando salió de la ducha y me vio curioseando el álbum de fotos, sonrió, pero lo guardó. La siguiente vez que fui a su casa el álbum había desaparecido.

Ana se sacude la melena y sonríe a Peter. Es la sonrisa que se reserva para cualquiera que no sea nosotros.

—¿Veis? Parece que en Manhattan están controlando la situación. Seguro que no nos tenemos que ir.

Ana está coladísima por Peter. Que él y yo estemos juntos le parece uno de los grandes misterios de la vida. Su consternación me irrita y me divierte a partes iguales. A veces menciono algún sitio al que hemos ido para verla rabiar de envidia, solo por vacilarle.

—Me quedo con lo que nos ha dicho María —dice James con una sonrisa de autocomplacencia—. Cassie, tengo que cargar el iPad. ¿Puedo usar tu ordenador?

—Claro. —Miro a Nelly—. ¿Quieres ver lo que hay en el sótano?

CAPÍTULO 11

LOS CONTENEDORES DE plástico están apilados contra la pared del fondo del sótano. He pasado mil veces por delante de ellos, cuando iba a coger una lata de tomates o lo que fuera, pero ya no reparaba en ellos.

—Bueno, ¿por dónde empezamos? —pregunta Nelly.

—Supongo que por las mochilas de supervivencia, llenas de todo lo necesario para salir corriendo.

Encontramos cuatro mochilas grandes en lo alto de la pila. La mía debe de pesar como quince kilos. El contenido está perfectamente empaquetado en bolsas de cierre *zip* y en sacos impermeables.

—¿Por qué no empiezas a vaciar tú las otras? —pregunto—. Amontonamos al lado de cada mochila el contenido y así vemos lo que tenemos.

—Muy bien, jefa —contesta.

Hurgo en mi mochila. Hay barritas energéticas y comida deshidratada, botellas de agua, filtros para el agua, material de primeros auxilios, artículos de aseo y la sudadera más horrenda que he visto en mi vida, entre otras cosas.

—Mira, Nels, ¿qué te parece? —le digo, sosteniendo en alto la sudadera con un gatito estampado en la pechera.

—Preciosa —responde—. Te la tienes que poner.

Río.

—Esto sería cosa de mi padre. Seguro que mi madre sabía que no me pondría algo así ni muerta. Debió de comprarla para que hubiera alguna prenda de abrigo aquí. Por lo menos los vaqueros parecen normales. —Sigo sonriendo. Mi padre estaba convencido de que me gustaban los gatitos, a pesar de que eso se me debió de pasar, no sé, a los diez años o así. En el calcetín de Navidad siempre me metía algo que me hacía reír hasta que se me saltaban las lágrimas: un calendario de gatitos de peluche, un cuaderno con gatos que llevaban sombreros victorianos…, cosas así. Ahora que lo pienso, a lo mejor lo sabía y le gustaba ver mi reacción. De repente, esa sudadera es el mejor regalo que me han hecho en mucho tiempo. Me la pongo y me abrazo el cuerpo, como si me abrazara mi padre—. Es de mi padre —digo. Nelly asiente y sonríe; no necesita más explicaciones—. Puede que alguna de las prendas de las otras mochilas os valga a ti o a James.

Lo último que sale de todas las mochilas es un estuche de viaje con un fajo de billetes y un montón de documentos. Despliego un mapa y veo distintas rutas marcadas, todas ellas para llegar a la cabaña. Cuento el efectivo: setecientos cincuenta dólares en billetes pequeños.

—Guau —digo—. Supongo que no hace falta que busquemos un cajero.

—Aquí hay la misma cantidad —tercia Nelly—. Si en las otras mochilas hay lo mismo, son tres mil dólares. —Mira rápido y asiente—. Sí.

A las mochilas solo les falta algo de comida sin caducar. Mi padre las hizo a conciencia y dudo que se le escapara nada. Salvo las armas.

—¿Aún siguen aquí las armas? —pregunta Nelly refiriéndose al pequeño arsenal que mi padre tenía en la ciudad.

—Creo que sí. Eric las guardó en un contenedor con la etiqueta Cosas de costura.

El contenedor está debajo de otros, uno de los cuales lleva mi nombre escrito con la letra de Eric. Me puede la curiosidad y dejo que Nelly rescate las armas mientras yo investigo. Lo primero que veo es mi título universitario. También está allí una vieja caja de puros que recuerdo haber tirado a la basura. Huele un poco a las flores secas que Adrian me trajo. Encuentro el anillo de plata con una estrellita minúscula que me regaló porque sabía que me encantaban las estrellas. Lo noto caliente a pesar del frío del sótano. Me lo guardo en los vaqueros y paso un dedo por el círculo que me hace en el bolsillo. Encuentro también viejas entradas de conciertos. Me acuerdo de algo en lo que hace mucho que no pienso y me da la risa tonta.

—Nelly, ¿te acuerdas de cuando fuimos a ver a The New Pornographers y Adrian fumó demasiada maría?

Nelly deja un contenedor en el suelo y suelta una carcajada.

—¿Cuando creía que se había llevado por delante una telaraña y que la tenía por toda la cara y quería que lo ayudáramos a quitársela?

Adrian se puso a darse manotazos en la cara como un poseso. Como siempre era tan serio, resultaba cien veces más divertido, y los demás estábamos tirados por el suelo, muertos de risa.

Suenan pasos por la escalera y oigo la risa de Penny antes de verla aparecer.

—Las chocolatinas que nos dio aquella chica no llevaban solo chocolate ni de coña —dice meneando la cabeza—. Ni de coña.

—Al pobre no lo dejé superarlo; se lo recordaba cada dos por tres —digo—. Aún me parto de risa cada vez que me viene a la memoria. Aquella cara de pánico…

Me duele la tripa de reírme, pero, cuando cesan las carcajadas, el dolor continúa de otro modo. Nunca hablo de Adrian. Miro fijamente el contenedor como si me fascinara lo que hay dentro, pero a tus mejores amigos no los engañas. Penny me pasa el brazo por la cintura. Procuro contener las lágrimas. Me fastidia llorar delante de la gente. Lloro por los gatos callejeros, por los ancianos que cenan solos y por los niños que parecen tristes. Soy una llorona, pero me gusta llorar a solas.

—Lo echo de menos, chicos —susurro.

—¿Crees que no lo sabemos? —pregunta Nelly, como haciéndome ver lo absurdo que resulta que piense que es un secreto. Me limpio las lágrimas, pero cuanto más lo pienso, más rápido brotan.

—Podría haber elegido un día mejor para decidir que cometí un grave error. Solo yo podía elegir el día del apocalipsis zombi —digo, y los hago reír. Río yo también, entre lágrimas, y se me va deshaciendo el nudo de la garganta—. No hay forma de contactar con él, ni siquiera para asegurarme de que está bien.

—Si alguien está bien ese es Adrian —espeta Nelly con absoluta certeza—. Está en una granja del norte de Vermont. No me acuerdo del nombre. Tenía un correo electrónico que me mandó, pero estaba en mi cuenta antigua.

—No sabía que seguíais hablando.

Estoy celosa y debo recordarme que no tengo derecho a estarlo.

—Nos hemos mandado algún correo electrónico. La última vez fue hace un año o así. Luego le he escrito dos veces para darle mi correo nuevo, pero no me ha contestado.

Se encoge de hombros, pero yo sé que le importa. Adrian también era amigo suyo. Cuando rompí con él, debió de costarle estar a caballo entre dos amistades.

Le cojo el brazo.

—Siento haberos hecho perder el contacto. —Añado otro punto a la lista de cosas que Cassie se ha cargado en los últimos años. Va creciendo por minutos. Me muero por saber de qué hablaron Adrian y él—. ¿Te…? O sea, ¿qué…?

—Quería saber cómo estabas. Me dijo que te echaba de menos. La última vez que escribió me preguntó si pensaba que querrías hablar con él. Intenté sacar el tema, pero te negabas de tal forma a hablar de Adrian que me cerraste la boca. Le dije que lo intentara, pero que no sabía cómo iría la cosa.

Señalo las entradas de conciertos e imagino lo distinta que sería mi vida si no hubiera sido tan cabezota ni me hubiera dado tanta vergüenza reconocer que la había cagado, siquiera a mí misma.

—Ojalá me hubieras hecho escuchar —digo, pese a que sé que lo intentó.

Me mira asombrado.

—¿Tienes idea de cómo te pones cuando no quieres hablar de algo? Sé que sí. Eres el ser humano más testarudo del planeta. ¡Por favor!

Lo dice muy serio. Podría mentirme a mí misma, pero Nelly no va a tolerar que le mienta a él.

—Lo sé, lo siento. Es culpa mía. No hice caso. Pero tú eres el segundo más testarudo —le digo con una carantoña.

—Oye, que yo sé reconocer cuando estoy equivocado. Solo que nunca lo estoy —dice. Penny gruñe y pone los ojos en blanco—. Además, soy mandón, que es muy distinto.

Levanto las manos en señal de rendición.

—Vale, basta de recordar el pasado, gente —dice Penny—, que tenemos que hacer un montón de mierdas antes de que venga mi madre. James está con el ordenador y Ana anda mirando embobada a Peter, así que he decidido bajar aquí a echar una mano. —Lee las etiquetas de los contenedores—. Sacos de dormir, esterillas, lámparas, utensilios de cocina… ¡Madre mía!, ¿no te has deshecho de nada?

—Nop. Eric lo organizó todo. Fue él quien metió en este contenedor todo lo que yo tiré a la basura.

Le agradezco que rescatara la caja de madera y me prometo decírselo cuando lo vea. Me pregunto qué estará haciendo Adrian ahora. Si esa granja de Vermont será suya. La noche que lo conocí ya sabía que eso era exactamente lo que quería.

Estaba sentada en un sofá, en una fiesta de una fraternidad de mi facultad de las afueras de Nueva York, preguntándome qué hacía yo allí. Mi compañera de cuarto desde hacía una semana estaba en la otra punta de la habitación. La estaba viendo colgarse del cuello de cualquier tío con pulso.

—¿No te va este rollo? A mí tampoco.

La voz venía de un tío sentado en el otro extremo del sofá. Llevaba el pelo rubio alborotado y sus labios esbozaron una sonrisa burlona cuando me vio fijarme en su camiseta con letras griegas en la pechera. Miré las letras y luego a él.

—¿Sí?

—No me queda otra —dijo con un acento arrastrado cada vez más evidente—. Tradición familiar. Si no acepto la vida de un chico de fraternidad, mi padre me deshereda. —Me tendió una mano grande—. Me llamo Nel. Soy de Texas.

Le estreché la mano.

—Cassie. Encantada de conocerte.

—Bueno, Cassie, ¿quién eres y qué haces aquí? No pareces parte de la clientela habitual.

Me encogí de hombros y señalé a mi compañera de piso.

—Me ha suplicado que la acompañara y he decidido probar. Soy de Brooklyn. Estudio Sociología —dije encogiéndome de hombros otra vez—. Aburrido.

—¿De Brooklyn? Eso no es aburrido. Yo me mudo a la ciudad en cuanto me gradúe. Esto sí que es aburrido —replicó, paseando la vista por la habitación—. El ligoteo y el machismo. Las chicas borrachas y las batallas de berridos. Muchos de los tíos no están mal si no te los tomas muy en serio, pero las fiestas son terribles.

Sabía que no era el típico chico de fraternidad: le brillaban los ojos mientras se burlaba de todo aquello.

—Mi compañera está haciendo méritos para el papel de borracha —le dije señalando adonde estaba, riendo como una boba, en el regazo de alguien.

—En momentos como este es cuando me alegro de que no me gusten las chicas.

Aunque a mí no podía importarme menos, sabía que las fraternidades no eran precisamente conocidas como hervideros de tolerancia.

—¿Y esta gente lo lleva bien?

—Sí. Sobre todo porque saben que no son mi tipo. Todos se creen un regalo de Dios para las mujeres y les sorprendió descubrir que sus encantos no se aplicaban también a los hombres —dijo sonriendo, y yo reí—. Salí del armario en el último año de instituto y me las hicieron pasar muy putas. Me niego a seguir escondiéndome.

—Por supuesto —coincidí—. Pero en Texas… Ha tenido que ser duro.

—Bueno, no me ha venido mal poder dar de hostias a la mayoría de los tíos que se metían conmigo —me explicó con una cara de mala leche que acto seguido reemplazó por una sonrisa luminosa—. Jugaba al fútbol y mis mejores amigos del equipo lo sabían. Y me defendieron.

Siempre le digo en broma a Nelly que me dijo enseguida que era gay para que no me enamorara de él. Tiene mucho éxito con las chicas, pero a mí no me dio tiempo a prendarme de él porque en ese preciso instante vio a alguien en la otra punta de la habitación y saludó con la mano.

El tío se acercó a nosotros. Era alto y delgado, de pelo oscuro y bonitos ojos verdes. Muy bonitos de verdad y, con su tez algo aceitunada y sus pómulos prominentes, podría haber sido guapo, pero la mandíbula fuerte y la nariz ligeramente imperfecta bastaban para hacerlo interesante. Vestía vaqueros y una camiseta de algún grupo *indie*. Cuando sonreía, le salía un hoyuelo profundo.

—Adrian, esta es Cassie; Cassie, este es Adrian —dijo Nelly en el mismo momento en que alguien lo llamaba—. Ahora vengo. Siempre reclaman al gay para lo que sea de comer. Ni que supiera cocinar.

Adrian se sentó en el sofá. No se me da muy bien entablar conversación en general, y menos aún con hombres guapos. Sonreí nerviosa y me consolé pensando que era la pareja de Nelly, aunque también fuera mi tipo. No había motivo para que me comportara como una cría vergonzosa.

—Hola, Cassie —dijo Adrian posando aquellos ojos en mí con interés—. ¿En qué curso estás? Me parece que no nos conocemos.

—En tercero. Me acabo de trasladar este año. ¿Y tú?

—En tercero también. Es un centro decente, la gente es bastante maja.

Asentí y me esforcé por encontrar algo que decir, pero tenía la mente completamente en blanco. Se me ocurrió de pronto que no deberían permitirme socializar sin un juego de fichas con anotaciones. Adrian me salvó.

—¿Y qué quieres ser de mayor? —me preguntó.

Su sonrisa me descolocaba. Además, aunque aquella fuera la segunda pregunta que te hace todo el mundo cuando te quieren dar conversación en la universidad, me dio la impresión de que le interesaba de verdad.

—Si te refieres a mi especialización, había pensado en Arte, pero con eso no voy a conseguir un trabajo decente, así que me he pasado a Sociología con algunas asignaturas de Arte. —Torció la boca. Le adiviné el pensamiento y le di la razón—. Sí, ya sé que Sociología no es mucho mejor —dije sonriendo—, pero no pretendo trabajar en Wall Street. Tengo que estudiar algo que me guste; si no, ¿qué sentido tiene? Me meteré en alguna oenegé.

Asintió con la cabeza.

—¿Qué tipo de arte haces?

—Pinto, sobre todo. ¿Y tú, en qué te vas a especializar? —le pregunté, cambiando de tema porque me daba muchísima vergüenza hablar de lo mío.

—Quiero hacer una ingeniería.

—Vaya, ese es un grado de persona mayor —bromeé. Era tan agradable que noté que me relajaba—. ¿Y qué piensas hacer con eso? ¿Construir puentes y forrarte?

Sonrió. Cuando meneaba la cabeza, le caía el pelo por los ojos y se lo apartaba.

—No exactamente. Me voy a especializar en Ingeniería Medioambiental. Quiero crear cosas que puedan usarse para la producción de alimentos y la conservación del suelo.

—¡Uy, un ecologista! —dije negando con la cabeza.

—No, tranquila, que no voy a empezar a sermonearte sobre cómo te estás cargando el planeta ni nada de eso —se defendió, con las manos en alto, y apareció el hoyuelo.

—Lo digo en broma. Entonces, ¿quieres vivir desconectado? ¿Cero residuos? —pregunté.

—Eso es. —Me miró como si hubiera despertado su interés y su escrutinio me hizo ruborizarme—. He pasado el verano de voluntario en un proyecto y he aprendido lo suficiente para instalarle a mi madre un sistema de agua caliente solar. Ahora quiero ponerle paneles solares para toda la casa.

Cabeceé afirmativamente y bebí cerveza para que no notara lo sonrosadas que tenía las mejillas.

—Me gustaría montar una granja que genere su propia comida, energía…, biodiésel quizá… —Se interrumpió de pronto—. Perdona, que cuando me pongo a hablar de estas cosas no hay quien me pare. ¿Te estoy aburriendo? —me dijo agitando la mano delante de mis ojos.

—No, es como hablar con mi padre —contesté bajando el vaso. El rubor se había esfumado por fin—. Mis padres van a instalar paneles solares en la cabaña que tienen en las afueras. Su idea es ser completamente autosuficientes cuando se jubilen y cultivar ellos mismos prácticamente todo lo que coman. Me gusta hablar de ello con mi padre, hasta que la conversación se complica con tecnicismos y empieza a salirme humo de la cabeza —dije, haciendo un ruido que no representaba en absoluto la combustión de mi cerebro pero que le hizo gracia.

—Ojalá pudiera hablar con tu padre. Me gustaría ver lo que ha hecho.

—Podrías, si vas en serio. Él está deseando hablarlo con alguien. Mi madre y yo le decimos que sí a todo, sonreímos y nos escaqueamos cuando se pone pesado. Ahora que mi hermano está estudiando fuera, nuestra falta de interés en sus planes lo está matando poco a poco por dentro.

Adrian no dijo que no. Una cosa no podía negarles a los amantes de la energía solar: eran una panda muy comprometida. Reconocí la mirada soñadora en el rostro de Adrian.

—¿De qué conoces a Nel? —le pregunté, por saber si iban en serio o no.

—Coincidimos en clase la primavera pasada y nos caímos bien. Es un tío genial.

—Eso parece.

Justo entonces apareció Nelly con un plato de hamburguesas.

—Bueno, ¿qué me he perdido? Me da que tú te has perdido a tu compañera de piso echando la pota en los setos y marchándose a casa, Cassie.

Me puse de pie.

—Igual debería irme con ella —dije, aunque no me apetecía. Agarrarle el pelo en el baño compartido no era una de mis prioridades.

—Iba con otra chica —contestó Nelly, quitándole importancia con un manotazo al aire—. ¿Bethany? ¿Tiffany? Una, no sé. ¡Que está bien! —añadió, se sentó en el suelo y dio unas palmaditas en el sitio donde yo había estado sentada—. Ven. Come.

Y eso hice. No paraba de mirar a Adrian con disimulo. Unas cuantas veces lo pillé mirándome y cada vez que cruzábamos una mirada me daba un vuelco el corazón. Procuré controlarme, diciéndome que, aunque fuera mono y simpático, no estaba interesado en mí. Que ni siquiera le interesaban las chicas.

Siempre me sentía como la chica cuyo nombre no recordaba nadie. Normalmente los tíos que terminaban interesándose por mí eran esos a los que ya conocía desde hacía un tiempo, esos con los que podía hablar sin morirme de vergüenza. Y hasta entonces no me había parecido mal, no me importaba ser una persona que inspiraba afecto y lealtad con el tiempo, aunque pasara inadvertida, al menos al principio. Pero no quería que eso me pasara con Adrian.

—Bueno, mañana trabajo, trabajo-estudio en la biblioteca —dije cuando ya llevábamos horas hablando. Era una de esas conversaciones en las que tienes tanto que decir que te desespera pensar que jamás vas a conseguir decirlo todo aunque estés en vela hasta el alba. El resto de los asistentes a la fiesta se habían quedado traspuestos o se estaban enrollando con alguien en ese momento—. Si me voy a la cama ahora, igual consigo levantarme a tiempo.

—Nada de irse sola a casa, cariño —dijo Nelly—. Déjame que te acompañe.

No quería que se viera obligado a acompañarme a casa por calles seguras y punteadas de árboles.

—Gracias, pero no hace falta. Me he criado en Brooklyn, ¿recuerdas?

—Voy yo contigo —propuso Adrian—. Nuestras residencias están una al lado de la otra.

—Vale, gracias —contesté—. Nelly…

Me di cuenta de que lo había llamado «Nelly» (la cerveza me había soltado la lengua) y me ruboricé. Ya le había buscado un apodo, pero no tenía intención de usarlo.

—¡Me gusta Nelly! —exclamó—. Como Nellie Oleson, la de *La casa de la pradera*.

—¡Yo me hacía pasar por Laura! —dije yo—. Cuando ensayaba mis aptitudes de colona. —Adrian me sonrió—. Bueno, «Nelly», un placer conocerte. ¿Nos veremos por ahí?

Nelly sonrió y me envolvió en un abrazo.

—Uy, no te vas a librar de mí, pequeñaja. ¿Comemos todos juntos mañana?

—Estaría bien —dije yo, y le sonreí.

Me aparté para darles un momento de intimidad y, despidiéndonos por última vez de Nelly, nos fuimos. Caminamos hasta el campus mientras Adrian me hablaba de su madre, que los había criado a su hermana y a él con muchísimo amor, pero poquísimo dinero. Era listo y divertido como su madre, y ecologista. Suspiré.

—¿Y ese suspiro? —me preguntó dándome un codazo en el brazo.

—No, nada —contesté mirándome los pies.

—Cuéntamelo, anda —dijo enhebrándome el brazo en el suyo.

Apreté bien los labios y negué con la cabeza. Luego decidí que, si se lo decía, igual hasta nos reíamos y se me pasaba de golpe el cuelgue que tenía por él.

Suspiré con dramatismo y le devolví el codazo.

—Es que es muy deprimente. A ningún tío le interesan nunca las mismas cosas que a mí. Incluso mi padre te adoraría. —Adrian se detuvo en seco, perplejo—. Ya sabes —vacilé—, aunque seas gay.

Me sentí como una verdadera imbécil. Ojalá hubiera tenido la boca cerrada.

—No soy gay.

Me pareció verle una sonrisa minúscula en la cara, pero no fui capaz de mirarlo a los ojos el tiempo suficiente para confirmarlo.

—¿Qué?

Lo había oído perfectamente, pero necesitaba un segundo para pensar.

—¿Esa impresión doy? Pretendía darte a entender que me gustaría salir contigo.

Apenas presté atención a lo que me decía porque estaba pensando en dar media vuelta y salir corriendo. Claro que mis posibilidades de evitarlo en el campus durante los próximos dos años eran escasas. Además, no iba a poder correr más de una manzana antes de que me diera el flato, y él me tenía cogida por el brazo. Le había dicho que me gustaba ¡y que a mi padre le iba a encantar!

La cerveza y la comida se me estaban amotinando en el estómago.

—He pensado que… Como me has dicho que Nelly y tú os llevabais bien…

—Eso me da igual. Lo que me importa es lo de vernos. —Lo miré aturdida y lo vi relajadísimo, mientras a mí todo me zumbaba y me daba brincos por dentro—. Me refiero a lo de que salgamos tú y yo…

—Ah. —Como estaba convencida de que sabía la respuesta a esa pregunta, me permití bromear—. Vale, pero lo de conocer a mi padre mejor lo dejamos para la segunda cita.

Me dedicó una sonrisa enorme y yo sonreí también, aliviada de no haber hecho un ridículo espantoso. Estaba abochornada pero, en el fondo, emocionada. No eran imaginaciones mías: había química entre los dos. Conseguimos llegar a mi residencia sin que muriera de vergüenza.

—Yo me quedo aquí —dije y él me soltó el brazo—. Gracias por acompañarme.

Me mordí el labio y lo miré de reojo, confiando en que me propusiera volver a vernos.

—Un placer. ¿Nos vemos mañana, entonces, a la hora del almuerzo y hacemos planes?

—Vale.

Nos sonreímos tímidamente hasta que caí en la cuenta de que tenía que entrar. Empecé a subir los escalones de la entrada y di un traspié. Me giré con la esperanza de que se hubiera ido ya, pero seguía allí, reprimiendo una sonrisa. Hice como si nada, aunque preguntándome cuántas veces era capaz de meter la pata en una misma noche, porque estaba batiendo récords.

—Venga, ríete. Tropiezo una decena de veces al día. O tiro cosas al suelo. O me choco con la gente sin querer…

Meneó la cabeza, divertido.

—Buenas noches, Cassie —me dijo con una voz suave.

La forma en que me miró, como si yo fuera algo especial, algo digno de contemplar, hizo que me temblaran las piernas. Le dije adiós con la mano y conseguí cruzar la puerta, en vez de estamparme contra ella, rumbo a mi cuarto.

Nelly levanta la tapa del contenedor e inhala fuerte.

—Ay, me encanta el olor a aceite para armas —digo.

Probablemente a él también.

—¿Qué hay ahí, forastero? —pregunta Penny—. No voy a saber de qué me hablas, pero…

Nelly planta el contenedor alargado encima de la mesa de pimpón. Abre los estuches y saca dos revólveres, una nueve milímetros y una escopeta, limpios y resplandecientes, como si mi padre los hubiera guardado ayer. Luego vienen las cajas de munición, que apila por tamaños.

—No hay nada peor que un arma descargada —dice.

Carga con destreza la munición correspondiente en cada arma. Lo ayudo. El revólver me resulta pesado y extraño al tacto. Hace tres años que no toco uno.

—¡Uf! —exclama Penny. Mi padre le enseñó a disparar un rifle, pero le dan miedo las pistolas—. ¿Tu padre no sabía que es ilegal tener armas en la ciudad?

—Claro —contesto con una sonrisa—. Por eso están casi todas en la cabaña.

Penny menea la cabeza y Nelly ríe.

Capítulo 12

Terminamos en el sótano, de momento. La cabaña está a solo cuatro horas en coche, pero si mi padre estuviera aquí, nos diría que no nos fiáramos. Hay que llevar reservas de sobra por si tardamos días, por si hay que caminar. No soy de equipaje ligero y, si de mí dependiera, me lo llevaría todo. James podría venirnos bien: tiene la cabeza muy bien amueblada. Como Peter.

Peter. Está aquí y, por lo visto, viene con nosotros. No puedo sostener esto mucho más tiempo. Cada minuto que paso siendo aún su pareja oficial me parece una mentira. Voy arriba. James está pegado a mi ordenador. Oigo una risita procedente de la cocina.

—Sí, ya no va nadie allí. Además… —Ana deja de hablar y levanta la vista.

Sonrío. Peter me devuelve la sonrisa. Ana me mira la sudadera del gatito con una especie de horror. Pensaba meterla en mi mochila de supervivencia para protegerla, pero no me la quiero quitar todavía.

—Hemos echado un vistazo en el sótano y hay mochilas para todos. Peter, tú tienes ropa aquí. —Asiente—. Vas a tener que llevarte algo con lo que puedas caminar, por si acaso. Vaqueros, por ejemplo —digo, mirando intencionadamente a Ana.

Peter me mira como si fuera una niña tonta. Me pone de los nervios.

—Entonces, ¿nos vamos de verdad?

—María nos ha aconsejado que lo hagamos. Ana, es tu madre y sabes que no es muy dada a sacar las cosas de quicio.

Me dan ganas de decirle a Peter que, por mí, puede quedarse en Nueva York si tanto trastorno le supone. Ana se resiste a darme la razón, pero al final lo hace.

—Es cierto: mi madre es la persona más práctica del mundo. Deberíamos hacerle caso.

O sea, que hagamos caso a su madre porque es una persona muy práctica, no como yo. La indirecta ha quedado clara, pero no me apetece discutir. Peter sonríe y me tiende las manos. Le cojo una, aunque no me apetece.

—No, Cassie no es la más práctica, pero sí la más guapa —dice.

Ana le sonríe, pero, cuando Peter se vuelve hacia mí, pone los ojos en blanco. Este hombre tiene una piel preciosa, aun a la luz espantosa de mi cocina, pero toda esa perfección aristocrática aburre cuando no hay nada detrás.

—Gracias —contesto, aunque no sea cierto. Ana podría ganarme en cualquier concurso de belleza. La personalidad es otra historia—. Hora de recoger tus cosas.

Le tiro de la mano, suave pero fuerte. Peter hace cosas como escalada en rocódromo y correr, pero siempre en entornos de clima controlado. La única vez que lo convencí para dar un paseo por Prospect Park conmigo, se pasó el rato despotricando de los mosquitos.

Como hay algunas cosas mías en su estantería de mi armario, chasca la lengua mientras saca su ropa de debajo de la mía y la deja encima de la cama. Luego cierra la puerta de mi cuarto y se vuelve sonriente hacia mí. Para tenerlo a raya, entierro la cabeza en el armario y masculo algo sobre unas botas, pero se me acerca por la espalda y me besa el cuello. Me agarroto un poco, aunque lo que de verdad me apetece hacer es quitármelo de encima a manotazos.

Al girarme, me doy un cabezazo con la barra del armario.

—Peter, hay mucho que hacer.

Sonríe y me da una palmadita suave en la sien.

—¿Y no hay tiempo para un beso? Venga ya, hace días que no te veo.

Le doy un beso que es más que un besito, pero, desde luego, no es un beso en condiciones. Sonrío y confío en que no le parezca tan falso como yo lo siento.

—Bueno, venga, que hay mucho que hacer.

No sé descifrar la cara que me pone, pero no es de felicidad.

—Genial.

Suspiro aliviada y busco ropa que llevarme.

Capítulo 13

Peter me ayuda a organizar el sótano, pese a que, por la cara que pone, está claro que le parece absurdo. Hay comida y agua, y filtros para el agua; brújulas, cinta americana, navajas, linternas, una radio, un hornillo minúsculo con combustible, dos tiendas de campaña ligeras y otros artículos de acampada. Peter ha hecho una lista y va tachando las cosas según las guardamos. Aunque le parezca absurdo, está siendo muy diligente. Es como un niño pequeño: lo tienes que entretener con algo para que no haga pucheros y dé la lata.

—Habrá que ir a por la furgo rápido —digo—. Cargarla y marcharnos.

—No sé —dice Penny mientras cierra la cremallera de su mochila—. Me parecería que estamos robando. Igual podemos ir en taxi al aeropuerto y alquilar un coche.

—Julio me ha dicho que podíamos usar la furgo, como si fuera a Ikea o algo así —digo para tranquilizarla—. La traeremos cuando volvamos a trabajar. Dadas las circunstancias, se alegrará de que la usemos.

—A Julio no le va a importar en absoluto, Pen —tercia Nelly.

James nos llama con urgencia desde arriba, donde está planificando rutas en mi ordenador.

—Supongo que no lo oís desde ahí abajo. Venid aquí.

El ruido aumenta a medida que subimos la escalera. James ha abierto las ventanas de mi dormitorio que dan a la calle. Miramos por encima de las molduras de hierro forjado que cubren los cristales, pero mi calle está vacía. El jaleo viene del final de la manzana.

—Que empiece el pillaje —dice Penny por encima del estrépito de cristales rotos—. Subamos a la azotea y caminemos hasta la avenida.

Avanzamos por los bloques contiguos hasta el final de la manzana y nos subimos a la cornisa. Los cristales rotos de los escaparates de las tiendas brillan a la luz de las farolas. Decenas de personas vitorean mientras sacan los artículos de los establecimientos y se los pasan a sus cómplices. Un tío va bailando por ahí con su radio al tiempo que llena hasta arriba el coche con el botín.

Vienen más figuras hacia aquí. Al principio, pienso que son saqueadores también, pero no les interesan las tiendas. Empiezan a pegarse con los ladrones de unas manzanas más abajo. Debe de ser un grupo de contagiados.

—¡La hostia! —exclama James, que también se ha dado cuenta.

Se dirigen a los saqueadores de más abajo, que no oyen los gritos que nosotros apenas distinguimos con el barullo. Por fin, un adolescente repara en los contagiados y se le descuelga la cara al verlos llegar. El bullicio del saqueo cede ante los alaridos de miedo. Agarra a un amigo por la espalda de la camiseta y señala.

Algunos consiguen salir corriendo. Los que no se percatan, o no saben qué aspecto tienen los contagiados, o piensan que aún les da tiempo a pillar una o dos cosas más, se ven de pronto rodeados. Los contagiados se abalanzan sobre ellos con manos y dientes. Los berridos aumentan y se interrumpen bruscamente.

—¡Dios! Id a por la cabeza —murmura James a mi lado.

Es una masacre. La sangre salpica la calle a medida que van destrozando cuerpos. Unos pocos escapan después de que les muerdan. Espero que no vayan a sus casas y contagien a sus familias, pero seguro que sí, porque ahí es donde va cualquiera cuando está herido.

Peter se deja caer pesadamente en la cornisa, pálido. A lo mejor ahora lo entiende. La calle no tarda en llenarse de cadáveres. Algunos de los contagiados deambulan por ahí como si no supieran bien lo que estaban haciendo mientras otros devoran. Otros parecen mecidos por un viento invisible. Lo único que se oye es el gruñido espantoso de sus gargantas. Tengo la certeza de percibir el olor acre a sangre desde aquí arriba. Me llevo la mano fría a la frente y cierro los ojos.

—El jaleo los ha atraído —dice James—. Han oído los gritos. Miradlos. —Exploramos el grupo de abajo. No sé qué se supone que hay que ver, aparte de todos esos cadáveres y toda esa sangre—. Fijaos en lo que llevan puesto —añade señalando la calle.

Más de la mitad viste camisones de hospital, de esos que te dan cuando te ingresan, pero que no te puedes llevar cuando te dan el alta, al menos si lo pueden impedir. Penny suelta un aspaviento.

—¡Joder! —exclamo, y se me cae el alma a los pies.

CAPÍTULO 14

PENNY SE PASEA nerviosa por el pasillo con el móvil. Los demás estamos sentados en el salón y lo único que se oye son las noticias y el tecleo de James en mi ordenador. Cuando suena el fijo de casa, me levanto como un resorte a cogerlo.

—¡Gracias a Dios, Cassie! —dice María—. Llevo una hora intentando hablar con vosotros.

—¡María! —digo, y Penny entra corriendo—. Nos ha llegado tu mensaje. ¿Sigues en el hospital? —De fondo se oyen gritos y un arrastrar de objetos pesados.

—Sí. Cassie, ¿tienes manos libres en ese teléfono? —Localizo el botón y le digo que adelante—. Gracias. ¿Penny? ¿Ana? —La voz con algo de acento de María resuena por la estancia.

Penny se inclina sobre el micro.

—¡Mamá! ¿Cuándo vienes?

María suspira hondo.

—Penny, tenéis que salir de la ciudad inmediatamente. Hay un hombre aquí de la FEMA, el servicio de gestión de emergencias. Estoy usando su teléfono. Nos ha dicho que tienen pensado destruir todas las salidas de Nueva York entre esta noche y mañana. No pueden controlar la propagación del bornavirus, así que han optado directamente por la cuarentena.

—¿Cómo «destruir»? —pregunta James.

María suelta una risa breve.

—Lo llaman cuarentena, pero van a dejar que la infección siga su curso. Bart, el tipo de la FEMA, dice que tienen previsto volar o bloquear los puentes y los túneles. No quieren que millones de contagiados salgan en tropel de la ciudad. Él se iba a marchar esta noche.

Jamás se me habría ocurrido que fueran a dejarnos atrapados aquí de ese modo, al menos habiendo todavía tantas personas sanas. Nos están condenando a la muerte.

—Entonces, ¿nos van a dejar aquí para que muramos? —pregunta Penny incrédula.

María suspira y, cuando vuelve a hablar, le tiembla la voz.

—Eso es, m'hija. Eso es. Y lo que es peor: no hay cura. Están matando a los enfermos. Les estábamos practicando la eutanasia con una mezcla de medicamentos inyectados en el bulbo raquídeo, pero hemos llegado tarde y mal. El hospital se ha visto sobrepasado y los pacientes están saliendo en bandadas por la puerta. Estamos todos escondidos en el sótano.

—Los hemos visto. Estaba preocupada por ti. Devoran a la gente, mamá —dice Penny. Se le escapa un sollozo y se tapa la boca—. Están todos muertos, tirados en la acera.

—Ay, m'hija, puede que no hayan muerto, mientras les quede algo de ellos. Todos los contagiados están muertos, o todo lo muertos que pueden estar, pero siguen deambulando por ahí.

James me mira a los ojos. No veo sorpresa en los suyos, más bien una especie de admiración. Como debió de sentirse la gente cuando el hombre pisó la Luna o engendró un niño probeta por primera vez. Solo que los niños probeta no querían comerse a nadie.

—El virus trabaja en tándem con un parásito. El cerebro es el portador y, de algún modo, estimula todos esos procesos primarios: el movimiento, el impulso de pelear, el hambre… No conozco todos los detalles. Los CDC llevan un mes estudiándolo.

Un mes y aún no podían frenarlo. Oímos un nuevo estruendo al otro lado de la línea y nos sobresaltamos. Deben de estar apilando todo lo que encuentran para impedirles el paso.

—Estoy aquí, estoy aquí. Te dejo. Hay otros que necesitan el teléfono. Contamos con el depósito de cadáveres y la cafetería. Hay un generador. Estamos a salvo aquí. Pero vosotros os tenéis que ir de la ciudad ahora mismo, a la cabaña.

María está al tanto del alijo de mi sótano y del de la cabaña.

—Querrás decir que «nos» tenemos que ir, incluida tú —la corrige Penny.

—Penny, no voy a poder salir de aquí hasta que los contagiados se vayan o se mueran o encuentren algo que… Aquí estamos bien. Necesito saber que vosotras estáis a salvo.

—¿Pretendes que te dejemos aquí? ¡Ni hablar! —chilla Penny espantada.

—No podéis esperarme. Bart nos ha pedido a los que tenemos familia aquí que les digamos que se vayan. Dentro de cuarenta y ocho horas, el nivel de contagio en Nueva York será increíble.

—¡Eso no me tranquiliza, mamá!

—Ya, pero debes saber lo peligroso que es. Un mordisquito, a veces incluso un arañazo, puede bastar para que te contagies. Sé cuidarme sola. En cuanto sea seguro, iré al apartamento de Cassie. Si se puede salir de Nueva York, me iré a la cabaña. ¿Cassie?

Penny me mira como si estuviera teniendo una pesadilla y yo pudiera despertarla, pero la pesadilla no es solo suya.

—Estoy aquí, María —contesto—. Voy a meter la llave debajo del felpudo. Dejaremos también un mapa para llegar a la cabaña.

—Me imagino a María aquí sola, con varios millones de muertos hambrientos ahí fuera. Siempre ha sido como una madre para mí, aun antes de que murieran mis padres. Después, cuando a Eric y a mí nos paralizaba el dolor, ella se encargó del funeral. Hizo soportables nuestras primeras Navidades solos. Ha estado ahí siempre que la he necesitado. No puedo abandonarla cuando nos necesita—. Vamos a coger una furgo del trabajo. Pasamos a buscarte…

—¡No! No —repite categóricamente—. Es demasiado peligroso. Lo siento, pero tengo que colgar. Os quiero, m'hijas. Prometedme que haréis lo que os he pedido.

—Vale, lo prometemos. Cuídate, mamá, por favor. Te quiero —llora Penny.

—Te prometo que lo haré. Os quiero, hijas. Más que a nada en el mundo.

Penny le contesta en un susurro, con las mejillas empapadas de lágrimas.

Ana se agarra muy fuerte a la mesa.

—Te quiero, mamá. Soy Ana. Yo también te quiero.

—Te quiero, cielo. Cuidaos unas a otras, mis tres niñas, ¿vale? Sé que lo haréis.

La tensión le rompe la voz y entonces cuelga.

Capítulo 15

Nos quedamos plantados alrededor del teléfono, en silencio. Van a morir todos. Han perdido el control por completo. Van a volar los puentes. María no viene con nosotros.

Todos lo estamos pensando, pero James es el único que por fin lo dice:

—¡La hostia puta!

Peter se deja caer en una silla y mira al infinito. Penny y Ana se quedan cerca del teléfono como si su madre fuera a seguir hablando.

Contengo las lágrimas y agarró a Penny del hombro tembloroso. No sé qué decir. Puede que esa haya sido la última vez que hable con su madre. María no nos ha dicho cuánto tarda la infección en desarrollarse. Aquí hay comida de sobra para alimentar a una persona durante un encierro largo, pero primero tendrá que llegar aquí y me da la impresión de que eso no va a ser tan fácil.

—Nosotras no nos vamos —dice Penny, señalándose y señalando a su hermana, y mirándonos furiosa, con los ojos irritados, como retándonos a que nos opongamos.

Nelly niega despacio con la cabeza.

—¿Qué?

—Es nuestra madre. ¿Cómo la vamos a dejar aquí? Sé que se lo he prometido, pero, cuando venga, nos iremos con ella.

Me ando con pies de plomo. Sé que yo tampoco querría dejar a mi madre aquí, pero también sé que María se moriría si sus hijas se pusieran en peligro por su culpa.

—Pen, te prometo que volveremos a por ella en cuanto podamos —digo.

Ana y ella se miran. Penny me mira como disculpándose y niega con la cabeza.

James carraspea.

—Entonces, yo me quedo con vosotras. Cuantos más, mejor. Encontraremos la forma de salir cuando vuestra madre esté aquí —dice encogiéndose de hombros, pero su cara lo delata.

Deberíamos irnos. Estoy deseando verme en una furgo rumbo a las afueras, pero no puedo abandonar a los pocos seres queridos que me quedan en el mundo. Puede que no sea la decisión más inteligente, pero es la correcta.

—Pues entonces yo también me quedo —digo, y Nelly me secunda—. Pasaremos esta noche y mañana consiguiendo las provisiones extra que podamos. De todos modos, habría que ir a por la furgo, para tenerla cerca cuando la necesitemos, traer toda la comida de vuestra casa… No nos vamos sin vosotras.

Peter menea la cabeza y da media vuelta.

Penny mira a James, luego a Nelly y después a mí.

—No puedo consentir que os arriesguéis todos a quedaros atrapados aquí. Estáis locos. Por mucho que quiera que os quedéis, tengo que asegurarme de que estáis a salvo… —Abandonan su rostro los últimos vestigios de rebelión—. Parezco mi madre, ¿no?

—Sí —coincido—. Ahora multiplica eso por mil y sabrás lo mucho que quiere ella que os marchéis. Los demás nos tenemos que quedar porque, cuando llegue y os vea aquí, va a querer mataros ella misma.

Amaga una sonrisa y acaricia la patilla de las gafas.

—Tenemos que irnos, Banana —le dice a Ana, porque así es como la llama—. Yo no me quiero ir, pero mamá nos va a matar si nos quedamos. Se lo hemos prometido. Cuando llegue aquí, estará bien hasta que podamos venir a buscarla.

—Esto es absurdo —replica Ana—. Yo creo que deberíamos esperar unos días y ver cómo va la cosa. —Penny intenta hablar, pero Ana la interrumpe con una mirada furiosa—. Ya sé lo que ha dicho mamá, Penny, pero el tío ese del FEMO o como se llame igual se equivoca, ¿sabes? ¿Cómo van a volar los puentes de la ciudad? Eso parece una de esas cosas que diría Cassie.

Resulta reconfortante verla poner los ojos en blanco cuando habla de mí. Me hace ver que la Ana de verdad sigue ahí dentro, en alguna parte, muriéndose de ganas de salir a hablar mal de quien sea.

A Penny se le secan las lágrimas.

—¡Ana, ya vale! Nos vamos, como hemos prometido. Esta noche. Vamos a preparar las mochilas.

Su rotundidad consigue cerrarle la boca a Ana. Suena exactamente igual que su madre.

CAPÍTULO 16

Nelly y James se eligen para ir a por la furgoneta. Yo me ofrezco voluntaria, pero, por algo que huele sospechosamente a rivalidad mal entendida, se niegan. Decido no montar un cirio, a pesar de que, después de Nelly, soy la que tiene mejor puntería. Se llevan cada uno un bate de béisbol del material de entrenamiento de mi padre y una pistola.

—Acordaos de no usar las armas más que en caso necesario —les digo—. Parece que les gusta el ruido a estos… —Me interrumpo. No soy capaz de pronunciar la palabra.

—¿Zombis? —tercia James. Tiene esa cara de ilusión nerviosa que ponen los tíos cuando están haciendo algo peligroso y probablemente estúpido, pero en vez de estar asustados están emocionados.

—Escuchadme bien —digo, amenazándolos con un dedo aunque me tiemble—: no os hagáis los héroes. Coged la furgo, la que tenga más gasolina, volved y punto.

—¡Sí, señora! —me contesta Nelly con un saludo militar.

Los abrazo y echo la llave. Tengo un nudo en la garganta difícil de ignorar. Van a volver. Me distraigo subiendo las mochilas del sótano. Entre las bolsas y el equipo más aparatoso que llevaremos en la furgo y dejaremos atrás si hace falta, parece que estemos montando una expedición al Everest. Espero que la furgoneta nos lleve por lo menos hasta las afueras de la ciudad.

Me llevo la mano al bolsillo de los vaqueros y acaricio el círculo que forma el anillo de Adrian. Se ha convertido en un talismán: mientras lo lleve encima, esto terminará bien. Viene Peter al sótano.

—¿Me ayudas a subir el resto de las cosas? —pregunto.

Ignora mi pregunta.

—¿En qué estabas pensando? ¿Estás mal de la cabeza?

—¿Qué?

Se ha cruzado de brazos y me mira con ese aire suyo de superioridad, de desdén. Se lo he visto antes, pero nunca dirigido a mí.

Tuerce el gesto.

—¿Cuando has dicho que sin Penny no te ibas? No puedo creer que estuvieras dispuesta a poner en peligro nuestra seguridad de ese modo, ¡por una persona que seguramente va a terminar muerta!

Inspiro hondo, temblona, un par de veces. No me sirve de nada. Hace dos horas pensaba que estábamos sacando las cosas de quicio y ahora me acusa de poner en peligro «nuestra» seguridad. Lo único que le importa es él mismo, y a lo mejor yo, porque soy un salvoconducto para salir de aquí. Soy un sitio al que ir. No sé de qué me sorprendo, la verdad. Supongo que pienso que, aunque la gente sea egoísta, a la hora de la verdad van a hacer lo correcto, lo humano. Pero Peter no. Me da muchísima rabia, pero procuro controlarla y lo que me sale es frío y mortal.

—¿Sabes, Peter?, a veces, por amor al prójimo, uno hace cosas que podrían poner en peligro su propia seguridad. Lo quiere tanto que está dispuesto a quedarse a su lado, aunque eso complique las cosas, aunque se la juegue. No espero que tú lo entiendas. Y respecto a lo de ponernos en peligro, no te preocupes por eso. A partir de ahora, se acabó lo nuestro. —Se queda boquiabierto. Me alegra de una forma cruel ver cómo el pasmo reemplaza esa sonrisa suya de autosuficiencia—. No quiero que te quedes aquí porque no es seguro y puedes venir con nosotros si quieres, o ir por tu cuenta, ya que piensas que estamos todos locos, pero que no me entere yo de que Penny o Ana te oyen hablar así. Tú, precisamente, deberías entender que quieran asegurarse de que su madre está a salvo.

Es un golpe un poco bajo y parece debidamente escarmentado.

—Vale, vale, perdona —dice e intenta abrazarme. Su rostro recupera el aspecto normal. Intenta camelarme. Piensa que la boba de Cassie no va en serio. Cruzo los brazos. En mi vida he tenido más ganas de darle una patada a alguien. Resopla fuerte—. Cassandra, no seas ridícula. Lo siento. No pretendía que sonara así.

Pero sé que sí. Me tiembla el cuerpo entero, pero también me noto una sensación palpable de alivio.

—No, hemos terminado. Hace tiempo que quería decírtelo. Ahora no es el mejor momento para hablarlo. Siento haberlo hecho así.

Lo dejo allí y subo corriendo las escaleras.

Capítulo 17

De pie en mi cuarto, con los puños apretados, oigo a Penny y a Ana trasladar nuestras cosas a la puerta del apartamento. Me calzo mis viejas botas de piel y tiro las zapatillas de ir por casa dentro del armario con más fuerza de la necesaria. Con el miedo y el sudor, se me ha encrespado aún más el pelo, así que me hago dos largas trenzas castañas. No quiero ver a Peter, pero no puedo encerrarme aquí. Voy al salón y me planto delante de la tele, ignorando sus miradas asesinas desde el sofá.

El virus está bajo control, dice el presentador. Ahora que sé que mienten, entiendo por qué la gente sigue en casa, esperando a que pase todo. Salvo que investigues bien, no hay más que buenas noticias.

Están activando el toque de queda, aparentemente para evitar el pillaje. Eso significa que las carreteras estarán despejadas y que, si no nos detienen, podríamos conseguir salir. Muestran la ubicación de más centros de tratamiento. Imagino fosas comunes. Empiezo a dar golpecitos en el suelo con la bota. No sabemos a qué hora van a volar los puentes y a medianoche ya es oficialmente mañana. Oigo que se cierra de golpe la puerta de un vehículo a la entrada. Son Nelly y James con la furgoneta azul.

Corro a la puerta.

—¿Qué tal? ¿Cómo ha ido?

—No demasiado mal —contesta Nelly—. Al volver la esquina, nos hemos dado de bruces con uno. Nos ha dado un susto que te cagas, pero James y yo lo hemos tumbado con los bates —dice, imitando el golpe con el bate, y luego se pone blanco.

—Uf —digo al recordar el chasquido del metal en la cabeza del de las gafas de aviador.

—Sí —tercia James, al que ya no parece entusiasmarle tener un subidón de testosterona—, ha sido bastante asqueroso. Cuando volvíamos con la furgo, nos ha parecido ver un grupo enorme de ellos. Atravesar Queens parece imposible. Tenemos que irnos ya, mientras las calles de esta zona sigan despejadas.

El otro único plan posible es el Verrazano a Staten Island y luego cruzar a Jersey. No han visto muchos coches. La gente sigue en su casa, haciendo lo que les han dicho. Por eso van a volar los puentes esta noche, seguramente. Mañana empezará a cundir el pánico y, para entonces, será demasiado tarde.

C**APÍTULO** 18

E**CHO UN ÚLTIMO** vistazo a mi apartamento. Me parece sentir a mis padres aquí. Espero estar haciendo lo correcto, lo que ellos habrían hecho.

—Hasta el fin del mundo —susurro por el pasillo vacío.

—Y después —susurra Penny a mi espalda.

Me vuelvo y sonrío. De pequeña, discutía con mis padres sobre quién quería más a quién. Tanto como el universo, decíamos. Por siempre jamás. Hasta el infinito y más allá. Hasta el fin del mundo y después. Perfecto para la ocasión.

Nuestra manzana sigue tranquila, así que cargamos la furgoneta rápidamente. Con Nelly al volante, nos dirigimos a Queens. Figuras sospechosas llenan las calles a lo lejos. Nelly conduce hasta la siguiente avenida, pero es lo mismo: un aterrador desfile se encamina hacia nosotros.

—Sí —digo—, va a ser Jersey.

Hay unos cuantos contagiados en cada manzana. Algunos casi parecen normales, pero sus cuerpos rígidos y sus miradas perdidas los delatan. Otros parecen muertos y en fase de descomposición. ¿Cómo no me he dado cuenta de que el del cuello mordido estaba muerto? Ahora me parece tan obvio… Nadie sobrevive con una carótida arrancada de un mordisco.

Me siento aliviada cuando salimos de las calles y enfilamos la autopista. Los contagiados aún no han llegado allí y el puente está a solo unos minutos. Estoy empezando a relajarme cuando veo destellos de luces policiales en el interior de la furgoneta. Se forma una capa de sudor bajo mi ropa y me tiemblan las piernas. Apenas hemos llegado a ningún sitio.

—Mierda —dice Nelly y se detiene en el arcén.

Se nos acercan a toda velocidad cuatro coches de policía. Confío en que nos dejen irnos a casa en vez de detenernos, pero pasan como balas por nuestro lado sin mirarnos siquiera. Dejo caer la cabeza sobre el asiento, aliviada, y oigo los suspiros de mis amigos mientras nos incorporamos a la autopista y cruzamos el puente.

El Verrazano siempre ha sido mi favorito. Es alto y elegante y está pintado de un azul claro platino, el mismo color del río y del cielo al anochecer, como si hubiera nacido allí, de forma orgánica, por la transformación del agua en metal. Lo imagino mañana, un armatoste retorcido, con cables y pedazos de hormigón colgando sobre el agua.

Hasta ahora, ha sido demasiado fácil. Me giro en el asiento, pero la carretera está desierta, salvo por unos cuantos coches a nuestra espalda. Miro al frente mientras pasamos el peaje. Hay un policía en el único puesto abierto. Parece el típico tío que se hace poli para joder legalmente a la gente.

—¿Qué hacen aquí? —pregunta.

Lleva una plaquita de identificación en la que pone SPINELLI y nos mira sin expresión alguna en el rostro.

—Hola, agente —dice Nelly—. Confiamos en poder llegar a Jersey, tenemos familia allí.

Mira a Nelly sin pestañear.

—¿Cómo?, ¿no se han enterado del toque de queda?

—Bueno, sí, pero ya sabe los atascos que se montan en Nueva York. He pensado que este iba a ser el único momento de mi vida en que iba a poder acelerar en la autopista de peaje.

La fachada inmutable del agente Spinelli se resquebraja un poquito. No llega a sonreír, pero se establece entre ellos una especie de complicidad de tíos duros que lo hace ablandarse.

—De acuerdo. Escuchad, no os voy a detener. Debería hacerlo, pero después de este turno me voy a casa y no me apetece quedarme en comisaría rellenando papelotes innecesariamente. Además, me han dejado aquí solo, no sé qué esperan que haga. Si os preguntan, habéis accedido a la autopista por Staten Island.

James se inclina hacia la ventanilla desde el asiento del copiloto.

—Gracias, agente. ¿Piensa quedarse en casa o se va a algún sitio?

—Me quedo en casa. Como deberías haber hecho vosotros. ¿Por? —pregunta.

—Sabemos de buena tinta que mañana van a cerrar Nueva York, volando prácticamente todos los puntos de acceso y dejando que la infección se extinga por sí sola. —El agente Spinelli parece pensarse lo de no detenernos. Es evidente que cree que estamos majaras. Sé que James quiere ayudarlo, pero podría empeorar las cosas—. Nos lo ha dicho un alto cargo de la FEMA. Igual le conviene marcharse esta noche —añade James.

La expresión de los ojos de Spinelli no cambia.

—Lo tendré en consideración. Buen viaje —dice, levanta la barrera del carril y nos deja pasar.

—Estaba convencido de que me haría caso —confiesa James decepcionado.

Al volverme, veo que no ha bajado la barrera. Vienen unos cuantos coches detrás de nosotros y los deja pasar a todos; luego sale corriendo de la garita hasta un coche policial estacionado en el arcén de la autopista.

—Te ha hecho caso —digo—. Mira.

Espero que consiga sacar a su familia a tiempo.

Capítulo 19

Nelly tenía razón: creo que nunca he llegado tan lejos en la autopista de Staten Island. Cruzo los dedos cuando tomamos la carretera que lleva al puente de Goethals.

—Hay un control policial —dice Nelly.

Dos coches patrulla cortan el paso, rodeados por barreras de agentes. Uno de ellos se alza desde el fondo de la barrera y se dirige a nosotros cojeando, arrastrando la pierna derecha. Nelly quita el pie del freno, pero la figura levanta los brazos y saluda. Lleva la pernera del pantalón hecha jirones. Se apoya en la puerta de Nelly y jadea.

—Nos han atacado unos tíos —dice sin aliento—. Uno me ha mordido, pero le he pegado un tiro en la cabeza. He pedido refuerzos por radio y aún no han llegado. Mi compañero está muerto y yo no puedo conducir así. Ha venido la Guardia Nacional, pero se han tenido que ir a sofocar unos disturbios. No se puede pasar —dice señalando los coches que hay a su espalda. Lleva un bigote que le sube y le baja cuando habla—. Toque de queda. Además, necesito asistencia médica. Tienen que llevarme al hospital.

Deben de haberles dicho a los policías lo mismo que a todo el mundo, porque este no sabe que el mordisco es una sentencia de muerte.

—No podemos —contesta Nelly—. Tenemos que ir a Jersey. Lo podemos llevar hacia allá.

—No pueden ir por ahí. Se lo acabo de decir. Espérenme aquí, que voy a por mis cosas —dice y vuelve cojeando al coche patrulla.

James se gira hacia Nelly.

—Vámonos, tío.

83

Saco el revólver de la mochila y me lo pongo en el regazo. A lo mejor lo puedo usar con alguien que aún no está muerto si sé que lo estará pronto. Muerto o que me quiera devorar.

—Agarraos —dice Nelly.

Se lleva por delante los conos de señalización y el morro de la furgoneta choca con gran estruendo contra una barrera de rayas naranjas que sale disparada a la hierba. El policía agita los brazos y grita. Lo vemos cada vez más pequeño mientras cruzamos el puente a toda velocidad. Me da pena: no tiene ni idea de por qué lo hemos abandonado.

James se vuelve hacia mí, que voy sentada justo detrás de él.

—Ni siquiera sabía que no hay cura. ¡Manda cojones!

Peter, que no ha abierto la boca en todo el viaje, habla de pronto a mi espalda.

—Si les dijeran que es una batalla perdida y que están a punto de encerrarlos con sus familias en una isla de contagiados, ¿cuántos polis crees que seguirían en su puesto?

—Cierto —contesta James recostándose en su asiento—. ¿Pensáis que ya está, que ese es el único control policial?

—Lo dudo mucho —responde Peter—, pero ¿quién sabe? Todos los que están al tanto de lo que pasa seguramente ya se habrán ido. De haberlo sabido, yo no habría vuelto a Nueva York. Me habría subido a uno de esos helicópteros con un senador y ahora mismo estaría tan tranquilo en algún lugar de Montana, completamente a salvo.

Noto sus ojos clavados en la nuca. Yo también preferiría que estuviera en Montana, no es el único. Sí que se está tomando bien la ruptura.

—Bueno, teniendo en cuenta que no pueden prescindir de los efectivos que están por las calles intentando impedir que los contagiados se coman a la gente, apuesto a que no se van a molestar en detener a los que van por la carretera a sus cosas —dice Nelly—. Ese poli nos ha dicho que a la Guardia Nacional se la habían llevado a otro sitio. Muy importante tenía que ser para que dejaran desatendido un control fundamental.

Relajo los hombros un centímetro en cuanto llegamos al otro extremo del Goethals y agarro la pistola con menos fuerza. Casi estaba esperando que una explosión hiciera pedazos la calzada por la que rodábamos. Hay pocos coches en el peaje, pero tampoco sería raro en un día normal a esta hora de la noche. Un convoy de camiones del Ejército pasa por nuestro lado rumbo sur. A lo mejor van hacia el puente. A lo mejor van a colocar los explosivos.

—Nos quedan unos treinta kilómetros hasta la interestatal de Palisades —dice James.

Lo único que se oye es el moqueo de Penny y Ana. Nada de lo que yo diga las va a tranquilizar. María es lo único que les queda, aparte de la una a la otra, y yo sé bien lo que es eso.

La furgoneta empieza a detenerse cuando nos acercamos al puente de George Washington. La autopista que hay al otro lado de nuestra salida está bloqueada. En cuanto bajamos la rampa, nos paran en la intersección.

Un militar que parece un crío ilumina el interior de la furgoneta con la linterna.

—Señor, el puente a Nueva York está cerrado. ¿Adónde se dirigen?

—Lo sabemos. Vamos a la interestatal de Palisades —contesta Nelly.

—Esa autopista está cerrada, señor. Los civiles deben quedarse en sus casas. En Nueva Jersey hay toque de queda.

—Bueno, como somos de Nueva York, tendremos que ir a otro sitio. No podemos ir a ninguna otra parte de la zona. Nos dirigimos a nuestra cabaña de las afueras.

El soldado asiente con la cabeza.

—Señor, hemos habilitado un alojamiento temporal para todas las personas que están en ruta. Gire a la izquierda, enfile la carretera y, a unos dos kilómetros, verá unas tiendas de campaña grandes y un edificio de oficinas. Todos los viajeros sin identificación local válida deben ir allí hasta mañana.

«Genial —me digo—. Nos obligan a meternos en un corral del Gobierno.» Ya estoy hablando como mi padre y su amigo John, nuestro vecino más próximo de la cabaña.

—Venga ya —protesta Nelly—. Nosotros tenemos adonde ir. Intentamos llegar allí. Seguro que ese espacio les viene bien para alojar a otras personas que no tengan donde ir.

—Señor, esas son mis órdenes. —Se dirige a un hombre mayor que hasta entonces estaba hablando por radio—. Estas personas se dirigen a las afueras. No quieren ir al alojamiento temporal.

El otro, que también es un chaval, dice:

—Tienen que ir allí mientras el toque de queda siga en vigor. Además, ahora mismo las carreteras están reservadas a los vehículos oficiales. No llegarán muy lejos —dice pasándose la mano por el pelo al uno con una sonrisa como de disculpa—. Siento no poder ayudarles. Hay muchos enfermos por esta zona. No podemos arriesgarnos. Giren a la izquierda y bajen por ahí. No tiene pérdida.

Nelly suspira y pone en marcha la furgoneta.

Capítulo 20

Unas cuantas tiendas de campaña rodean un edificio de oficinas de dos plantas, típico de las afueras. La carretera que hay más allá está bloqueada con vallas de Carretera cortada. Un soldado mayor con barba nos hace señas para que entremos en un aparcamiento y después nos pide con brusquedad las llaves de la furgoneta. Lo miramos espantados.

—¿Nuestra llaves? —pregunta James—. ¿Está loco?

—Les doy una ficha, le asigno una a la furgoneta y ustedes me dan las llaves. Cuando se marchen, se las devuelvo —dice, como si no lo hubiéramos entendido.

—Vamos, que nos está confiscando el vehículo —protesta James—. No nos puede requisar una propiedad sin más.

El grandullón suspira, como si todos los conductores de todos los coches del aparcamiento le hubieran dicho lo mismo.

—Mire, las llaves van a estar colgadas en esa tienda de ahí —dice señalando la tienda de campaña de la entrada del aparcamiento—. Las necesitamos por si hay que mover los vehículos. Véalo como un servicio de aparcacoches llevado por el ejército de Estados Unidos.

Nelly le entrega las llaves a regañadientes. El soldado le da las gracias con una cabezada y nos señala el edificio, custodiado por cuatro soldados. Por suerte, no nos registran las mochilas.

—¿Sabe cuándo podremos marcharnos? —le pregunta Peter a uno en su típico tono de tío importante, pero el soldado se encoge de hombros y nos hace una seña para que lo sigamos adentro.

El vestíbulo desemboca en un pasillo enmoquetado y punteado de puertas. Entramos por una a un espacio grande y sin amueblar. Una decena de personas duerme bajo mantas del ejército en unos catres pegados a la pared. En el centro de la sala hay un montón de sillas.

Me descuelgo la mochila y me siento. Hay gente comiendo en unas mesas plegables que llenan el fondo de la estancia. Veo en una de ellas a una mujer con un niño pequeño de pelo rizado en el regazo. A su lado, una niña algo mayor mece las piernas y parlotea mientras se come un plato de galletas. Para ella, al menos de momento, esto es una aventura que trae consigo galletas sin límite y, por ahora, es lo único que necesita saber. La mujer le sonríe con ternura. Por encima de la mesa, parece serena, pero sus pies parecen inquietos. Bajo el resplandor de los fluorescentes, veo cómo le vibran las mejillas del esfuerzo de mantener esa sonrisa, de procurar no dejarse llevar por el pánico.

Pegadas a la pared del fondo hay algunas mesas más repletas de comida. Me ruge el estómago lo bastante fuerte como para que Nelly se vuelva a mirarme desde la silla de al lado.

—Hay comida de sobra —dice el soldado que nos ha traído—. Enseguida les informarán.

Capítulo 21

—¿Tienes otro cigarrillo? —le pregunto a James—. Perdona que te los gorronee, pero tampoco es que pueda ir corriendo a la tienda a comprar.

Estamos fuera del edificio, después de habernos dado un banquete de *bagels* y embutido. Había cestos de fruta, algo bastante surrealista, como si estuviéramos en un congreso corporativo o en el descanso del almuerzo.

—Yo agarré lo que me quedaba del cartón de la oficina —contesta él y me pasa uno con su encendedor—. Tengo de sobra.

Lo enciendo y suspiro. Podría volver a acostumbrarme a esto.

—Dame uno a mí también, anda —dice Nelly, que parece el hombre Marlboro, con la colilla colgando de la comisura del labio.

—¿Cuánto hace que no fumabas? —pregunta James.

—Cinco años —contesta Nelly, que se recuesta en el edificio mientras exhala y cierra los ojos—. ¿Cómo me pueden saber tan bien después de tanto tiempo?

—¿No os parece perverso? —digo al tiempo que el humo me llega a los pulmones.

—Y alucinante —tercia James, que obviamente no siente el remordimiento que experimentamos Nelly y yo.

Me corta la risa en seco Peter, que sale por la puerta principal del edificio y viene directo a nosotros.

—¿Puedo hablar contigo un momento? —me pregunta mirando asqueado el cigarrillo.

Me alegro de tenerlo: si no consigue mantenerme serena mientras hablo con Peter, siempre se lo puedo apagar en un ojo.

Nos apartamos un poco y cuando él se detiene lo hago yo también y espero a que hable.

—No me puedo creer que estés fumando —dice negando con la cabeza.

—¿Eso es lo que me querías decir? Porque, sí, creo que me puedo fumar un cigarrillo en estos momentos sin sentirme culpable por ello.

—Lo que tú digas, Cassie. No es eso lo que quería decirte. —Le brillan los ojos oscuros y se le aprietan los labios—. Creo que voy a ir por mi cuenta a partir de ahora. Gracias por ayudarme a salir de la ciudad, pero ya me las apaño yo solo desde aquí.

Sé que tiene que ser difícil para él estar aquí con mis amigos, pero es muy propio de él atacarme porque estoy fumando cuando está molesto. A lo mejor espera que le suplique que se quede. Lo lleva claro.

—Muy bien —contesto—. Buena suerte.

Me mira con frialdad y se encoge de hombros.

—Lo mismo digo.

Da media vuelta. Ahora me siento culpable. Uno de los dos tiene que ser maduro; nos estamos comportando como críos.

—Peter. —Se vuelve, imperturbable. Le doy una buena calada al cigarro y lo apago en el muro del edificio—. Venga ya, no hagas bobadas. No puedes ir por tu cuenta. Que hayamos… En fin, que podemos seguir siendo amigos, ¿no? —Se encoge de hombros. No me pienso arrastrar—. Entonces, ¿seguimos todos juntos de momento? —le pregunto.

—Ya veremos, pero no lo creo. Seguro que puedo estar a salvo aquí hasta que me dejen volver a la ciudad —dice, con la cabeza muy alta, señalando el edificio, como el que dice que va a alojarse en el Plaza hasta que el decorador termine de reformarle el apartamento.

Lo veo alejarse, asombrada de lo poco que le ha costado pensar que esta nueva realidad se ajusta a cualquiera de las normas de antes. Nelly y James me miran intrigados cuando vuelvo con ellos y me vuelven a encender con cuidado el cigarrillo que acabo de apagar.

—¿De qué iba eso? —pregunta Nelly.

—Rompí con Peter en casa, antes de que nos fuéramos.

—¿En serio? —dice. Se esfuerzan los dos por no sonreír—. Muy oportuna, como de costumbre.

—Calla, anda. Es que no lo aguantaba más. Dice que va a ir por su cuenta a partir de ahora. Y ahora me siento culpable, así que le he pedido que se quede con nosotros y me ha contestado que consultará la agenda.

Un soldado de cara chata y simpática se acerca despacio a nosotros.

—¿Todo bien por aquí? —Asentimos con la cabeza—. Soy el sargento Grafton.

Nos presentamos.

—¿Cuándo cree que podremos salir de aquí? —pregunta Nelly.

Grafton medita la respuesta. Su cara redonda y sus mejillas sonrosadas me recuerdan al niño que he visto dentro en el regazo de su madre pero en adulto.

—Por la mañana, seguramente. No oímos más que malas noticias, así que tampoco prometo nada. De hecho, hay un arsenal en Teaneck al que han ido dos oficiales para una reunión informativa. Hemos perdido el contacto. Ya hemos mandado a un equipo en su busca. —Calla, como si pensara que ha hablado más de la cuenta, y hace un gesto tranquilizador con las manos—. Pero podemos defender este edificio si hace falta. Hasta que lleguen refuerzos.

Si llegan, ha querido decir. Pero ahora sé que lo pensamos todos. Mira a lo lejos.

—No sé si se habrán visto superados por los eleequis, pero la falta de comunicación por radio resulta preocupante.

—¿Eleequis? —pregunta James.

—Sí, por la LX del bornavirus LX. El ejército los llama así extraoficialmente.

—¿Saben cuántos contagios ha habido? —pregunto—. No han vuelto a dar cifras actualizadas.

El sargento bufa y asoma brevemente la rabia a su semblante.

—Eso ha sido motivo de discordia por aquí. No nos dejaban contactar con nuestras familias para que no divulgáramos la información. Aguantamos diez minutos. —Resopla por la nariz—. Piensan que para el alba se habrá contagiado entre un diez y un quince por ciento de la ciudad de Nueva York. Las principales ciudades del Medio Oeste van por el sesenta por ciento. El resto de la población anda escondida en su casa. No debería contarles esto, pero ahora mismo se están centrando en las poblaciones más pequeñas, en las que no tienen muchos contagios, con la esperanza de poder crear zonas seguras para evacuar las ciudades hasta que acaben con todos los eleequis. No veo qué sentido tiene ocultar la información a los civiles. —Se encoge de hombros, pero su cara me dice que sabe más de lo que nos está contando. Nos está advirtiendo de que esto no está bajo control sin llegar a decírnoslo. No tienen ni idea de que ya lo sabemos—. Por ahora, es lo mejor que pueden hacer. Fíjense en esto —dice señalando el edificio—: no es que sea un fuerte, pero tenemos los Palisades justo aquí detrás, con lo que no nos preocupa la defensa en las cuatro direcciones. Ahora mismo se están levantando cercas.

—¿Los Palisades? Entonces, ¿la interestatal está justo a nuestra espalda? —pregunto, porque nos viene bien saberlo.

—Sí, al fondo —contesta Grafton señalando con el pulgar a los árboles que hay detrás de la tienda de campaña—, a unos trescientos metros, pasando una valla de unos dos metros y medio, estáis en la autopista.

James asiente enseguida con fingido desinterés.

A Grafton le suena la radio.

—Tengo que irme.

CAPÍTULO 22

Estamos de vuelta en la sala de espera. Peter se ha sentado en otro grupo de sillas, pero Ana lo ha seguido y habla con él en voz baja. Yo estoy demasiado cansada y tensa para hacer otra cosa que quedarme sentada. Nelly hurga en su mochila, encuentra, en un bolsillo lateral, una baraja de cartas y me la enseña. Mi padre pensaba que el aburrimiento te puede matar.

—¿Eh...? —dice.

No me vendría mal distraerme un poco.

—Claro —contesto—. ¿Jugamos a Spit? —Nelly y yo tenemos una batalla constante con ese juego.

Saca las cartas de la caja justo cuando entra Grafton y dice a voces:

—Nos informan de que vienen contagiados hacia aquí. Por favor, quédense donde están y mantengan sus pertenencias a mano por si hubiera que evacuar.

La mamá de los dos críos se traslada al camastro más alejado de las ventanas y de la puerta, tapa a sus hijos con una manta y los acuna.

Nosotros agarramos las mochilas y nos las colgamos del hombro. Con el revuelo, nadie se da cuenta de que salimos al vestíbulo. Alrededor de la zona de aparcamiento de la entrada, dentro de la valla recién levantada, se han estacionado *humvees* y *jeeps*, rodeando las camionetas.

Se están instalando unos focos potentes, de esos que suelen verse por las noches en las obras de construcción. Unos treinta soldados toman posiciones fuera. El que está en el vestíbulo se empeña en que volvamos a la sala del fondo. A mí no me apetece quedarme en un sitio donde no veo lo que pasa. A Nelly tampoco, así que nos metemos con el soldado por la primera puerta del pasillo.

—Aquí no pueden estar. Váyanse a la sala del fondo —nos ordena.

Después de indicarnos con la cabeza que las ventanas dan al aparcamiento, Nelly se gira hacia el soldado.

—Grafton nos ha dicho que sí, pregúntele si quiere —dice, convencido de que no lo va a hacer.

—De acuerdo —claudica el otro.

Entran cinco soldados, uno detrás de otro, y toman posiciones junto a las ventanas. Estamos en la sala de espera de un banco hipotecario. Hay sillas acolchadas y tapizadas con ese dibujo espantoso tan usado porque disimula bien las manchas. Uno de los soldados apaga todas las lámparas de las mesas dispersas por la estancia.

Los focos de fuera proporcionan visibilidad de sobra. Nos acurrucamos al fondo de la sala. Me siento en el suelo, con la mochila delante y las manos debajo de los muslos. Nelly se sienta a mi lado.

—Sacad el arma, por si acaso.

Saco la mía, así tengo algo que hacer con las manos. Los demás se sientan detrás de nosotros, en sillas. Penny le susurra algo a James y él se inclina hacia delante.

—Penny no cree que sepa usar el arma. ¿Se la doy a Peter?

Nelly vuelve la cabeza.

—Pete —lo llama en voz baja. Me sorprende que nos haya seguido aquí, pero también me alegro.

Peter aparta la vista de las ventanas.

—¿Sí?

—¿Sabes disparar? —le pregunta Nelly haciendo como si disparara con la mano.

—Pues… no lo he hecho nunca, pero tampoco será tan complicado, ¿no?

—Bueno, disparar es fácil, lo difícil es tener puntería —dice Nelly con una sonrisa triste.

Peter frunce los ojos, pero Nelly no se estaba burlando de él y lo sabe.

—No me importaría tenerla. ¿Alguna pista?

Nelly se arrodilla y le da un cursillo acelerado sobre armas cortas. En cuanto Peter aprende a apuntar y a sostener el arma correctamente, se acaba el cursillo. La única otra cosa que le vendría bien es practicar y esperamos que eso no ocurra.

Grafton asoma la cabeza por la puerta.

—¿Listos? —pregunta a sus soldados—. Nos dicen que están como a medio kilómetro y que seguramente vienen hacia aquí. Vamos a apagar los focos, por si eso los atrae.

—Listos, sargento —contesta el joven soldado latino. Los otros asienten con la cabeza.

—Recuerden: hay que disparar a la cabeza —dice Grafton.

El soldado que ha hablado mira a sus compatriotas.

—Si me muerden, tío, quitadme de en medio. Sin pensarlo, aunque siga vivo.

Un soldado de piel oscura le da una colleja.

—Rodríguez, estaba deseando pegarte un tiro. Me ofrezco voluntario.

Ríen todos.

—Procuraré eliminarte a ti también, Park —le replica Rodríguez con un bofetón cariñoso

Sonríen todos. Es lo último que veo antes de que apaguen las luces de fuera y la sala quede a oscuras. Entra un poquito de luz por la ventana. No le veo bien la cara a Grafton cuando se acerca a nosotros. Aprieta la mandíbula, pero sonríe y escudriña las sombras, donde estamos con las armas escondidas. Nelly ha aparcado la escopeta debajo de la silla que tiene a la espalda.

—¿Tienen armas? —pregunta. Nelly asiente a regañadientes—. Pues se las tendría que confiscar, pero no lo voy a hacer. —Me relajo. Dudo que vayamos a recuperar la furgoneta, pero esta pistola no va a ningún sitio—. Puede que las necesiten. Hemos visto las grabaciones: no es fácil pelear con los eleequis, porque nada los para —dice con una especie de asombro, y luego mira por la ventana—. Es muy posible que logremos retenerlos, pero, si no lo conseguimos, lo mejor es salir corriendo en cuanto vean una vía de escape o subir con los hombres de la azotea. Me han dicho que pueden llegar a subir escaleras a gatas, pero no pueden abrir puertas salvo echándolas abajo. Las puertas de este edificio tienen el marco metálico y son muy difíciles de reventar. Hubo un grupo en Chicago que consiguió retenerlos una semana. Nosotros también podríamos, sin problema. —Masculla como si hablara consigo mismo—. Igual me habría ido mejor en Oriente Medio. Al menos ese enemigo es humano. —Supongo que sabe la verdad sobre la infección, o se la ha imaginado—. Bueno, tengo que volver con mis hombres —dice y se despide con la cabeza antes de marcharse.

Capítulo 23

Tengo los labios pegados y los sorbitos de agua que bebo no me hacen nada. Fuerzo la vista e imagino cosas que se mueven en la oscuridad: una masa de contagiados como los que atacaban a los saqueadores, solo que ahora no estoy a salvo en la azotea de mi casa, con comida para varios meses y acceso al agua almacenada en el sótano. No tenemos más que lo que llevamos en las mochilas. Nos quedan dos sitios a los que ir: los Palisades y la parte superior de este edificio. Puede que los eleequis no sean capaces de llegar arriba, pero, si no hay agua, todas esas personas habrán muerto dentro de una semana, si no de unos días, atrapadas allí arriba.

Después de un rato que se me hace eterno, se oye una advertencia por una de las radios: «Unos cien eleequis vienen hacia aquí. Los tenemos encima en dos minutos. Preparaos, chicos».

Los soldados están alerta. Una figura sale de la penumbra y se aproxima a la valla. La sigue otra, y otra. Los focos exteriores se encienden de pronto y hago un aspaviento al ver el panorama. La carretera principal está plagada de contagiados, de eleequis. Avanzan dando tumbos por el césped y entran en el aparcamiento. Las armas y los soldados no los impresionan, solo los atraen más.

Suenan los disparos. Un hombre sin mandíbula inferior cae después de que le vuelen la tapa de los sesos. Una mujer que lleva un vestido cruzado de color púrpura intenso cae al suelo con un tiro acertado. Un niño que no tendrá más de nueve años cojea hasta la valla. Lleva la boca abierta y la gorra torcida sobre un ojo de tal forma que parece un pervertido. Sus padres deben de estar preocupadísimos por él. Puede que sus padres sean los que le han hecho esto, caigo en la cuenta de pronto, y se me seca aún más la boca.

Me flojean las piernas. Estas personas están muertas. Lo están y no lo están. Si le doy demasiadas vueltas, me voy a volver loca, así que me quito la idea de la cabeza. Veo al pequeño tambalearse de un disparo en la cabeza y solo cuando cae al suelo, de bruces, descubro que su camiseta no ha sido siempre marrón, que antes de empaparse de sangre era blanca.

Hay una mujer mayor que parece una oficinista, un médico que aún lleva la bata blanca, un par de hombres con chalecos naranjas de peones de carretera. Caen todos, pero la avalancha continúa según van desviándose de la calzada.

Son muchísimos. Llegan a la valla, donde empujan y tiran y tiran fuerte. Los oigo por la ventana, aun con el estrépito de los disparos. Es un alboroto de aullidos graves y gemidos interminables. Parecen hambrientos y nosotros somos su comida. Resisto la tentación de taparme los oídos y uso las manos para agarrar con fuerza la pistola. La verja se mece de forma alarmante, pero aguanta.

Un destello de luz procedente de la carretera principal ilumina la estancia. La explosión nos sobresalta. Durante unos minutos, van muriendo según llegan, pero entonces Rodríguez señala por la ventana y grita. Sigo la dirección de su dedo y lo que veo me corta la respiración. Aprieto fuerte la empuñadura del arma.

Una oleada gigante de contagiados sigue a la primera. Tropiezan y pasan por encima de las barricadas de la carretera que ellos mismos han tumbado. El ruido debe de haberlos atraído. Rodríguez, Park y los otros hablan a gritos entre ellos por encima del estrépito de los disparos.

Rodríguez se vuelve hacia nosotros mientras salen corriendo.

—Hay que salir de aquí —grita—. ¡Vamos a acabar con esos cabroeleequis!

Los eleequis de la valla empujan. Meten los dedos por entre los alambres, invitándonos a acercarnos. La valla se comba por las junturas de los paneles; no está hecha para soportar la fuerza bruta de centenares de cuerpos. Retrocedo hasta Penny, que tiene los ojos como platos.

El estruendo se asemeja al del broche final de los fuegos artificiales del 4 de Julio. Me estalla el corazón y el estómago me martillea como un bombo. «Por favor, por favor —canturreo al ritmo de ese bombo—. Por favor.» Pero, cuando el segundo grupo se junta con el primero en la valla, esta se dobla por la parte superior y la inferior arrastra por la acera. Revienta la costura entre dos paneles. Un eleequis que está en el suelo repta por ella. Le falta un brazo y la camisa le cuelga abierta, dejando visible la piel hecha jirones y la sangre coagulada.

—¡No! —susurra Penny.

Cuando me agarra el brazo, dejo de temblar. No puedo acobardarme ahora. Ella no va armada y, si el ejército no puede protegernos, tendremos que defendernos solos.

El eleequis de debajo de la valla le agarra el pie a un soldado con el brazo que le queda, tira para acercarse al tobillo y le hinca los dientes en la bota. El soldado le abre la cabeza con la culata del rifle y dispara a los contagiados que lo siguen.

La luz radiante le da un intenso color blanco a su piel, que contrasta con la sangre oscura que la mayoría lleva encima. Algunos parecen bufar, pero no por verdadera rabia, sino por instinto. Tienen la mirada perdida, fría.

Los soldados se retiran al interior del edificio. Se oye el estrépito de botas mientras algunos suben a la azotea y se reanudan los disparos en serio. La valla se comba aún más y cede con un fuerte clamor metálico. Los eleequis se cuelan entre los vehículos. Ahora que ha ocurrido lo peor, estoy más tranquila de lo que pensaba que podría estar. Solo queda una cosa por hacer.

—Tenemos que largarnos —dice Nelly—. Agarrad las mochilas.

Me cuelgo la mía de los hombros. Los demás se echan las mochilas a la espalda también y miran a Nelly.

—¿Por detrás, hacia los Palisades? —nos pregunta a James y a mí, que asentimos.

Los soldados del vestíbulo apilan escritorios y sillas delante del cristal mientras otros conducen a los civiles arriba. La madre lleva en brazos al pequeño y un soldado carga con la niña, que no para de gritar.

Grafton nos intercepta.

—¿Adónde van? —grita.

—A los Palisades —contesta James.

El sargento cabecea afirmativamente.

—No sé cuándo llegarán los refuerzos, pero no puedo abandonarlos —dice señalando a los civiles conmocionados.

Revienta el cristal de la puerta principal. Un brazo pálido cubierto de vello marrón oscuro se cuela entre los muebles. Los bordes dentados del cristal roto le seccionan la piel, pero eso no lo detiene.

—¡Váyanse ya! —grita Grafton—. Los retendremos todo lo posible. Salgan por las puertas del fondo del pasillo. Por detrás está despejado.

Llevo suelta la correa de la cintura de la mochila, que me sacude y me empuja hacia delante con cada paso. Al abrir la puerta, suena una sirena atronadora. Hemos salido todos menos Peter, que vacila.

—¡Venga, Peter! —le grito.

Tiene los ojos como platos y lo sobresalta un estrépito procedente del interior.

—Ya te he dicho que…

No puedo creer que esté pensando en quedarse. Nos tenemos que ir ya, no hay tiempo para discutir.

Ana se inclina y le tira de la manga.

—¡Peter!

El peso de la mochila lo hace tambalearse, pero recupera el equilibrio y cruza la puerta bamboleándose. La cierro de un empujón y los sigo al césped.

James levanta el arma y grita por encima del barullo:

—¡Mirad allí!

Tres contagiados han vuelto la esquina del edificio. Nelly y yo apuntamos, pero antes de que podamos dispararles caen al suelo como tres sacos de patatas. Levanto la vista confundida.

—Os cubrimos hasta el bosque. ¡Marchaos! —grita una figura oscura desde la azotea. No estoy segura, pero parece Rodríguez. Me alegro de que siga vivo.

Capítulo 24

Avanzamos en la oscuridad, tropezando con las raíces de los árboles hasta que llegamos a la alambrada. La linterna que Penny ha sacado con precipitación arroja un haz de luz sobre los carriles de la interestatal que van hacia el sur. No hay coches. Tampoco contagiados.

Nelly entrelaza los dedos de las manos para impulsarme. Me subo a horcajadas a la alambrada y salto al otro lado. Me siguen Penny y Ana. La hierba muerta cruje bajo nuestros pies cuando nos apartamos para que puedan saltar los chicos también. James nos manda callar, pero no parece que nadie nos siga. Creo que los oiríamos: los eleequis no saben de sigilo.

Corremos por la mediana cubierta de césped hasta donde resplandecen a la luz de la luna los carriles de la interestatal que van hacia el norte. Siguen resonando los disparos, pero cada vez menos. No sé si eso es bueno o malo. Por lo demás, solo se oye nuestra respiración y nuestros pasos. Respiro con dificultad y tengo los músculos agarrotados, pero creo que podría seguir caminando por esta carretera asfaltada y no parar nunca jamás. No estoy segura de cuánto andamos antes de ver unos destellos de luz en el horizonte.

James consulta el mapa a la luz de la linterna que Penny sostiene con ambas manos.

—Parece una rampa de acceso. Por aquí podemos bajar a Henry Hudson Drive. ¿Qué os parece, chicos?

—Igual deberíamos —digo yo—. Cuanto más lejos estemos, mejor.

Avanzamos en fila india al abrigo de los árboles. No hay nadie ni en los coches policiales ni alrededor de ellos. A lo mejor los han requerido en otro sitio. A lo mejor están muertos. O a lo mejor son muertos vivientes, algo que aún parece posible. Penny divisa un sendero en el bosque y lo seguimos hasta que, unos metros más adelante, nos topamos con un tablón con un mapa.

Se trata de un sendero llamado The Long Path. Discurre pegado a la parte alta de los Palisades, hasta el condado de Rockland. Nadie dice nada. Cada decisión que tomamos parece monumental y no quiero ser yo quien nos lleve por el camino equivocado. Al pensar en la distancia que tenemos por delante, en todo lo que podría salir mal, me desinflo, se me escapa la energía del cuerpo como si llevara un tapón de goma en la planta del pie y me lo hubieran quitado de pronto. Las luces de los coches patrulla producen destellos entre los árboles, nos ponen la cara roja, azul, blanca, roja, azul, blanca. Me marean.

—Tenemos que alejarnos de la rampa de acceso. ¿Por qué no seguimos el sendero? —propone James—. Aquí, aquí y aquí hay senderos que llevan al río. Caminemos.

Cuesta creer que estemos rodeados por la ciudad al tiempo que nos adentramos en el bosque. Un par de kilómetros más y no voy a querer otra cosa que hacerme un ovillo y dormir. Ana tropieza cada dos pasos y lo único que la mantiene en pie es que Peter la lleva agarrada por el codo.

El sendero se abre a un claro con vistas del puente de George Washington y Manhattan. Está más oscuro de lo habitual. Distingo las agujas del Empire State y del edificio Chrysler, pero los edificios en sí están a oscuras.

—Parece un apagón —dice Nelly.

—O el cierre de las centrales eléctricas —añade James.

Penny se estremece.

—¡Cómo me alegro de que no estemos allí! —dice y vuelve a estremecerse, quizá pensando en María, o porque la brisa del río es fría, sobre todo ahora que el subidón de adrenalina ha pasado.

—Vamos a parar aquí —suplica Ana. Se le ha deshecho la coleta y lleva el pelo pegado por la cara.

Dejo caer la mochila al suelo y me masajeo los nudos del hombro. Este parquecito no es un mal sitio para parar. Con las farolas, veremos si viene algo, y podemos mantenernos escondidos si nos quedamos entre los árboles. Se quitan todos las mochilas, agotados y convencidos. Solo tenemos cuatro sacos de dormir; se supone que Peter y yo íbamos a compartir uno. Para no crear una situación incómoda, saco el mío y se lo tiro rodando a Peter.

—Toma, ya duermo yo con Nelly.

Peter me da las gracias, pero le noto en la voz una emoción que, desde luego, no es placer.

—Nada de meneítos, mujer. Y nada de rollos raros.

Aunque el mundo se estuviera acabando, aunque sea eso precisamente lo que está pasando, Nelly no puede dejar escapar la ocasión de bromear. Puede que sea la razón principal por la que lo quiero.

—No sé si voy a poder contenerme —contesto, agradecida de que haya salvado el momento—, pero no me va a quedar otra, teniendo en cuenta que nos toca el primer turno de guardia. —Protesta y bosteza—. Solo cuarenta y cinco minutos. Todos necesitamos dormir un poco.

Penny y James acceden a hacer el siguiente turno. Nelly y yo nos recostamos en un árbol, con una manta de emergencia debajo y el saco de dormir abierto por encima. Me acurruco contra su cuerpo. Nelly siempre huele a aire libre, como la ropa secada al sol. A lo mejor se empapó de ese olor cuando era niño. Miramos a la oscuridad el rato suficiente como para que mi corazón recupere su ritmo normal.

—¿Te acuerdas de cuando hablábamos de lo que haríamos si se acababa el mundo? —pregunta.

—Claro. —Es divertido hablarlo mientras te tomas una cerveza en un bar calentito, imaginar la aventura que sería. Y aquí nos tienes. Yo estoy agotada, aterrada, y ya me siento sucia y desesperada—. Me alegro de que estuviéramos todos juntos. Sabía que trabajar contigo terminaría compensándome algún día, aunque no me dejes hacer nada. —Me da un pellizco y le veo la sonrisa a la luz crepuscular antes de que su semblante se entristezca—. Me siento como si nos hubieran metido a empujones en una película de terror empezada, ¿sabes? Pero no se nos ha dado tan mal.

—Bueno, no es tan divertido como prometía, eso seguro, pero por lo menos hemos salido de ahí.

Contemplo la silueta oscura de Manhattan y pienso en todas esas personas que esperan ayuda, personas que no merecen lo que se les viene encima, personas como María, a la que queremos.

El tiempo pasa rápido. James y Penny salen del saco de dormir casi de un brinco en cuanto les tocamos. Nosotros nos metemos en su nidito caliente y yo me quedo dormida envuelta en los brazos de Nelly.

Capítulo 25

Me despiertan unos truenos a lo lejos, pero el sol me calienta la cara. Abro un poco un ojo. Lo tengo cansado e irritado y me suplica que lo deje reposar, pero me obligo a abrirlo del todo y veo el cielo azul encima de mí. Me incorporo enseguida, sin acordarme de que estoy enfundada en un saco de dormir con otro ser humano, con lo que vuelvo a tumbarme como un resorte. Nelly protesta, pero no se despierta cuando salgo con cuidado. Ana y Peter están profundamente dormidos, recostados en el árbol. No se lo reprocho, ha sido una noche dura.

Unas columnas de humo se alzan al cielo desde Manhattan. Me acerco al borde del mirador, espantada. Parece una zona de guerra. Suena otra tanda de lo que ahora sé que no son truenos y otra columna de humo se suma a las anteriores y queda suspendida sobre la ciudad como una boina de esmog. Los demás despiertan sorprendidos y se reúnen conmigo. Ana y Peter se sienten culpables por haberse quedado dormidos durante la guardia.

James se apoya en la pared de piedra que bordea el acantilado y mira a lo lejos.

—Los puentes. Lo están haciendo de verdad, ¿no?

Como en respuesta a su pregunta, llega de pronto un helicóptero del lado de Nueva Jersey hasta el centro del puente de George Washington; luego se aleja y planea a cierta distancia. El centro del puente se convierte en una nebulosa como consecuencia de la explosión, que hace que me vibre el pecho hasta los pies.

Gritamos todos. Nueve millones de personas están a punto de descubrir que los han dejado a merced de los lobos. El pánico me encoge las entrañas, pero siento un inmenso alivio. Estamos a salvo. Más a salvo que ellos, por lo menos. Los cables que sostienen el puente colgante siguen ahí cuando se disipa el humo. Solo han volado la carretera. El helicóptero se retira a Jersey.

—Igual piensan que van a tener que reparar el puente en algún momento —dice Nelly con frialdad—. Igual algún pobre desgraciado es capaz de cruzar con lo que queda.

Sé lo que siente. Nosotros podríamos estar allí. Estamos allí, con los que son como nosotros. Peter está boquiabierto. No se acaba de creer que algo así pueda pasar. Le toco la mano. Estoy tan acostumbrada a tocarlo que no se me hace raro, hasta que él aparta la mano. Me gustaría poder decirle que todo va a salir bien, pero no pienso que vaya a ser así. Me parece que eso es lo que lo tiene más conmocionado de todo.

James hurga en la mochila en busca del iPad. No ha podido conectarse a internet en toda la noche y los móviles no sirven para nada. Intento comunicarme con Eric telepáticamente: «Estamos bien. Voy para la cabaña». Debe de estar volviéndose loco.

—¡Lo conseguí! —grita James y se sienta en uno de los bancos mientras nos apiñamos todos a su alrededor.

En una página de noticias el titular reza:

ABANDONADAS LAS PRINCIPALES CIUDADES DEL PAÍS
Desde una ubicación no revelada, el presidente pide a los ciudadanos que se preparen para un sitio largo
Los especialistas informan de que los contagiados podrían estar muertos ya

James lee en voz alta:

El presidente ha anunciado hoy que ha sido «imposible acabar con la infección» en la mayoría de las grandes ciudades de Estados Unidos. Todas las grandes capitales del país informan de cifras de contagios abrumadoras e imposibles de abordar. Los hospitales están desiertos y los enfermos deambulan ahora por las calles propagando el bornavirus LX. El virus, que se contagia por los fluidos corporales, se ha extendido rápidamente al mundo entero.

Ayer se perdió todo contacto con China y buena parte de Europa. Ambas sufrieron los primeros brotes unos días antes que Estados Unidos. La Policía y la Guardia Nacional no dan abasto. Muchos efectivos han abandonado sus puestos para cuidar de su familia, con lo que nadie atiende las llamadas de auxilio. Según las previsiones, las ciudades de la costa este, donde la infección está menos avanzada, alcanzarían una incidencia del quince por ciento esta mañana, a pesar de los toques de queda. Se ha tomado la decisión de abandonar las ciudades y centrar el esfuerzo en zonas menos pobladas. «No ha sido una decisión fácil», ha dicho el presidente esta mañana. «No nos hemos olvidado de vosotros. Estoy convencido de que todos entendéis la necesidad de mantener a raya la infección. Os pedimos que salgáis solo en caso absolutamente imprescindible. Será cuestión de días que reunamos los efectivos necesarios para combatir el virus. Que Dios os bendiga a todos.» Las principales arterias de las ciudades se han cortado con barricadas o destruido. Esto ha llevado a los detractores del presidente a preguntarse cómo piensa volver a entrar el ejército cuando haya conseguido «reunir» los efectivos necesarios. «No van a volver», ha declarado una fuente bien informada del Gobierno. «Esas ciudades han quedado a merced de su suerte, hasta que la infección se extinga por sí sola.» A la pregunta de cuánto viven los contagiados del bornavirus LX, ha respondido: «Esa es la cosa, que no lo sabemos, porque ni siquiera están vivos». Desde ayer corre el rumor de que los contagiados podrían no estar vivos, aunque lo parezca. Los CDC han negado semejante disparate, pero los profesionales sanitarios que han estado tratando a los pacientes contagiados respaldan la afirmación. Los CDC emitieron anoche un comunicado que reza, entre otras cosas, lo siguiente: «No hay cura conocida para el bornavirus LX. La tasa de contagio es del cien por cien para quienes se exponen al virus y la de mortalidad también es del cien por cien. Pedimos a todos los ciudadanos que tomen la precaución de quedarse en casa y no intentar cuidar de los seres queridos contagiados». Nos hemos puesto en contacto con los CDC para preguntar cuánto sobreviven los contagiados. «No tenemos ni idea», ha dicho Marcia Dreyer, investigadora y la única persona que ha accedido a hacer declaraciones. «Por las pruebas realizadas sabemos que no se descomponen a la velocidad normal. Hasta la fecha, solo una lesión cerebral o el fuego han logrado acabar con los sujetos sometidos a estudio.» La señorita Dreyer se ha visto entonces obligada a ceder el teléfono a un superior que no tenía nada que comentar. En cualquier caso, ha quedado claro que el bornavirus LX está descontrolado y no tiene cura. Lo único que se puede hacer ya es buscar un escondite seguro y esperar a que se extinga.

James bebe un trago de su botella y hace clic en un enlace de audio en directo. Reconozco la voz del espacio matinal de noticias de NY1. A veces sonríe como un crío; otras, sobre todo cuando lee un titular de periódico que le resulta particularmente absurdo, pone cara de suficiencia, como diciendo «¿Quién se va a tragar esta mierda? ¿De qué va esta gente?». Su voz, por lo general animada, suena ahora exhausta. Me imagino las ojeras que debe de tener y que por fin va a aparentar los años que tiene, lo mucho que va a tener que disimular el pánico. Me lo imagino obligado, posiblemente a punta de pistola, a leer esas líneas, a calmar a la población.

… y todos los accesos a la ciudad de Nueva York se han cerrado para impedir el paso a los contagiados. Se nos ha pedido que nos quedemos en casa mientras la infección sigue su curso. La FEMA tiene previsto lanzar paquetes de comida para los que necesiten víveres. Informaremos de los lugares donde se dejarán caer en cuanto lo sepamos. Todos los suministros básicos seguirán funcionando durante los próximos días. El presidente nos ha asegurado que la ayuda está en camino. Por favor, manténganse a salvo siguiendo estas instrucciones.

Detecto el escepticismo de su voz y me imagino su sonrisa, amarga y resignada, de «¿Quién se va a tragar esta mierda? ¡Menuda bola!». Y no, yo no me lo trago.

CAPÍTULO 26

Nos colgamos las mochilas y caminamos. Llevo la pistolera de hombro de mi madre. Dudo que me vaya a meter en un lío por llevar un arma en la ciudad ahora mismo. Cuando la llevo metida por la cinturilla, me obsesiono con que se me va a disparar en el culo, por improbable que eso sea. Mastico una vieja barrita energética hasta que tengo la sensación de que se me va a desencajar para siempre la mandíbula. Me cuesta tragar con el nudo que tengo en la garganta, así que bebo unos tragos de agua para que baje.

Cada equis tiempo nos topamos con un claro en el bosque y unas vistas preciosas del río Hudson, que discurre al pie de los imponentes acantilados. Parece como si tuviera que haber invertido su rumbo o haberse detenido por completo en un día como hoy. Me sorprende que el sol pueda brillar de ese modo en un hermoso cielo azul con toda esta locura.

En la ciudad se ven ya incontables columnas de humo negro, como si ardiera todo Nueva York. Se me encoge el corazón al pensar en sus mejores cosas: la gente campechana y de buen corazón de Brooklyn, que no duda nunca en echarte una mano; la forma en que los neoyorquinos se unen cuando hace falta; los museos en los que me he criado, donde contemplaba durante horas las momias y los fósiles o las cabezas reducidas; Prospect Park; la biblioteca; los vagones de tren y los barrios llenos de personas no solo de todos los tonos de piel imaginables, sino también de cualquier país, hablando cualquier idioma, vistiendo cualquier prenda, comiendo cosas de todo tipo. Y también en las peores: los cajeros que ignoran por completo tu mano tendida y te dejan las vueltas en el mostrador; las personas que creen que las colas son optativas; los hípsteres; la mugre; el metro de la línea F; la Dirección General de Tráfico...

Mi ciudad, la ciudad que adoro, la que a veces odio, que me llena de energía y a la vez me agota desde que nací, es una nube de humo. Me detengo y la contemplo por última vez, porque era mi hogar, un sitio al que podía volver cuando quisiera o lo necesitara, pero estoy convencida de que ha desaparecido, se han llevado de una sola pasada lo bueno y lo malo. Lloro hasta por el último pedacito de ella.

Capítulo 27

Encontramos un mapa en otro poste del camino. El viento sacude las ramas desnudas de los árboles. Trae el humo de la ciudad hacia aquí, pero estamos lo bastante altos para que no nos alcance. Solo el olor a quemado se abre camino hasta donde nos encontramos. Se oyen desde muy lejos explosiones, sirenas, grandes estruendos. Algunos los puedo identificar: un coche de bomberos, disparos…; otros son suposiciones: ¿una granada?, ¿la explosión de una conducción de gas?, ¿Godzilla?…

Hay una oficina de supervisión del parque y una comisaría a varios kilómetros de distancia. Avanzamos despacio; nos pesan las mochilas y la fatiga. Penny está pálida y ojerosa. Procuro caminar a su ritmo. Se mira los pies mientras caminamos; luego levanta la cabeza y le veo los ojos irritados.

—Mi madre —dice, y se limpia los mocos con el dorso de la mano.

—Tiene más posibilidades de sobrevivir que nadie de los que han quedado allí —le digo por intentar animarla.

—Lo sé —contesta, pero las dos sabemos que incluso esas posibilidades son escasas.

Por la tarde, llegamos a la oficina de supervisión del parque, un edificio de piedra con ventanas de vidrio emplomado e imponentes chimeneas. La bordeamos hasta que damos con la entrada bien iluminada a la comisaría. Dentro hay un mostrador alto, pero está desierto.

Nelly abre la puerta y grita:

—¿Hola? ¿Hay alguien ahí?

Silencio. James deja la mochila en el suelo y se cuela con sigilo por detrás del mostrador para echar un vistazo al pasillo. Vuelve negando con la cabeza. En el mostrador hay un ordenador y me acerco al otro lado para examinarlo. Delante hay una taza de café y un sándwich a medio comer. Toco la taza.

—Pues la taza está fría —digo—. Quien estuviera aquí se ha ido hace rato.

—¿Qué más, Sherlock? —pregunta Nelly.

—Bueno, deduzco, por la variedad de llaves que cuelgan de aquí, que igual tenemos vehículo, listillo. Si queréis que robemos un coche de policía, claro está —digo agitando el manojo de llaves.

—Queremos, por supuesto —tercia Penny. Supongo que ya ha superado lo de yo no quiero robar un coche.

Asiento.

—Por supuesto.

Optamos por un SUV con el logo de la Policía de Parkway en un lado. Si alguien se sienta al fondo, detrás de la reja, puede resultar hasta cómodo.

Compramos comida en las máquinas expendedoras. Supongo que también podríamos robarla, pero metemos monedas.

—Podemos usarlo en nuestra defensa si nos detienen por robar el coche —bromea James—. Igual necesitamos más comida y vuelven a emboscarnos.

—Tampoco es que esto se pueda considerar comida —digo yo, viendo la bolsa de deportes que hemos encontrado repleta de patatas fritas, galletitas y aperitivos de fruta.

Sonríe con la cara sucia y los ojos cansados.

—Oye, habla por ti. Yo vivo de estas cosas.

Salimos a la interestatal con Nelly al volante y yo en la parte de atrás. Como era de esperar, nadie me ha disputado el honor.

Entre los árboles se adivinan zonas residenciales y algunos coches se suman al nuestro en la carretera. Nos limitamos a las grandes autopistas porque las carreteras más pequeñas cruzan las poblaciones y puede que sean intransitables.

La interestatal desemboca en la autopista de peaje del estado de Nueva York y, en cuestión de minutos, nos topamos con un océano de luces de freno. Hay un peaje para vehículos comerciales, pero nada que impida el paso de los coches. Debe de haber un atasco de kilómetros.

—A ver, niños —dice Nelly—, me parece que vamos a tener que retroceder en cuanto lleguemos a la siguiente salida.

—Dudo que vaya a estar mejor —coincide James—. La gente está saliendo, igual que nosotros.

Señala un sedán azul que llevamos delante, con cajas y bolsas destartaladas sujetas al techo con una cuerda doble, justo cuando choca con el SUV al que sigue. No es más que un golpecito, pero la puerta del SUV se abre de golpe y baja de un salto un hombre de pelo canoso y corte militar. Lleva los chinos y la camiseta pegados del sudor. Se inclina sobre el coche y saca una linterna metálica.

—¿Qué cojones! —grita.

Escupe al hablar mientras se dirige furibundo al sedán, del que sale un tipo bajito de piel oscura que levanta las manos y señala el vehículo del otro. Nelly baja la ventanilla para que podamos oír.

—Perdona. Oye, lo siento —dice el bajito con calma y retrocede. El otro avanza, con la cara casi amoratada. Aprieta los puños con fuerza y levanta amenazador la linterna—. Mira, tío, a tu coche no le ha pasado nada. ¡Míralo! —añade el bajito señalando el SUV.

—Tú sí que deberías mirar, ¡a la puñetera carretera! —le grita el otro—. ¡Deberías tener más cuidado, maldita sea!

Levanta más la linterna y se le ve una marca oscura en la cara interior del brazo, una especie de herida púrpura con venitas rojas, redonda como un mordisco.

—¿Habéis visto eso? —pregunto, y asienten todos, contemplando embobados la escena.

El bajito cierra la puerta de su coche y lo rodea mientras habla con el otro. Lo hace con voz serena, la que uno usaría para calmar a un animal salvaje. No se da cuenta de que ese tío no tiene nada que perder. Se detiene y el otro avanza rápido, con la linterna en alto.

—¡La hostia! —dice Nelly.

Agarra la escopeta que ha dejado en la pistolera del vehículo policial y baja. Amartilla el arma y apunta al de los chinos, que se queda de piedra al oírlo.

—Agente —espeta, y sonríe como si estuviera esperando a que apareciera, en vez de pensando en matar a palos al otro—, hemos tenido un pequeño accidente. Nada de lo que preocuparse.

James baja del coche y se planta detrás de la puerta abierta. De repente no parece muy buena idea quedarse atrapada aquí atrás. Nelly se acerca un poco más al tipo.

—Suelte la linterna —le ordena. El tipo obedece y levanta las manos en señal de rendición—. ¿Dónde se ha hecho esa herida?

El de los chinos mira a un lado y a otro y se humedece los labios con la lengua. Baja un poco los brazos con la intención de ocultarla.

—Haciendo chapuzas en el garaje. Se me ha escurrido el destornillador —dice, y ríe con voz de pito—. No es buen momento para ir al hospital, ya sabe, así que no le he dado importancia. Me he puesto un montón de cremas. Nada de lo que preocuparse —añade; luego vuelve a humedecerse los labios y retrocede un paso.

—Señor —contesta Nelly, muy sereno y muy profesional—, tiene que verlo alguien. Venga conmigo a las garitas de peaje para que le busquemos ayuda.

—Tiene razón —responde como loco el de los chinos, mirando a todas partes—. Tiene toda la razón. Debería vérmelo alguien. Voy a…

Salta la mediana y cruza como un rayo los carriles del otro sentido. Nelly baja la escopeta y mira al hombrecillo fibroso.

—¿Se encuentra bien? —le pregunta.

El tipo asiente en silencio y observa como su agresor se pierde entre los árboles.

—¿Estaba contagiado? —pregunta por fin. Nelly asiente y abre mucho los ojos—. Gracias por intervenir. —Le estrecha la mano a Nelly y lo mira de arriba abajo—. ¿Agente?

Nelly sonríe.

—No, qué va. Hay que quitar de en medio el coche de ese tipo, acercarlo a los peajes de allí. Podemos usar la sirena.

—Lo llevo yo. Mi mujer nos puede seguir.

James enciende la sirena. Los coches se van desplazando y apartándose del camino hasta que llegamos al arcén. Nos dirigimos a la derecha de las garitas de peaje y entramos en la zona de descanso de camiones.

En cuanto aparca el coche de su agresor, el hombre se acerca a la ventanilla de nuestro vehículo. Tendrá treinta y muchos años, lleva el pelo muy corto y tiene las manos y la cara de alguien acostumbrado a trabajar mucho y muchas horas, pero el cansancio desaparece cuando sonríe y le vuelve a dar las gracias a Nelly.

Le tiende la mano y Nelly se la estrecha.

—Me llamo Henry. Henry Washington.

—Nel Everett. De nada, tío. ¿Adónde vais?

—Al norte. Vamos a hacer una acampada larga en un sitio que conocemos —dice señalando con el dedo al aire en general.

—Nosotros volvemos a la interestatal, rumbo nordeste. Si queréis seguirnos, os hacemos de escolta policial —le propone Nelly con una sonrisa de medio lado.

—Os lo agradecería. Intento llevar a mis hijos a un sitio seguro. ¿Dicen algo por la emisora de la policía?

—Ni siquiera nos ha dado tiempo a encender la radio —contesta James girando el mando.

Una voz de mujer repite que necesita agentes próximos a algún sitio. Otras voces piden socorro. «Ha habido disparos. Agente derribado.» Un hombre grita algo que no consigo descifrar, pero detecto la crudeza de su voz. Suena como si pensara que va a morir y se me encoge el corazón. James la apaga, pero los gritos me resuenan por dentro aun después de apagada.

—¡Madre mía, ya están aquí! —dice Penny señalando.

Unas decenas de eleequis salen del bosque y se dispersan entre los coches de la carretera. Sus heridas, su ropa, sus caras son distintas, pero parecen todos iguales con la mandíbula descolgada, la cara de hambre y los andares arrastrados. Dos de ellos aporrean las ventanillas de un cinco puertas dorado y la pareja que va dentro abre la boca con unos gritos que veo pero no oigo.

Lo que antes era el bocinazo aislado de algún claxon se convierte de pronto en un fragor de cláxones y alaridos, pero no hay escapatoria. Un hombre se asoma por la ventanilla de su todoterreno y grita a los demás que avancen. Sube la ventanilla al ver que solo ha conseguido que los contagiados vayan a por él. Una mujer rechoncha abre de golpe la puerta de su coche y salta al otro lado de la autopista por encima de la mediana. Y, en cuestión de segundos, un carril entero queda inutilizado. Un vehículo avanza a trompicones por el arcén y se dirige adonde estamos estacionados. Lo sigue el todoterreno que va detrás. En nada este aparcamiento va a estar tan atestado como la carretera.

—Conozco un atajo a Bear Mountain —dice Henry—. ¿Me seguís?

Nelly asiente y Henry sube rápido a su coche. Se sube al bordillo para meterse entre los postes que impiden que entren vehículos de la calle. Lo seguimos a una calle de una zona residencial.

En el césped bien cuidado de una de las viviendas, vemos a un eleequis con el abdomen ensangrentado, como si se lo hubieran extirpado con un cuenco, que nos mira al pasar. Todas las casas parecen iguales, no sé cómo Henry se orienta en este laberinto, pero está claro que lo hace, porque salimos a una carretera principal y volvemos a girar a la izquierda.

Unos cuantos eleequis avanzan por la acera y un grupo de hombres tensos, armados con tuberías y bates, se abalanzan sobre ellos. Miro por atrás, pero un giro me hace perder el equilibrio y, cuando vuelvo a asomarme, ya no están. Me incorporo y me agarro fuerte al ventanuco. Espero que este tío sepa adónde va.

Capítulo 28

Seguimos a Henry hasta dos campamentos contiguos al fondo de una zona de acampada. Hay una mesa de pícnic y un brasero en cada campamento. Penny me saca de la zona de carga del SUV y camino por la tierra compacta hasta que se me pasan los calambres de las piernas. Una mujer y dos niños bajan de un salto del sedán y siguen a Henry adonde estamos nosotros.

—Esta es mi mujer, Dorothy. Dottie.

Dottie es menuda y tiene los ojos de un increíble color pardo claro que contrasta con su tez oscura, y una sonrisa cálida. Cuando habla, le noto una suave cadencia caribeña en la voz.

—Os agradezco muchísimo que nos hayáis ayudado. Estaba convencida de que… —Calla y mira a los niños.

—Esta es Corrine y tiene doce años —continúa Henry, y le pone la mano en el hombro a una niña guapa y delgada que se parece a su madre hasta en los ojos y nos dedica una pequeña sonrisa—. Y este es Henry hijo, al que llamamos Hank y que tiene nueve años.

Si alguna vez ha habido un niño en el mundo al que le pegue menos llamarse Hank, yo no lo he conocido. Es pequeño, como el resto de la familia, pero carece de la fortaleza reconcentrada de su padre y de la vitalidad de su madre y de su hermana. Lleva el pelo corto, con lo que las gafas y los ojos que estas aumentan parecen aún más grandes. Al principio parece frágil, pero, cuando saluda y me mira a los ojos, me da la impresión de que se le escapan pocas cosas.

—Gracias por traernos aquí —digo yo—. Sin ti no lo habríamos conseguido.

—De nada —dice Henry—. Ha habido un par de veces que he pensado que me había perdido, pero trabajé en la instalación eléctrica de esas viviendas y por eso he decidido intentarlo.

Se siente tan aliviado que me sonríe de oreja a oreja y no puedo evitar sonreír yo también. Y casi me duele, después de haberme pasado las últimas doce horas apretando la mandíbula. Decidimos pasar la noche allí y pensar en una ruta por la mañana. Nuestras dos tiendas diminutas se montan rápidamente. No sé cómo vamos a caber los seis en ellas. Me dirijo al grifo del agua, unos campamentos más allá, pero la temporada de campistas acaba de empezar y aún no funciona.

—¿No sale? —pregunta Henry a mi espalda y yo se lo confirmo—. Hay un arroyo al otro lado de la zona de acampada. Deberíamos ir antes de que oscurezca demasiado.

—Tengo un filtro de *camping* —digo.

Cogemos todas las botellas y sus dos recipientes plegables. Es un arroyo pequeño, pero él va directo a un punto en el que se ensancha y forma una poza. Me siento en una piedra cercana y meto el filtro en el agua.

—Deduzco que ya has estado aquí antes —comento.

—Acampamos aquí todos los veranos. Nos bañamos en este mismo arroyo. Se me hace raro estar aquí en esta época del año.

El paisaje sigue siendo invernal, salvo por la nieve. Además, empieza a hacer frío. El agua del arroyo está helada.

—¿Por qué habéis decidido marcharos hoy? —le pregunto.

Se acuclilla a mi lado y se pasa la mano por la frente.

—He ido a trabajar. No sabía lo mal que estaba la cosa. He supuesto que estaría tan a salvo en ese edificio como en casa. El toque de queda solo era hasta el amanecer y yo me he marchado antes de que saliera el sol. No había recibido la circular. Dottie me ha llamado al trabajo para decirme que tenía que volver. Es un buen empleo y los de instalaciones eléctricas trabajamos el doble los fines de semana. Me ha contado lo de los puentes y que algunos vecinos se habían contagiado, que algunas personas parecía que se hubieran vuelto locas. Cuando Dot dice que es grave, es porque es grave. Así que me he marchado de inmediato. Vivimos en una urbanización, de esas con jardines y aparcamiento propio.

Asiento. Bombeo el filtro más rápido y me doy cuenta de que me estoy poniendo nerviosa por él.

—Acababa de aparcar en nuestra plaza cuando empieza a salir gente de la nada que viene aprisa hacia mí —prosigue—. Enseguida he visto que estaban contagiados, llenos de sangre, así que he retrocedido. He atropellado a una que tenía a la espalda. Ese golpe seco, ¡ay, Dios! —Cierra los ojos un instante—. Pero no podía bajar del coche. Sabía que, si lo hacía, me mordería. He retrocedido con la esperanza de que estuviera bien. Le he aplastado el pie, por completo, pero se ha levantado y avanzaba arrastrando la pierna. No la ha detenido en absoluto, ni siquiera parecía que le doliera. He llamado a Dot, le he dicho que me esperaran junto a las ventanas de la parte de atrás y me he metido con el coche en el césped. No iba a arriesgarme a que los niños caminaran. Ella ya tenía las bolsas hechas: lo ha preparado todo nada más hablar conmigo. Estaban dando la vuelta al edificio, haciendo esos ruidos horribles. ¿Los has oído? No sé cómo describirlos.

Cuando levanta la vista, le veo los ojos rojos y la cara de miedo. Sé bien a qué se refiere. Es un gruñido sobrenatural, voraz; podría describirse de muchas maneras, pero ninguna le hace justicia. El llanto de un bebé despierta el instinto de consolarlo; la naturaleza lo ha calibrado cuidadosamente para que conduzca a alimentarlo. En cambio, esos sonidos son lo contrario. Despiertan algo primitivo que intenta salir al exterior a zarpazos y hacerse con el control, como el conejito que corre para escapar del halcón. Tiemblo mientras asiento.

—Menos mal que las calles estaban casi todas despejadas —dice—. No teníamos plan, hasta que hemos pasado por delante de nuestro trastero. Hemos entrado con nuestro código y se me ha ocurrido que podíamos quedarnos allí. Está vallado y los trasteros tienen puerta metálica, pero entonces he caído en la cuenta de que podíamos terminar rodeados, así que hemos cogido los trastos de acampada y nos hemos venido hacia el monte.

Siento una repentina alegría absurda de que mi vida haya ido como ha ido estos últimos años. Adrian y yo podríamos haber tenido un bebé al que proteger de esto. El niño del edificio de oficinas era de la edad de Hank. Me muerdo los carrillos por dentro para que no se me escapen las lágrimas.

—¿Sabéis adónde vais? —pregunto.

—Fui muchos veranos a los campamentos de YMCA. Vamos a uno que está bastante apartado. ¿Vosotros? —Le hablo de la cabaña de mis padres—. Parece el sitio perfecto. —Me releva en el bombeo del filtro y sigue hablando—. Hank tiene unas ideas muy interesantes sobre lo que está pasando. Si te lo contara, no te lo creerías.

—Seguro que sí.

Me mira como diciendo que ni de coña.

—Dice que están muertos, como los zombis, no los caribeños, sino los de las películas de terror. A ver, es lo que parece, pero es imposible.

—Tiene razón.

Henry me mira muy serio.

—Pero ¿cómo puede ser?

—No sé. La madre de Penny y de Ana es enfermera. Fue ella la que nos aconsejó que saliéramos de Nueva York anoche. Sabía lo de los puentes.

Le cuento todo lo que nos dijo y que los CDC siguen negándolo. Cuando termino, le veo la cara triste.

Al volver al campamento, nos encontramos la mesa repleta de *ramen*, comida liofilizada de acampada y guarrerías de la máquina expendedora. Hank y Corrine no les quitan el ojo a estas últimas y se lanzan a inspeccionar las bolsas en cuanto Penny los invita a acercarse. Ha encendido el hornillo portátil y ha puesto en él un cazo con agua.

Dorothy hace la cena en un hornillo de dos fogones. Rechazamos la comida fresca que nos ofrece. Tenemos de sobra, aunque casi todo carezca de vitaminas. Observa a los niños mientras cogen un capricho cada uno y asiente en señal de aprobación cuando nos dan las gracias. Dottie es una mujer callada de sonrisa tierna, pero en su interior vive una mujer que no va a permitir que a su familia le pasen cosas sin más. Me cae bien.

Por la radio solar nos recuerdan que mantengamos la calma y nos quedemos en casa. Repiten las direcciones de los centros de tratamiento en un bucle interminable, pero no dicen nada de que los contagiados están muertos ni de cuánto va a durar esto. James maldice y gira el dial en busca de noticias de verdad. Antes de perder la señal, pillamos el final de un aviso de que todos los organismos oficiales estarán cerrados hasta el martes.

—¿Pollo «a la King» o *ramen*? —pregunto.

Gana el *ramen*. Nelly saca los platitos de hojalata que lleva en su mochila. Sirvo los fideos y al poco no se oyen más que sorbidos. Están calientes y llenan. Hasta Peter, que es muy tiquismiquis con la comida, parece disfrutarlos.

—Ya recojo yo —propone cuando hemos terminado todos.

—Te ayudo —le digo.

Lo sigo a uno de los bidones de agua de Henry. Lava y aclara los platos y hace como si yo no estuviera allí.

—Oye, Peter —espeto—, me gustaría que fuéramos amigos.

Sé que es patético, pero no se me ocurre otra forma de decirlo. El haz de luz de la linterna le deja la cara a oscuras, pero detecto el fastidio en su voz.

—No me apetece que seamos «amigos», Cassandra. —Hago una mueca—. ¿Tanto te cuesta entenderlo?

Llegados a este punto, no veo muchas opciones, salvo que tenga pensado odiarme.

—Bueno, yo prefiero que seamos amigos a que nos peleemos. Siento lo que te he dicho en casa.

No se me ocurre nada más. Normalmente, cuando rompes con alguien, tienes la ocasión de largarte a lamerte las heridas, no te ves obligada a compartir con esa persona una tienda de campaña minúscula. No contesta y terminamos en silencio.

Henry se empeña en hacer la primera ronda de vigilancia, dado que nosotros apenas hemos dormido. Nelly, Peter y yo nos metemos en nuestra tienda. Cuando rozo a Peter sin querer, se aparta como si le hubiera picado. Me hago lo más pequeña posible y me acurruco junto a Nelly. ¡Lo que daría por llevar en la furgo una tercera tienda!

Capítulo 29

Cuando Nelly entra en la tienda después de su ronda y me despierta para la mía, lo único que me apetece es acurrucarme a su lado. No hará más de cinco grados ahí fuera. Ojalá pudiera hacer un fuego grande y calentito, pero eso podría llamar la atención. Me meto en la tienda otra vez para coger otros calcetines y el polar de Nelly. Cuando salgo, Penny está abriendo la cremallera de su tienda y bostezando. Lleva gorro y una cazadora antigua de Eric encima de la suya. Pongo a calentar agua para hacer té mientras contemplamos el horizonte oscuro y temblamos. No vemos nada, con lo que llamarlo vigilancia parece una bobada. Es más bien una escucha y, por suerte, el bosque está en silencio, tanto que, cuando Penny habla, me sobresalta.

—Estoy tan cansada que creo que podría dormir eternamente.

—¿Por qué no te vuelves a acostar? —le digo—. Puedo hacer la ronda sola.

Niega con la cabeza.

—No, no. —Me alivia. Me habría quedado aquí sola, pero muerta de miedo—. No te voy a dejar aquí sola. Además, va a molar. Nos hacía falta un rato de chicas posapocalíptico.

Río y me apoyo en ella.

—¿Estás bien?

—No. Sí. ¡Qué remedio! Además, para Ana, lo de dejar a mi madre allí ha sido demasiado.

A Ana la hemos eximido de hacer la ronda porque no la vemos capaz de asumir la responsabilidad. Yo creo que Ana podría hacerlo si quisiera, pero me guardo ese pensamiento para mí. Penny le concede a todo el mundo el beneficio de la duda, incluso a mí.

Da pisotones silenciosos en el suelo para entrar en calor. Con la ayuda de la linterna, sirvo un té para cada una. Con la leche en polvo y el azúcar no es que esté delicioso, pero sí calentito, y eso es lo que cuenta. La manta de emergencia cruje y nos chistamos la una a la otra y reímos mientras nos la echamos por encima.

En ese ambiente más ligero, le hago por fin la pregunta que estaba deseando hacerle:

—Entonces, ¿James y tú…?

—Sí, James y yo. Cass, es que me gusta muchísimo.

—Bueno, Nelly y yo ya lo sabíamos. Nos parecíais perfectos el uno para el otro porque los dos sois unos friquis. —Me da un codazo—. Vale, los dos sois listos, divertidos y modositos.

Suelta una carcajada. Pero es cierto. Es buenaza por naturaleza, no lo puede evitar. Ella y yo nos complementamos.

—¿Hasta dónde habéis llegado? —pregunto, ahora ya por fastidiar.

—¿«Hasta dónde»? ¿Tu qué tienes, doce años?

Pero ya está acostumbrada a esa pregunta porque vengo haciéndosela desde que teníamos doce años.

—Ya sabes que sí —contesto procurando no reír—. ¿Y bien?

—¿Tú qué crees? A ver, nos besamos una noche y la noche siguiente estábamos huyendo de hordas de muertos. Y esta noche en una tienda de campaña con mi hermana. De momento ha sido todo muy romántico. No sé ni por qué te contesto —dice y ríe.

—¡Vale, vale! Pero, en serio, ¿hasta dónde? —le susurro y sonrío cuando me ignora.

Se hace un silencio agradable y observamos cómo se aclara el cielo. Enciendo la radio muy bajito. Es una emisión en directo.

… ha estallado en la ciudad de Nueva York. Los cadáveres de los que intentaban ponerse a salvo nadando empiezan a llegar a la orilla. Se están produciendo saqueos y pillajes en masa en las principales ciudades, de Florida a Massachusetts, y hay atascos en todas las salidas de las grandes áreas metropolitanas. Los coches abandonados impiden a la policía despejar las carreteras. El presidente ha declarado que la Guardia Nacional tiene autoridad para impedir cualquier actividad ilegal de la forma que crea conveniente. El presidente ha pedido a los estadounidenses que mantengan la calma mientras se erradica el bornavirus. Sostiene que basta con una semana, pero la puesta en cuarentena de las principales ciudades ha hecho que la gente huya a zonas menos pobladas. Se informa de que grupos de contagiados están cortando las carreteras. Las autoridades insisten en que permanecer en la seguridad de sus hogares es la mejor forma de conservar la salud. Estén atentos a nuevas informaciones.

Vuelvo a bajar el volumen.

Nelly sale de la tienda.

—Qué depresión.

—Perdona, no pretendíamos despertar a nadie —digo.

—No, si estaba despierto.

Hago ademán de devolverle el polar, pero no quiere. Lleva puesta una de las camisas de franela de mi padre y me cuesta creer que no tenga frío, pero le agradezco el préstamo.

Se sienta y rodea a Penny con el brazo.

—Bueno, ¿cómo estás?

Penny se encoge de hombros y frunce el ceño de preocupación.

—Solo espero que mi madre esté bien.

La cara de angustia la hace parecer tan joven, como si tuviéramos dieciséis y estuviéramos pasando la noche fuera de casa, y por un momento me gustaría que fuera así, a pesar de que, en circunstancias normales, antes me clavaría un boli en el ojo que volver a la época del instituto. Al menos entonces el mundo era relativamente seguro.

—Yo también lo espero, cariño —le dice Nelly, la estrecha contra su cuerpo y me agradece a mí el café instantáneo verdaderamente espantoso que le ofrezco—. ¿Y qué tal con tu nuevo chico?

Se levanta las gafas, nerviosa.

—Bien.

—Oye, ¿y James ha pasado a mayores ya? —pregunta procurando no sonreír. Ella resopla y nos lanza miradas asesinas a los dos mientras nosotros nos partimos de risa.

Los Washington nos saludan camino del baño. Me pregunto si tendrán un plan y decido preguntarles después del desayuno. Tenemos que pensar en nuestro próximo paso.

Capítulo 30

Hank y Corrine miran con envidia el surtido de galletitas y de *brioches* con pasas en paquetitos individuales de nuestro desayuno mientras picotean sus huevos con tostadas. Cuando tienes nueve y doce años, no sabes apreciar la comida de verdad.

—¿Y ahora cuál es el plan? —pregunto cuando han terminado todos.

James abre nuestro mapa y recorre con el dedo la distancia del parque a la cabaña. Peter mira el mapa como si hubiera interrumpido de forma grosera su contemplación del bosque y continúa contemplándolo. Ana aún no se ha despertado.

—Estamos a unos ciento cincuenta kilómetros de distancia, más si cogemos muchas carreteras secundarias —explica James.

—¿Qué os parece si nos ponemos en marcha… en algún momento? —pregunto.

—Dot y yo estábamos pensando en esperar unos días —dice Henry—. Nos la jugamos, porque habrá más contagiados, pero confío en que la gente habrá llegado ya a su destino y en que la situación habrá mejorado —añade frotándose las cejas; luego baja la mano y le veo la duda en los ojos.

Nelly asiente.

—Yo no quiero verme atrapado otra vez en una de esas zonas de tratamiento ni en un control de carretera. Hemos tenido suerte de escapar.

—Tengo el presentimiento de que la cosa no va a hacer más que empeorar —dice James—, pero esperar unos días podría ser buena idea de todas formas. Henry, ¿sabes de algún sitio donde podamos comprar artículos de acampada?

Henry arruga el gesto mientras piensa.

—Hay unas cuantas tiendas, negocios familiares. Nosotros también necesitamos algunas cosas.

—¿Qué os parece si vamos en grupo? —pregunta Nelly.

—Esperaba que lo propusierais —dice, y se le suavizan un poco las arrugas de la frente—. Además, nos alegramos de tener compañía un par de días.

Puede que dispongamos de un par de días antes de que empiece a llegar la gente. Esto está bastante aislado y eso, sin duda, atraerá a otros en cuanto consigan escapar de los atascos. Acordamos salir dentro de unas horas a una tienda que Henry cree que es nuestra mejor apuesta.

Empieza a hacer calor. Me quito el polar de Nelly y anhelo una ducha caliente. Llevo los vaqueros sucios y, después de sacudírmelos con fuerza un par de veces, me doy por vencida. Me rehago la trenza. Al menos me he lavado los dientes y tenemos desodorante. Sintiéndome más o menos limpia, me siento a la mesa y escucho en la radio las mismas cosas todo el rato.

—¡Odio la radio de hablar! —protesta Corrine.

Se pone los auriculares de botón y se sienta de mala gana a la mesa. Hank suspira, se aparta un poco para no estar tan cerca de su hermana y sigue leyendo. Nelly, James y Henry han ido a por más agua, y Penny está en la tienda con Ana. La fascinación de Peter por el bosque que nos rodea no ha mermado aún. Se me ocurre volver a intentar hablar con él, pero no quiero que me pegue otro corte.

—Hank —digo—, ¿qué lees?

Levanta la vista.

—Ah, un cómic.

—¿De qué va?

—Bueno —mira alrededor y se acerca a mí—, va de zombis. Sé que todo el mundo piensa que no existen, pero yo lo he traído por si acaso.

Asiento con la cabeza.

—Tu padre me ha contado lo que decías de los contagiados.

Me mira con recelo a través de las gafas.

—Anoche me dijo que yo tenía razón.

—Y la tienes.

Sonríe, pero luego intenta no hacerlo porque sabe que, en el fondo, la cosa no es para reírse.

—Yo no pensaba que pudiera ser verdad. —Se regodea por un minuto, pero después se pone muy solemne—. Pero eso quiere decir que lo tenemos muy chungo. Esto es grave, Cassie.

Dice mi nombre de una forma tan adulta que me cuesta no tomarlo por uno.

—Sí, Hank, así es.

Capítulo 31

Dottie interrumpe el efusivo relato de Hank de absolutamente todo lo que ha leído sobre zombis para llevárselos a Corrine y a él a lavarse. Ignoro cuánto de lo que me ha contado será fiable, pero tampoco está de más saberlo, supongo. Además, Hank me cae bien.

Pongo orden en el campamento y estoy a punto de sacar un libro cuando vuelven todos del arroyo. Llamo en voz baja a Penny y le digo que nos vamos.

—¿Dónde está Peter? —pregunta Nelly.

—En la tienda, descansando.

No será por haber hecho guardia esta noche. Nelly me mira intrigado y yo le hago un gesto de «tampoco yo lo entiendo».

Henry se ha quedado con la pistola que le prestamos para la guardia y le está echando un vistazo. Comprobamos que el resto de las armas están cargadas y nos preparamos para salir. Le paso uno de los revólveres a Penny, que lo coge a regañadientes.

Hank me hace reír cuando imita un porrazo en la cabeza con un palo. Procuro disimular, pero resulta tan gracioso con su carita de niño decidido que no lo consigo. Seguramente no debería alentarlo, pero me parece que tiene la situación bajo control. No está a punto de partir rumbo al mundo de fantasía, sea cual sea, que habitan ahora mismo Ana y Peter.

—Espera —dice James mientras arrancamos el coche. Parece indeciso—. Yo me quedo. Penny y Dottie están aquí con los niños. Preferiría que no se quedaran solas.

—¿No se queda también vuestro amigo Peter? —pregunta Henry.

—Eso pensaba yo también —dice James y baja de un salto.

Pienso en quedarme yo también, pero quiero ir. Me fastidia quedarme esperando las malas noticias que temo constantemente.

La carretera del parque serpentea y desemboca al final en una carretera de dos carriles bordeada por prados y algunas casas dispersas. Después de unos kilómetros, empieza a haber más casas, aunque no hay nadie fuera.

—Ahora, como a medio kilómetro, a la izquierda —dice Henry.

El letrero reza SAM'S SURPLUS

y parece que Sam vive al fondo de la casa azul desconchada. Subimos, entre crujidos, los escalones de madera del porche y nos asomamos por la ventana a oscuras. Hay un mostrador de cristal polvoriento repleto de cuchillos y otros artículos. De los ganchos del techo y de las paredes cuelgan mochilas y ropa.

Nelly llama a la puerta.

—¿Hola? ¿Hay alguien aquí?

Una figura asoma de la penumbra. Nelly y Henry se apartan de la puerta cuando esta se abre. Un hombre regordete de cuarenta y tantos años que viste vaqueros y una camiseta de Smith and Wesson nos mira con recelo. Su pelo castaño está entreverado de canas, y una barba de al menos una semana le cubre la parte inferior del rostro y el cuello.

—¿Sí? No son polis —afirma más que preguntar, mirando furioso el vehículo marcado con el logo de la Policía de Parkway.

—No, no somos polis —dice Nelly—. Confiábamos en que pudiera vendernos algún material. Estamos acampados arriba.

—No es temporada de *camping*.

—Sí, bueno, hemos dejado la ciudad y pretendemos llegar más al norte, pero necesitamos algunas cosas.

—¿De dónde? —Lo miramos desconcertados y lo vuelve a intentar, con un suspiro, como si tuviera que lidiar con gente tan corta como nosotros a todas horas—. ¿De qué ciudad se han ido?

—Ah. De Nueva York. De Brooklyn —contesta Nelly.

El hombre nos mira de arriba abajo y abre la puerta de par en par.

—Adelante. Solo efectivo. —Dentro huele a polvo y a ropa vieja. Las cajas están apiladas en las estanterías. Vamos a necesitar su ayuda para encontrar algo aquí—. ¿Qué necesitan?

Está claro que, con este tío, cuanto menos hablemos, mejor, así que le leo los primeros artículos de la lista.

—Un saco de dormir, gas para hornillo, bombas de sifón, una lámpara…

Se mete detrás del mostrador y saca unos botes de gas y una lámpara. Después de un par de preguntas ásperas, nos elige un saco de dormir y mochilas para Henry. Pasa otro minuto hasta que Nelly aborda el tema de las armas.

—¿Tiene algún machete? —pregunta.

El hombre lo ignora y vuelve a agacharse debajo del mostrador. Nelly me mira y se encoge de hombros. La puerta del fondo de la casa está entornada y me parece oír algo familiar en la radio de la cocina. Me acerco adonde anda hurgando debajo del mostrador. Confío en estar en lo cierto.

—¿Eso es la emisora preparacionista? —pregunto.

Se yergue y nos mira a todos uno por uno, pero por fin se convence de que la que ha hablado he sido yo.

—Sí. ¿La conoce? —pregunta poco convencido.

—Por supuesto. Mi padre era preparacionista. —Enarca una ceja—. Allí es adonde vamos, a su cabaña.

—¿Cómo han conseguido salir de Nueva York?

—Bueno, sabíamos que iban a volar los puentes y decidimos que era hora de largarnos.

Asiente. Veo que le ha gustado que dijera «largarnos».

—¿Cómo es la casa?

Procuro abreviar.

—Es una cabaña de madera levantada en un solar de ocho hectáreas con una hectárea de huerto vallado. Comida para un año para cuatro adultos. Edificios auxiliares, abastecimiento de agua por gravedad, parte del suministro es solar. En una pista de tierra. La nuestra es la única casa.

—¿Cómo se almacena la comida?

Me está poniendo a prueba, pero sé la respuesta.

—Con absorbentes de oxígeno y tapas selladoras gamma. Al menos para lo que no sea comida envasada en casa —digo, como si no hubiera otra forma de hacerlo.

Parece impresionado.

—Buen montaje.

No es muy simpático, pero ya no nos mira como si fuéramos alienígenas.

—Lo es, sí.

El anhelo repentino de estar allí, de estar a salvo, de percibir el olor característico de la casa y de tocar todos los objetos que conozco también casi me hace desmayarme.

—Parece que su padre sabe lo que hace.

—Lo sabía. Murió hace unos años. —Aún me fastidia decirlo.

—Lo siento —dice. Asiento con la cabeza. Parece que lo entristece de verdad que otro preparacionista haya dejado el planeta. Extiende las manos sobre el mostrador y se inclina hacia delante con aire de complicidad—. Bueno, ¿qué más necesitáis, chicos?

Lo tenemos en el bote.

Diez minutos después hay machetes en el mostrador y el hombre, que ahora sabemos que se llama Greg, no Sam, nos habla de la zona.

—Van a montar una especie de control de carretera, me parece. Esta noche hay una reunión —dice agitando al aire una octavilla fotocopiada—. Dice algo de asignar recursos, lo que en el fondo significa que se van a llevar todo lo que tengo en la tienda. Yo me largo esta noche mientras estén reunidos. Tengo una casa en el monte bien aprovisionada. No es tan chula como la vuestra, pero servirá. —Encoge los hombros ya caídos—. Muchas de estas cosas no me las puedo llevar, así que os las vendo encantado. Esa gente lleva años burlándose de mí por ser preparacionista. Hasta hay un tío lo bastante estúpido como para aceptar efectivo por unas cuantas cosas cuando me marche. No tenéis oro, ¿verdad?

Niego con la cabeza.

—El oro lo tenemos en la cabaña.

No hay oro. A mi padre le interesaban más las cosas que producían energía y alimentos que el dinero. Me da la impresión de que pronto el oro valdrá tan poco como las piedras. Y el oro no se come.

—Bueno, como digo, hay un tío que aún piensa que el dinero vale para algo.

—Lo que necesitamos de verdad es más comida —dice Nelly—. No sabemos cuánto tardaremos en llegar a la cabaña. ¿Tiene idea de dónde podemos conseguirla?

Greg mira al techo y luego a mí.

—Lleva el coche a la parte de atrás. No quiero que nadie sepa que estáis aquí.

Nelly obedece y vuelve enseguida. Greg cierra con llave la puerta principal y se dirige al salón de su casa.

—Venga, vamos —dice. Tengo la impresión de que Greg no socializa mucho. Cierra la puerta también y abre la de la cocina—. Sótano. —Las escaleras están polvorientas, pero el sótano está asombrosamente ordenado. Apiladas contra la pared hay cajas llenas de cubos de veinte litros. En un rincón hay una mesita con un equipo de radioaficionado—. Comida. Creo que tengo por aquí. ¿Os valen las MRE? Tengo unas cuantas.

Saca una caja de la pila y la deja caer al suelo. Veo que las cajas están llenas y río. Habrá cientos de paquetes.

—¿MRE? —pregunta Henry.

—*Meals Ready to Eat* —contesto yo—. Raciones de combate. Es lo que les dan a los soldados. Llevan incluso sobres térmicos para calentarlas.

—Tu padre te instruyó bien —dice Greg rascándose distraído la parte de la tripa que le asoma entre los vaqueros y la camiseta. Me mira y yo le sonrío—. Tengo huevos, sándwiches de carne picada, ternera Strogonoff, *tortellini*, pollo… Puedo deshacerme de seis cajas en total. Os durarán hasta que lleguéis a vuestro destino. Las demás creo que me las puedo llevar yo. No pienso dejarles ni una miga a esos buitres del pueblo.

Se oscurece su semblante. Sé que posiblemente Greg esté más que un poquito tarado, pero puedo entenderlo: las personas que llevan años creyendo que exageraba seguramente lo ven ahora como su proveedor particular. Claro que, por otro lado, también hay que pensar en hacer piña. Metemos las raciones que hemos elegido en las cajas que nos ha apartado. Con cada cosita que digo, asiente como si acabara de anunciar el sentido de la vida. Hasta nos regala un puñado de alimentos liofilizados.

—Regalo de la casa —dice—. Vamos arriba a hacer cuentas.

Nelly y Henry cogen dos cajas cada uno y yo me dispongo a hacer lo mismo, pero Greg niega con la cabeza y las coge él.

—Una señorita no debería coger una caja si hay alguien cerca que lo puede hacer por ella.

Greg sube las escaleras con un gruñido. Lo sigue Nelly, volviéndose primero a mirarme como preguntando si me interesa, a lo que yo respondo con una mirada asesina. En la cocina Greg nos propone un precio justo y le pagamos en efectivo. Cargamos el vehículo hasta que apenas queda espacio para que yo me cuele en el asiento de atrás.

—Muchas gracias, Greg —le digo—. Se lo agradecemos mucho. Nos ha salvado la vida.

Se ruboriza.

—Bueno, os ayudará a salir adelante. Os he apuntado un atajo para que podáis salir del bosque sin pasar por el pueblo.

Lo ha escrito en el dorso de la octavilla de la reunión vecinal. Nelly y Henry le estrechan la mano y le dan las gracias. Nelly me espera junto al asiento del conductor. Greg me da la octavilla junto con otro papelito.

—Te he puesto dónde voy a estar, por si no te va bien con ellos —dice mirando de reojo nuestro coche.

—Ah. Gracias —digo, esforzándome por sonreír. Siempre me abordan los raros.

—No tengo suficiente para nadie más, pero podría estirar mis reservas para dos. Si me necesitas, ya sabes dónde encontrarme.

Sonríe y la sonrisa no le cuadra en la cara. Entonces entiendo lo solo que debe de estar. Ha sido muy amable con nosotros, así que procuro no herir sus sentimientos.

—Gracias, Greg. Se lo agradezco de verdad. Me lo guardo aquí —digo metiéndome el papelito en el bolsillo donde llevo el anillo y dándole una palmadita—. Ahí estará por si lo necesito.

Le tiendo la mano y me la estrecha con las dos suyas.

—Un verdadero placer conocerte, Cassie —dice y no me suelta.

Me zafo como puedo y hago un esfuerzo por que no parezca que me escapo.

—Lo mismo digo, Greg.

—¿Te ha dado el teléfono? —bromea Nelly cuando ya estamos en ruta.

—Me ha dado su dirección —contesto—. Me da que me ha pedido que me vaya a vivir con él.

Nelly se parte de risa.

—Ese tío era un chiflado —tercia Henry meneando la cabeza.

—Un poco —coincido—. Claro que, ¿quién está preparado para lo que está pasando y quién no?

—Sí, pero, aun así, le falta un hervor —espeta Nelly.

—A mí me ha parecido que estaba muy solo —digo yo.

No sé bien por qué defiendo a Greg, teniendo en cuenta lo que me alivia alejarme de él en un vehículo rápido. A lo mejor porque nos ha hecho un favor ayudándonos y pagárselo con burlas me parece cruel. Era inofensivo, a pesar de sus fanfarronadas.

—Cassie Forrest, defensora de los solitarios y los chiflados del mundo entero —dice Nelly—. Pero es cierto que ha sido muy generoso. Buena idea, Henry.

—Gracias, nos ha hecho un buen apaño, sí. Todas las compras en el mismo sitio —dice Henry y, tamborileando con los dedos en la puerta, se vuelve a mirarme—. Pero no habríamos conseguido todo esto sin ti, Cassie. ¿Cómo sabes todas esas cosas?

—Mis padres eran preparacionistas, ya sabes, de esas personas que almacenan comida y material para emergencias. No tipo miliciano chiflado, sino más bien autosuficiencia ecológica. Aunque mi padre estaba un poquillo chiflado, la verdad. Se me fue pegando con los años.

—Sí —dice Nelly—, la locura también.

Le tiro del pelo desde el asiento de atrás.

—Bueno, parece que tu padre también era muy listo —dice Henry.

—Lo era.

Mientras veo pasar el bosque, lamento con toda mi alma que él no esté aquí.

CAPÍTULO 32

Han juntado las mesas de nuestros dos campamentos. Supongo que eso quiere decir que somos un grupo, y me gusta la idea. Penny y James nos ayudan a descargar. Ana y Peter no.

—¡Guau! —exclama Penny—. Bonito alijo.

—¿Qué tal ha ido? —pregunta James.

—Pues a Cassie le han pedido matrimonio y hemos conseguido un montón de comida —dice Nelly—. Así que, en general, se nos ha dado bastante bien.

Penny y James me miran, pero yo me encojo de hombros y descargo mientras oigo a Nelly contarles la historia. Encima está exagerando. Como siga así, va a terminar diciéndoles que Greg se me ha puesto de rodillas. Es por la tarde y el campamento está tranquilo después de dividir las existencias. Harta de escuchar la radio, hurgo en la mochila y saco el libro.

—Te has traído un libro, claro —dice Nelly.

Sostengo en alto mi ejemplar de *Un paseo por el bosque*.

—En realidad, me he traído dos. Este me pareció apropiado. Y nunca vienen mal unas risas.

Le lanzo a Nelly el otro libro y lee el título en voz alta:

—*Manual de supervivencia en la naturaleza*, de Tom Brown.

—También me pareció apropiado —digo.

Henry y los niños están cogiendo leña para la fogata que vamos a hacer esta noche. De momento no hay nadie en la zona de acampada y los Washington tienen nubes de azúcar. Los críos vuelven corriendo del bosque y sueltan el botín en el brasero. A continuación lo hace Henry y sonríe a Dottie.

—Menudo barullo, hijos míos —dice—. Hay que acostumbrarse a hacer menos ruido.

Lo dice muy seria, pero lo suaviza con una sonrisa. Los niños cabecean afirmativamente.

Corrine se pone los auriculares del iPod y al poco protesta.

—¡Se ha muerto! Papá me ha dicho que no podía cargarlo en el coche. ¿Qué voy a hacer ahora?

—¿Leer un libro? —propone Hank. Corrine lo mira como si le hubiera pedido que se comiese un escarabajo—. Ah, no, espera, que eres demasiado estúpida para leer un libro —añade con una sonrisa maliciosa.

Ella pone los ojos en blanco.

—Tú sí que eres imbécil, Hank, que piensas que los muertos andan dando vueltas por ahí.

—¡Porque es así! ¡Yo tenía razón! Me lo ha dicho papá. No quieren que tú lo sepas porque eres una niñata y empezarías «¡Ay, qué miedo, bua, bua, bua!». —Sonríe al verla volverse aterrada hacia su padre.

Henry le lanza una mirada asesina a Hank y se arrodilla a los pies de su hija.

—Corrie, cielo, creemos que podría ser verdad. No entendemos por qué. Se trata de un virus, no de un parásito.

A la niña se le llenan los ojos de lágrimas y niega con la cabeza.

Henry la coge de los brazos, la mira a los ojos y le dice con serenidad:

—No ha cambiado nada. Sé que da más miedo, pero la situación es la misma. Y no nos va a pasar nada. Me voy a asegurar de eso.

Corrine abraza a su padre y llora. Luego se da cuenta de que no se está comportando como la adolescente que quiere ser y lo suelta. Procura serenarse, pero le tiemblan las manos.

—Creo que podemos gastar un poco de batería en cargar tu iPod —le dice Dottie y se la lleva al coche, con un brazo por encima del hombro y hablando con ella en susurros.

Capítulo 33

Penny abre una de las raciones de combate y vacía en la mesa el contenido de la bolsa marrón: un surtido de bolsitas más pequeñas y recipientes de cartón.

Las levanta una por una y lee en voz alta.

—Sándwich de carne picada, tostas de pan blanco. —Vuelve del otro lado una bolsita de plástico cuadrada—. ¿Cómo meten pan aquí? Bizcocho de chocolate. ¡Uy, mira! —Luego abre una bolsita que contiene cubiertos, una servilleta, cerillas y chicle, y saca un frasquito de tabasco—. ¡Qué cucada! —Es un frasquito como de juguete que nos deja a todos admirados porque, desde luego, es monísimo.

—Halaaa, ¿puedo comerme uno de esos, mamá? —pregunta Corrine.

Dot niega con la cabeza.

—Primero hay que comerse lo que se va a poner malo. No tardarás en hartarte de esos, ya verás.

Corrine hace un mohín, pero Penny le pasa el tabasco con un guiño. Corrine le da las gracias y se sienta, sonriendo a la cosa tan diminuta que tiene en la mano.

—No está muy bueno. Me tomé un par de ellos hace mucho —le digo a la niña. Mi padre compró unos y al final nos dejó probarlos a Eric y a mí después de que pasáramos días dándole la turra—. Te lo prometo.

Mis *tortellini* con queso saben a la típica pasta de sobre, pero huelen mejor que la carne, que me huele a comida de perro, aunque James dice que no sabe igual. Prefiero no saber cómo está tan seguro. En cualquier caso, está bien tener comida con la que no gastemos el gas del hornillo. Metes el sobrecito en la bolsa de calentado, le echas agua y la reacción química hace que se caliente.

—¡Qué asquerosidad! —dice Ana apartando su bolsita con un gruñido—. No me lo pienso comer.

—Hay cosas en el lote que no están mal —dice Penny y, hurgando en la ración de combate de Ana, saca una barrita energética de chocolate y una compota de manzana.

Ana se los arranca de un manotazo y los estampa contra la mesa.

—¡He dicho que no me lo voy a comer!

Sale furibunda hacia los retretes y Penny la sigue, susurrándole a la espalda. Nos la quedamos mirando todos, menos Peter, que come unos mordiscos más y aparta el suyo también.

—No puedo decir que me sorprenda —espeta; luego se levanta y se deja la comida ahí tirada para que limpie otro.

Me he llevado a los niños al bosque que bordea los campamentos a buscar palitos perfectos para asar las nubes de azúcar.

—Tienen que ser verdes, para que no se quemen. Y finitos. Cuando volvamos, le afilaré la punta al mío con la navaja —digo mientras exploro el suelo y los árboles.

Parece que han hecho las paces. Recuerdo las burradas que podíamos llegar a decirnos Eric y yo, y a la media hora ya estábamos jugando juntos como si nada. Pensar en Eric me deja callada.

—¿Estás bien, Cassie? —pregunta Corrine.

—Muy bien. —Esos bonitos ojos suyos son tan observadores como los de su hermano—. Estaba pensando en mi hermano pequeño. Espero que esté bien. Nos reuniremos en el sitio al que vamos todos.

—¿Está por allí? —pregunta señalando a lo lejos.

—Sí —contesto. La noto preocupada—. Seguro que está bien. Eric es alucinante en todo. Me encontrará.

Asiente con la cabeza como si no la perturbara, pero, cuando volvemos al campamento, le coge la mano a Hank un minuto, y él la deja. El fuego arde con alegría mientras les afilo los palitos y pinchan las nubes de azúcar para que queden perfectamente tostadas. Disfrutamos del calorcito mientras se pone el sol, relamiéndonos el azúcar de los dedos. Ojalá pudiéramos tener el fuego encendido toda la noche.

Nelly y yo hacemos la primera guardia.

—Igual deberían compartir tienda —digo, refiriéndome a Peter y Ana—. Peter tiene que empezar a comportarse como un ser humano. Ya no sé qué hacer.

—Ya te digo —responde Nelly—. Estoy a punto de llevármelo a un aparte para tener con él una conversación de hombre a hombre.

—Querrás decir de niño malcriado a hombre.

Mi compasión por Peter está remitiendo a una velocidad alarmante. Sé que podría haber encontrado una forma mejor de romper con él, pero lo estoy intentando. Cada vez que le sonrío me responde con una mirada gélida, cada vez que le digo algo me ignora o pone los ojos en blanco. Empieza a cabrearme. Tiene treinta años, no tres.

—Pues eso —coincide Nelly—. Aunque no fuera más que por la seguridad de su propio escondite, debería hacer un esfuerzo.

Cuando despertamos a James y a Penny y nos metemos en nuestro saco de dormir, ya me siento un poco mejor. Hoy tenemos un saco extra, pero lo he dejado fuera para el que esté de guardia. De todas formas, me gusta dormir con Nelly. No quiero pasar frío y sentirme sola en mi propio saco, y tengo la ligera sospecha de que a Nelly le pasa lo mismo, aunque jamás lo vaya a reconocer.

Capítulo 34

—¿Qué te hace tanta gracia? —pregunta Nelly.

—¿Eh? —digo calentita y a gusto en nuestro saco.

Las paredes de la tienda resplandecen de azul con la luz del amanecer. Por fin me siento descansada, a pesar de la piedra que me he estado clavando en las costillas toda la noche. Llevo varias noches soñando con Adrian.

—Te estabas riendo en sueños.

Sonrío, aún medio dormida.

—Soñaba con Adrian. Lo mismo que la semana pasada. Estábamos en la cabaña. —Se me clava algo en las costillas y me aparto de la piedra—. Lo echo de menos. Si supiera si está bien, me… ¡Ay!

Esa vez Nelly me saca de mi estupor a tiempo para oír a Peter abrir la cremallera de la puerta de la tienda y salir furioso de ella.

—Mierda —digo—. Mierda, mierda, mierda. —Me refugio en la axila de Nelly, dentro del saco—. ¿Me habrá oído? —Sé que me ha tenido que oír, pero confío en que, milagrosamente, no lo haya hecho.

—Hasta la última palabra.

Nelly siempre tan sincero. A veces preferiría que me mintiera. Me acurruco aún más, pero el olor me echa para atrás.

—Nelly, te apesta la axila.

—Tampoco es que tú huelas a rosas.

Me olfateo y protesto. Es cierto. Apoyo la cabeza en la mano y suspiro. Él menea la cabeza, como insinuando que he vuelto a meter la pata.

—¿Y ahora qué hago? ¿Le digo algo? —pregunto. A Nelly se le dan bien estas cosas.

Se encoge de hombros.

—No sé, Cass. Esta es una de esas ocasiones en las que igual es preferible que no digas nada. ¿Qué le vas a decir? ¿Perdona que haya soñado con mi exprometido? Seguramente no harás más que empeorarlo.

—No me estás ayudando mucho, Nels.

Vuelvo a meter la cabeza en el saco, huela o no. Crece el nudo de tensión que se me ha hecho en el estómago. Ojalá hubiera cerrado la boca. Sé que, si yo fuera Peter, me habría dolido. Y, para colmo, me siento imbécil por que me haya oído. Todos los sentimientos que me he estado guardando durante dos años se los acabo de poner en bandeja. Me encojo de pensarlo. Me quedaría aquí escondida todo el día, pero me estoy meando mucho, así que a lo mejor tengo que hacer de tripas corazón.

Nelly me pone cara de compasión cuando salgo de la tienda. Cuando vuelvo del baño, me acerco a Peter, que se está lavando los dientes junto a los bidones de agua. Saco el cepillo y me devano los sesos en busca de algo que decir. Al final opto por algo sencillo pero sentido.

—Lo siento muchísimo, Peter —le digo—. No…

Sé que me ha oído porque me mira a los ojos. Escupe la pasta de dientes con violencia, se limpia la boca y se marcha todo ofendido. Tengo la sensación de no haber hecho más que disculparme. Me siento como una mierda. Y me pregunto si soy una persona horrible, porque siempre siempre lo jodo todo.

Capítulo 35

—No eres una persona horrible y no siempre lo jodes todo —me dice Penny mientras llenamos los bidones de agua en el arroyo.

—Tú qué vas a decir, eres mi amiga.

—No es eso —dice mientras chapotea suavemente en el agua con los pies descalzos—. Precisamente porque soy tu amiga estoy obligada a decirte cuando estás siendo una capulla, y no lo estás siendo. No puedes evitar sentirte así. No hacía falta que él se enterara de tu sueño, vale, pero ya estaba siendo un borde antes. Ibas a cortar con él de todos modos. No puede pretender que sigáis juntos si tú no quieres solo por todo esto que está pasando.

Me quito los calcetines y meto los pies en el agua. Después de haber percibido mi propio tufo, me siento el doble de sucia.

—Supongo. Solo que odio la tensión, sobre todo cuando la he provocado yo. Ojalá pudiera arreglar las cosas. O que me resbalara. ¡Dios, esta agua está helada! He traído jabón para lavarme, pero no me veo capaz de hacerlo.

—A lo mejor solo tienes que darle tiempo para que lo digiera, Cass. Sé supermaja un tiempo. A ver, es posible que Peter vuelva a su estado normal por sí solo, ¿vale?

—Ja. Lo dudo. Pero voy a ser maja. —Junto las manos como si rezara—. Voy a ser la madre Teresa.

Penny ríe y agarra el jabón.

—Lo voy a hacer. Me voy a lavar este cuerpo apestoso. Ven conmigo, que necesito apoyo moral. —Se ha vuelto loca. El aire es calentito, pero el agua es nieve derretida y yo, con el agua fría, soy como una niña grande—. Te dejo que te seques primero. Verás qué calentita y qué bien. Porfa… —trata de engatusarme—. Voy a ser tu mejor amiga. Hasta el fin del mundo.

Se asegura de que no nos ve nadie y se quita la camiseta.

—Tú tienes motivos para oler bien ¡y por eso te da igual que el agua esté gélida!

—Obvio. —Se encoge de hombros y sonríe—. Porfaaa…

Por lo general, suele convencerme con sus ruegos, y lo sabe. Cedo porque, a fin de cuentas, no es más que agua fría y le estoy agradecida por haberme hecho sentir mejor.

—Venga, vale. Pero solo porque te quiero.

Me desnudo. Se me entumecen las piernas mientras piso con cautela las piedras de la pequeña poza.

Penny se sumerge y sale de nuevo aullando.

—¡Vamos, que el agua está buenísima!

Me echo por encima cantidades minúsculas de agua para quitarme el jabón y voy corriendo a por la toalla. Puede que esté calentita, pero, como ya no me siento la piel, no lo sé. Me seco de cualquier modo. Penny se enjabona entera y hasta se lava el pelo. Pues sí que está enamorada. Dejo la toalla en una piedra al sol y, a medio secar, me vuelvo a poner como puedo la ropa sucia.

Penny se me acerca por la espalda, envuelta en la toalla y respirando con dificultad.

—¡Uf! ¡Qué bien me ha sentado!

—Estás de atar.

Pero tengo que reconocerlo: ahora que empiezo a entrar en calor, encuentro agradable estar más o menos limpia. Lleno los contenedores mientras Penny se viste, canturreando por lo bajo. Dios, cómo la quiero. Es la antítesis de Ana, la anti-Ana.

CAPÍTULO 36

ME CAMBIO DE camiseta y le planto la axila limpia en la cara a Nelly. Él me hace un comentario sobre lo madura que soy, pero, como yo soy mármol y él aceite, me resbala. Le dedico a Peter una mirada tímida, que ignora. Muy bien. Le voy a sonreír hasta que se me resquebrajen las mejillas.

—... nada ahora —masculla Henry.

—¿Cómo dices? —pregunta James, que está recostado en un árbol con el iPad en la mano y la cabeza envuelta en humo de cigarro.

Lo cargamos en el coche, camino de Sam's Surplus, pero, claro, aquí no hay cobertura, y seguramente no la hay en ningún sitio, a estas alturas. Penny está sentada a la mesa, al lado de Ana, cepillándose el pelo mojado.

Henry sostiene en alto un transistor y repite lo que ha dicho mientras lo vemos girar el dial.

—Hoy no hay noticias en directo, solo grabaciones, pero ahora ya no ofrecen listados de zonas de tratamiento, sino de unas que llaman «zonas seguras».

—Sí, en Jersey, el sargento Grafton nos dijo algo de que iban a cambiar las zonas de tratamiento por zonas seguras —digo.

—Claro, porque aquella iba de maravilla —tercia James enarcando las cejas.

—No hay nada ni en AM ni en FM —nos informa Henry—. Igual podría encontrar algo si tuviéramos una radio de onda corta, pero esta la tengo encendida desde primera hora de la mañana y no ha habido ni una sola novedad.

Le pasa el transistor a James, que lo observa, gira el dial y niega con la cabeza. Prueban la radio del vehículo policial, pero no se oye absolutamente nada.

—A lo mejor no hay electricidad. Sin electricidad no se puede emitir —dice Penny.

—Si el apagón es total, la cosa está peor de lo que pensaba —comenta Henry rascándose la barbilla.

—Pues no me sorprendería —dice ella—. O ha cundido el pánico y ha salido todo el mundo corriendo o ha cundido el pánico y se ha encerrado todo el mundo en casa. ¿Cuántas personas crees que estarán yendo a trabajar?

—Una vez leí que una central eléctrica estándar solo puede mantener el suministro entre doce y veinticuatro horas sin control humano. Después de ese tiempo, se apaga sola —dice James, la fuente de información constante.

—Que no haya suministro eléctrico significa que no habrá agua y que la comida se pondrá mala —interviene Henry—, con lo que la gente tendrá hambre. ¿Cuánto tardarán en saquear las tiendas? Tío, la gente hace lo que sea cuando tiene hambre. Matarán por comida sin pensarlo, asaltarán…

—Ojo, que las paredes oyen —lo interrumpe Dottie.

Nos volvemos hacia los niños, sentados en el suelo. Estaban hojeando mi libro de supervivencia en la naturaleza, pero ahora nos observan y Hank tiene el libro cerrado en el regazo y Corrine contiene las lágrimas.

—Papá… —dice como una niña pequeña—, a mí me gusta estar aquí. ¿No podemos quedarnos aquí, que estamos a salvo?

Henry se sienta en el banco y les pide que se acerquen. Se le acentúan las arrugas de la cara; está claro que le encantaría poder retirar lo que acaba de decir. Por las caritas que ponen, Corrine y Hank podrían ser niños pequeños. La cara sucia de Corrine se ha llenado de churretes de lágrimas.

—Yo también me siento a salvo aquí, cariño, pero pronto tendremos que marcharnos. Me parece que vendrá más gente, buscando un sitio seguro, y es posible que quieran quitarnos nuestras cosas.

—Pero hemos conocido a Penny y a Cassie, a todo el grupo, y son muy majos —dice Corrine.

Henry sonríe.

—Hemos tenido mucha suerte. Y seguro que hay muchas otras personas majas, pero no podemos arriesgarnos. Tengo que protegeros a vosotros y a mamá. Hay que buscar un sitio más seguro que este.

—Tengo miedo, papá.

Su padre la estrecha contra su cuerpo con un solo brazo y cierra los ojos.

—Todos lo tenemos, cariño. Ser valiente no es no tener miedo, sino ser capaz de hacer lo que hay que hacer.

Hank se inclina sobre su padre y asiente con la cabeza.

—Yo también tengo miedo, Corr, pero te puedo enseñar todo lo que sé de zombis y de cómo combatirlos. Hay que darles en la cabeza, porque el cerebro…

Dudo que una descripción detallada de los muertos vivientes vaya a ayudar, así que intervengo.

—Eh, chicos, he visto que estabais hojeando mi libro. ¿Habéis visto el apartado de cómo caminar con sigilo por el bosque y seguir el rastro de animales? —Asienten—. ¿Por qué no lo ponéis en práctica? Es una técnica que hay que dominar. Además, me acabo de acordar de una cosa que llevo en la mochila y que os quiero enseñar. Una verdadera herramienta de supervivencia.

Con la aprobación de Henry, cogen el libro y se lo van leyendo el uno al otro mientras avanzan con sigilo por la maleza, marcando bien el paso, sin arrastrar los pies. Cuando salgo de la tienda, me encuentro a Henry allí plantado.

—Gracias —dice—. No quería gritarle a Hank porque el pobre solo quiere ayudar, pero lo último que necesita Corrie es un informe detallado de cómo matarlos. En cualquier caso, tenemos que ir pensando en marcharnos. ¿Cuando termines lo que vayas a hacer con los niños…? —añade señalando la bolsita que llevo en la mano—. ¿Qué es eso, por cierto?

—Ven a verlo. Mola mucho.

Había olvidado que lo había metido al fondo de la mochila. Sabía que era una tontería llevármelo porque me iba a ocupar un espacio muy valioso, pero no me lo podía dejar allí. Me arrodillo al fondo del campamento y limpio un pedazo de suelo apartando la tierra con la mano. Luego saco de la bolsa una varilla puntiaguda, un trozo de madera cuadrado, una piedra y algo que parece un arco diminuto. Corrine y Hank se arrodillan enfrente de mí.

—Parece un arco pequeñito —dice ella—. ¿Qué vas a hacer con él?

—Tienes razón: es un arquito. Se llama arco de fricción y se usa para hacer fuego cuando no tienes cerillas. Solo los auténticos supervivientes saben hacer fuego sin mechero —les comunico, procurando parecer muy seria.

—¿Tú sabes? —pregunta Hank, con los ojos como platos detrás de las gafas.

—¡Pues claro! —digo fingiéndome ofendida—. Este arco de fricción es mío, regalo de mi padre, que era el superviviente más auténtico que yo he conocido. Un verano incluso vivimos un mes entero en un cobertizo que construyó en el bosque. Por diversión.

Hacen un aspaviento los dos y me miran para ver si bromeo, pero, cuando comprueban que no, se quedan admirados. Es cierto que pasamos un mes en el cobertizo, pero yo no soy una auténtica superviviente como quiero hacerles creer, ni mucho menos. Papá tampoco, pero sabía unos cuantos trucos.

Les enseño las piezas.

—El palito es el elemento de fricción. Se pasa la cuerda del arco alrededor del palito una vez y luego se clava la parte puntiaguda en el cuadrado de madera. —Sostengo el arco con la mano derecha. La varilla descansa en el cuadrado de madera que está en el suelo. Le doy la vuelta a la piedra para que vean la hendidura redonda que tiene debajo—. Se sujeta el arco así y, con la otra mano, se pone la piedra encima de la varilla. No hay que apretar mucho porque, si no, el palito no gira al mover el arco.

Empiezo a mover el arco de un lado a otro. La cuerda enroscada en la varilla se tensa y la hace girar, primero en una dirección y luego en la contraria. Repito el movimiento un par de minutos hasta que aparece un hilillo de humo en el punto de contacto de la punta de la varilla y la madera.

—¡Es fricción! —exclama Hank.

—Ya lo vemos, listillo —dice Corrine, de mejor ánimo que antes. Él le da un codazo, pero se ríen los dos, emocionados con el nuevo juguete.

—Vale —digo—, pero para hacer fuego necesitamos yesca, es decir, trocitos pequeños de corteza de árbol o restos de hojas o cosas muy secas. Yo tengo aquí. —Les enseño una pelotita de pelusa y la pongo en el extremo de la varilla. Cojo ritmo otra vez. Cuando aparece de nuevo el hilillo de humo, los críos señalan y yo asiento y sigo hasta que estoy casi convencida de que tengo brasa. Levanto la varilla y, como sospechaba, hay un trocito de madera incandescente—. Eso es lo que se llama brasa —digo y lo acerco a la yesca—. Hay que hacerlo con cuidado porque, si se apaga, tenéis que volver a empezar. —Cojo la yesca y soplo suave hasta que humea—. Si de verdad queréis hacer una fogata, debéis tener preparadas cantidades cada vez mayores de yesca y de leña menuda, pero así es como se hace.

Oigo aplausos y veo que tengo público, así que hago una pequeña reverencia, aún de rodillas.

—¿Qué más escondes en la mochila? —pregunta Nelly—. Libros, arcos de fricción…, ¿alguna otra cosa rara?

—Metí todas las cosas de peso en la tuya para que me quedara sitio —contesto, y él sonríe.

—Me has dejado impresionado —comenta James—. Yo también quiero aprender.

—Claro, porque no hay encendedores ni cerillas en el mundo —se mofa Ana. Peter le ríe la gracia.

Yo le dedico una enorme sonrisa, como haría la madre Teresa.

—La supervivencia no es para todo el mundo —digo con voz superdulce, al contrario de lo que habría hecho la madre Teresa, y me vuelvo hacia los niños—. Estáis deseando usarlo, ¿verdad?

Asienten entusiasmados y cojo los utensilios. Los dirijo hasta que veo que saben cómo colocar cada cosa. Conseguir que prenda es más complicado; yo practicaba horas de niña.

Me siento a la mesa de pícnic, en un trocito donde da el sol. Nelly se sienta en la mesa mientras Henry pasea nervioso al otro extremo. Ana se deja caer al lado de Penny y apoya la barbilla en las manos.

Le acaricio el brazo a Ana desde enfrente. Sé que tiene miedo. Yo también lo tengo, pero supongo que lo disimulo mejor, o lo ignoro mejor. Probablemente debería ser más comprensiva con ella. Cuesta, porque su forma de ser no invita mucho a la compasión. Me mira furiosa, como enfadada conmigo, pero no tengo ni idea de por qué.

—Banana —le susurro—, ¿puedo hacer algo por ti?

Frunce los ojos.

—Dejar de ser una zorra, por ejemplo.

Me retraigo como si me hubiera dado un bofetón. Boquiabierta, intento adivinar qué le he hecho. Me irritan sus comentarios, sí, pero eso es de lo más normal. Ana irrita a todo el mundo, y eso no parece perturbarla en absoluto.

Estoy a punto de replicarle cuando habla Henry.

—Dot y yo estamos pensando que deberíamos irnos mañana. Me da miedo que nos quedemos atrapados aquí si esperamos más. Posiblemente es preferible que nos pongamos en marcha antes de que haya demasiados contagiados o desesperados buscando comida.

Aún estoy flipando con el comentario de Ana y tardo un minuto en procesar lo que ha dicho. Solo hemos convivido un par de días, pero la idea de que nos separemos me entristece.

—He estado pensando, aunque no lo he hablado aún con nadie más —digo paseando la mirada por la mesa—, que igual deberíamos seguir juntos. En la cabaña hay sitio para todos y montones de comida. Os vais a adentrar en territorio desconocido. Conseguir comida para unos meses e incluso para todo el invierno, si se da el caso, podría resultaros imposible. Podéis venir con nosotros si queréis.

Asienten todos menos Ana, que sigue mirándome furibunda. Peter suspira fuerte. Lo que piense él me da igual. Que le den.

—No podemos —contesta Dorothy tristona—. Os agradecemos mucho el ofrecimiento y ojalá pudiéramos, pero la verdad es que no. Sé que suena fatal —añade mirando a Henry, que se explica.

—Cuando estábamos en el trastero, Dottie mandó un par de mensajes de texto en cuanto decidimos adónde íbamos a ir. Parece ser que llegaron, lo que significa que nuestra familia podría estar esperándonos allí. No hay muchas posibilidades, pero...

Nelly parece decepcionado.

—Pero tenéis que ir allí por si acaso, claro.

Me dan ganas de recordarles a Dot y a Henry que es muy improbable que sus familiares hayan recibido los mensajes y mucho menos que hayan conseguido llegar allí, pero no les estaría contando nada que no sepan ya. Si se tratara de Eric, yo también lo estaría esperando.

James rompe el silencio desplegando el mapa.

—Vale, entonces, ¿nos vamos mañana? —pregunta, y continúa al ver que asentimos todos, aunque con escaso entusiasmo—. Estoy de acuerdo con Henry: hay que moverse. Hace días que no tenemos noticias. Si el virus se propaga tan rápido como parece, deberíamos buscar un refugio seguro antes de que haya más contagiados de los que podamos manejar. —Se aparta el pelo de los ojos y hace un ruidito de fastidio cuando le vuelve a caer por la cara—. He marcado la ruta que creo que deberíamos hacer. Al todoterreno le queda un tercio del depósito de gasolina, así que pronto vamos a necesitar más. Podemos conseguir más de los coches abandonados, usando las bombas de sifón que compramos en la tienda. Yo...

Deja de hablar cuando se oye el ruido inconfundible de las ruedas de un coche sobre la pista de tierra.

CAPÍTULO 37

Saco la pistola de la mochila. Nelly se apoya como si nada la escopeta en el hombro, pero sé que la puede disparar en un nanosegundo. Entre los árboles, vemos los faros de un coche granate. Empieza a detenerse al vernos y se desliza despacio hacia delante. Hacemos piña, preparados para pelear. Hasta Peter lleva un machete en la mano.

Un tío joven y atlético con gorra de béisbol se asoma por la ventanilla y echa un vistazo para valorar nuestra cordialidad. Desde el asiento del copiloto, una chica de pelo corto que lleva un chaleco de plumas con el cuello de pelo nos obsequia con una tímida sonrisa.

—Hola —les dice él a Nelly y a su escopeta—. No pretendemos invadir vuestro espacio ni nada de eso. Solo necesitamos un sitio donde quedarnos uno o dos días. Venimos del norte de Paramus y nos dirigimos a... Bueno, la verdad es que no sabemos adónde nos dirigimos.

Nelly asiente.

—El *camping* no es nuestro —dice en un tono más o menos amable, pero con cara de tío duro—. Podéis instalaros donde queráis. Nos gustaría saber qué está pasando ahí fuera, si es que nos lo podéis contar. Llevamos aquí unos días y desde ayer no han vuelto a decir nada en la radio. Me llamo Nel.

—Brian y Jordan. Mira, necesito bajarme de este coche. Voy a aparcar y, si os parece bien, luego nos acercamos a hablar.

Aparca a un par de campamentos de distancia y luego se acercan. Nelly hace las presentaciones. Brian y Jordan se quedan allí plantados, un tanto incómodos.

—Perdonad, ¿queréis sentaros? —dice Penny señalando las mesas—. Sé que no os hemos parecido muy acogedores, pero no habíamos visto a nadie por aquí y no sabíamos qué esperar.

Jordan se sienta en el banco. Brian se queda de pie y explora con la vista la zona de acampada.

—¿No ha venido nadie por aquí? —pregunta.

Penny niega con la cabeza.

—Pensábamos que habría más gente, pero, de momento, no.

—Sí, las autopistas están atascadas de coches abandonados. Al principio íbamos en moto. Por el camino hemos visto gente a pie, pero aún tardarán un tiempo en llegar hasta aquí. Cuando salimos de la ciudad, no había muchos contagiados, pero la gente está encerrada en su casa de todas formas. Ni siquiera abren la puerta. O se han trasladado a zonas seguras.

—Ahora no paran de listar zonas seguras en los comunicados de urgencia —dice James.

Brian asiente.

—Ayer se corrió la voz de que los centros de tratamiento eran zonas seguras. Bajo protección, dijeron en la tele. Fuimos al instituto que tenemos al lado de casa. —Ríe amargamente y mira a Jordan, que aún no ha dicho ni una palabra y lo mira preocupada, el pelo con mechas asomándole por debajo del gorro y rímel en los ojos. Además del chaleco, lleva vaqueros ajustados con lentejuelas metidos por unas botas de piel de oveja. Viste como si fuera de acampada para una sesión de fotos. En circunstancias normales, resultaría divertido, pero en estas me da pena por ella. Ninguno de nosotros quiere estar aquí. Se abraza fuerte el cuerpo como si quisiera proteger sus órganos vitales—. Nos pareció una buena idea. No teníamos mucha comida en casa como decían que era aconsejable. Nuestras familias nos dijeron que nos veríamos allí. —Esperamos a que continúe y lo hace al cabo de un minuto—. Cuando llegamos, descubrimos que a casi todos los que estaban allí, soldados o lo que fuera, los habían mandado a otro sitio. Mi hermano, su mujer y sus hijos estaban allí. Habían llegado antes de que se atascaran las carreteras, porque, ya sabéis, todos nos figuramos que la cosa era peor de lo que nos decían. A ver, ¿cómo le dices a la gente que no hay problema cuando puede asomarse a la ventana y ver deambular por las calles al puto problema? Han volado los puentes de acceso a Nueva York, ¿lo sabíais? —dice con los ojos muy abiertos e irritados y luego se los frota con los dedos.

—Nosotros estábamos en Brooklyn —contesta Nelly—. Salimos la noche en que los volaron.

—¿Sí? —dice Brian sorprendido—. Pues habéis tenido suerte. Si llegáis a ver las imágenes de la ciudad que han puesto por la tele…

—¿Qué está pasando allí? —lo interrumpe Penny, frunciendo el gesto.

—¿Eres de Brooklyn?

Penny asiente.

—Nuestra madre… —dice señalando a Ana.

Brian cabecea afirmativamente, como si supiera lo que va a decir. Dado que solo ellas dos han conseguido llegar hasta aquí, sospecho que sabe a qué se refiere.

—Manhattan está ardiendo. La gente salía corriendo de los edificios y se daba de bruces con los putos grupos de devoradores. A ver, ¿qué vas a hacer? En un incendio, mueres. Igual fuera sobrevives si trepas o corres rápido, ¿sabes? Porque hay que correr rápido —dice y mira a Jordan para que lo confirme, pero ella se mira los pies y sigue abrazada a su propio cuerpo—. Brooklyn no estaba tan mal. Han ardido algunas zonas, pero no como Manhattan. Los contagios están igual, pero la gente, al menos los que no quieren morir, de momento están escondidos.

Me imagino la hilera de edificios de piedra rojiza de nuestro barrio en llamas, a la gente saliendo despavorida de los bloques de apartamentos directamente a los brazos de los contagiados, corriendo por las azoteas para evitar el fuego y buscando abajo, en las calles, algún sitio seguro por el que escapar.

—Vale —dice Penny sin poder disimular su preocupación.

Ana se deja caer en el banco, al lado de Jordan. Miro a Peter, pero él está mirando al suelo, dibujando un círculo con la punta del zapato en la tierra blanda. Lo hace una y otra vez, como si estuviera resolviendo un problema matemático complejo.

—¿Qué pasó en el instituto? —le pregunto a Brian.

Muda el gesto y estoy convencida de que me va a decir que me meta en mis putos asuntos, pero entonces se rinde, suspira y se encoge dos o tres centímetros en todas las direcciones.

—Pues estábamos todos allí —dice en un tono desprovisto de emoción—: mi hermano Chris, su mujer Jess y mis sobrinos, en un rincón, junto a las gradas. Una señora me dijo que había cortes de luz en las ciudades, que no había servicio telefónico, y yo andaba pensando que hacía tres putos días todo iba bien, ¿sabéis? —Mira a todo el grupo en busca de apoyo y, cuando sus ojos se clavan en los míos, asiento.

—Todo iba bien —digo y, al hacerlo, caigo en la cuenta de que no es cierto, de que no pudo ser así—. Aquí, en la costa este, todo parecía ir bien, o todos lo creíamos.

Abandona su mirada el pánico a estar volviéndose loco para colmo.

—Al cabo de un tiempo entendimos que nuestros padres no iban a poder salir de la periferia. Decidimos dejar pasar la noche y dirigirnos a su casa por la mañana. Aquello estaba a reventar y oíamos muchísimo ruido fuera. La gente atrapada en los atascos, tocando el claxon. Entonces el pequeño, mi sobrino Ty… —Reprime un sollozo, se quita la gorra y se la vuelve a poner, ajustándose primero un lado y luego el otro. Después se la vuelve a quitar y pliega la visera por la mitad, como suele hacerse para que se forme ese doblez perfecto en el centro—. Tyler tenía que hacer pis. Así que Jess se llevó a los chicos al baño. Los bocinazos se convirtieron en gritos y disparos, y la gente empezó a correr a las puertas para ver qué pasaba. Chris nos dijo que no nos moviéramos de allí, que iba a asegurarse de que Jess y los niños estaban bien. Los gritos se hicieron más fuertes y la gente intentaba cerrar las puertas, pero era demasiado tarde y se colaron dentro montones de devoradores de esos. No veíamos nada, así que nos subimos a las gradas justo cuando Chris, Jess y los niños entraban en el gimnasio. —Brian mira fijamente los árboles, pero no los está viendo. Yo sé lo que ve: el resplandor de un amarillo chillón que producen siempre las luces del gimnasio de un instituto, las gradas pegadas a las paredes, las ventanas tapadas con rejas para protegerlas de las pelotas que se escapan, a todo el mundo corriendo en círculos, sus gritos amplificados y resonantes—. Les grité que salieran. Podrían haberse escondido en las taquillas. Estaban rodeados, así que corrieron hacia nosotros. Quise ayudarlos, pero Jordan me agarró de la camiseta —dice, y la mira acusador—. Me dijo que me iban a morder a mí. Pri… primero pillaron a Jess; los tumbaron, a ella y a Thomas. Jess se tiró encima del niño e intentó quitárselos de encima, pero no pudo espantarlos mucho tiempo. —Sé cómo va a terminar esto y me arrepiento de haber preguntado, pero no quiero obligarlo a parar. Ha estado viendo en bucle su propia película de terror y ahora la está regurgitando, tratando de sacársela de dentro para siempre—. Chris llevaba en brazos a Tyler. Es más grande que yo y estaba apartando a los devoradores. Tyler iba colgado de su cuello. Pensé que lo iba a conseguir, así que me disponía a saltar de las gradas y prepararme para agarrar a Ty, pero entonces mi hermano tropezó. Sin quererlo siquiera, uso de esos cabrones hace caer al suelo a Chris, que pone en pie a Ty y le grita que corra hacia mí. Tyler lo intenta y corre a toda velocidad. Gritando «¡Tío Bri, tío Bri!». Yo estaba a punto de saltar al suelo, solo quería cogerlo, pero los tenía debajo. Debían de haber estado entrando en tropel por la puerta todo el rato. Y esos putos ojos, eran enormes, y los cabrones corrían y entonces Tyler corrió a los brazos de uno de ellos y…

Ha doblado tanto la visera de la gorra que la ha roto. Brian tiene los ojos hinchados y le cae de la nariz un gusano de mocos. Se le ve tan perdido, tan niño que le pongo una mano en el hombro.

—No podías ayudarlo —le digo. La situación era imposible—. No habrías vuelto a tiempo. Lo intentaste.

Asiente, pero su mirada indica que no lo cree. No ve más que al pequeño corriendo en busca de una ayuda que él no le proporcionó. Levanta los brazos y pienso que me va a empujar, pero me da un abrazo que me deja sin respiración. Aguanto sus noventa kilos de peso aunque me tiemblen las piernas del esfuerzo. Llora desconsoladamente y se estremece; su llanto me recuerda al mío después de enterarme de que mis padres habían muerto, cuando lloraba sola.

Jordan se levanta, con los ojos brillantes detrás del rímel corrido. Le acaricia la espalda con una mano en la que lleva un anillo de compromiso de diamantes.

—Bri —le dice con ternura y estira el cuello por encima de mi hombro—. Brian… Ella tiene razón. No habrías podido salvarlo. Ya sabes que… Yo no pretendía…

Él recobra el aliento y su cuerpo se tensa. Me suelta de pronto y me bamboleo hasta que James me agarra y me pone derecha.

—Si hubiera ido antes, si no me lo hubieras discutido, igual sí. Pero me retuviste. Ha muerto por tu culpa. Es culpa tuya que atraparan a Tyler —dice con la misma cara de asco que si acabara de comerse algo vomitivo.

A Jordan se le saltan las lágrimas y niega con la cabeza. Se ha puesto pálida a pesar del bronceado de bote.

—Brian, no, habrían ido a por ti también. ¿Acaso crees que yo no quería poner a salvo a Ty? Lo quería muchísimo. Sabes que…

Él aprieta los dientes.

—¡Cállate, Jordan! ¡Cállate de una puta vez! —Ella corre al coche entre sollozos y cierra de un portazo. Nos volvemos todos hacia Brian, que la sigue con la mirada completamente imperturbable. Me parece que Brian se está desmoronando un poco, como él mismo teme—. Lo siento —dice—, tengo que ir a hablar con ella.

Y se aleja con la cabeza gacha.

Capítulo 38

Tenemos un esbozo de plan. Salimos al rayar el día. Habrá que separarse enseguida porque vamos en distintas direcciones. Creo que los Washington no lo tienen mal: pueden ir por carreteras secundarias y apartadas. Nosotros vamos a cruzar el Hudson por la base del parque y seguir por una red de carreteras secundarias también.

Después de quince minutos de deliberación masculina, Nelly, Henry y James han decidido cuál es el mejor sitio para encontrar leña pequeña y nuestra fogata ya arde. Dottie insiste en compartir con nosotros las hamburguesas que les quedan, ya descongeladas. Cuando protestamos, nos recuerda en un tono muy de «a mamá no le discutas» que la carne se va a poner mala. Río con disimulo cuando Nelly murmura «Sí, señora», a pesar de que no es mucho mayor que nosotros.

Hank y Corrine observan el trajín de la recogida con caras tristes desde su sitio junto al fuego. Parece que hubieran visto el mundo por primera vez y hubiera resultado ser una mierda mayor de lo que pensaban. Y tienen razón: el mundo ha pasado de ser medio mierda a una mierda de proporciones nunca vistas. Guardo las últimas cosas en la mochila y cierro la cremallera. Luego vuelvo a sacar un par de cosas y voy a sentarme a su lado.

—¿Ya lo habéis recogido todo, chicos? —pregunto.

Corrine se encoge de hombros y mira el fuego, mordiéndose el labio para que deje de temblarle. Hank, que está afilando la punta de su nuevo palito para tostar nubes de azúcar, levanta la cabeza y me dedica una sonrisa muy seria.

—Yo estoy listo. ¿Tú?

Sonrío.

—Todo lo lista que se puede estar, pero he pensado que igual necesitáis algo que os ayude a sobrevivir en el bosque y quiero daros esto —digo, ofreciéndoles el libro de supervivencia en la naturaleza y el arco de fricción.

A Hank le brillan los ojos y coge la bolsa con reverencia.

—¿En serio? ¿Nos lo podemos quedar?

—No, Hank —tercia Corrine, se lo quita a su hermano y me lo da a mí—. No podemos aceptarlo. Se lo regaló su padre, es especial.

—Por eso os lo doy a vosotros. Es especial, sí, pero vosotros también. Quiero que lo tengáis. Hay otro en la cabaña, además de montones de encendedores y cerillas. Vosotros lo podríais necesitar, así que es vuestro. Y el libro también. Me ofenderé mucho si no los aceptáis.

Corrine se ríe del mohín que hago, coge el libro y se inclina para abrazarme.

—Ojalá fuéramos con vosotros —susurra.

La abrazo fuerte.

—Sí, cielo, ojalá.

CAPÍTULO 39

PARA DELEITE MÍO, las hamburguesas no saben en absoluto a pienso canino. Peter, que ahora me contesta con gruñidos y monosílabos en vez de miradas gélidas, tiene la decencia de darle las gracias a Dorothy. Jordan y Brian aparecen al borde de la luz del fuego. Han pasado las últimas horas en el coche y nosotros las hemos pasado procurando no husmear.

Brian parece arrepentido.

—Eh, chicos... Siento mucho lo de antes. Me he pasado un montón y ya me he disculpado con Jordan, que lo sepáis. No quiero que penséis que soy un capullo ni nada de eso porque no lo soy. Bueno, en general, no.

Sonríe tímidamente y le aprieta la mano a Jordan.

Jordan le devuelve el apretón.

—No lo es. Ha sido muy duro... Horrible.

Penny señala un sitio vacío en las mantas. Les ofrecemos hamburguesas y comen un poco. Dottie nos cuenta algunas cosas de su infancia en el Caribe y Penny habla de su vida en Puerto Rico. Me pregunto si las islas habrán corrido mejor suerte que el continente. Estoy pensando, soñadora, en el calor del sol y los mangos frescos sin contagios cuando James carraspea.

—Sé que intentamos quitarle importancia, pero he estado haciendo unos cálculos hoy y pinta mal. Vale, hoy es lunes. Todo esto empezó, que sepamos, el viernes. El sábado nos volaron los puentes y, por entonces, había como un quince por ciento de contagios, lo que significa que el virus tardó un día en propagarse a esa velocidad. Los estados del Medio Oeste ya andaban rondando el sesenta por ciento y apuesto a que van ya por el ochenta o así. En el peor de los casos, en ciudades grandes y pequeñas, vamos a empezar a ver una incidencia del sesenta por cien a partir de mañana.

Los pueblos y las zonas rurales disponen de un poco más de tiempo. Por lo que Brian ha dicho, casi todo el mundo está atrapado en los atascos. Eso no significa que se vayan a rendir, pero tendrán que caminar para llegar a esas poblaciones. Y al menos algunos contagiados aún vivos llegarán también y luego se transformarán. Al final, la infección se extenderá por todas partes. Creo que se mantendrá en el ochenta por ciento un tiempo, mientras aguanten las personas que han encontrado refugio o cuentan con provisiones. Pero, dependiendo del tiempo que vivan los contagiados, casi todo el mundo tendrá que salir de su casa en algún momento, a por comida y agua, y entonces se contagiarán. Nuestra mejor oportunidad es lo que estamos haciendo: ir a algún sitio apartado y escondernos hasta que esto pase.

Ana y Peter ponen cara de póker y, cuando James termina de hablar, se susurran algo el uno al otro. Dudo que lo crean.

—¿Cuándo calculas tú que pasará? —pregunta Jordan con entusiasmo.

El semblante de James, animado mientras hablaba, se oscurece de pronto.

—Esa es la cosa. Nadie lo sabe. Puede que no mueran hasta que se descompongan. Puede que no se pudran tan rápido como…, bueno, como se pudriría la carne. Parece imposible, pero todo lo demás también. Así que cuento con ello y estoy siendo previsor porque prefiero llevarme una sorpresa agradable si me equivoco.

Brian y Jordan se dedican una mirada cómplice. Ella asiente con la cabeza y luego la apoya en su hombro mientras él le acaricia el pelo.

—¿Qué planes tenéis? —les pregunto.

—Salimos mañana también —dice Brian mirando al fuego—. A ver si encontramos a nuestros padres. Pensamos marcharnos antes que vosotros, chicos, antes de que se haga de día.

Jordan gira el anillo de compromiso sin parar y él le agarra la mano con suavidad para pararla.

—No nos pasará nada. Estaremos juntos, ¿vale?

Ella sonríe con tristeza y cabecea afirmativamente. Me asombra que esté tan tranquilo, tan convencido. Si él, que ha visto cómo devoraban a la mitad de su familia, cree que no les va a pasar nada, a lo mejor tiene razón.

El fuego se va apagando. No tengo prisa por empezar el día, pero, cuando Henry bosteza y dice que se van a dormir, nos levantamos todos.

—Gracias —dice Jordan en voz baja—. Gracias por compartir. Que gente como vosotros haya llegado hasta aquí me hace albergar la esperanza de que a lo mejor no todo lo bueno se ha perdido para siempre. —Es lo máximo que ha hablado hasta ahora.

—Y como vosotros —tercia Penny—. No olvidéis que también habéis llegado hasta aquí.

Jordan sonríe, pero ha vuelto la tristeza a su mirada.

—Sí. Todo va a ir bien.

CAPÍTULO 40

Aún es de noche cuando noto que alguien me sacude el hombro. Penny deja la lámpara fuera después de asegurarse de que estoy despierta. Enrollo el saco de dormir y oigo el frufrú de nailon y de cremalleras fuera de la tienda. Recojo todo lo que queda por allí e ignoro la sensación de vacío que llevo en la boca del estómago. Cuando salgo de la tienda ya hay un poco más de luz, y volutas de niebla en el aire que apenas me permiten distinguir el coche de Brian y Jordan aparcado en el campamento. Supongo que aún duermen.

La comida que queda está en la mesa para que la repartamos. En cuanto me lavo los dientes, me acerco a donde están Nelly y Henry, contemplando las cinco raciones de combate restantes.

—No las quiere nadie, ¿no? —bromeo y ellos ríen.

Nelly se vuelve hacia Henry.

—¿Seguro que no queréis venir con nosotros?

Henry suspira.

—No os imagináis cuánto me gustaría, pero hemos decidido darle un mes a la familia y luego marcharnos a vuestra cabaña, si os sigue pareciendo bien…

—Por supuesto —digo—. Si por la razón que sea no estamos allí, meteos por un sendero que hay a la izquierda de la cabaña. Allí encontraréis un viejo arce con lo que queda de una casita de árbol, no muy lejos. Ese es «el árbol de los mensajes». En un agujero del tronco hay una lata de café. Dentro dejaré una nota con indicaciones de dónde estamos.

Henry asiente.

—Entendido. Bueno…

Mira la mesa. Nelly, que siempre está en sintonía conmigo, coge una caja de raciones y le acerca las otras a Henry. El cielo está lo bastante despejado ya para ver su cara de sorpresa.

—No, tío —protesta—. No puedo llevarme todo esto. ¿Qué vais a hacer vosotros?

—Henry, nosotros nos dirigimos a un sitio donde sabemos que hay montones de comida —digo—. Y no llevamos dos críos en el grupo. Esto tampoco os va a durar tanto, así que, por favor, no discutas. —Saco un revólver—. Ni nos discutas esto. Te voy a dar también dos cajas de munición.

—No sé qué decir —contesta, debatiéndose entre el alivio y la reticencia—. Un arma no es algo que se pueda regalar alegremente ahora mismo. Pero… pero no me puedo negar. Gracias.

—No te la estoy regalando —le digo enarcando una ceja y mirando esa cara amable con una sonrisa—. Es un préstamo. Me lo tienes que devolver, ahí está el truco. Espero recuperarlo dentro de un par de meses.

Las mejillas de Henry esbozan una sonrisa de un segundo y luego su semblante recupera la seriedad de siempre mientras me abraza.

—Te lo devolveré. Sé que solo han sido un par de días, pero… —Se interrumpe y le da una palmada en la espalda a Nelly.

—Oye —dice James al tiempo que desmonta la segunda tienda—, su coche sigue aquí. ¿No dijo Brian que quería salir pronto?

De pronto creo saber por qué Brian y Jordan parecían tan tranquilos anoche. Noto algo procedente del coche, la ausencia de algo, más bien.

—Henry, retén a los niños —le digo.

Me dirijo al coche, con el corazón acelerado de inquietud. Al principio pienso que me he equivocado, que están durmiendo en el asiento de atrás. Brian está de espaldas a la puerta, con las piernas a lo largo del asiento. Jordan está acurrucada en su regazo y la cabeza de él descansa en la de ella, como si estuviera oliendo por última vez su champú. Sus brazos, que probablemente la rodeaban, cuelgan inertes a los lados.

Armándome de valor, abro la puerta, solo para asegurarme de que no siguen vivos. Oigo pasos a mi espalda. Los otros se quedan allí plantados, petrificados, hasta que Dottie se inclina y les busca el pulso en la muñeca.

Niega con la cabeza.

—Pastillas quizá. No sé.

—¿Los… los enterramos? —pregunta Penny.

Me alegra no ser la única que dice que no, aun sintiéndome cruel por hacerlo.

—Tenemos que irnos —dice Henry.

—¿Rezamos algo? —propone Dottie—. Jordan llevaba una crucecita de oro. Se la vi anoche.

—Por supuesto —contesta él y empieza a recitar el padrenuestro.

CAPÍTULO 41

HENRY CIERRA EL maletero y se asegura de que la cuerda con la que ha sujetado las cajas al techo está tensa. Inspira hondo.

—Bueno…, es la hora del adiós —dice.

Hank y Corrine se asoman por las ventanillas del coche procurando parecer valientes, pero se les ve asustados y las ojeras afean sus ojos enormes.

—No —replico—, es la del hasta pronto.

Con una mirada tierna, asiente rotundamente y sube al coche. Los vamos a seguir hasta la base del *camping*. Yo voy de copiloto y Nelly conduce. Ahora mismo la buena puntería es más importante que ir un poco achuchado en la parte de atrás, así que Peter y James se sientan con Ana y Penny. No se mete nadie en la jaula; nadie quiere quedarse atrapado ahí atrás. En la bifurcación, nos detenemos junto a su coche.

Dottie baja la ventanilla y nos sonríe.

—Cuidaos mucho.

—Vosotros también —dice Nelly—. Nos vemos pronto.

Seguimos en silencio. No hay nadie en la garita de control del puente. En el aparcamiento del centro de bienvenida vemos algunos coches, pero, por lo demás, está desierto.

—Necesitamos gasolina, ¿no? —dice Peter—. ¿Por qué no se la sacamos a esos coches con la bomba de sifón? Dudo que vayamos a poder repostar en una gasolinera.

Nelly se mete en el aparcamiento. Ojalá se nos hubiera ocurrido proponerle a Henry que repostara aquí. Espero que no tengan que parar en ningún sitio demasiado peligroso. James y Peter van destapando los depósitos de gasolina de los vehículos mientras Nelly se asegura de que no hay nadie merodeando por el edificio. Penny y yo salimos a la carretera y observamos cómo corre embarrado el río Hudson bajo el puente.

—¿Qué es eso de ahí? —pregunta Penny al cabo de un rato.

Una figura se acerca cojeando por la calzada en el extremo opuesto del puente. Me llevo una mano a la pistolera. Al paso que va, tardará diez minutos en llegar a nosotras, pero me entra el pánico de todas formas.

—Eeeh…, chicos, viene uno hacia aquí —dice Penny con un hilo de voz.

Aparecen otros dos eleequis detrás del primero.

—Vienen tres —digo yo y desenfundo la pistola. Los tengo demasiado lejos para arriesgarme a disparar, pero quiero estar preparada.

—Ya estamos —responde James—. Vámonos de aquí.

Nelly gira en el puente y avanza por la izquierda de la calzada, lo más lejos posible de los contagiados, que nos ven pasar y cambian de rumbo para seguirnos.

En el otro extremo, James señala a unos cuantos que avanzan dando tumbos hacia el puente.

—Deben de venir de Peekskill, que está a unos ocho kilómetros al sur. Menos mal que vamos hacia el norte.

CAPÍTULO 42

AÚN TENEMOS QUE deshacer doscientos sesenta kilómetros de carreteras serpentinas para acercarnos siquiera a la cabaña. Con suerte, llegaremos allí dentro de cinco horas. Cuando enfilamos la primera pista de tierra, suspiro. Nelly me mira de reojo.

—Brian y Jordan —le explico—. ¿Por qué lo habrán hecho? ¿Tú no querrías estar seguro de que todo está perdido antes de quitarte de en medio?

—Yo sí que querría caer luchando, por supuesto, pero no todo el mundo es tan fuerte como nosotros, Cass —contesta.

Se equivoca equiparándonos: a él no le vacila nadie y yo, en cambio, necesito tres meses para animarme a romper con alguien. Pero eso no se lo puedo decir en presencia de Peter, aunque dudo que se enterara con la constante enumeración de zonas seguras de la radio.

—¿Y cuando murieron mis padres? —le replico—. Se me fue mucho la olla. No fui precisamente un modelo de fortaleza.

—Vale, pero ¿cómo no se te iba a ir la olla, cariño? Además, todo el mundo tiene derecho a una depre en la vida.

—¿Sí? ¿Y a ti te toca pronto?

—Ya la tuve, cuando salí del armario al terminar el instituto. O le decía a mi familia quién era en realidad o moría. Y hablo de morirme de verdad: me quería morir. Me daba igual que me hicieran el vacío mientras pudiera dejar de fingir. Una noche estaba en la cama y no podía dejar de pensar en las armas que mi padre tenía abajo, en lo fácil que sería coger una, acurrucarme y apretar el gatillo.

Mira sereno la carretera, pero aprieta el volante con fuerza. Nunca me había contado lo del arma.

—No sabía que hubieras estado tan mal.

Me dan ganas de llorar por el crío que contemplaba la posibilidad de morir. Imagino lo vacía que habría estado mi vida sin Nelly y le acaricio la mano.

—Pues sí. Pero también sabía que podía sobrevivir a cualquier cosa siempre que no fingiera ser algo que no era, así que no cogí el arma y se lo conté a todo el mundo. En cualquier caso, depres previas aparte, eres fuerte. Tú nunca te tirarías a por lo fácil de esa forma porque, en el fondo, no sería lo fácil.

He tardado dos años en reconocer que me equivoqué con Adrian. Me aterran los enfrentamientos. Por ejemplo, no le he preguntado a Ana por qué está cabreada conmigo porque temo destapar la caja de Pandora y a mí me gusta tener las cajas bien tapaditas.

Sé que Nelly no se refiere exactamente a eso. Yo solía ser fuerte, antes de que mi mundo se esfumara. Era una de las cosas que más me gustaban de mí misma, y me fastidia haberme vuelto tan débil. He pasado los últimos años sobreviviendo nada más y no merezco medallas por eso.

Cruzo los brazos y miro por la ventanilla los arbolitos recién plantados.

—No veo que nadie más de este coche se haya tragado un frasco de pastillas, así que dudo que eso me haga muy especial.

Nelly suspira.

—No das tu brazo a torcer ni aunque te aspen, ¿verdad?

Sonrío.

—¿Qué es eso, otra expresión de tu tierra?

—Qué va, me lo acabo de inventar. ¿Te gusta? —dice, y ríe cuando pongo los ojos en blanco.

Parece convencido de lo que dice. Bueno, una cosa es verdad: no van a poder conmigo fácilmente.

CAPÍTULO 43

TRES HORAS DESPUÉS siguen diciendo por la radio lo mismo de siempre, el mapa de carreteras del estado de Nueva York está hecho un asco y solo estamos a medio camino.

—Bueno —dice hastiado James, que ahora va de copiloto—, la comarcal siete mil trescientos cuarenta y dos es la siguiente a la izquierda.

Todas las carreteras tienen nombres como Comarcal 42 o Camino Postal de Albany a Jingletown. Están llenas de surcos y de baches, y nuestra velocidad máxima es de sesenta y cinco kilómetros por hora. Menos mal que, de momento, no hemos tenido problemas, pero cuatro personas en el asiento de atrás es demasiado, sobre todo cuando ninguno, y me incluyo, huele muy bien. Pero estamos vivos. Sé que es absurdo obsesionarme con que se me ha dormido la nalga derecha cuando se está acabando el mundo.

Oscilo entre una mezcla de preocupación y pánico que me encoge el corazón y el cabreo constante por pequeñeces, como lo cargado que está el aire dentro del coche o el que los tíos se piensen que sentarse con las piernas separadas por un metro de distancia es un derecho fundamental, aunque haya tres chicas con las rodillas completamente pegadas en la misma fila.

Tardo un rato en darme cuenta de que no solo estoy gruñona, sino que no me encuentro bien. Cada vez que tomamos una curva cierro los ojos para librarme del chapoteo que tengo en el estómago, pero solo consigo empeorarlo. Apoyo la cabeza en el cristal fresco de la ventanilla.

Penny se vuelve hacia mí.

—¿Qué pasa?

—No sé —digo entre arcadas—. Tengo ganas de vomitar.

—Nels, más vale que pares. Cass va a potar —dice.

Detiene el vehículo en un arcén ancho. Con el aire fresco, se me pasan un poco las náuseas. Me recuesto en el todoterreno y cierro los ojos, feliz de que el mundo haya dejado de sacudirse. Entonces me empiezan los retortijones.

—Mochila —jadeo, doblada de las punzadas que tengo en la tripa. Me miran perplejos—. Papel higiénico.

Penny va corriendo a la parte de atrás y agarra el rollo. Me adentro dando tumbos en el bosque. Cuando vuelvo, a los diez minutos, han bajado todos del coche.

James apaga de pronto el cigarrillo.

—A mí también me están dando náuseas.

—¿Necesitas el papel? —pregunto sin energía—. La experiencia ha sido divertidísima. No quiero que te la pierdas.

Me regala una sonrisa lánguida y se encarama en el asiento, sujetándose la cabeza con las manos. Me tiemblan las manos y me dejo caer al suelo, respirando con dificultad. Me vuelven despacio las náuseas.

—Yo llevo raro todo el día —tercia Peter ceñudo—. ¿Hemos comido algo en mal estado?

—Todo iba bien envasado —contesta Penny—, pero algo ha tenido que ser. Hemos filtrado toda el agua, así que eso no es.

Ana y Peter se miran.

—¿Qué? —pregunta Penny—. ¿Qué pasa?

Entonces cae en la cuenta a la vez que yo de que les encargó ir a por agua hace un día. Hasta les enseñamos a usar el filtro. Ana mira sumisa a Penny.

—¿No filtrasteis el agua? No me digas que no usasteis el filtro, Ana —le dice Penny levantando la voz.

—No pensamos que fuera para tanto. El agua parecía limpia y estábamos tardando una eternidad en filtrarla —contesta Ana y cruza los brazos como si con esa explicación bastara para contentarnos a todos.

—Por eso se llaman microbios, Ana, ¡porque son microscópicos! Además, ¿qué otra cosa tenías que hacer ese día? ¿Ir de compras? No doy crédito, chicos —les dice meneando la cabeza, con los brazos en jarras.

Los miro a la cara, pero me mareo.

—Lo siento —dice Peter, pero parece más molesto que arrepentido—. De haberlo sabido, no lo habría hecho.

Voy oyendo sus gritos cada vez más lejos. El sol pega fuerte. Tengo ganas de cerrar los ojos y quedarme allí tirada. Me da otra arcada. Intento ponerme de pie, pero termino vomitándole a alguien en los zapatos. Me hago un ovillo en la tierra blanda y las piedrecitas duras del camino y gruño.

CAPÍTULO 44

OIGO QUE ESTÁN montando las tiendas. Me han llevado a algún sitio, pero no podía abrir los ojos sin vomitar. Los entorno y veo un destello de hierba en un claro justo antes de que todo empiece a darme vueltas. Esta vez me vomito en las manos mientras repto hacia el bosque. Penny se acuclilla a mi lado con un trago de agua y me abanica la nuca. Espero que sea agua limpia.

—Ay, Dios —gimoteo y me desplomo en mi propio vómito con otro retortijón. Sé que es asqueroso, pero me da exactamente igual—. Tengo que ir al baño.

«Al baño.» ¡Qué risa! Lo que daría por un baño ahora mismo. Hasta el retrete del *camping* sería preferible.

—Espera, que te ayudo —dice Penny.

Avanzo a trompicones, apoyada en ella, hasta que encontramos un sitio entre los árboles; luego me envuelve en un saco de dormir y me monta una especie de tienda. Quiero preguntarle dónde estamos y si es seguro, pero, en cambio, caigo en un sopor febril.

Vomito una vez y otra hasta que casi preferiría estar muerta. Oigo gemidos durante la noche y sueño que los contagiados me persiguen. Como no puedo correr, me escondo con la esperanza de que pasen de largo. En el sueño, Penny quiere que beba, pero yo se la tiro de un manotazo porque sé que así es como se han infectado. Al final, retorcida y sudada en mi saco de dormir, me despierta el gorjeo de los pajarillos. Penny duerme a mi lado; al otro, tiene un bulto alargado: James.

Penny se incorpora con el ceño fruncido de preocupación.

—¿Qué necesitas? ¿Qué pasa?

—Nada —contesto con voz seca y áspera—. Agua. —Me pasa una botella. Bebo y espero a que se me revuelva el estómago, pero no. Tengo tanta sed que me la bebería toda, pero decido dar sorbitos pequeños—. ¿He dormido toda la noche?

Como aún estoy un poco mareada, me vuelvo a tumbar.

—Has dormido toda la noche, dos veces —contesta.

Me mira de arriba abajo, muy despacio, pero debe de pensar que tengo buen aspecto, porque relaja el gesto.

—¿En serio? ¿Me he perdido un día?

Asiente.

—No solo tú. James y Peter también se han puesto malos. Nelly cayó ayer, pero no está tan mal, y Ana y yo estamos bien. Hemos estado cuidándoos a todos.

Me viene a la cabeza la última conversación que recuerdo.

—¿Ha sido por el agua?

No me puedo creer que Ana y Peter no la filtraran. Les advertí de lo importante que era. Pero me parece que solo llenaron nuestros contenedores. Como los Washington se hayan puesto malos y hayan tenido que parar en algún lado para recuperarse, ahora mismo podrían estar muertos. Igual que podríamos estarlo nosotros, habiendo acampado aquí en medio, donde sea.

—Es muy posible. Ana al final me ha confesado que filtraron una parte. Hasta que se cansaron, supongo. —Hace una mueca—. Así que igual yo tuve la suerte de beber la que no estaba contaminada. Hemos lavado todos los contenedores lo mejor que hemos podido y los hemos rellenado con agua filtrada. Ana ya sabe usar el filtro ahora, te lo aseguro —dice triunfante, como una madre que ha enseñado una lección a su hija.

Río.

—Gracias por cuidarme, bonita.

Sonríe.

—De nada. Aunque hayas sido una paciente pésima que no paraba de tirarme todas las bebidas que te daba. Solo decías que el agua nos iba a hacer gemir. Me tenías preocupada.

—He tenido unas pesadillas horribles. Siento haber sido tan insufrible. Te lo has debido de pasar en grande. —Penny se encoge de hombros y sonríe—. ¿Cómo está? —le pregunto señalando a James.

—Más o menos como tú. Peter también. A ellos les ha dado después, así que supongo que esta noche estarán mejor. Si es que tú estás mejor, quiero decir.

Asiento.

—Puede que hasta tenga un poco de hambre. No mucha, pero sí un poco.

—A ver qué te puedo dar que no te siente mal. —Abre la cremallera de la tienda, pero entonces se detiene y se vuelve hacia mí con una sonrisa perversa—. Ay, esto te va a gustar. ¿Te acuerdas de la primera vez que vomitaste? Bueno, pues le echaste la pota a Peter en los zapatos. No veas qué cabreo se pilló. Fue genial. Hasta que se puso malo, no hablaba de otra cosa que de lo mal que olían aun después de haberlos restregado.

Peter lleva zapatos de cientos de dólares. Ahora me siento incluso mejor que hace un minuto. Es increíble lo que puede mejorar tu salud una pequeña inyección de moral.

Sonrío y cierro los ojos.

—Bien. Espero que apesten eternamente.

Capítulo 45

Tres días de vómitos constantes no han mejorado nada el aroma del todoterreno. Una pastilla de jabón y una cantidad limitada de agua fría tampoco te lo quita de encima cuando has estado tumbada en tu propia pota. Hemos estado acampados en un claro de una carretera secundaria. Penny dice que Ana y ella han oído pasar algunos coches por la carretera principal. Un par de veces oyeron disparos a lo lejos y algo que parecían explosiones.

Llevamos días de retraso. Conduzco tan asustadiza como un gato en una sala repleta de mecedoras o como sea el disparate ese que dice Nelly. Viviendo en la ciudad sin coche durante los últimos años, no he tenido muchas ocasiones de conducir. Además, mi padre siempre me decía que conduzco como una abuela. Voy como a un metro del parabrisas, temiendo lo que pueda encontrarme al tomar cada curva. Nelly, que está descansando en la parte de atrás, abre por fin los ojos y me pregunta si quiero que conduzca él.

—Ya conduzco yo —propone James.

Se ha ido encontrando mejor en las últimas horas y va en el asiento del copiloto. Lo veo casi esquelético. Penny le ofrece un tentempié cada quince segundos, pendiente de él como una mamá gallina. Estoy convencida de que a él le encanta.

—Estoy bien —digo e intento soltar del volante una de las manos.

—Tía, agarras el volante como si le estuvieras haciendo una llave de kungfú —dice James.

Suelto una carcajada teñida de histeria. Me he ofrecido a llevar el coche porque Penny y Ana casi nunca conducen y todos los demás se encontraban peor que yo, pero probablemente no debería haberlo hecho. Al menos en mi estado actual. Quizá es porque la enfermedad me ha debilitado, o porque no creo que el trayecto vaya a ser tan tranquilo como la última hora, o porque me tocan dos depres en la vida en vez de una. Me siento como una cría por tener miedo, pero intento convencerme de que no voy a demostrar nada conduciendo este puto coche apestoso. Tampoco es que me haya pasado los últimos días protestando y negándome a hacer lo que tocaba, como otros que yo me sé.

—Vale, os lo cedo dentro de un rato, en cuanto veamos un sitio donde poder parar.

La carretera discurre entre rodales de bosques, por delante de granjas, prados, casas en ruinas y remolques. Cuando emprendimos este viaje el otro día, había signos de vida: alguna persona fuera o el humo saliendo de las chimeneas de las cocinas. Hoy casi todo parece desierto. No acabo de entender por qué los ocupantes de esas viviendas han decidido abandonar un refugio más o menos protegido por una de las llamadas zonas seguras.

Supongo que yo también me lo plantearía si no hubiéramos escapado ya de uno y sabido después de la caída de otro. Busco un sitio donde parar, así que no espero encontrarme a alguien plantado en medio del camino al tomar la curva.

—¡Mierda! —exclamo, piso el freno y derrapo a medio metro. Los de atrás protestan al chocar contra los asientos de delante—. ¡Lo siento! ¿Estáis bien, chicos?

—Todos bien —contesta Penny sin apartar la vista de la carretera.

Hay un hombre de espaldas a nosotros. Tiene el pelo lacio y grasiento. Por detrás, parece normal, pero, cuando se vuelve, a ninguno nos sorprende verlo demacrado. Una maraña de venitas de color púrpura le resalta en la cara grisácea. Parecen las diminutas líneas serpenteantes de las carreteras secundarias que seguimos en el mapa. Se acerca al capó arrastrando los pies y se inclina hacia delante. Tiene los ojos vidriosos, como viejas canicas sucias.

—¡Atropéllalo! —chilla Ana.

Su voz sale por las ventanas. El tipo gime y se aúpa al capó castañeteando los dientes. No había visto ninguno tan tranquilo ni tan de cerca a plena luz del día. Tiene como una costra marrón entre los dientes, como si llevara un año sin lavárselos. Estoy segura de que es sangre. Se le ve el hueso en uno de los brazos, un destello de blanco en medio de la maraña de tejido.

—Cassie —dice James con serenidad—. Igual deberíamos irnos.

Salgo del trance. Hay un muerto en el capó del coche. Las manos le resbalan por la resplandeciente pintura negra e intenta asirse de algún modo, y temo que vaya a salir disparado y agrietar el parabrisas. Piso un poco el acelerador, aunque el cuerpo me pida pisarlo a fondo.

—¡Dios, Cassie, dale! —me grita Peter, y la criatura del capó gorjea de frustración, o algo así.

—No quiero que raje el parabrisas —digo mientras acelero—. Agarraos fuerte. —Hago un viraje y el eleequis se desliza del capó. Se oye un terrible cataplof cuando le pasamos por encima. Respiro con dificultad. Ahora vamos rápido y no tengo intención de parar, nunca. Estoy tan agarrotada que me duelen las manos y el cuello. Hablan todos a la vez, pero yo enmudezco, pendiente del siguiente bache del camino, en sentido literal y figurado—. Perdonadme —digo por fin—. Tendría que haberme movido más rápido —añado sintiéndome estúpida, como si no se me pudiera confiar la seguridad del grupo. Me arden las mejillas.

—¡Lo dirás de broma! —espeta Penny—. Si llego a ser yo, aún estaríamos allí plantados intentando que arrancara el coche.

—Y yo le habría pisado hasta el fondo y seguramente nos habría rajado el parabrisas —tercia Nelly. Peter suelta una tosecita—. Tú también habrías querido salir volando de allí, ¿verdad, Pete? Por eso le has gritado que le diera ya… —dice como advirtiéndole.

—No tan rápido como para rajar el parabrisas —replica Peter.

Lo veo por el retrovisor, apretando la mandíbula. Le revienta que lo llamen Pete, y Nelly lo sabe, desde luego.

—Gracias —digo, a todos menos a Peter—. La próxima vez reaccionaré antes. Pensaba que estábamos más o menos a salvo en esta zona, pero si ese tío anda deambulando por aquí…

—La cosa no pinta bien —termina James—. Te relevo cuando quieras.

CAPÍTULO 46

LAS CASAS QUE antes me habían parecido abandonadas ahora me resultan amenazadoras: sus ojos muertos nos observan al pasar. Doy un respingo cada vez que me parece ver un rostro pálido en una ventana, un cadáver dentro esperando a que lo liberen. Con los días que llevamos así, tendría que alterarme menos, pero mi cuerpo se sabe amenazado y no me va a dejar fingir otra cosa. María nos dijo que el virus vive en el cerebro, donde nacen nuestras reacciones más primitivas. Se me ocurre que, si me dejo llevar por mis instintos más básicos, igual sobrevivo.

En el asiento de atrás, la pistolera se me clava en el costado. No es una sensación desagradable. Nunca me han gustado especialmente las pistolas. Siempre me han dado un poco de miedo, aunque haya disparado una más veces de las que recuerdo. A mi padre le gustaba llevar un arma encima; era como una prolongación de su cuerpo, una herramienta, lo mismo que un martillo. Yo, en cambio, me siento como si estuviera usando una sierra circular sin protección y con los ojos cerrados, como si en cualquier momento se me pudiera disparar a pesar de mi empeño en controlarla.

Mi padre decía que tengo una puntería innata y eso me gustaba, pero no soy como Nelly, que sostiene el arma con naturalidad y que, cuando tiene una en la mano, nunca pone la misma cara que si sostuviera una serpiente venenosa. Yo jamás he querido tener un arma para protegerme, por miedo a que fuera más peligroso llevarla que cualquier cosa a la que pudiera enfrentarme en mi vida diaria, pero ahora me alegro de tenerla. Su peso me da estabilidad, anclaje, y me recuerda que en cualquier momento podría tener que usarla. Espero seguir teniendo buena puntería.

Nos quedan menos de cincuenta kilómetros. No parece mucho, pero podría ser imposible. La gente de por aquí recorre esa distancia para comprar una garrafa de cinco litros de leche. O lo hacían, porque las dos tiendecitas por las que hemos pasado estaban a oscuras.

Estamos a algo menos de quince kilómetros de Bellville, el pueblo al que solía ir mi familia las noches de verano a tomar un helado o a ver los fuegos artificiales del 4 de Julio. Esta no era nuestra ruta habitual, pero he pasado el tiempo suficiente aquí para haber ido por esta carretera antes. Cuando veo el buzón de correo de la rueda de carreta sé que faltan menos de diez kilómetros. Lo digo en voz alta. Todos asienten, pero nadie dice nada.

Peter va sentado en el extremo opuesto del asiento de atrás. Su perfil no se inmuta, pero mueve los ojos de un lado a otro mientras contempla el paisaje. Esta mañana me ha farfullado una disculpa y yo he procurado responder con elegancia. «No pasa nada, fue un error», le he dicho, y he intentado sonreírle. Me ha devuelto una sonrisa amarga y ha seguido cargando el coche. Está cabreadísimo conmigo, con todo, a lo mejor. A Peter nunca le ha faltado de nada, salvo lo que importa de verdad. Siempre ha tenido dinero y encantos a los que recurrir, pero ahora la coraza superficial que lo protegía ha desaparecido.

Puede que por ahí dentro siga ese tío que yo veía de vez en cuando en su generosidad o en la ternura con que me trataba, y que tan poco tenía que ver con la forma en que lo veía el resto del mundo. Ojalá pudiera suavizar las cosas. A lo mejor no es posible. Pero está aquí y, aunque la mayoría del tiempo me dan ganas de liarme a patadas con él, en el fondo, me alegro. Quizá él me odie, pero yo todavía lo aprecio lo suficiente como para velar por su seguridad.

Capítulo 47

Un rótulo de madera pintado nos da la bienvenida a Bellville. Hay un coche de policía cruzado en la carretera, rodeado por un amasijo de coches. Tres hombres asoman de pronto detrás de él. Uno de ellos apoya el rifle en el techo del vehículo mientras los otros dos levantan las manos para pedirnos que paremos.

—Vale —grita uno alto y rubio—, todo el mundo abajo.

—¿Bajamos? —pregunta James—. Igual deberíamos dar media vuelta. ¿Hay otro camino?

—Son otros sesenta kilómetros de viaje por lo menos —contesto—. Y nadie nos asegura que no vayamos a toparnos con otro control policial.

Lo bueno de esto es que, si tienen cercado el pueblo, deben de estar todos bien.

Bajamos en tropel mientras se acercan dos de los hombres y el otro se queda apuntándonos con el rifle. El segundo hombre es corpulento, de pelo castaño que parece cortado con un cuchillo de untar mantequilla, ojos pequeños y mirada perversa.

—¿Adónde se dirigen? —pregunta el alto.

Me acerco unos centímetros.

—Vamos a casa de mis padres, a unos treinta kilómetros al norte.

—¿Están enfermos? —Negamos con la cabeza. Menos mal que no intentamos pasar cuando estábamos malos de lo que tuviera el agua. Me da que son de los que disparan primero y preguntan después. Seguimos sin tener muy buen aspecto y hemos tenido que hacer unas cuantas paradas de emergencia por el camino, pero, en general, no parecemos contagiados—. Bueno, no estamos dejando entrar a nadie en el pueblo. Tendrán que buscar otro modo de llegar allí arriba.

—Solo queremos cruzar el pueblo subiendo Bell Street —le suplico—. De esa forma, nos ahorramos unos sesenta kilómetros y nos queda poquísima gasolina. Nos pueden escoltar.

Niega con la cabeza.

—No tenemos tiempo para escoltar a nadie a ningún sitio. Más de medio pueblo se ha ido a las zonas seguras de las afueras de Albany. Hace unos días vino la Guardia Nacional a decirles que era su única oportunidad de sobrevivir, así que la aprovecharon.

El corpulento frunce los ojos ya pequeños.

—¿Cómo es que no se dirigen a una zona segura?

—Ya estuvimos en una en Nueva Jersey —contesta Nelly—. Escapamos por los pelos cuando la asaltaron los contagiados. Seguro que ustedes no están allí por la misma razón. Piensan que pueden proteger por su cuenta a su familia.

—Precisamente. Pero, aun así, no les vamos a dejar pasar. Órdenes del *sheriff*.

Empiezo a albergar alguna esperanza.

—¿Sam? ¿El *sheriff* Price? —pregunto.

El alto enarca una ceja.

—¿Conoce al *sheriff*?

—Sí, él sabrá quién soy. ¿Podría decirle, por favor, que Cassie Forrest está aquí?

El de la mirada perversa aprieta la boca, pero el otro contesta primero.

—De acuerdo, voy a llamarlo por radio. No se muevan de aquí.

Vuelven al coche patrulla y hablan por radio. Procuro no mirarlos, por miedo a que, de repente, se nieguen a ayudarnos si hacemos un movimiento en falso. Además, el rifle nos sigue apuntando.

—Van en serio —dice Nelly, apoyándose en el todoterreno con las manos en los bolsillos y fingida indiferencia y señalando disimuladamente al pueblo con la cabeza—. No miréis, pero tienen francotiradores en las azoteas. Ya he visto dos.

—No se andan con gilipolleces —coincide James—. Si no nos dejan pasar, pillamos más gasolina con la bomba de sifón. Yo me quiero largar de aquí.

Cabeceo afirmativamente. No merece la pena tanto jaleo. Estoy a punto de decirlo cuando el alto abre la puerta del coche patrulla y sonríe. Se acerca a nosotros con el de la mirada perversa siguiéndolo como un perrillo faldero.

—Bueno, Cassie Forrest —dice y me tiende la mano—. Sam se alegra muchísimo de que esté aquí. Me llamo Will Bishop, por cierto. Lamento la bienvenida, pero se nos ha intentado colar gente con contagiados. Este es Neil Curtis —añade señalando a su compañero con el pulgar.

Neil saluda con la cabeza y, cuando mira al grupo, se detiene demasiado en Penny, en Ana y en mí. Su mirada carece de profundidad, como la de un perro bobo e impredecible. Algunos de esos perros son malos, mientras que otros están tan enamorados de su pelota de tenis que no queda sitio en su cerebro para nada más. Este es de los malos, lo tengo claro.

James se pone en medio para taparnos. Le agradezco el detalle, pero durante la última semana se ha quedado tan flacucho que se lo llevaría la brisa. Neil se da cuenta y disimula una mirada más alterada de lo que nos conviene. «Perro Rabioso.»

—Vamos a apartar el coche patrulla para que puedan pasar —dice Will Bishop—. Sam está abajo, en el ayuntamiento. ¿Conoce el camino?

—Sí, gracias.

Capítulo 48

Sam espera a la puerta del ayuntamiento y se sorprende al ver el vehículo en el que viajamos. Me bajo en cuanto nos detenemos y corro hacia él.

Me coge de las dos manos y me da un abrazo.

—¡Cassie, cuánto tiempo! ¿Cómo estás? ¿Estás bien? —Me alegra tanto ver una cara conocida que no puedo dejar de sonreír. Mientras se acercan los demás, le hago un breve resumen de nuestro viaje—. Venid dentro —dice, se quita el sombrero y abre la puerta—. Las oficinas de la policía estatal no son seguras: es adonde fueron todas las personas a las que habían mordido, seguidas de todos los que tenían miedo y a los que mordieron allí después. Por suerte, de momento no han conseguido llegar muchos aquí. —Nos lleva a una sala con ventanas antiguas por las que se cuela la luz de última hora de la mañana. Se sienta en un banco de madera y nos insta a que hagamos lo mismo. Está igual que hace tres años, cuando vino a casa a contarme lo del accidente. Las arrugas profundas de la cara larga siguen ahí, o a lo mejor han vuelto recientemente. Al lado de esta crisis, el accidente de tráfico de unos padres se queda en nada—. Tenemos cortado el cruce principal —prosigue—. Casi todo el mundo se ha mudado al instituto porque tiene generador. Vamos a trasladar el equipo a la secretaría.

—Estarán hacinados —digo—. Sé que medio pueblo se ha ido, pero siguen siendo más de mil personas.

—¿Mil? ¿De dónde te has sacado eso? Casi todo el pueblo se ha ido. Quedaremos unos doscientos como mucho.

—Nos lo han dicho en el control. Nos han dicho que se había ido medio pueblo.

—Ah, lo dicen para que la gente no piense que nos pueden invadir. Me alegro de que se te haya ocurrido preguntar por mí, porque no estamos dejando pasar a nadie. Como se cuele un… ¿cómo los llamáis? ¿Eleequis? Por aquí los llaman devoradores. Como se cuele uno, se acabó lo que se daba. De todas formas, los chicos de los controles de carretera hacen lo que pueden. Están todos muertos de miedo.

Clava los codos en las rodillas y junta los dedos como si fuera a rezar. Hay mucho en que pensar y lo veo derrotado y agotado de intentar prevenirlo todo.

—Hay un tipo en el control… Neil, creo que se llama… Entiendo el comité de no bienvenida, pero ese tío… —James no termina la frase y se encoge de hombros.

Sam se frota la barbilla y suspira.

—Sí, la familia de Neil ha vivido aquí durante varias generaciones. Son como los pitbulls, que no paran de cruzarse entre ellos y cada camada es peor que la anterior. Neil está siendo muy útil en el control, pero puede resultar problemático. Ya ha tenido que habérselas con la ley unas cuantas veces. Lo tengo vigilado, tranquilos. —Se vuelve de nuevo hacia mí—. Podéis quedaros en el instituto si queréis. Nos vendrían bien unas manos más. Hay muchas familias. Una cuarta parte de los que quedan son niños.

No quiero decepcionarlo, pero la idea de quedarme aquí me pone nerviosa. No quiero decirle lo que pienso de verdad: que son un blanco fácil.

—La cabaña sigue aprovisionada, Sam. Además, Eric… ¿Te acuerdas de mi hermano…? Hemos quedado en reunirnos allí. Estoy más tranquila si vamos allí. Lo siento.

Asiente.

—Imaginaba que me dirías eso. Oye, ¿no le habréis dicho a nadie dónde está la casa? —Negamos—. Pues no se lo digáis. Algunos podrían verse tentados de pasar por allí. Iré a veros dentro de unos días. La unidad de la Guardia Nacional que vino hace unos días nos comentó que esperan que esto termine dentro de un mes, que los devoradores se desintegrarían, nos dijo el hombre. Podemos aguantar ese tiempo, ¿no?

—Pues claro que sí —digo. Es muy buena noticia. Un mes para que todo esto acabe.

Suena la radio que Sam lleva en el cinturón. No entiendo una palabra, pero él contesta:

—Tengo que llevar a un grupo al bloque norte y voy enseguida. —Se la vuelve a enganchar al cinturón—. ¿Tenéis suficiente gasolina?

Solía haber combustible en la cabaña, para el generador, pero no quiero contar con eso. Miro a James, que responde:

—Nos queda como un cuarto del depósito.

—Debería bastar para llevaros al pueblo un par de veces. Guardamos la gasolina para el generador, pero la próxima vez que bajéis os podemos dar un poco de la que extraemos con las bombas de sifón.

Cuando salimos, el sol pega con fuerza. Me vuelvo hacia Sam y, con la mano, me protejo del resplandor.

—¿Por qué no te fuiste con la Guardia Nacional?

Sam se ha vuelto a poner el sombrero y no le veo los ojos con la sombra, pero aprieta la boca.

—Yo estaba en Albany el domingo. Un puto desastre, con perdón. La gente ignorando el toque de queda, los contagiados deambulando por las calles. He estado escuchando la radio de la policía durante la última semana y, la verdad, Cassie, me parece, lo sé, cojones, que están desbordados. Cuando me enteré de que el plan era trasladarnos a un sitio más poblado aún, pensé que estaban mal de la cabeza. Me ofrecí a instalarlos aquí arriba, que no nos habría venido mal la ayuda, pero tenían órdenes. Intenté que se quedara más gente, pero se sentían más seguros con el ejército.

La decisión le está pesando.

—Nosotros estuvimos en una de las llamadas zonas seguras. El sitio menos seguro que te puedas imaginar. Tomaste la decisión acertada.

Aunque no sea suficiente, sigue siendo la decisión acertada. Pero les dijeron que un mes, me recuerdo. Debería ser suficiente.

—Ay, Cassie, eso espero, de verdad.

CAPÍTULO 49

Seguimos la carretera asfaltada que conduce a la salida del pueblo unos treinta kilómetros hasta llegar al desvío. Me he pasado el anillo de la estrella a los vaqueros limpios, y estoy usando el término «limpios» muy a la ligera. «Casi sin vómito» sería más acertado. Repaso el contorno del anillo con el dedo y pienso en la primera vez que traje a Adrian a la cabaña.

Adrian y yo detuvimos el coche en la entrada a la hora de comer mientras sonaban los últimos acordes de «Take Me Home, Country Roads», una tradición que había empezado con la cinta de casete de John Denver de mi madre cuando yo era joven. Les hacía ponerla en el último tramo del trayecto a la cabaña. Yo había sacado del cedé en el desvío y lo había insertado en el reproductor. A Adrian lo hizo reír la cursilada, pero, aun así, cantó conmigo con todas sus fuerzas. Después de tantos meses, ya estaba acostumbrado a mis peculiaridades.

Nos quedamos sentados en el coche, escuchando cómo los chasquidos del motor recién apagado se mezclan con los sonidos de la cabaña: el suave cloqueo de las gallinas, el murmullo del viento entre los árboles, el estrépito de los platos en la cocina…

—¿Preparado? —le pregunté.

Sabía que estaba nervioso. Ya había visto a mis padres unas cuantas veces, pero en esta ocasión iba a pasar un fin de semana largo con ellos, en su casa, y eso era harina de otro costal.

—Es justo como me la imaginaba —dijo.

Intenté verla a través de sus ojos: los muros de troncos curados; los ventanales que mis padres habían instalado, el porche que ocupaba todo el ancho de la fachada, con una mesa y sillas, y el columpio en un extremo. Las flores que mi madre mimaba rodeaban la casa de una orgía de luminosos colores. Pero yo no veía más que mi hogar. Confiaba en que Adrian lo adorara tanto como yo.

Mis padres cruzaron la puerta mosquitera mientras sacábamos las bolsas del coche. Mi padre me dio un abrazo fuerte, haciéndome cosquillas en el cuello con la barba. Mi madre abrazó a Adrian. Llevaba la melena recogida en una trenza y le brillaron los ojos al darle la bienvenida con esa calidez tan suya que encandilaba a la gente.

—Es fácil saber cuándo se acerca Cassie por la carretera —dijo, tarareando unas notas. Le tenía un cariño especial a aquella canción porque se había criado en Virginia Occidental. Si escuchabas con atención, aún podías oír las montañas en su voz—. La comida está lista. Como no estaba segura de qué te gusta, Adrian, he preparado varias cosas.

—Quiere decir que ha hecho comida para quince —le traduje yo.

—No, no, esta vez me he moderado: solo he hecho para diez —rio ella y le dio una palmada cariñosa a papá cuando, negando con la cabeza, dijo por lo bajo: «Quince».

Las paredes y los suelos de madera se veían de un cálido color miel a la luz del sol que se colaba por el desván. De niña, pasaba horas pintando arriba, trabajando muy en serio en lo que yo consideraba mi estudio artístico. Aún había materiales de dibujo y pintura por allí.

La enorme mesa rústica estaba junto a la cocina, que se abría al resto de la casa. Eric y yo solíamos decirle en broma a mamá que por eso siempre se excedía cocinando, porque tenía que dar de comer a las diez sillas, no a los comensales. Estaba repleta de fiambre y hummus, ensalada de patata casera, tres tipos de pan que seguramente había horneado ella misma, yogur, pasta de algún tipo, dos pasteles y montones de fruta.

—Hay patatas fritas y… —empezó mamá a la vez que Adrian.

—Tiene una pinta estupenda, señ…

—No me irás a llamar señora Forrest, ¿verdad? —lo interrumpió ella levantando una mano para callarlo—. Porque me niego a contestar, ¿te acuerdas? Eso ya me lo llaman bastante en el colegio todo el año. Llámame Abby, por favor —le pidió poniéndole un plato delante mientras él sonreía y prometía no volver a hacerlo nunca más.

—A mí me puedes llamar Pat, Patrick o lo que más te guste, pero, por favor, no me llames tarde para cenar —dijo papá, y mamá gruñó. Le encantaba hacerse el gracioso.

Vi que Adrian se relajaba. Mis padres siempre conseguían eso con la gente. Papá se llenó el plato como si llevara días sin comer, algo que era del todo imposible con mi madre en casa. Yo quería probarlo todo e intenté decidir por dónde empezar.

Mamá me plantó delante un tenedor y un tarro de sus albaricoques en conserva. Se acabaron las dudas. No hay nada en el mundo que pueda compararse a un melocotón en conserva preparado en casa; es como el verano metido en un tarro. Fui pinchando con vehemencia los melocotones y metiéndomelos en la boca; su dulzor fresco me estallaba en la lengua.

—¡No seas bruta! —me dijo, aunque, en el fondo, le encantaba que adoráramos su comida—. Son casi los últimos melocotones del verano. Preparé un par de lotes ayer, pero he pensado que podemos hacer unos pocos más mañana. Si quieres, claro. Te puedes llevar unos cuantos a la universidad.

—Por supuesto.

Le pasé el tenedor a Adrian con medio melocotón pinchado. Se lo comió de un bocado mientras lo mirábamos, como si fuera una especie de prueba.

—Guau. Qué rico. No, riquísimo —dijo y pasó la prueba, porque era obvio que lo decía en serio.

—Esta noche los vamos a tomar con helado casero —terció papá y, después de restregarse la barba con una servilleta, se masajeó la tripa.

—Ya estoy impaciente —contestó Adrian.

Sonrió a mi madre y ella le contestó con una sonrisa de oreja a oreja. Mi padre sacó a colación no sé qué problema que estaba teniendo con la instalación solar y, en cuanto empezaron a hablar de inversores y paneles, desconecté. Sabía que debía prestar más atención, pero siempre había algo que me apetecía más hacer, como comer melocotones.

—Eric tenía muchas ganas de venir, pero no ha podido escaparse —me dijo mi madre y, aunque me habría gustado ver a Eric, pensé que a lo mejor tampoco estaba mal que Adrian no hubiera recibido una sobredosis de Forrest tan pronto.

—Hablé con él ayer —dije—. Sigue mencionando a una chica en particular. Por lo visto, es una chica dura. Le dio una buena paliza escalando no sé qué monte. Me da que le gusta de verdad.

—¿Se llama Rachel? —preguntó, y yo asentí. Juntó las manos—. La conocimos el fin de semana de los padres; estaba con un grupo de amigos de Eric. Parece maja. Una de esas chicas que me recuerdan a los caballos, ¿sabes? —Notó que no tenía ni idea de a qué se refería. No es ningún secreto que mis extravagancias son herencia de mi madre—. No es que tenga aspecto de caballo, ni mucho menos —prosiguió—. La verdad es que es bastante guapa. Es como un purasangre: tan tostada, musculosa, fuerte, de dientes tan blancos y con esa melena larga y recia de lustroso pelo castaño claro. Parece que viniera de alguna aventura, aunque solo se haya acercado un momento a la tienda.

Lo gracioso fue que yo sabía perfectamente a qué se refería. Siempre me había parecido que esas chicas eran de otra especie distinta a la mía, con sus mejillas sonrosadas y su entusiasmo desenfrenado. Yo me quemo al sol y ni siquiera los millones de pecas de los brazos han aunado fuerzas jamás para constituir un bronceado. El brillo de mi melena no es natural; se me encrespa y se me alborota en ondulaciones que no llegan a la categoría de rizo. Mis muslos suelen bailar como flanes y a nadie le he parecido nunca una apasionada de las actividades al aire libre, aunque las practique. Al aire libre, suelo parecer una zarrapastrosa, más que un anuncio de Quechua. Pero Rachel ya me gustaba: cualquiera que pudiera darle una paliza en algo a Eric pasaba *ipso facto* a mi lista de favoritos. Mi hermano era tan competente en todo que a veces se hacía insoportable. Aunque, precisamente por eso, era imposible que te cayera mal.

Papá y Adrian nos miraban de reojo mientras mi padre intentaba dibujar no sé qué circuito eléctrico en un cuaderno. Cuando se giraron de nuevo hacia mí, meneé la cabeza.

—Estáis deseando salir, ¿a que sí? ¡No aguantáis más!

—Bueno, sería más fácil explicárselo —contestó mi padre.

Mi hice la derrotada, pero, en el fondo, me alegraba que tuvieran algo en común.

—Salid. ¡Venga! ¡Largo! —dije despachándolos con las manos—. Luego te enseño la casa, Adrian. Vamos a recoger.

Se levantaron de un brinco, haciendo chirriar las sillas al arrastrarlas, y salieron por las puertas correderas de cristal del fondo. Mamá los siguió con una mirada tierna y empezó a guardar en la nevera la cantidad disparatada de comida que había sobrado.

Mientras yo fregaba los platos, se plantó a mi lado.

—Lo quieres —dijo.

Mi madre era la única persona que siempre conseguía hacerme hablar de mis sentimientos.

—Sí —contesté sin apartar la vista del estropajo.

—Me alegro mucho —dijo apretándome el hombro.

Después di una vuelta por la casa, asomando la cabeza a todas las habitaciones, saludando a todos los libros y cuadros que conocía bien. Estar allí después de ausentarme un tiempo era como reunirme con viejos amigos. Mi cuarto olía a las flores silvestres que mamá había puesto en el tocador. Me senté en la cama y le toqueteé la oreja que le quedaba a un perro de peluche maltrecho que había ganado en una feria hacía mucho tiempo.

Contemplé el jardín trasero por la ventana. A la derecha de la casa había un puñado de árboles, con una hamaca rogándome que bajara a leer. Justo detrás estaba el pequeño granero, a la sombra de los frutales. No había animales dentro: mis padres estaban esperando a jubilarse para comprar unas cabras y quizá algún cerdo para el beicon. El gallinero, en cambio, estaba lleno. En otoño, les daban las gallinas a nuestros vecinos, John y Caroline, que las aceptaban encantados. Delante de la valla de madera y alambre que rodeaba el huerto, había unos arbustos de arándanos y una mata enorme de fresas.

Salí despacio afuera y levanté la cara al sol, escuchando atentamente a los insectos que te provocan con su canto y lo interrumpen cuando te acercas. De pequeños jamás podíamos atraparlos, por muy sigilosos que fuéramos. Entro en el huerto. Los calabacines que habían escapado a la inspección medían ya unos treinta centímetros de largo y los primeros tomates casi estaban listos para recoger. Pasé el dedo por las hojas de la tomatera e inhalé el aroma a verde, casi mentolado.

Oí risas y me dirigí al cobertizo donde estaban las baterías de los paneles solares. Adrian y mi padre estaban inclinados sobre la caja metálica, cabeceando afirmativamente. Di unos golpecitos con los nudillos en la superficie, como lo hace un mecánico en un coche, y fingí que no tenía la más remota idea de lo que podía estar pasando allí.

—¿Ha habido suerte, chicos? —pregunté.

Se irguieron los dos. ¡Qué distintos eran! Mi padre era ancho y sonrosado; Adrian, enjuto y moreno. Mi padre no se bronceaba aunque quisiera, pero a Adrian siempre se le notaba el sol. Me sorprendía que, a pesar de todo, fueran tan similares. No solo por su interés en la autosuficiencia y en sistemas eléctricos aburridísimos, sino porque los dos tenían una paciencia infinita. Eran responsables, con la risa siempre a punto y muy bondadosos, pero debajo de todo eso se escondía un núcleo de acero. Si les provocabas, te podías ir preparando para las consecuencias. Supongo que no debería haberme sorprendido esa revelación, pero lo hizo.

—Sí, creo que lo hemos resuelto —me contestó Adrian con una mirada pícara—. Era el condensador de fluzo, que lo vais a tener que cambiar.

Le puse los ojos en blanco.

—No sé si sabes que he visto *Regreso al futuro*. No cuela. —Rieron los dos—. Mamá y yo vamos a bajar al pueblo a por melocotones y porque hay una oferta de tapas para tarros de conserva. ¿Necesitáis algo?

—¿Más tapas para conservas? ¡Esa mujer tiene tapas para un siglo! —exclamó mi padre, aunque, en realidad, le daba igual.

—Oye, que gracias a esas tapas tienes melocotones todo el invierno. Me-lo-co-to-nes —le recordé.

—Tienes razón, Cassistilla —contestó con un destello en los ojos—. Entonces, dile que compre suficientes para dos siglos.

Los besé a los dos y los dejé con sus condensadores de fluzo.

Esa noche nuestros vecinos, John y Caroline, vinieron a cenar. Se podía llegar a su casa atajando por el bosque, por un sendero que nosotros mismos habíamos ido abriendo con los años. Mientras mis padres eran jipis liberales, John y Caroline eran libertarios religiosos, con lo que las sobremesas resultaban muy interesantes. A la gente le extrañaba que fueran tan amigos, pero se sentían familia.

Sentado a uno de los extremos de la mesa, John se metía el pastel en la boca esquivando la barba.

—Si pensáis que la FEMA va a estar ahí cuando la cosa se empiece a complicar, dudo mucho que eso siempre vaya a ser así. Mirad todos los sitios donde la han pifiado de momento. ¿No te parece, Adrian? —preguntó volviéndose hacia él.

Adrian asintió con la cabeza.

—Supongo que nunca he pensado en aprovisionarme por una razón en particular, pero sería un subproducto de la clase de granja en la que me gustaría vivir. Almacenar la carne viva. Preservar la cosecha y guardar la comida hasta la siguiente siembra.

—Eso es —dijo John dando un puñetazo en la mesa—. La gente piensa que es una locura guardar comida, pero no es un fenómeno reciente. Así es como se hacían las cosas hasta hace cincuenta años: se prevenía por si llegaban tiempos difíciles.

—Lo que es una locura es confiar en que una cadena compleja te suministre los alimentos y creer que todos los eslabones de esa cadena van a cumplir su cometido de forma infalible —coincidió mi padre—. Hasta ahora ha funcionado porque cada vez que ha habido un problema ha sido localizado y otras zonas han tomado el relevo, pero bastaría con que varias zonas de Estados Unidos se vieran afectadas a la vez para que se produjera una cascada de acontecimientos.

—Y entonces te quedas a merced de las colas del hambre de la FEMA, rezando para que haya bastante para dar de comer a tus hijos —remató John.

Era una conversación muy potente para la hora de la cena. A aquellas alturas yo ya estaba acostumbrada, por supuesto, pero no estaba segura de si a Adrian le apetecía que le dieran el cursillo intensivo de preparacionismo en su primera visita, aunque pareciera interesado.

—Me parece que estáis predicando para los conversos —dije, sonriente, y cambié de tema—. ¿Cómo están Tom y Jenny?

Habíamos pasado los veranos de nuestra infancia jugando con sus hijos. Caroline me puso al día.

—Creo que nos vamos a sentar un rato en el porche —les dije a mis padres después de que Caroline y John se fueran.

—Nosotros nos vamos a la cama —me contestó mi madre bostezando y abrazándonos a los dos.

Mi padre estaba junto al equipo de música.

—¿Quito esto, chicos? ¿Alguna petición o puedo poneros un par de temas más?

—Elige tú —respondí y le di un beso de buenas noches—. Te quiero, papá. Hasta el fin del mundo.

Sonrió.

—Y después, Cassie-Lassie. Buenas noches, Adrian. Gracias por ayudarme hoy: en dos horas has resuelto una cosa con la que llevaba atascado una semana.

—De nada —dijo Adrian—. Ha sido divertido.

—¿Divertido? Lo vuestro no tiene remedio —terció mamá guiñándome un ojo.

Salimos a la noche estival. El aire aún era cálido en la montaña, con lo que debía de haber hecho un calor asfixiante en el pueblo. Nos mecimos en el columpio del porche mientras escuchábamos la música a través de las mosquiteras de los ventanales. Empezó a sonar «This Magic Moment», de Jay and the Americans.

Le apreté la mano a Adrian.

—Es oficial: mi padre te adora.

—¿Cómo lo sabes?

—Esta es la canción de mis padres. No la compartiría con cualquiera. Es código papá, su forma de decirnos que nos la cede.

Rio.

—¿Código papá?

—Sí, me lo conozco de sobra.

—Me cae bien —dijo tristón—. Me caen bien los dos.

El padre de Adrian se largó cuando él era joven. Por lo que me ha contado, casi fue preferible, pero no por eso ha dejado de echar de menos lo que podría haber sido.

—Nos lo podemos repartir —le ofrecí—. No serías el primero que usa a mi padre cuando necesita uno.

Me apretó la mano.

—¿Qué ha sido eso que le has dicho cuando le has dado las buenas noches? ¿Hasta el fin del mundo?

—Sí, empecé a decírselo de pequeña. Ya sabes, ¿como el típico «te quiero más que todas las estrellas del firmamento»? —Adrian asintió—. Pues eso. Un día le dije: «Te quiero hasta el fin del mundo y después». Y ahora es nuestra frase.

Escuchamos la música, que iba *in crescendo*. Adrian nos miró las manos cogidas y acarició la mía con el pulgar.

—¿Y tú crees que algún día me lo dirás a mí?

Nos habíamos dicho te quiero, pero a mí no se me daba muy bien expresar mis emociones sin ponerme nerviosa. No tenía mucha experiencia en lo de estar enamorada. De hecho, aquella era la primera vez que lo estaba.

—¿Cómo dices? —pregunté, a pesar de que sabía bien lo que había querido decir.

—¿Que si me querrás hasta el fin del mundo y después?

Me quedé mirando cómo me acariciaba el pulgar con el suyo. No pude levantar la cabeza. Aquello se le daba muy bien.

—Ya lo hago. Solo que no lo digo en voz alta —me obligué a responder.

—Te quiero, Cassie Forrest —me susurró al oído—. Hasta el fin del mundo.

Me estremecí, no sé si por el roce de su aliento en mi cuello o por sus palabras. ¿Qué habíamos hecho los dos para merecer aquello, para encontrarnos el uno al otro tan fácilmente?

Sonreí y lo miré a los ojos, y lo siguiente me salió sin pensarlo:

—Y después, Adrian Miller.

Lo atraje hacia mí entre crujidos del columpio y sus manos se enredaron en mi pelo. El final de la canción nos envolvió, regalo de mi padre, y en aquel momento mágico la canción empezó a ser la nuestra.

—No me acuerdo bien, ¿este es el desvío? —pregunta Nelly.

Me sobresalto, sintiéndome como si acabara de caerme de aquel columpio.

—Pues…, eh…, sí.

Toma el camino de tierra, lo que significa que ya casi estamos allí. Piso a fondo un acelerador imaginario con el pie. Estoy deseando estar allí, pero también me da miedo. Me pregunto si el espíritu de mis padres seguirá en la cabaña, si me perseguirán sus fantasmas por las habitaciones.

Ahí está el árbol del reflector, a partir del que reproducía la canción. Canto por lo bajo, pensando que, en el asiento del copiloto, nadie me va a oír. Pero Nelly me oye y canta conmigo. Y me obliga a levantar la voz.

—Genial —espeta Ana—. Ahora cancioncitas en grupo.

Penny chilla. Esta se la sabe bien, de todos los veranos que pasó aquí, en lo que llamaba su «finca rústica», y me siento egoísta por haberle negado el acceso estos últimos años.

Canta con voz dulce y clara, expresamente dirigida a su hermana. James la mira con una cara que me resulta familiar. Adrian solía mirarme así. Luego empieza a cantar él también y me deja boquiabierta su voz, suave y grave. Todos lo miramos sorprendidos.

Se ruboriza y se encoge de hombros.

—El coro del instituto.

Recuerdo la última vez que recorrí este camino y se me quiebra la voz. No pude poner la canción. Mis padres iban en el asiento de atrás, mezclados en una urna de madera. No sé por qué pensé que las cenizas serían como las de los cigarrillos, pero no. Eran menos menudas y uniformes, estaban algo más presentes, no se desvanecían de pronto como las de un pitillo. Se posaban en el suelo y calaban en la tierra. En cuanto me recuperé de la sorpresa inicial, me pareció apropiado.

Penny y James cantan en perfecta armonía mientras giramos hacia el caminito de entrada de la cabaña. Casi me parece oír la música de fondo. Nos han dejado en muy mal lugar a Nelly y a mí.

—¡Creídos! —les grita Nelly, y luego me coge la mano y nos detenemos delante de la casa.

Capítulo 50

Parece abandonada. Han guardado el mobiliario del porche y el columpio está torcido. Eric no ha debido de poder venir en todo el invierno. No me lo cuenta porque le he pedido que no me dé detalles, pero me gusta saber que viene.

—¿Preparada? —pregunta Penny.

—Sí —contesto.

La gravilla cruje bajo mis pies. Las flores de mi madre han sido víctimas del desamparo. Yo tendría que haber estado aquí, desherbando y podando y teniéndolas bonitas. En las partes en sombra del jardín aún hay trozos de hielo. La primavera llega un poco más tarde aquí, pero los bulbos de azafranes y narcisos ya asoman sus deditos verdes de todas formas.

Me tiembla la mano. «Solo es una casa.» Abro la puerta y entro. Todo está igual, cubierto de quietud como solía estar cuando subíamos después de una ausencia prolongada. Solo necesita personas que llenen los espacios. Y no es solo una casa. Todo este tiempo he pensado que aquí me perseguirían los recuerdos, incluso los fantasmas, si me lo preguntabas después de una pesadilla especialmente mala, pero los recuerdos no son inquietantes. Está la cocina de leña en la que solíamos hacer palomitas las noches de películas, la mesa en la que disfrutamos de innumerables comidas caseras, la colcha de retales del sofá con la que me envolvía los días fríos y húmedos, las estanterías repletas de libros, el cesto de tejer de mi madre… No son más que cosas, igual que esto solo es una casa, pero todo significa algo.

De pronto me siento irritada al caer en la cuenta de que he desperdiciado tres años que podría haber estado aquí, consolándome en este lugar. Parece que he adquirido la costumbre de rechazar las cosas que me pueden ofrecer consuelo.

—Esto es precioso —dice James, y su aliento forma vaho en el aire.

Necesitamos un fuego. Tengo la sensación de que hace días y días que no entro en calor de verdad.

—Gracias.

Se pasean todos por la cabaña, tocando cosas, mirando por los ventanales… De momento, esta es también su casa. Quiero que les guste. Ya he pensado en cómo repartir las habitaciones, pero quiero preguntarle a Penny primero. Le hago una seña para que venga a la cocina.

—A ver —le susurro—, los dormitorios. ¿James y tú vais a dormir juntos o te pongo con Ana por ahora?

Toquetea los cuchillos del cuchillero de la encimera sin mirarme.

—Eeeh…, creo que vamos a dormir juntos.

—Vale —digo y le doy una patada en el pie, procurando contener la sonrisa—. ¿Vais a pasar a mayor…?

—Cassie, como me vuelvas a hacer un comentario de ese tipo, te juro que te mato —me interrumpe, haciendo ademán de coger un cuchillo—. Pero, para que lo sepas, sí, tengo pensado pasar a mayores lo antes posible.

Nos da la risa floja.

—¿Qué os hace tanta gracia? —pregunta James a nuestra espalda.

—Nada, nada —dice Penny, pero ella y yo nos sonreímos.

Carraspeo.

—A ver, chicos, se me ha ocurrido que Penny y James podrían dormir en el cuarto de mis padres. Peter —levanta la vista de las estanterías—, tú quédate con la habitación de Eric. Cuando venga, ya se nos ocurrirá algo. Anny y Nelly, uno de los dos puede dormir conmigo en mi habitación y el otro se puede instalar en el despacho barra cuarto de invitados. O, como en el cuarto de Eric hay dos camas, puede dormir ahí con Peter.

Nelly y Ana se miran. Está claro que Ana quiere un cuarto para ella sola y Nelly capitula.

—Parece que compartimos catre otra vez —me dice a mí—. Me has demostrado que puedes tener las manitas quietas.

—Ja, ja. Voy al sótano a dar la luz.

Enciendo los plomos, pero no pasa nada. Por suerte, el agua funciona por gravedad y la caldera solar es independiente del resto del sistema eléctrico. Eso significa duchas de agua caliente. Me huelo la mano; todavía me huele a vómito. Inspecciono el resto del sótano. Se está más calentito aquí abajo que arriba, por encima de los diez grados, y la luz se filtra por las ventanas altas, instaladas a ras de la planta principal.

Mi padre era el electricista, pero de la carpintería se encargaba mi madre. Las paredes están forradas de estantes de madera repletos de tarros de conservas caseras. Hay tomates, melocotones, judías verdes, mermeladas de todos los colores, compota de manzana y un montón de cosas más que primero sembraron, luego cosecharon y después prepararon en conserva los dos. El verano y el otoño eran épocas de tarros de conservas y de hervores en cazuelas y ollas. Era trabajoso, pero merecía la pena, decía siempre mi madre. Y, cuando llegaba enero, se demostraba. Hay dos paredes forradas de latas y cubos grandes de comida. Contienen harina, trigo, cebada, azúcar, arroz, palomitas de maíz, alubias y alimentos deshidratados, entre otras cosas. Mamá lo tenía todo estudiadísimo e iba alternando los cultivos para que no se pudriera nunca. Nada. Sabía lo que era pasar hambre; el desperdicio de comida era un anatema para ella. En otra de las estanterías hay tapas para frascos de conservas, velas, cera, pilas, lámparas, linternas, una cuba de medicamentos, champú, jabón, acondicionador, cuchillas de afeitar y todas esas cosas que íbamos cogiendo de la droguería. Estoy acostumbrada a esta abundancia, pero cuando oigo un aspaviento recuerdo que no es normal ver tanta comida en un mismo sitio.

—Es como un almacén —dice James pasando la mano por los cubos—. Debe de haber miles de kilos de comida aquí abajo. Siempre he querido tener un sótano como este.

Está tan loco como yo. Le agradezco que no me haga sentir como una friqui por gustarme todo esto.

—Los padres de Cass estaban preparados para una situación de emergencia —dice Penny. Ella y yo solíamos bajar aquí a buscar algún capricho apetecible, como si fuera una especie de búsqueda de tesoros.

—No sabía que tus padres fueran acaparadores —oigo la voz de Peter a mi espalda.

Imagino mil formas de asesinarlo. A lo mejor no se da cuenta de que me está ofendiendo. A lo mejor.

—No. Eran. Acaparadores —digo—. ¡Eran preparacionistas! Los acaparadores se llevan cosas que no necesitan de verdad y no las comparten. Mis padres cultivaban ellos mismos muchos de estos alimentos. Y también los regalaban. Los donaban a bancos de alimentos y guardaban suficiente para alimentarnos durante un invierno duro si ocurría algo terrible.

Me dan ganas de decirle que, de niña, mi madre era tan pobre que a veces ni comía, que iba a cazar ardillas después de clase para que tuvieran cena cuando su padre volvía del trabajo, sucio y agotado, que lo último que haría jamás sería dejar que otros pasaran hambre si ella tenía comida, pero no se merece una explicación, no merece saber esas cosas sobre mi madre. Además, seguro que, aunque se lo contara, no lo entendería. A él nunca le ha faltado de nada.

Me giro y lo veo mirarme aburrido, como si me estuviera dejando hablar pero no creyera ni una palabra.

—¿Te lo imaginas?, ¿te imaginas que ocurriera algo terrible? No, dudo mucho que eso vaya a suceder. ¿Y tú?

Me tiemblan las manos de rabia mientras lo miro furibunda. No me sostiene la mirada. Así que así es como van a ser las cosas: ya nada de lo que yo haga va a estar bien nunca más. Por lo menos ya sé a qué atenerme.

Capítulo 51

Guardamos nuestras escasas pertenencias y, en un rincón, se amontona la colada apestosa. La casa se está calentando bien. Peter se sienta a la mesa y come galletitas saladas con mantequilla de cacahuete y mermelada casera. Veo que la mermelada «acaparada» va bajando rápido.

—¿Vamos a ver a John? —pregunta Penny.

—Iba de visita a casa de su hija la semana pasada —contesto—. Tenía pensado llamarme a la vuelta para hacer una parada a medio camino y venir a verme.

Eligió el peor momento del mundo para alejarse de sus provisiones, pero al menos está con Jenny.

Salgo al cobertizo de la instalación solar. El agujero que hay en la base de la puerta no es buena señal. Dentro, las baterías están tiradas por todas partes. Una de las ventanas está rota y los cables están mordisqueados. Entre los escombros, se encuentran escondidos nidos mullidos de ratón, pero ha debido de entrar algo más grande que luego ha salido royendo la puerta, un mapache o un puercoespín quizá. El cabroncete se ha debido de volver tarumba aquí dentro. Estaría bien tener electricidad, pero hay lámparas de sobra y las dos bombonas de propano de la cocina están casi enteras.

Al salir del cobertizo oigo algo en el bosque. Me he dejado la pistolera en la casa, y el machete también. Ha sido una estupidez salir desarmada y sola. Agarro un tubo metálico y me acerco con sigilo a la casa, pisando el césped seco.

Aprieto el paso al oír chasquidos de ramas, hasta que unos ladridos jubilosos me detienen en seco. Es Laddie, el perro de John. Aunque ya tiene canas en el hocico y cojea por las mañanas si hace frío, brinca a mi alrededor con una sonrisa perruna.

—¡Laddie! —exclamo y me arrodillo para abrazarlo y que me dé un lametón en los labios—. ¿Qué haces aquí? ¿Dónde está tu papá?

Se sienta y barre con el rabo las hojas que hay a su espalda. Espero que John esté bien; él jamás habría dejado solo a Laddie.

—¡Ah de la casa! —resuena una voz.

John sale a grandes zancadas del sendero que separa nuestras casas. Tiene mucho mejor aspecto que la última vez que lo vi. Caroline murió hace un año de un infarto fulminante mientras dormía. Lo afectó mucho y parecía que quería irse al otro barrio detrás de ella. Aún no ha recuperado su habitual corpulencia, ahora que Caroline ya no está aquí para alimentarlo, pero le brillan los ojos y exhibe una sonrisa en medio de esa barba entrecana.

—¡John! —digo y corro a su encuentro y me relajo entre sus brazos enfundados en una camisa de lana.

Me agarra de los hombros y me aparta un poco para mirarme de arriba abajo.

—¿Estás bien? ¿Has conseguido llegar hasta aquí? —me pregunta, como si yo fuera una aparición.

—Estoy perfectamente. Todos estamos bien. Nelly y Penny y su hermana y, bueno…, entra y te los presento. ¿Qué haces aquí? ¿Cómo es que no estás en casa de Jenny?

—El día que me iba me llamó Jenny para decirme que los niños habían pillado un virus y que era preferible que lo pospusiéramos una semana o así. —Hago un aspaviento y él niega con la cabeza—. No, no, era un catarro fuerte: fiebre, mocos, toses… Gracias a Dios. —Pero le noto cierta preocupación—. Hablé con ellos el fin de semana. Intenté llamarte, pero el servicio se había caído en Nueva York. Ya conoces a Jenny, es como su madre, ya estaba asegurando las escotillas. Aquella zona es bastante rural. Rezo para que estén bien.

—Ay, John, eso espero —digo cubriéndole con mis manos una de las suyas callosas—. Pero me alegro muchísimo de verte aquí, de verdad. Pasa adentro.

CAPÍTULO 52

LA RISA ATRONADORA de John llena la casa mientras abraza a Penny y a Ana, le estrecha la mano a Nelly y le presento a todos los demás. Sus preguntas sobre dónde hemos estado van al grano.

—El fin de semana pasado me llamó un colega del Ejército que es un pez gordo del Pentágono —dice—. Me dijo que corría el rumor de que esto era un arma biológica que se les había ido de las manos y que es nuestra, una cosa que se llama BornAgain. No sabe cómo ha terminado extendiéndose por todo el mundo. Me llamó por una línea segura desde alguna instalación subterránea y no se me ocurre peor señal de lo mal que pinta todo esto. —Se pasa la mano por el pelo canoso—. Me dijo que no me moviera y esperara a que pasase. Yo le pregunté: «¿Esperar a que pase el qué y cuánto tiempo?». Me contestó que no estaba seguro de ninguna de las dos cosas, que el consenso político era un mes, pero que la cifra se había decidido de forma arbitraria, con margen suficiente para urdir alguna respuesta militar pero no tanto que cundiera el pánico entre la población al saberlo.

Se me cae el alma a los pies. Yo soy una de esas personas que se sintió aliviada al saberlo. Sam también se lo ha creído. Apuesto a que la Guardia Nacional igual. John me ve la cara y me explico:

—Le dijeron lo mismo a Sam. Si todo el mundo piensa que solo hay que aguantar un mes, no tendrán tanto cuidado.

Penny y James asienten enérgicamente, los dos pensando en sus madres, seguro. A principios de la semana, vi a Penny abrazando a James entre los árboles mientras él lloraba desconsoladamente. Cuando le pregunté luego, me dijo que había intentado que sus padres se tomaran en serio el bornavirus, pero le habían contestado que ya estaba con sus tonterías de siempre. Está convencido de que están muertos, o contagiados.

205

A simple vista, James no parece un tío durísimo, pero yo creo que es más fuerte que la mayoría. Ha aguantado como un campeón hasta aquí; no he tenido que preocuparme en ningún momento de si estaba bien. Todos tenemos miedo, pero a él no lo ha paralizado. Es distinto, y es listo.

—He leído varios artículos en webs conspiranoicas que hablaban de un arma biológica —dice, con los ojos brillantes—. Por entonces, había montones de teorías disparatadas, así que no le presté mucha atención. Ojalá pudiera recordar los detalles. —Cierra los ojos y se lleva la mano a la frente, como un vidente de los de antes—. Decía que la mutación de un virus militar había causado el bornavirus LX y no sé qué de que los soldados que morían en el campo de batalla podían seguir luchando. La vida después de la muerte. El renacer, BornAgain, supongo. En aquel momento, me pareció completamente absurdo, pero…

—Podría ser cierto —termina la frase John—. Además, los contagiados van a durar bastante más de un mes, por lo que me dijo, o más bien no me dijo, mi colega. Siempre me está tomando el pelo con lo del acopio de comida; por eso, cuando me preguntó si estaba abastecido, pensé que bromeaba. Reí y le dije que tenía alimentos para varios años y medios para cultivar muchos más. «Lo sé, John —me contestó—. Y gracias a Dios que es así.» La forma en que lo dijo, con aquella solemnidad, me heló la sangre.

—¿Para varios años? —pregunta James apartándose la mano de la frente y abriendo mucho los ojos.

Y ahora, por fin, puedo decir que lo he visto aterrado.

Capítulo 53

Por desgracia, John no tiene ni idea del funcionamiento de los paneles solares. Tenía previsto que mi padre lo ayudara a instalarlos en su casa, pero los planes murieron con él. En cambio, tiene mucho combustible almacenado y un generador. Lo ha estado usando unas horas por la noche para mantener el frío de los congeladores. Y lo mejor es que tiene lavadora. Hasta se ofrece a llevarse nuestra colada a su casa para que nos podamos instalar.

—Eric se llevó vuestro generador para el invierno —dice John.

Eric y Rachel viven en una casa de alquiler en la que los cortes de luz son habituales en invierno, así que no me sorprende. Según John, Eric llamó después de que volaran los puentes para avisar de que se marchaban. Tenía pensado venir a pie hasta aquí si no podían ir por carretera. Le pidió a John que estuviera pendiente de mí, aunque no estaba seguro de si conseguiría salir. Hago todo lo posible por imaginarlos cruzando los bosques a pie sanos y salvos, pero es un trayecto de cientos de kilómetros. Aunque pensar en ello me revuelva el estómago, me los figuro, obsesivamente, avanzando por un sendero, llenando de agua las botellas, disfrutando de las vistas y acurrucados en sacos de dormir bajo las estrellas mientras trazo mentalmente una ruta probable en el mapa. A lo mejor, si lo deseo con todas mis fuerzas, se hace realidad.

—Tenemos calefacción, cocina, lámparas y agua —digo. Seguramente somos de las personas más afortunadas del planeta en estos momentos—. Creo que nos las podemos apañar bastante bien. Además, tenemos quien nos haga la colada. Es como si estuviéramos en la ciudad.

John suelta una sonora carcajada.

—Pero tú vas a cenar aquí, ¿verdad, John? —pregunta Penny—. Hay que engordarte un poco.

—Un poco de comida casera nunca está de más. Y un poco de compañía tampoco. Tengo los dos congeladores hasta arriba de carne. Necesito ayuda para comérmela. Descongelaré un poco de ternera para mañana —dice y se echa al hombro la bolsa de la ropa sucia, como si fuera un Santa Claus leñador—. Bueno, voy a ponerme con esto y os traigo lo que ya esté limpio a la hora de la cena.

Capítulo 54

Me paso un cepillo por el pelo enredado. Hasta la ducha corta que nos ha correspondido antes de que se agotara el agua caliente me ha sentado de maravilla. Mientras pensaba en Adrian, he visto cómo se iba por el desagüe una semana de porquería y suciedad. Desde hace un año estaba en algún lugar del norte de Vermont. Si sigue ahí, apuesto a que, con casi total seguridad, está bien. Como lo conozco, sé que estará haciéndose fuerte y reuniendo gente ahora mismo.

Me anima pensar que estoy más cerca de él ahora, aunque en estos momentos más que a cientos de kilómetros es como si estuviéramos a millones. Solo quiero saber si está bien. Hay quien dice que uno sabe si un ser querido ha muerto. Yo no lo tengo tan claro, pero, si es cierto, sigue vivo. Noto su tirón desde aquí.

Me pongo unos vaqueros y una camiseta que llevan años en esta casa y enfilo el pasillo. Ana, Peter y Nelly están tirados en el sofá y en las sillas supermullidas, enfundados en un surtido variadísimo de prendas. Vamos a necesitar más ropa en breve, de la talla correcta.

Hay una cazuela con agua y tomates en conserva hirviendo a fuego lento en el fogón. James canturrea y remueve la salsa mientras Penny incorpora los espaguetis. Todo parece de lo más normal y cotidiano, salvo porque a James le quedan superajustados los vaqueros pirata y Penny lleva una falda teñida de mi madre. Contengo una carcajada e intento echar una mano, pero me despachan enseguida. Se está ocultando el sol. Pongo la mesa y dejo allí dos lámparas solares a manivela; luego coloco dos lámparas de aceite en cada extremo del sofá.

Llaman a la puerta y entra John con una bolsa y la deja en el suelo.

—Tengo lista la mitad. Después hago el resto.

—Ay, gracias a Dios —dice Ana—. Estoy deseando quitarme esto.

A mí me parece que iba monísima con los pantalones caqui remangados de mi madre. Me duele que no agradezca la ropa que lleva puesta, aunque le quede ridícula. Hurga de mala manera en la bolsa y enfila el pasillo. La sigo y llamo a la puerta.

—¿Sí? Pasa.

—Hola, Ana —digo y cierro la puerta casi del todo—. ¿Podemos hablar un momento?

—Supongo —contesta antipática.

—¿Estás cabreada conmigo?

Tira la camiseta de mi madre a un rincón y se pone la suya. Se desabrocha los pantalones y para.

—Peter me ha contado lo que le dijiste. A ver, yo ya sabía que no te gustaba demasiado, pero no puedo creer que le soltaras algo así.

Hago memoria. Corté con Peter y lo reprendí por ser tan egoísta, pero no sé bien a qué se refiere. Cruzo los brazos y me recuesto en la mesa del ordenador.

—No sé de qué me hablas.

—Peter me ha contado que le pediste que no viniera con nosotros solo porque habíais acordado dejarlo. Por eso no vino cuando tuvimos que salir corriendo. Me flipa que fueras tan egoísta.

Se quita los pantalones de mi madre y los tira encima de la camiseta. Repito mentalmente todo lo que me acaba de decir y escucho con atención, porque uno de los dos, o Peter o yo, vive en una realidad alternativa y, en esa realidad alternativa, Ana, nada menos, me está llamando egoísta. ¡Ella! ¡A mí! Me sube el ardor del estómago a la cara.

—Eso no es cierto —espeto—. Yo rompí con Peter, ¡yo!, en Brooklyn. Me dijo que no iba a venir con nosotros a la zona segura, a pesar de que le pedí que lo hiciera. He procurado ser amable con él. Y ahora te miente. Y, ¡claro!, tú te lo crees.

Pone cara de indiferencia, encogiéndose de hombros, y se sube la cremallera de los vaqueros. Le da igual, lo mismo que la ropa que ha dejado tirada en el suelo. ¿Por qué va a importarle una ropa que no es suya, aunque solo la haya llevado un par de horas? Ni siquiera piensa en que John ha venido cargado por el bosque con nuestra colada, en que ha tenido el detalle de lavarla y doblarla, en que ha usado la gasolina que tiene almacenada para poner en marcha su generador, ni en todas las demás menudencias, tan importantes, que permiten lavar la ropa aquí.

Recojo los pantalones y la camiseta de mi madre y los doblo con cuidado en el sofá cama. Me dan ganas de darle un bofetón a Ana. Me cuesta muchísimo creer que lo ocurrido en esta última semana no la haya cambiado en absoluto, pero tengo delante a la Ana de siempre, egoísta y arrogante.

—Lo que tú digas —me replica—. Tenemos que estar aquí un mes, ¿no? Seguro que nos podemos llevar bien hasta que nos sea posible continuar con nuestra vida —me dice con una desagradable sonrisa falsa.

No me ha hecho ni caso. No tengo claro qué piensa que va a quedar de Nueva York dentro de un mes, aunque se extinga la infección.

—Estupendo, cree lo que quieras, Ana. —Abrazo la ropa de mi madre. Ella siempre decía que la belleza va por dentro y Ana ahora mismo me parece horrenda, con esa cara de acelga y su desacertada superioridad moral. Me dirijo a la puerta, pero entonces me detengo y me vuelvo. Quiero arrancarle esa sonrisa de la boca—. Pero, como vuelvas a tirar al suelo algo de mis padres como si fuera basura, te juro que te doy una paliza. Lo digo en serio.

Me flojean las rodillas y, al salir de allí furibunda, me apoyo en la pared del pasillo para tomar aire. No puedo creer que haya amenazado a Ana con agredirla físicamente ni que se lo haya dicho completamente en serio, pero me da igual, porque la cara que ha puesto cuando me iba ha merecido la pena.

Capítulo 55

—Las judías verdes envasadas en casa están buenísimas —dice Nelly cuando terminamos de cenar. Mira a Penny y a James—. Gracias, chicos.

Todo el mundo parece agotado. Parece que hiciera unos días que cruzamos el pueblo, aunque haya sido esta misma mañana.

—Acostaos ya —dice John—, que yo me quedo en el sofá esta noche. Si viene alguien, Laddie nos avisa, y mañana montamos un sensor de movimiento para vuestra casa. Yo ya tengo uno.

—¿Tipo qué? —bromea Penny—. ¿Latas llenas de piedrecitas colgadas de un alambre?

—Más o menos —ríe John—. Si quisiéramos correr el riesgo de ir a Albany, podríamos conseguir algo más sofisticado, pero, de momento, nos vamos a apañar con alambre de espino y sedal.

Un rato después, cuando Nelly y yo estamos tumbados en mi cama, viendo la luna arañar los árboles, le cuento lo de Ana.

—Me alucina que Peter le haya mentido —dice.

—Ya —digo yo—. No puedo ni mirarlo a la cara.

Se me llenan los ojos de lágrimas de rabia y callo para que Nelly no me lo note en la voz.

—Ojalá me dejaras hablar con él, Cass.

—No quiero causar más problemas. Ya se le pasará. Igual es cuestión de tiempo.

—Me da que Peter no es de los que saben estar a la altura, pero no voy a decir nada aún, te lo prometo. No puedes tolerar que te trate así, ¿sabes?

Suspiro y me vuelvo de lado.

—Lo sé, lo sé. Ya te dije que no soy tan fuerte, ¿no?

Exhala. Pienso que se va a quedar dormido, pero entonces añade:

—Pero me gusta esta nueva página en la que estás ahora.

—¿Y qué página es esa?

—Una en la que amenazas a la gente con darle una paliza. Me habría gustado ver eso por un agujerito.

—Calla, anda —le digo, pero sonrío y, aunque hace unos minutos tenía la sensación de que jamás conseguiría relajarme, me quedo dormida.

Me despierto a primera hora de la mañana. He visto muchos amaneceres últimamente. Y me da que me esperan muchos más, porque vamos a conservar las baterías y el aceite de las lámparas. Me encanta esa luz de un gris azulado, como submarino, que hay justo antes de que el sol por fin haga acto de presencia. Cuando veo asomar el sol, me siento más en sintonía con él, como si fuéramos viejos amigos, en vez de salir de pronto a su encuentro a mediodía. Por primera vez en años, me muero de ganas de coger un pincel, de mezclar colores hasta encontrar el tono perfecto de azul.

John ha encendido el fuego en el salón y hay agua caliente esperando en el hervidor. Se acuerda de que me gusta tomar té por la mañana, bendito sea. Me siento a la mesa, donde anda garabateando algo en un papel.

—¿Qué haces? —pregunto.

—Trazando el perímetro de vuestra casa. Vamos a montar vuestro sistema de alarma, también conocido como «las latas» —dice con una sonrisa—, algo retirado pero lo bastante cerca como para que lo podamos oír. El alambre de espino irá dentro de ese perímetro a la altura del pecho. En teoría, debería atrapar todo lo que cruce las latas y retenerlo hasta que lleguemos allí. El monte que hay detrás del huerto es empinado, así que lo dejamos para el final. Es lo mejor que podemos hacer con lo que tenemos. Según como funcione esto, igual nos interesa cavar zanjas también. A ver qué tal.

Me recuerda a mi padre, sentado a la mesa, firme como una roca, planificando algo. Se me encoge el corazón. Ahora mismo John es lo más próximo que tengo a un padre.

—John, eres increíble. Muchísimas gracias.

Envuelvo la taza caliente con las manos. Los dormitorios aún están fríos; anoche rondaban un grado bajo cero.

—Encantado de poder ayudar. Me distrae. —Cuando me mira, sus ojos azules brillan a la luz de la lámpara—. No pensaba que fueras a conseguir llegar aquí, cielo, después de lo que hicieron en Nueva York. Al ver el humo de la chimenea de la cocina, me dije que seguro que era Eric y no me sorprendió. La que me preocupaba eras tú. No sabes lo que me alegró verte. Casi como si hubiera aparecido Jenny.

Le cubro la mano con la mía y nos quedamos así sentados, en un silencio agradable, mientras sale el sol.

Capítulo 56

—No me importaría no volver a ver una lata en mi vida —dice Penny echándose pomada antibiótica en los cortes que se ha hecho insertándolas en el alambre.

—Ha sido una jornada de trabajo muy provechosa para todos —tercia John, que se ha pasado el día fijando el alambre de espino a los árboles, pero mira de reojo a Peter y Ana, que han trabajado casi todo el día, pero mientras las otras parejas de trabajo han terminado cientos de metros ellos han hecho cincuenta. Yo he procurado ignorarlos.

La barbacoa está lista para los filetes descongelados. Aunque hace fresco en la terraza, aún estamos calentitos del trabajo. James reparte unas cervezas que hemos encontrado. Eric ha debido de beberse las que quedaban de las que hizo nuestro padre, porque no hay más que botellas vacías.

—Hoy es un día histórico —dice James levantando su botellín. Al ver nuestra cara de intriga, saca el iPad de la funda y todos hacemos un aspaviento al ver la pantalla rajada—. Sí, el iPad ha muerto. Se acabó. Dudo que pueda llamar a Apple para que me lo arreglen. —Reímos—. Al principio me ha aterrado pensar qué iba a hacer sin él, pero luego me he dado cuenta de que las ristras de latas son infinitamente más útiles que el Apalabrados. Y hasta puede que más divertidas —añade guiñándole un ojo a Penny, su compañera de faena, que se ruboriza—. Y otra cosa —dice sacándose del bolsillo la cajetilla de tabaco—: estos son mis últimos cigarrillos. He pensado en disfrutarlos con una cerveza. No quiero presionar a nadie, pero, si alguno quiere uno, que aproveche ahora.

—No queremos fumarnos tus últimos cigarrillos, tío —dice Nelly, pero claro que queremos.

—Yo sí, porque cuanto más tiempo los tenga, más rácano me voy a volver. Me los quiero acabar esta noche y quiero fumármelos con mis amigos, sobre todo con esos que, cuando mañana me dé el mono y me porte como un capullo, recuerden lo generoso que puedo ser.

Gira la cajetilla para ofrecernos, como si no fuera ya lo bastante tentadora. Nelly y yo cogemos un cigarrillo cada uno y nos recostamos en el asiento. Hasta Penny, la niña buena que no ha fumado desde el instituto, coge uno. Le dedicamos un «uuuy» generalizado y nos responde haciéndonos la peineta. Peter niega con la cabeza y Ana mueve su silla hasta el borde de la terraza con un suspiro.

—¿Qué demonios? —dice John y saca uno de la cajetilla—. Hace veinte años que no fumo, pero sigue oliendo de maravilla.

Parece que va a llover. Me siento bien, como si hubiéramos hecho algo productivo, algo que no sea salir corriendo. A primera hora de esta mañana, John y yo hemos bajado en coche hasta el buzón de la carretera principal y hemos cortado el poste con un hacha y tapado la peana de hormigón con hojarasca. Retirar el último vestigio del mundo civilizado ha sido una especie de capitulación, un adiós.

Veo enroscarse el humo del cigarrillo en las ramas de los árboles y miro a Nelly. Tiene los ojos cerrados y las piernas estiradas. Lleva los zapatos mojados y embarrados. Tanto James como él tienen los pies grandes y no han traído calzado de repuesto. Lo añado a la lista mental de cosas que habrá que encontrar en el pueblo como sea.

Pero, de momento, hemos decidido no movernos de aquí. Sam dijo que pasaría por aquí dentro de unos días y entonces nos informará de cómo están las cosas. Le doy la última calada al cigarro después de apurar la cerveza y confío en que esto no sea también un adiós, aunque estoy casi segura de que sí.

CapÍtulo 57

AL oír truenos, levanto la vista de la mesa en la que estoy clasificando semillas. Hemos pasado los últimos cuatro días de lluvia organizando los víveres, cortando leña, cocinando, limpiando y durmiendo menos como consecuencia de un plan de vigilancia que hemos montado.

Ana y Peter están sentados en el sofá. Estos últimos días encerrados en la cabaña con ellos han sido un suplicio. Me he buscado una excusa todos los días para escaparme a casa de John y no tener que aguantar sus suspiros.

La otra noche, a la hora de la cena, cuando hablamos de montar un huerto, parecían a punto de explotar. John intentó explicarles que, aunque todo volviera a la normalidad hoy, al menos la mitad de la población habría desaparecido. Todavía escasearía la comida y la verdura fresca no existiría. No les hizo ninguna gracia. Desde entonces, han estado los dos de mal humor y poco cooperativos, como si el negarse a ayudar fuera a impedir que se haga realidad.

Penny ha intentado hablar con Ana, pero está presa de una especie de poderoso pensamiento mágico. Entiendo que hay mucho que digerir. Todos tenemos nuestros momentos de incredulidad, pero ahora mismo la incredulidad te puede costar la vida. Truena de nuevo, más fuerte esta vez.

Nelly, que está cebando la estufa de leña, levanta la vista.

—Se avecina tormenta.

John se sacude las botas al entrar por la puerta principal, muy serio.

—Son explosiones. Estoy convencido de que vienen de Bellville. Dudo que podamos oír las de Albany o Pittsfield desde tan lejos. Hay un depósito enorme de propano en el instituto y la última vez que hablé con Sam estaban trasladando más combustible allí, pero seguro que tenían explosivos instalados también. —Nos reunimos a su alrededor en la puerta, pero no vemos nada más que árboles y cielos grises. Un depósito de gas no estalla por accidente, solo intencionadamente, lo que significaría que les han atacado. Aguzamos el oído, pero no se oye nada más. Voy a la mesa y me siento—. No nos vendría mal una antena —dice John.

Encendemos todos los días la radio de onda corta. Aparte de los comunicados de emergencia, hemos oído algunas emisiones de otros países, pero no eran ni en inglés ni en español, los dos únicos idiomas que se hablan en el grupo. No entendemos lo que dicen, pero todas tienen el mismo ritmo ferviente, urgente.

En uno de los comunicados de emergencia, decían que iban a ofrecer un mensaje del presidente, pero no fue así. Las últimas dos noches hemos pillado algo que parecen estadounidenses hablando, pero la recepción suele ser terrible aquí arriba.

—Vamos a tener que bajar al pueblo en breve —dice Nelly, y no parece que le agrade mucho la idea—. Necesitamos cosas, ¿no? Y habría que enterarse de lo que está pasando. No quiero llevarme una sorpresa.

Cojo un bloc y un boli.

—Necesitamos zapatos para James y para ti.

Peter me lanza una mirada asesina.

—Yo también necesito zapatos. Solo tengo zapatillas.

—Vale, Peter también —contesto.

Penny procura no sonreír. Le doy una patada por debajo de la mesa y ella contiene un grito. Yo me pellizco la pierna para no soltar una carcajada y procuro no despegar la vista del bloc. Sé que, si la miro, no voy a poder aguantar. Nos pasaba siempre en clase.

—¿Qué os parece si esperamos un par de días más y vamos a echar un vistazo? —pregunta John—. Para entonces, lo que sea que está pasando ahí abajo se habrá calmado ya seguramente.

CAPÍTULO 58

HACE UN DÍA soleado y luminoso cuando subimos al todoterreno. Nelly, John y yo vamos al pueblo. Desde las explosiones, no hemos vuelto a oír nada, aunque al final terminó ascendiendo al cielo una columna de humo negro. Llevo puesta la pistolera y he cogido el machete, que me cruzaré a la espalda.

—Tened cuidado, por favor —nos recuerda Penny con la cara fruncida de preocupación—. Si no es seguro, volved enseguida. No necesitamos nada con tantísima urgencia.

—Sí, no nos dejéis aquí con esos dos —dice James señalando con disimulo a Ana y Peter, que están en el porche.

Peter está cruzado de brazos. Se ha cabreado porque quería venir. Es lo único en lo que ha querido ayudar hasta ahora, pero John se ha empeñado en que tenía que aprender a usar un arma primero.

Las casas del camino están desiertas, porque casi todo el mundo ha preferido la seguridad del pueblo. En el control de Bell Street no hay nadie. Los edificios de dos y tres plantas de la calle mayor y las tiendas de los bajos están a oscuras, y en las aceras brillan los cristales de los escaparates rotos.

Vamos directos al instituto. No hay otro movimiento que el de la basura que vuela por el asfalto. Desde lejos vemos que dos de los muros del centro aún están en pie, pero el interior es una ruina negra. O aún está humeando o el aire está levantando las cenizas, no lo distingo bien. Solo espero que toda esa gente no estuviera dentro.

John se mete en el aparcamiento y vemos un escenario de destrucción total: por todas partes hay pedazos de ladrillo, trozos de madera astillada y restos de material aislante. Encima y debajo de los cascotes y entre ellos, hay cuerpos que debieron de salir catapultados por la onda expansiva. Grandes, pequeños, uno diminuto que me hace llevarme la mano a la boca. Están cubiertos de moscas. El hedor me produce arcadas.

—¿Hay alguien aquí? —pregunta John con una pierna fuera del coche.

Esperamos unos minutos en silencio. Las luces traseras de un coche policial asoman desde detrás de un muro y nos dirigimos a él. Sam está tirado en el suelo del vehículo, muerto, al otro lado de la puerta abierta.

—Cuidado, John —le digo.

Se levanta de su cuerpo un enjambre de moscas que vuelve a instalarse en él al instante. Me da una arcada. Caigo en la cuenta de que en los eleequis no se ven moscas, a lo mejor porque no se descomponen con normalidad.

—Un disparo —informa John—. Fijaos en el pecho.

La camisa de Sam está cubierta de sangre seca. Le preocupaba tanto haber tomado la decisión equivocada manteniéndose firme en su puesto… Y al final ha muerto intentando hacer eso.

—¡Joder! —exclama Nelly—. Han tenido que ser los vivos.

—Vamos —propone John—. Igual aún andan por aquí.

Cuando damos media vuelta, el aparcamiento ya no está desierto. Lo cruza una veintena de eleequis, pero están lo bastante lejos como para que nos dé tiempo a llegar al todoterreno antes que ellos, aunque tengamos que correr en esa dirección. Nelly y John deben de pensar lo mismo, porque también ellos echan a correr a la vez que yo. Pero nos detenemos cuando salen cuatro más de detrás de una furgoneta. Llevo el arma en la mano. No sé bien desde cuándo, pero me alegro.

Me detengo y apunto, como me enseñó papá. «Inspira. Relájate.» Dirijo el arma a la cabeza de una mujer que me resulta familiar. Me enseña los dientes y viene resuelta hacia mí. Entonces la recuerdo: trabajaba en el café y nos enseñaba los dientes de ese modo cada vez que entrábamos allí siendo adolescentes, a pesar de que siempre le dejábamos buenas propinas. «La mano izquierda debajo para estabilizar. Usa la derecha para apuntar. Alinéalas. Exhala.» Aprieto el gatillo. El estruendo es fuerte y mis manos se sacuden, pero ella cae, con la cabeza medio destrozada en un revoltijo de casquería marrón. John dispara a dos y Nelly acaba con el otro. Pero, con la pausa, a los demás eleequis les ha dado tiempo a interponerse entre el todoterreno y nosotros.

—Ve primero a por los que tienes al lado —me dice John muy sereno.

Me tranquiliza tanto que no puedo hacer otra cosa que obedecer. Al primero tengo que dispararle dos veces para que caiga; al siguiente, sola una. Fallo el tiro a la cabeza del siguiente y la velocidad de retroceso me hace tambalearme, con lo que consigue acercarse a trompicones. Vuelvo a apretar el gatillo y oigo un chasquido. Seis disparos. He perdido la cuenta.

Suelto una retahíla de improperios mientras me enfundo la pistola en la pistolera y desenfundo el machete que llevo a la espalda. Lo único que puedo hacer es esperar a que recorra parte de la distancia que nos separa. Me oigo la respiración entrecortada, pero estoy estable. No hay nada más en el mundo que ese hombre de mediana edad con entradas y yo. Puede que fuera contable antes de que alguien lo destripara. Los intestinos le cuelgan por fuera, cubiertos de porquería y de hojarasca. Lleva la boca abierta y la mirada perdida, pero viene a por mí como si me viera perfectamente.

Levanto el machete, agarrándolo fuerte con ambas manos, como me enseñó mi padre a coger el bate un año desastroso en que jugué al béisbol y el único partido que ganó mi equipo nos lo regalaron. Doy un paso adelante y le atizo con el machete como si quisiera conseguir un *home run*. Le acierto en el cuello con un crujido que me reverbera por los brazos. No lo puedo sacar para darle otra vez; se le ha debido de atascar en una vértebra. Pero con eso basta. Cae al suelo. Casi caigo con él, hasta que suelto el machete. John y Nelly siguen en pie, con las armas en alto, pero el resto de los eleequis están tirados por el suelo, pringados del contenido de sus cavidades craneales.

—Vienen más —dice John señalando a nuestra espalda.

Llega otro grupo de eleequis tropezando con los cadáveres y los cascotes, con lo que nos da tiempo a llegar al todoterreno. John arranca antes de que hayamos cerrado las puertas, que se cierran solas cuando vira para esquivar lo que queda del instituto y de las personas que se habían refugiado en su interior.

—Que el Señor nos proteja —dice observando la escena por el retrovisor.

Unos cuantos nos siguen cojeando; otros parece que se han olvidado ya de que estábamos allí y deambulan sin rumbo.

—Ya —dice Nelly sin aliento—. Es increíble.

—Me lo habíais contado, pero hasta que no lo ves con tus propios ojos… ¡Muertos ambulantes!

Cargo el revólver con la caja de munición al lado. La próxima vez me pondré la pistolera doble. Tengo la sensación de que habrá una próxima vez, y quizá otra después de esa.

—¿Estás bien, Cass? —pregunta Nelly volviéndose hacia mí—. Has estado genial con el machete.

Encajo el cilindro.

—Me falta práctica con las armas. Hace tiempo que no disparo. Y necesitamos hojas más afiladas. El machete ha funcionado, pero se me ha encallado en el hueso y lo he perdido.

Sé que no se refiere a eso, pero ahora mismo no puedo pensar más que en cómo ganar esta batalla que nos han obligado a librar.

Nelly me mira fijamente, moviendo los ojos de un lado a otro.

—Sí, vale. Pero ¿seguro que estás bien?

—Está bien —contesta John por mí. No parece preocupado, y me alegra, porque yo bien podría estar hiperventilando, pero no es así—. Cassie es dura como una piedra.

CAPÍTULO 59

LLEGAMOS A LA tiendecita de artículos de travesía sin tropezarnos con nada vivo o muerto. Buscamos *walkie-talkies*, botas y ropa tranquilamente. Me quedo vigilando, pero solo veo dos eleequis al fondo de la carretera, debajo de un árbol, haciendo Dios sabe qué. Esperando el autobús, supongo.

Lo siguiente es el súper del pueblo. Los escaparates están destrozados y en la nevera de las cervezas no hay nada. No entiendo a la gente que, en situaciones de vida o muerte, se lleva cervezas y televisores.

Mientras avanzamos despacio entre cristales rotos, veo unos plátanos más maduros de lo deseable en una cesta que hay en el mostrador. Los cojo y todas las manzanas, que aún están bien. Se me ocurre pillarle tabaco a James, pero me parece una crueldad llevarle más ahora que ha decidido dejarlo. De todas formas, cuando miro, veo que tampoco queda ya.

Solo cogemos unas cuantas cosas. Puede que otras personas, si es que las hay, necesiten la comida más que nosotros. Lo que nos interesa de verdad está al fondo. John revienta una puerta cerrada con llave y nos mete en el despacho. Dentro hay una radio grande.

—Richard Morgan, el dueño de esta tienda, es radioaficionado. Me ha enseñado cómo funciona unas cuantas veces que se lo he pedido. Siempre he querido meterme en esto, hacerme con un equipo decente, pero es una de esas cosas que vas posponiendo —dice, encogiéndose de hombros con una sonrisa tristona—. Supongo que hoy es el día. Lo que más necesitamos es la antena.

Sale fuera y señala un cable que trepa por un mástil pequeño en la azotea. Nelly se sube al techo del SUV y arranca las grapas que sujetan el cable al edificio. Con esfuerzo, desenrosca el último perno de fijación del mástil y lo baja. John lo ata con cuidado al techo del vehículo. Luego cogemos parte del equipo de radio.

Veo unas figuras que se nos acercan cojeando. Íbamos a llevarnos un poco de gasolina de otros coches con la bomba de sifón, pero podemos repostar con las reservas de John, así que volvemos a casa, que estamos más seguros. Penny y James están en el porche cuando llegamos. Al vernos bajar ilesos del SUV parecen aliviados.

—¿Cómo ha ido? —pregunta James—. ¿Qué está pasando en el pueblo?

Negamos con la cabeza. Asiente como si no esperara otra cosa.

—¿Os habéis topado con ellos? —quiere saber Penny.

—Sí —contesto—. Unos veinte, en el instituto, que ha ardido por completo. Hemos tenido que matarlos a tiros.

—Guau —dice James.

Penny pone los ojos como platos y me acaricia el hombro. Me duele de cuando el machete se ha encajado en el hueso. La sensación de calma se ha esfumado y ahora, de pronto, estoy aterrada. Me derrumbo en los escalones y me agarro la cabeza con las manos. El aire fresco me enfría el sudor y me castañetean los dientes. Penny se agacha a mi lado.

—Estoy bien —le digo—. No me he asustado tanto cuando los teníamos encima.

Me miro las manos sucias y caigo en la cuenta de que no puedo distinguir unas manchas de otras. Llevo manchurrones marrones y negros, y alguno de color herrumbre. El eleequis al que he matado con el machete me habrá dejado algo de sangre infectada encima. A lo mejor me está calando dentro, encontrando una vía a través de algún corte minúsculo y contagiándome. Me trago el terror y digo—: Tengo que lavarme bien.

No voy a dejarme llevar por el pánico, al menos hasta que tenga una certeza. Mientras entro corriendo en la casa, oigo a Penny preguntar si estoy bien.

—Se le pasará —dice John.

Tiene mucha más fe en mí que yo misma.

Capítulo 60

Antes de cenar, John pregunta si podemos bendecir la mesa. Siempre agacha la cabeza antes de cenar y, al final, hemos terminado haciéndolo todos. Yo hago una petición informal para que Eric consiga llegar hasta mí sano y salvo. Les pido a mis padres que nos cuiden, estén donde estén. Agradezco a quien sea o lo que sea que está allí arriba por llevarlo tan lejos, porque tenemos muchísima suerte. Si hoy hemos aprendido algo es que no estamos a salvo en ninguna parte.

—Sé que no creemos todos en lo mismo —dice John, señalándome con la cabeza y sonriendo—, pero tanto si somos agnósticos como cristianos o…

—Parte del «pueblo elegido» —tercia James con una risita—. James Gold era James Goldfarb hace como un centenar de años.

John ríe.

—O judíos, por supuesto… En cualquier caso, quisiera dar gracias, sin intención de ofender a nadie.

—Tú no podrías ofender a nadie, John —le digo yo.

Es una persona profundamente religiosa, pero no hace proselitismo. Sus creencias le dan fuerzas, algo que envidio pero jamás he sido capaz de emular en lo relativo a la religión organizada.

Agacha la cabeza.

—Te damos gracias, Señor, por estos alimentos que vamos a tomar y por los amigos con los que vamos a compartirlos. Confiamos en que nuestros seres queridos también estén a salvo, tengan una mesa repleta de alimentos y estén rodeados de amigos. Te rogamos, Señor, que nos ayudes a protegernos en los próximos días y que acojas en tu seno las almas de esos cadáveres que deambulan por el mundo. Amén.

—Amén —repetimos todos.

Penny se limpia las lágrimas y hasta Peter parece que lo dice en serio.

Hay bizcocho de plátano de postre, hecho con los plátanos que hemos rescatado. John me ha dado los huevos que han puesto hoy sus gallinas para que lo hiciera, ahora que ya tiene suficientes en su incubadora casera. Tiene ocho gallinas; no quiso deshacerse de ninguna de las «chicas» de Caroline después de su muerte, aunque, cuando llega el verano, nada en huevos.

—Mañana vamos de excursión —dice John—. Prácticas de tiro para todos. No deberíamos hacerlo aquí. Parece que el ruido los atrae.

—A Sam lo han matado de un tiro —comento—, lo que significa que igual los contagiados no son nuestro único motivo de preocupación.

A todos les confunde lo que nos hemos encontrado en el pueblo. Había eleequis, pero está claro que también hay otras personas por ahí. Las que han matado a Sam. A Sam, que lo único que pretendía era proteger a todo el mundo. No se me ocurre quién ha podido querer verlo muerto.

—Quiero que sepáis todos usar un arma de fuego de forma segura y precisa —dice John—. Así que mañana a primera hora me acercaré con mi camioneta y nos iremos en los dos vehículos. Y puede que, además, os traiga una sorpresa.

Capítulo 61

Hemos cruzado el bosque estatal que nos rodea hasta un claro. Si alguien oye el ruido, no sabrá dónde vivimos. Ana se ha quejado de que somos unos exagerados, pero Penny ni se ha molestado en replicar.

—Vale —dice John muy serio—, regla número uno: nunca jamás apuntéis con un arma a algo a lo que no tenéis intención de disparar. Cargada o descargada, da igual. ¿Entendido? —continúa, plantado delante de Penny, Ana, James y Peter, con las manos cruzadas a la espalda, como un instructor militar. Asienten los cuatro, sosteniendo las armas con cautela—. Regla número dos: tratad todas las armas como si estuvieran cargadas. Número tres: el dedo fuera del gatillo hasta que vayáis a disparar. Número cuatro: limpiad siempre el arma después de usarla; de ese modo, funcionará cuando la necesitéis. Luego os enseñaré a limpiarlas. ¿Alguna pregunta?

—John, estaba mirando mi arma y no le encuentro el seguro —dice Penny.

—Los revólveres no tienen seguro, al menos no del tipo que tú estás pensando. Esto que tenéis entre las orejas —le dice, dándose unos golpecitos en la cabeza— es vuestro mayor seguro. Usadlo bien y no habrá problemas.

Se colocan de frente a los blancos que John ha colgado. Nelly y yo nos ponemos detrás para ayudarlos con la postura y la forma de apuntar. A la voz de John, disparan, uno por uno.

Penny baja el arma en cuanto termina.

—No me gusta tenerla en la mano. Ni dispararla.

—Vale —contesta John y la mira mientras recarga—. No te tiene que gustar. Solo tienes que ser capaz de apuntar y acertarle al blanco. Debes sentirte cómoda haciéndolo. Continuar disparando.

La mayor sorpresa es Peter: todos sus disparos dan en el blanco.

—¡Genial, les has dado a todos! —exclamo entusiasmada—. Tienes un talento natural.

John examina sus disparos.

—¿Seguro que nunca has disparado un arma?

—Nop —contesta Peter.

—Pues lo has hecho fenomenal, hijo —le dice John, dándole una palmada en el hombro—. Si sigues disparando así, algún día lo harás mejor que yo.

Peter se esfuerza por permanecer inmutable, pero se le iluminan un poco los ojos. Me complace que haya encontrado algo que se le da bien y le sonrío. Hace una mueca de desdén.

—Tampoco tiene mucho misterio —replica de forma que solo lo oiga yo—. Apuntas bien y aprietas el gatillo. Cualquiera con medio dedo de frente lo podría hacer.

Se esfuma mi sonrisa cuando se aparta para recargar. Sé que se siente orgulloso de sí mismo. Lo he visto. Será porque yo he dicho algo. Agarro un rifle e imagino que le apunto a él, pero con eso incumpliría la regla número uno, salvo que le dispare de verdad. Resulta tentador, pero, en cambio, hago como que el blanco es él y acierto en el blanco todas las veces.

John y Nelly cogen la camioneta de John y se dirigen a una granja cercana mientras los demás nos vamos a casa. Solo nos ha dicho adónde van, pero no cuál es la sorpresa porque, según él, no quiere desilusionarnos si vuelve con las manos vacías. De nuevo en casa, James comenta emocionado la experiencia; lo ha hecho bastante bien. Hasta a Ana parece que le ha gustado. Creo que ahora les parece que ya tienen un poco más controlada la situación.

Y tampoco se equivocan del todo: las armas nos salvaron la vida ayer. Aunque habría sido preferible tener silenciadores. No tiene sentido invitar a más eleequis a la fiesta si puede evitarse. Además, aunque ayer comprobé que puedo aguantar el tipo, no me siento valiente ni me parece más manejable la situación. Estoy convencida de que quien dijo que plantar cara a tus miedos te hace más valiente no se enfrentaba a la perspectiva de millones de muertos vivientes.

Capítulo 62

La sorpresa de John llega en la parte de atrás de su camioneta. Son una mamá cabra y su cría, las dos de un marrón intenso con manchas blancas. El animal nos mira con los ojos vidriosos y la cría se esconde detrás de ella cuando no mama con frenesí.

—La iba a comprar esta primavera —dice John, acariciándole la cabeza a la madre—. Echaba de menos la lecha de cabra y, como mis nietos iban a pasar aquí casi todo el verano, supuse que les gustaría ordeñarla. La cría, que también es hembra, nació hace unas semanas. He pensado que las podemos alojar en nuestro pequeño granero.

No sé nada de cabras ni de leche de cabra, pero me figuro que será mejor que la que viene en polvo en una lata, que sabe exactamente a leche deshidratada y a lata. John desata a las cabras y las saca de la camioneta.

—Entonces, ¿el granjero al que se las has comprado está bien? —pregunta James.

—Sí, él, su mujer y sus tres hijos, adolescentes, están perfectamente. Los Franklin. Igual tú los recuerdas, Cassie. Tenían una granja escuela hace años. Hemos quedado en reunirnos una vez por semana para ver cómo vamos.

Recuerdo la granja escuela y que nos partíamos de risa con las cabras. Se lo comían todo, hasta los cordones de los zapatos y los puños de las camisas.

—Son monísimas —digo riendo cuando la cría se me acerca, valiente, y me mordisquea la manga como yo recordaba—. Vas a tener que enseñarnos a cuidarlas. No sé absolutamente nada de cabras.

La mamá se llama Flora y James propone Fauna para la cría. John también ha traído heno, que extendemos por el aprisco del granero. Además, vienen con un par de sacos de comida, pero John nos dice que las cabras comen cualquier cosa y ahora, que ya está aquí la primavera, habrá de sobra.

Y, en efecto, ya está aquí la primavera. Todos los días echo un vistazo a las matas de las fresas, en la parte de atrás, y hoy he visto un brote, que se convertirá en fresa en junio. Los árboles frutales están repletos de flores. Se me hace la boca agua cuando pienso en fruta fresca. Las manzanas de la tienda y la despensa de hortalizas de John hace tiempo que se acabaron. Me aterra ver lo rápido que se van agotando los melocotones en conserva; son los últimos que envasó mi madre. Me permito el pequeño desvarío de esconder un tarro en mi armario.

Hay semilleros en todas las ventanas. Brotes diminutos asoman de la tierra oscura. Les canto todos los días. No sé si ayuda, pero mi madre solía cantarles canciones tontas a las plantas para hacernos reír. Decía que así crecían más rápido, y sus plantas siempre estaban grandes y sanas.

En la vieja granja de John también parece que hubiera estallado un invernadero y mantiene una lucha constante con Laddie, que anda siempre volcando las plantas con las entusiastas sacudidas de su rabo. No paro de pedirle a John que se mude a la cabaña, pero se niega. Dice que estaríamos demasiado apiñados o que sus ronquidos no nos dejarían pegar ojo, pero yo creo que quiere estar allí por si viene Jenny. Tom está destinado en Alemania y John confía en que está a salvo en alguna base militar.

Esta noche vamos a encender el generador para escuchar la radio con la antena nueva. Hemos oído algo que parecía un informe desde New Hampshire, pero perdemos la señal cada poco. James ha anotado las frecuencias prometedoras con las que probar.

Vamos a casa de John a última hora de la tarde. Una nebulosa verde de hojas nuevas cubre ya los árboles, y los pajarillos cantan mientras revolotean por el sendero. Nos instalamos en la enorme cocina de John, donde ha montado la emisora de radioaficionado. En los fogones se está haciendo un estofado, con zanahorias y patatas de las que había almacenadas. Huele de maravilla.

James gira mandos y diales. Los auriculares no funcionan, pero podemos escuchar igual. Nos inclinamos hacia el sonido como atraídos por él. Ana parece la más ilusionada: lleva todo el día hablando de ello, como si creyera que va a poder demostrar que la cosa no está tan mal como pensamos. Me ha ayudado a plantar semillas a las órdenes de Penny, hasta que al final le he dicho que se buscara otro quehacer. En vez de plantarlas con cuidado, las clavaba en la tierra como si la hubieran ofendido personalmente.

Hago todo lo posible por mostrarme civilizada con Ana y Peter. Procuro hablar con ellos como lo hago con los demás, solo que es complicado cuando resulta evidente que les fastidia todo lo que digo. Hacen lo justo y no paran de hablar de lo primero que harán cuando vuelvan a Nueva York. Se han inventado un juego, al que Nelly y yo llamamos la Michelin zombi: uno de ellos menciona un restaurante o bar y el otro enumera los mejores platos, las mejores bebidas y a todas las personas insufribles que los frecuentan y que posiblemente los dos conozcan.

Se oyen interferencias y de pronto una voz, la de un hombre estadounidense.

—¡Ya te tengo! —grita James.

Nos arremolinamos a su alrededor y escuchamos nuestras primeras noticias en directo desde hace semanas:

… El Ala de Reabastecimiento 157, ahora ubicada en el aeropuerto regional de Mount Washington, en Whitefield, New Hampshire. Pedimos a todos los ciudadanos que ignoren las emisiones pregrabadas en las que se propone como zona segura la base aérea de la Guardia Nacional de Pease, en el aeropuerto internacional de Portsmouth, New Hampshire. La base se ha abandonado debido al elevadísimo nivel de contagios por bornavirus. El resto de la Guardia Nacional se ha retirado al aeropuerto regional de Mount Washington y ha establecido allí una zona segura. Se ruega a todos los ciudadanos no contagiados que se dirijan a esa ubicación si necesitan una zona segura. Hemos estado en contacto con varias ubicaciones más que se postulan como zonas seguras en el noreste. Se trata de zonas seguras civiles, no asociadas con el Gobierno de Estados Unidos. No tenemos conocimiento de ninguna otra zona segura gubernamental en un radio de ochocientos kilómetros.

Lo que significa que todas las demás han caído. Le agarro la mano a Nelly cuando caigo en la cuenta de que eso implica que, en el noreste, ha muerto casi todo el mundo. Puede que algunos se hayan encerrado como nosotros, pero ¿cuántos disponen de comida suficiente como para no tener que salir?

Las siguientes poblaciones del noreste del país se han declarado zonas seguras: las localidades hermanas de Moose River y Jackman, en Maine, que cuentan con el servicio del aeródromo de Newton si se dispone de aeronaves ligeras. Tolland, en Massachusetts, ofrece alojamiento para trescientas personas y puede ayudar a reubicar a más en otras zonas seguras. Sigan las indicaciones de la ruta 57 hasta la zona acordonada. La granja Kingdom Come, en Vermont, ubicada a veinticinco kilómetros al norte de Lowell, en Kingdom Road, Vermont.

Nelly me aprieta la mano como una prensa. Lo miro y niega con la cabeza, pero pasa algo. El locutor cita un par de zonas seguras más y continúa.

Puede que haya otras zonas seguras, pero ahora mismo solo tenemos contacto con estas cinco. Por favor, diríjanse a una de ellas si precisan asistencia. Tengan presente que se examinará a todas las personas en busca de síntomas y se prohibirá la entrada a los contagiados. A todos los que estén claramente infectados se les disparará en el acto. La última vez que tuvimos contacto con el Gobierno de Estados Unidos fue hace una semana. Nos aseguraron que esperan que la situación se prolongue solo unas semanas más.

Hasta ahora, el locutor estaba logrando modular su voz, pero de pronto se le quiebra un poco.

No obstante, nos han informado de que los contagiados podrían seguir activos varios años antes de sucumbir. Les rogamos que se mantengan alerta cuando se dirijan a las zonas seguras. Esta emisión se repetirá cada hora y se actualizará todos los días a las siete de la tarde, hora del este del país.

Hay una pausa y luego el locutor añade en voz baja:

Cuídense. No se pongan en peligro. Viajen armados y ligeros de equipaje. Muévanse con sigilo. Que Dios los bendiga a todos y que Dios bendiga a Estados Unidos.

Se hace el silencio y nos quedamos escuchando el silbido de fondo de la emisora.

—Ven conmigo —me dice Nelly tirándome de la mano con la que tengo cogida la suya. Lo sigo al porche. Lo noto nervioso: tiene el vello de punta y se pasa una mano por las mejillas—. ¿Esa granja que han nombrado…, Kingdom Come…? —Agacha la cabeza mientras yo asiento—. Me parece…, bueno, estoy casi seguro de que es el nombre de la granja de Adrian. No tengo la certeza, Cass. Sé que estaba en el noreste de Vermont y que el nombre tenía algo de Kingdom. Juraría que sí. —Me entra una ráfaga de aire en los oídos y no oigo lo siguiente que dice. Pues claro que Adrian ha montado una zona segura. Nelly se mueve, inquieto, y sus botas arañan las tablas de madera del porche—. No quiero que te ilusiones demasiado. Igual me equivoco —termina.

—Vale —digo, pero estoy feliz porque sé que es cierto.

Así es como me lo imaginaba. Me figuro a Adrian ahora mismo, con esa cara tan grave que pone cuando está serio, aunque su mirada siempre sea tierna. Seguro que lo vio venir y empezó a planificar incluso antes que nosotros. Además, si la granja se parece en algo a lo que siempre soñó, será prácticamente autosuficiente.

—No me estás haciendo ni caso, ¿verdad? —dice Nelly chascando los dedos delante de mi cara.

Pero yo ya estoy muy lejos. Lo presiento ahí fuera, como suele decirse. Adrian está vivo.

CAPÍTULO 63

En la mesa, el ánimo es mucho más sombrío. Al principio soy todo felicidad, pero la excitación no tarda en desvanecerse. Saber (vale, sospechar) que Adrian está a salvo me basta para darme por satisfecha de momento, pero la esperanza de llegar hasta él se disipa cuando calculamos lo alta que debe de ser ya la tasa de contagio.

Peter y Ana se sientan, abatidos, mientras nos oyen a los demás manejar cifras y se estremecen al pensar en lo que tenemos a solo unos kilómetros de distancia. Sé que Penny intenta disimularlo, pero no deja de pensar en su madre. Confío en que María pueda aguantar lo que haga falta. Y ahora está clarísimo que eso va a ser mucho más de lo que pensábamos, y eso corrobora lo que a John le había dicho su colega. No entiendo cómo es posible. La gente se descompone. Si están muertos, cuesta creer que no se estén pudriendo.

—Eso es lo que nadie ha podido explicar jamás de las historias de zombis —dice James—. Y me siento estúpido por mencionar siquiera la cultura popular como marco de referencia, pero la teoría solía ser algo así como que los microbios que favorecen la descomposición evitan la carne infectada. Todos los eleequis que hemos visto parece que se están descomponiendo, solo que no lo hacen deprisa. Así que puede que algunos duren seis meses. A lo mejor depende también del clima. Es posible que en invierno se congelen y los músculos no les respondan en primavera.

—Como la carne del congelador —dice Nelly, sosteniendo en alto un trozo de ternera que ha pinchado con el tenedor—. Esta ternera es músculo, como nosotros. Cuando se congela, las células revientan, ¿no? Si eso ocurre, igual cuando llegue la primavera no pueden moverse. Además, podríamos matarlos mientras están congelados.

Ana suelta un pequeño sollozo al oír eso y va corriendo al salón de John. Penny la sigue.

—Lo siento —dice James—. Se me olvida que no todo el mundo soporta hablar del tema.

—Pues van a tener que hacerlo —espeto yo, evitando a propósito mirar a Peter—. Después de oír lo que ha dicho ese hombre, hay que tener claro que nada volverá a ser como antes.

John ha estado callado, recostado en su asiento. De pronto se levanta para recoger la mesa, pero, antes de que lo haga, le veo los ojos rojos. Me levanto de un brinco para ayudarlo y me planto junto al fregadero, donde se propone fregar los platos.

—Apuesto lo que sea a que Jenny lo conseguirá —digo.

Me estruja la mano con la suya enjabonada y asiente con la cabeza. Habría apostado lo que fuera por Eric también, pero no está aquí y ya debería estar. Intento presentirlo ahí fuera del mismo modo que me parece presentir a Adrian, pero lo único que consigo es que se me haga un nudo en el estómago.

Capítulo 64

Todo el mundo adora a Flora y a Fauna. Sus travesuras mientras retozan por ahí siempre me hacen sonreír. Una vez leí que, antes de la televisión, la gente se entretenía mirando a sus gallinas. John está proponiendo que traigamos a la mitad de sus gallinas a nuestro gallinero, además de unas cuantas de las que van a poner pronto. Así tendremos dos canales.

No tenemos más refrigeración que la que mantiene el generador de John, así que guardamos la leche en su casa. La leche de cabra es excelente; lo difícil es conseguirla. John ordeña a Flora en cinco minutos, pero nosotros tardamos treinta.

Estamos en la tercera semana de mayo, pero la fecha ya no tiene la importancia de antes. Hemos ajustado nuestro calendario a la temporada de la fresa, así que estamos a unas semanas de la cosecha y contando los días. Hemos plantado espinacas y otras verduras. La planta de los guisantes se ha apoderado del enrejado con sus zarcillos serpentinos. He encontrado las plantas del huerto de mi madre de años anteriores, con sus dibujitos y los comentarios al margen sobre cada una. Casi me parece que la tengo al lado, dándome indicaciones con el cariño de siempre.

Nos hemos repartido las tareas. Los únicos que necesitan el reparto son Peter y Ana, que andan por ahí como autómatas desde que oímos el primer comunicado por radio. Hemos seguido escuchando todas las noches. Siguen mencionando la granja Kingdom Come, lo que significa que aún están bien. Además, se han añadido algunas zonas seguras. Espero todas las noches, con el corazón desbocado, hasta que oigo esas tres palabras: granja Kingdom Come. Luego le doy las buenas noches a Adrian y nos felicito a los dos por haber sobrevivido otro día.

No podemos comunicarnos con el exterior. James dice que puede que el cable tenga algún cortocircuito. Pero escuchamos. Hemos pillado otras emisiones. Hay un grupo en Virginia que dice que la capital, Washington D. C., está destrozada. La bombardearon en un último intento fallido de detener los contagios.

Todos los días oímos algo nuevo de supervivientes que han encontrado el modo de acceder a radios y antenas. Personas que quieren asegurarse de que no están solas. Hay un hombre en Kansas que dice que la cosa no está tan mal por su zona, ahora que ha matado a casi todos sus vecinos, y que agradecería un poco de compañía. Luego toca la guitarra, llora y corta la emisión.

Peter sabe que sospechamos que Adrian está en Vermont y durante estas últimas semanas he llegado a la conclusión de que su felicidad es inversamente proporcional a la mía: cuanto más contenta estoy, más cabreado está él. Me mira siempre con mala cara y responde con indolencia a todo el mundo menos a Ana. Sé que el sueño de Peter y Ana no era vivir en el monte y recoger excrementos de cabra con una pala, pero apuesto a que lo prefieren a estar muertos. Y lo cierto es que estoy tan harta de ellos que me dan ganas de gritar.

Voy al granero a echar un vistazo a las cabras y aporrear una pared después de un comentario particularmente desagradable de Peter cuando Nelly me aborda de pronto.

—¿Te apetece dar un paseo? —pregunta.

—No, la verdad es que me apetece más recoger cacas de cabra con una horqueta.

Doy media vuelta a medio camino y me dirijo al sendero. Cuando llegamos al árbol de los mensajes, Nelly me aúpa a la plataforma de madera, lo único que queda de la casa del árbol. Mecemos las piernas y vemos corretear a las ardillas rayadas, con las colas tiesas como mástiles.

Es agradable escaquearse del trabajo. Durante el día estamos siempre ocupados. El último proyecto de John consiste en cavar una zanja alrededor de las vallas que hemos puesto. Me recuerda al sistema que usaban mis padres para atrapar a las babosas del jardín: hacíamos montículos de tierra y poníamos un vaso pequeño de cerveza en el centro. En cuestión de uno o dos días, el vaso se llenaba de pringosas babosas ahogadas. Claro que las babosas son pequeñas. Para controlar esta plaga hay que cavar a mano zanjas de metro y medio de hondo por varios metros de ancho, que terminaremos en unos doce años.

Con tanto cavar y cortar leña, tengo los brazos mucho más fuertes que antes. La próxima vez que tenga que cargarme a un eleequis, luego ya no me dolerá todo. Y me parece que habrá una próxima vez, porque mañana vamos al pueblo. John está trabajando en su taller en una hoja de mango largo que podría resultar más útil que un machete.

Ponemos las plantas al sol y luego a la sombra, las regamos y les cantamos. Bueno, Penny y yo les cantamos. Nelly dice que se nos pira la pinza. Llenamos el depósito del generador y hacemos la comida. Limpiamos el gallinero y ordeñamos a Flora. Pero, sobre todo, cavamos. Luego, por las noches, nos sentamos en torno a la luz de la lámpara y hablamos, leemos o jugamos al Scrabble o al Monopoly antes de irnos a la cama, donde, con lo cansados que estamos, nos quedamos dormidos con la palabra en la boca.

Al pensar en juegos, me viene a la cabeza el proyecto de Nelly y John.

—¿Cómo va la cerveza? —pregunto—. Necesitamos una noche de desenfreno y juegos de esos de beber.

Aún andan por aquí los ingredientes que usaba mi padre y ahora mismo en el sótano hay varias decenas de botellas llenas, tapadas y haciendo lo que sea que hace la cerveza mientras esperas a que se pueda beber. Me muero de ganas de tomarme una. A lo mejor esas personas que arrasan con la cerveza en momentos de crisis saben bien lo que hacen.

—Lo sabremos dentro de unos días —contesta Nelly—. No me vendría nada mal una noche de desenfreno. Y no me apetece nada tener que ir al pueblo.

Nos faltan unas piezas para la radio y yo quiero coger unas cosas para un proyecto que tengo en mente. Vamos todos. John tiene la idea peregrina de que Ana y Peter se espabilarán en cuanto vean cómo está el pueblo.

—Estás muy callado últimamente —le digo—. ¿A qué se debe esa cara larga? Ni que se fuera a acabar el mundo…

Nelly sonríe y se tumba en la plataforma, y el sol le dibuja sombras en la cara. Cruzo las piernas y, desde arriba, lo veo observar el suave movimiento de las hojas.

—Será que aún me estoy aclimatando —contesta—. Ya sabes, creo que me estoy acostumbrando a todo esto y, de pronto, estoy haciendo cualquier cosa corriente, como cortar leña, y me digo: «¡La hostia, está pasando de verdad!», como si la mitad del tiempo estuviera soñando o algo así.

Asiento. A mí me pasa igual. O, a veces, estoy cavando la zanja o arrancando malas hierbas y me pregunto si Adrian estará haciendo lo mismo. Esos son los buenos momentos, esos en los que siento una pizquita de esperanza de volver a verlo. Luego hay otros en los que pienso en Eric y en Rachel, o en María, y me siento impotente. Siempre sé cuando los demás están pensando en sus familias. Se lo veo en la cara: la esperanza, la desesperación y, por último, una mezcla de horror y resignación. Peter es el único que permanece impasible, porque no teme por nadie. No sé qué es peor.

—¿Y tú? —pregunta—. ¿Qué tal la vida de enemigo público número uno?

Me encojo de hombros.

—Genial, gracias por preguntar. Siempre he querido que me odiara todo el mundo.

Nelly se vuelve de lado y apoya la cabeza en la mano con una sonrisa burlona.

—No te odia todo el mundo. Peter y Ana han decidido hacerte responsable de todo lo que le ha sucedido a la humanidad, nada más. —Enarca las cejas—. Sé que te molesta más de lo que te apetece reconocer. Así que, como eres incapaz de pedir ayuda, te lo voy a preguntar yo. ¿Quieres que le diga algo a Peter?

Lo que quiero es que Peter entre en razón y sea sensato porque es un ser humano decente, no porque alguien amenace su integridad física. Cuando obligas a alguien a hacer algo que no quiere hacer, casi siempre te sale el tiro por la culata.

—Han estado haciendo sus tareas —replico—. ¿Qué vas a hacer, decirles que, como no sean más agradables, se van a enterar? Ana nunca ha sido muy maja, la verdad. Y Peter…, supongo que ha tenido sus momentos, aunque conmigo sí se ha portado bien. ¿Cómo puedes obligar a alguien a no ser egoísta? —digo, enroscándome una de las trenzas en el dedo.

Aunque me hace sentir muy mala persona, a veces sueño despierta que Peter no estuvo en mi apartamento esa noche, que era otra persona con la que ya no tengo contacto. No le deseo la muerte, pero desear que no estuviera aquí se le parece tanto que me hace sentir culpable.

—Me da que no puedes, pequeñaja —dice Nelly tirándome de la otra trenza y dedicándome una de sus grandes sonrisas—. Pero yo le puedo dar una paliza por ti si aún quieres, hacerlo entrar en razón.

—Estás deseando soltarle un puñetazo, ¿a que sí? —Se le iluminan los ojos—. No seas tan tío, anda.

Me encantaría aceptar su ofrecimiento, pero eso solo le daría a Peter más motivos para indignarse. Ya piensa que estamos todos en su contra.

—Si sirviera para algo, podrías haberme espabilado a puñetazos a mí hace dos años, cuando rompí con Adrian. Así no habría conocido a Peter.

¿Dónde estaría yo ahora? Seguramente en una granja de Vermont, como habíamos planeado.

—Sí, pero, entonces, ahora andarías por ahí, en algún lugar de la campiña, pintando y viviendo una idílica vida rural y mi cadáver deambularía por la ciudad de Nueva York arrastrando los pies.

—¿Tú? ¡Jamás! —digo y le alboroto el pelo con la mano.

Pero es muy posible que fuera así. Habría salido por Manhattan esa noche, sin que James y yo se lo impidiéramos. Habría negado la evidencia hasta que ya no hubiera tenido remedio, como la mayoría de la gente.

Se incorpora.

—Te apuesto un millón de pavos a que te equivocas —me dice en un tono tan de niño pequeño que casi espero que en cualquier momento me saque la lengua.

Me sonríe de esa forma tan suya, de medio lado y con un ojo arrugadísimo, y siento un cariño inmenso por mi amigo, mi defensor en potencia, el tío que sabe cuándo necesito que me den una patada en el culo. Me alegra tanto que esté aquí que no me arrepiento de que sea por mi culpa, aunque eso me tenga lejos de donde me gustaría estar.

—Bueno, entonces, la próxima vez que menees la cabeza porque estoy haciendo una tontería muy gorda, recuerda que mis tonterías te salvaron la vida en una ocasión —digo con fingido aire de superioridad.

Arruga aún más los ojos.

—Sí, ¡en una!, ¿de cuántas tonterías…?, ¿miles? Menuda estadística, cariño.

En ese momento, yo, siempre tan madura, le saco la lengua.

CAPÍTULO 65

—¿No decías que en la vida ibas a comprar en Walmart? —le digo en broma a John mientras nos acercamos al gigantesco bloque de hormigón.

—Dije que me ibais a ver comprar aquí «cuando las ranas criaran pelo» —contesta—. Supongo que «cuando los muertos deambulen por ahí» es casi lo mismo. Además, tampoco voy a comprar, sino a saquear —añade con una sonrisa y sigue explorando la carretera.

Ana y Peter van en el asiento de atrás. Nelly, James y Penny nos siguen en el SUV policial. Llevamos los dos vehículos con el depósito lleno de gasolina que hemos ido chupando de otros coches por el camino. El proceso nos ha llevado un par de horas, aun usando una bomba de sifón eléctrica. No sabes si el depósito de un vehículo está vacío hasta que intentas arrancarlo, así que hemos perdido mucho tiempo.

—Tengo la convicción de que ya no es saqueo, porque no hay nadie alrededor a quien le importe —digo.

—Igual tienes razón.

El aparcamiento está repleto de coches abandonados, como si, al llegar aquí, sus ocupantes hubieran salido corriendo. El sensor de la puerta automática ha dejado de funcionar, pero no será difícil pasar por el boquete del cristal.

—Ya ha estado alguien aquí —dice John cuando nos detenemos a la entrada.

—Obviamente —masculla Ana.

Está impaciente por coger un acondicionador. Por lo visto, el nuestro le deja el pelo aplastado. Me fastidió un montón oírla quejarse de las carencias del alojamiento.

John se baja de la camioneta y nos hace una seña para que nos acerquemos. Me acerco a los pegotes de barro que examina.

—Huellas de calzado, aún húmedas, pero no demasiado recientes. Son de las últimas veinticuatro horas, pero no de las últimas diez o así. No creo que corramos peligro, pero, por si acaso, hay que ser superprecavido. Nos organizamos por parejas: uno compra y el otro vigila. Dos de nosotros se quedan aquí.

Comprueba nuestras armas. Parecemos un variopinto grupo paramilitar. James, Penny y John se meten en el oído el auricular de radiofrecuencia y lo prueban. Todos llevamos pistolera, machete o ambos al hombro o la cadera. John nos insiste en que nos los pongamos por casa también para que nos acostumbremos a hacer cualquier cosa armados. Además, no sabemos en qué momento puede asomar algo por el bosque.

Yo llevo mi fiel revólver a un lado de la pistolera, la nueve milímetros al otro y un machete bien afilado a la espalda. Penny se cuelga al hombro un rifle y se asoma nerviosa al boquete de la puerta de cristal. Entramos en la tienda y preguntamos si hay alguien; nuestras voces resuenan por todo el establecimiento. Nada a la vista.

John hace equipo con Peter fuera y nos manda a James y a mí a la sección de parafarmacia, droguería y perfumería. Nelly y Penny van a la de moda, porque tanto cavar hace mella en el guardarropa de uno. Ana se queda sola dentro por si la necesitamos.

Al pasar por el boquete de la puerta, encendemos las linternas frontales y las de mano. Las numerosas líneas de caja están desiertas y a oscuras. Ya me resultan ajenas, como reliquias de un mundo antiquísimo. Todo está en silencio y produce sensación de abandono, pero no de esas que te erizan el vello de la nuca, aunque huela fatal. Aquí dentro hay algo muy pero que muy muerto. En otras circunstancias, eso me tranquilizaría.

Nos adentramos con sigilo. El ancho pasillo frontal es un desastre: hay cajas de galletitas saladas y cereales tiradas por el suelo, mezcladas con ropa y líquidos que se han solidificado y convertido en una especie de gelatina marrón. Penny y Nelly se dirigen al fondo, pisando cereales crujientes. Los ojos oscuros de Ana forman círculos perfectos y está pálida. John la tiene a la vista y la oye, pero es la única que está sola. Lleva el arma en la mano y el dedo se le desliza sin querer hacia el gatillo.

—Ana, ten cuidado con el dedo —le advierto—. Con que grites una vez, nos tienes ahí en diez segundos, te lo prometo. Aquí no hay nada. Estate tranquila.

Retira el dedo, el blanco de los ojos le brilla en la penumbra, y asiente.

—Daos prisa... —Iba a tranquilizarla cuando la oigo terminar la frase—: Que quiero coger yo mis cosas también.

Le hago una seña a James, doy media vuelta y suspiro.

—Vamos.

Enfilamos el pasillo principal, procurando hacer el menor ruido posible. Los crujidos de los cereales se oyen muchísimo en el silencio. No era consciente de la cantidad de ruido que nos rodeaba hasta que ha desaparecido. Las puertas metálicas de la farmacia están dobladas y retorcidas. Los frasquitos de pastillas están todos revueltos y amontonados, y hay estantes enteros vacíos.

—Seguro que ya se han llevado todo lo bueno —susurra James cuando pasamos por delante.

Llevo los vaqueros pegados a los muslos, del sudor, a pesar de que aquí dentro no hace tanto calor. Me late tan fuerte el corazón que me extraña que James no haya comentado nada aún.

Lleno de guantes de látex y cosas varias la bolsa que llevo al hombro mientras James vigila. El olor a descomposición es peor aquí y hay manchas oscuras de porquería en el suelo. Estoy convencida de que son de sangre reseca, pero, con la linterna frontal, cuyo resplandor led hace que todo parezca una peli en blanco y negro, las veo negruzcas. Parece sirope de chocolate, que es lo que usaban como sangre en las películas de terror antiguas. ¡Menudas guerras de comida se debían de montar! Me tapo la boca para contener la risa floja que me da.

James me mira intrigado.

—¿Qué te hace tanta gracia?

—Nada, nada —digo con sinceridad—. Es que esto me puede.

—Apesta. Y aquí es todavía peor —dice sujetándose el auricular—. Vamos a la sección de motor. John dice que está todo despejado, pero que nos demos prisa.

A nuestra izquierda hay una puerta que conduce a la sección de jardinería, en la que han colocado los productos de temporada. El hedor es tremendo aquí: me llena la boca y me forra la piel como una baba. Nos dan náuseas y respiramos por la boca, pero ahora me lo noto en la lengua, que es mucho peor que olerlo. Me apoyo en un estante y me da una arcada, pero no sale nada. Cuando levanto la cabeza, mi linterna frontal ilumina la zona.

—¡La hostia! —exclama James.

Habrá unos cuarenta cadáveres apilados allí, con los brazos y las piernas estirados y enredados unos con otros de tal forma que no somos capaces de ver dónde termina uno y empieza otro. Nos acercamos un poco, preparados para salir corriendo al menor movimiento. Cuando James enciende su linterna grande, vemos la piel gris y las heridas abiertas. Todos y cada uno de ellos tienen alguna herida en la cabeza: alguien ha matado a todos los eleequis de la tienda.

—¡La hostia! —repite James y luego habla por radio—. Alguien ha matado a todos los contagiados. Hay una pila de ellos en la sección de jardinería. Vamos a la de motor. Cinco minutos como mucho.

Agradezco que alguien haya hecho esto y me alivia muchísimo pensar que hay otras personas por ahí peleando y sobreviviendo. Ojalá estuvieran aquí ahora. Veo dos cadáveres separados y me dispongo a sacar la linterna. Dos chicas, de no más de dieciocho años, medio apoyadas en las estanterías. Una de ellas no lleva más que un top de tirantes desgarrado; la otra aún tiene la cazadora puesta. No tienen el aspecto grisáceo y coagulado de los demás cadáveres. Tienen los muslos y la cara magullados e hinchados, pero se ve que no llevan muertas mucho tiempo. Me pregunto si se habrán contagiado, si les habrán mordido hace poco, pero descarto la idea de inmediato. Una está sentada en una alfombra de sangre, con un disparo en el pecho, no en la cabeza; a la otra parece que la hayan estrangulado con la cuerda que aún lleva anudada al cuello. Además, son las únicas a las que sobrevuelan las moscas y en las que aterrizan, como si fueran una especie de aeropuerto de insectos. De pronto, me alegro mucho de que quienquiera que se haya cargado a esos eleequis no esté aquí, porque seguro que son los responsables de esto también.

Me dan ganas de llevármelas a rastras a algún sitio, lejos de la pila de contagiados, de taparles el cuerpo desnudo para que conserven algo de dignidad, pero ya no hay tiempo para hacer cosas así. Me brota en el vientre una rabia intensa que se propaga por todo mi cuerpo. Han sobrevivido solo para que algún hijo de puta inhumano las violara y las asesinara. Como si no hubiera ya inhumanidad de sobra deambulando por ahí.

—Vamos —dice James tirándome de la manga—. Nel y Penny ya han terminado y nos están esperando.

Buscamos guantes de conducir en la sección de motor y nos dirigimos a la salida. Ana, Penny y Nelly nos esperan junto al boquete de la puerta, con las bolsas llenas. Engullo el aire fresco del exterior y me hurgo en el bolsillo en busca de algo, lo que sea, que me quite el sabor de la boca. Encuentro unos chimos de menta cubiertos de pelusas y el anillo de Adrian. Acaricio el anillo, me meto un caramelo en la boca y le ofrezco uno a James, que parece que lo necesita tanto como yo. Lo acepta agradecido y escupe el trago de agua con el que se estaba enjuagando la boca.

John, que se ha hecho una idea de lo que hemos visto, no pierde el tiempo.

—¡Todo el mundo a los coches, vamos!

No ha parado de mirar a todas partes y aprieta fuerte la boca. Volvemos a la carretera. En la cima del monte, me vuelvo y veo entrar en el aparcamiento del Walmart una furgoneta roja destartalada y un deportivo.

—Puede que sean ellos —digo, estremecida de pensar en lo cerca que hemos estado de tener que enfrentarnos a personas que violan y matan a chicas jóvenes.

—He tenido un presentimiento —contesta John.

—Ana ha tenido la cara de quejarse de que todos menos ella «hemos cogido algo» en la tienda. Como si hubiéramos pillado perfumes y cajas de bombones y ella no —dice Penny con una mueca, levantando la vista de los retales que está haciendo del abrigo de cuero de mi madre, al fondo de la terraza.

—Tu hermana…

No termino la frase.

—Ya, ya. He intentado hablar con ella. Se está poniendo muy farruca. Mi madre siempre decía que, si buscas «terco» en el diccionario, te encuentras una foto de Ana. —Se me ocurren unas cuantas palabras más en las que podríamos encontrar su foto. Penny me ve la cara y se parte de risa—. Sí, terca se queda corto. No sé qué hacer. A veces la entiendo, esto es aterrador y surrealista, pero es cierto que como excusa ya no le vale. Todos hacemos lo que toca, ¿no?

—Sí —digo mientras enhebro la aguja de la máquina de coser que hay en la mesa—. No sé, Pen. Ya sabes que Ana es como mi hermana pequeña, o lo era, cuando me dirigía más de dos palabras, pero Peter y ella se han montado una especie de grupito negacionista propio.

Meto bajo la aguja de la máquina unas tiras de elástico y cuero y hago girar la rueda de la derecha con la mano. No es tan rápida como las de pedal, pero cose mejor, más fuerte y más rápido de lo que puedo hacerlo yo sin electricidad.

—Bueno, ¿y qué estamos haciendo exactamente? —pregunta Penny.

—Una especie de protectores. Mi idea es coserlos a los guantes y hacer unas mangas con las que taparnos los brazos para evitar arañazos y mordiscos, y el contacto con la sangre infectada. Los eleequis tienen dientes normales, como los nuestros; no pueden desgarrar el cuero.

Pienso en el horror que sentí al matar a aquel con el machete y en el miedo que tenía de que el virus pudiera llegar a mi torrente sanguíneo. Yo no era muy obsesiva con los gérmenes, pero ahora me he vuelto una germófoba compulsiva.

—Vale. Este es uno de esos momentos surrealistas de los que te hablaba. Estoy sentada en pleno bosque, al sol, haciendo protectores contra zombis.

James sale a la terraza por las puertas correderas de cristal.

—¿Aún no te has enterado de que no se llaman «zombis»? —dice con un dedo señalador—. En todos los libros, películas y demás los llaman otra cosa.

—Para los preparacionistas —tercio yo—, «zombis» son los otros, los que vienen a pedirte cosas cuando la cosa se ha puesto chunga. Pero es verdad: nunca los llaman «zombis». Raro.

Después de ver a las pobres chicas del Walmart, tengo claro que hay dos tipos de zombis que debemos temer.

—También nosotros los llamamos de otra forma —dice Penny—. A ver…: eleequis, devoradores, caminantes, contagiados, muertos vivientes, sigilosos, tropezones, zetas… Seguro que hay algún otro que no hemos oído o no se nos ha ocurrido aún. Además, por desgracia, esto no es una peli.

—Ya te digo —contesta él, se sienta y estira sus piernas largas. Lo veo un poco más fuerte, de trabajar aquí, y tiene algo más de color en la cara, pero siempre será un tirillas. Soba con los dedos el cuero que hay en la mesa—. Para hacer protectores, ¿no? Buena idea. No sabemos lo contagioso que es. Si basta con un arañazo para que te lo peguen, habrá que cubrirse, con guantes de cuero largos o ¿con guantes de neopreno? Serían estupendos.

—No te digo que no —respondo—, pero ¿de dónde sacamos unos guantes de neopreno en el norte del estado de Nueva York? Si nos topamos con alguna tienda de deportes, habrá que entrar a echar un ojo. —Levanto la vista de la máquina de coser—. Tengo que decir que me decepciona mucho que a mis padres no se les ocurriera hacer acopio de ellos. ¿Cómo es posible que no previeran una emergencia de este tipo?

—Siempre hay que estar preparados para el apocalipsis zombi —dice James, y sonríe a Penny al decir la palabra—. Y los guantes de neopreno son completamente imprescindibles. Como poco, podría haberse producido un ascenso de los océanos que te dejara la casa al borde del mar y los necesitaras para surfear.

—Dos posibilidades de lo más real —bromea Penny—. Bueno, en realidad, supongo que solo una de ellas es descabellada. Ya os he dicho que lo encuentro surrealista. Mi cerebro no acaba de procesarlo.

Me calzo el primer guante terminado y me aseguro de que el elástico cierra bien. Las tiras largas de cuero van cosidas al guante a la altura de la muñeca y me suben hasta el codo. Van a dar un calor tremendo, pero me puedo mover bien. Ensayo desenfundando el revólver y apuntando al bosque.

—Oye, molan un montón —dice James—. Pareces una superheroína. Yo también quiero unos.

Pongo los brazos en jarras y miro al infinito, estilo superheroína.

—Granjera de día, matazombis de noche. Los tuyos son los siguientes —le digo a James señalándolo con el dedo.

—Guay.

Penny le pasa el patrón y el cuero.

—Toma, papi, haz algo de provecho.

—Sí, mami —contesta él imitando fatal el acento puertorriqueño.

Penny y yo reímos, y él coge unas tijeras y empieza a cortar, conteniendo la risa. En un diccionario, la foto de James saldría en la palabra «útil».

CAPÍTULO 67

YA HE TERMINADO los protectores de todos y vamos a salir a hacer prácticas de tiro con ellos puestos. El porche parece una jungla. Las diminutas plántulas se están convirtiendo deprisa en alimentos que podremos trasplantar dentro de uno o dos días. Ahora mismo se están acostumbrando al aire exterior durante el día, de forma que luego estén lo bastante fuertes para aguantar fuera todo el tiempo. Ana deja la regadera y se dirige al SUV. Creo que no le importa hacer labores de jardinería; juraría que la he visto hablar con las plantas algún día, claro que tampoco lo va a reconocer.

Sale Peter y la mosquitera se cierra de golpe. Lleva botas de trabajo y uno de los dos vaqueros que se trajo de la ciudad. Le habrán costado una fortuna, pero tengo que decir que le están aguantando bastante bien; mis vaqueros, más baratos, han envejecido ya tres años. Quizá sería una ventaja comercial si algún día el mundo vuelve a ser lo que era: se les podría ocurrir una especie de eslogan posapocalíptico para sus vaqueros de cuatrocientos dólares.

Hay una cosa que no echo de menos: que te inunden de publicidad destinada a hacerte comprar más, a no estar nunca satisfecho. Tampoco es que me guste más así, pero, en el fondo, me encanta esta vida; es algo que siempre he querido. Me chifla estar en el bosque, cultivar alimentos, hacer las cosas que necesitamos en vez de comprarlas. Ojalá esas cosas no fueran machetes afilados y mangas de cuero con las que protegernos de los zombis.

Al bajar los escalones, Peter me esquiva la mirada. Lleva el pelo más largo y tiene un aspecto más dejado, pero le sienta bien. Siempre ha ido demasiado arreglado y acicalado. Comprueba su pistolera y engancha los dedos en la correa del rifle.

Nunca hemos sido almas gemelas, pero nos divertíamos juntos. A veces hablábamos de verdad, como la noche en que nos conocimos.

251

Una noche, después de beberse unas cuantas copas de más, se quejó de tener que ir a fiestas pijas llenas de gente de plástico. Habría montones de fotos en las páginas de sociedad. Recuerdo cuando me dijo que aún existían las páginas de sociedad, que yo pensaba que se habían extinguido hacia finales de la ley seca. No me lo creía hasta que me enseñó pruebas y entonces me dio el ataque de risa con los nombres y los pies de foto, mientras él me miraba con una media sonrisa y los ojos brillantes.

—Pues no vayas. Ven a mi casa a ver pelis de chicas —bromeé—. ¿Quién te obliga a ir?

Sabía que yo jamás me acercaría siquiera a ese evento social y hacía semanas que había dejado de pedírmelo. Tenía los párpados a media asta y la cabeza apoyada en el respaldo de su sofá.

—Si no haces acto de presencia, se olvidan de ti, Cassie —me susurró—. Tú no lo entiendes. No quiero ser invisible.

Cuando cerró los ojos, lo vi tan vulnerable que le pasé el dedo por las sombras picudas que las pestañas le hacían en las mejillas.

—Peter, tú no eres fácil de olvidar. No te hacen visible ellos. Yo te veo.

Pero siguió con los ojos cerrados y empezó a respirar tan profundamente que llegué a pensar que no me había oído. A la mañana siguiente, yo estaba sentada en su sofá con las piernas cruzadas y una taza de té en las manos mientras él se había instalado en el sillón grande y miraba por el ventanal de su apartamento prebélico heredado. Le sonreí, pensando que quizá la noche anterior habíamos dado un paso más en nuestra relación.

—No me acuerdo de nada de anoche. Debí de quedarme traspuesto —dijo y miró a otro lado enseguida, pero me pareció verle la mentira en los ojos, el temor de haber hablado más de la cuenta y que yo lo supiera.

—Sí, te quedaste dormido y te llevé a la cama —confirmé, pero volví a intentarlo una vez más—. ¿Seguro que tienes que ir a la fiesta de esta noche?

Me contestó con desenfado, aunque con mirada algo triste quizá. El sol no me dejaba verlo bien.

—Sí, tengo que ir.

El Peter que baja ahora los escalones parece distinto, pero actúa igual. A lo mejor es que aquí no hay nadie que lo haga sentirse visible. A lo mejor por eso se rebela contra todo esto. A lo mejor le desagrado tanto precisamente porque estoy al tanto de esa faceta suya.

Pasa volando por mi lado y se sube de un brinco a la parte delantera del SUV. Como tiene tan buena puntería, ahora él también disfruta de privilegios de tiro. Yo me subo a la camioneta de John. Psicoanálisis de saldo aparte, Peter se está portando como un capullo. Y parafraseando a no sé quién: si alguien te muestra su verdadero yo, créetelo. Además, aquellos momentos, esos en los que creí ver al auténtico Peter, fueron demasiado escasos y demasiado distanciados para tenerlos en cuenta.

Capítulo 68

Hemos gastado toda la munición que nos ha parecido oportuno, a pesar de que, entre el arsenal de mi padre y el de John, creo que podríamos tomar un país pequeño. John le pide a Ana una ronda más antes de terminar. Ha visto por qué algunos de sus disparos no hacen blanco. Pero Ana enfunda el arma en la pistolera que lleva a la cintura y cruza los brazos.

—No, estoy cansada y no quiero disparar más.

—Entiendo que estés cansada, Ana, pero no tenemos muchas ocasiones de hacer esto, así que es preferible hacerlo ahora —contesta John—. Luego ya nos vamos.

John le tiende la mano para pedirle la pistola, pero Ana está haciendo el mismo mohín que cuando tenía diez años y le decían que era hora de irse a la cama.

—¡No! ¡Estoy harta! —dice gesticulando mucho y se sienta en una piedra. Penny se arrodilla para hablar con ella, pero Ana vuelve la cabeza hacia otro lado—. No quiero saber nada —insiste—. No voy a seguir disparando. Solo quiero que las cosas vuelvan a ser como antes. No pienso continuar con todo esto.

Esto tiene que acabar. Una cosa es que se porte como una cría cuando tiene que ayudar en casa y otra muy distinta que se niegue a aprender a protegerse, porque eso la convierte en un peligro cuando es ella la que tiene que cubrirnos las espaldas. Estoy cansada de que todo el mundo se lo consienta todo. Va siendo hora de que Ana y Peter maduren de una puñetera vez.

—Ana, las cosas ya no son como antes —le digo—. Ni volverán a serlo, al menos durante una buena temporada.

—Déjala en paz —salta Peter—. No todos estamos cumpliendo nuestro sueño de ser Laura Ingalls.

Me escuece el comentario, en parte porque es cierto y también porque me conoce y está sirviéndose de ese conocimiento para hacerme daño, y me fastidia que sepa tanto de mí como para podérselo permitir, pero, sobre todo, me escuece porque, si es eso lo que piensa, ¿qué clase de persona cree que soy?

—Sí, me gusta la horticultura, la costura y preparar conservas, Peter, pero ¿crees que por ese motivo me hace feliz vivir así?

Me mira con crueldad, con los ojos de un desconocido, y se encoge de hombros. Veo lo mucho que me desprecia en este instante y me duele en el alma, más de lo que me apetece reconocer.

—Yo solo digo que algunos queremos que las cosas vuelvan a la normalidad, que esperamos que eso ocurra en breve y que no es ninguna locura pensar que podría ser así. Tú, en cambio, pareces disfrutar muchísimo con todo esto, como si lo hubieras estado esperando.

Es un capullo integral y me dan ganas de berrearle que claro que es una locura pensar que las cosas van a volver a la normalidad en breve. Es un auténtico disparate. Me arde la cara y me tiemblan las manos.

—Vaya, qué calada me tienes, Peter. Solo que en mi sueño jamás imaginé que tendría que aguantar las mofas constantes de un par de niñatos malcriados a mis espaldas. Lamento no andar todo el día lloriqueando por ahí ni comportándome como si cada puñetera cosita que tengo que hacer fuera un suplicio. —Ana frunce los ojos al oír esto, pero me da igual: es la verdad y ya era hora de que alguien lo dijera—. ¿Se te ha ocurrido pensar que estoy muerta de preocupación por Eric? ¿Que mi hermano anda por ahí? —digo subiendo la voz. Miro a Ana—. ¿Y María? ¿De verdad piensas que me apetece que estén en peligro? —Se me llenan los ojos de lágrimas traidoras. Nadie se toma en serio a una loca que llora y me frustra mucho que mi rabia esté vinculada a mis lagrimales. Pienso en algo perverso que decir y, en vez de contenerme como haría normalmente, lo suelto. Eso es lo que hace Peter—. Igual piensas eso. Igual ya no te acuerdas de lo que es querer a alguien ¡y que la gente te quiera a ti!

Me alegra verlo estremecerse. Quiero hacerle daño. Lo voy a tratar como la persona que me acusa de ser. Se recupera de mi réplica y se le oscurece la mirada.

—Bueno, por lo menos yo no ando penando por alguien que ya no me quiere.

Confundida, tardo un segundo en entenderlo, hasta que caigo en que se refiere a Adrian. Penny se queda boquiabierta. Me adelanto con la mano en alto, pero Nelly me agarra por la cintura.

—Vale, ya está. Peter, se acabó. Ya —le dice Nelly con el semblante imperturbable, salvo por la mirada, una mirada gélida.

Peter se muestra triunfante hasta que le ve la otra mano a Nelly, con el puño apretado. Retrocede un paso.

—Vosotros dos —espeto, señalando a Peter y a Ana con un dedo temblón—, puede que no queráis creer que las cosas son distintas, pero lo son. Lo son y, si os comportáis como si no lo fueran, terminaremos todos muertos.

Capítulo 69

John ha programado las prácticas de tiro para uno de los días en que quedó en pasar a ver al granjero Franklin. Me alegra que insista en que Nelly y yo lo acompañemos. No me apetece volver a la casa y aguantar ese ambiente glacial y esos silencios incómodos de cuando estás reñido con alguien, de cuando has hablado más de la cuenta.

Ya me siento mal por lo que le he dicho a Peter, lo de que nadie lo quiere. Es un comentario horrible y me merezco lo que me ha contestado. Sentada en la parte de atrás, acariciándole el pelo a Laddie, reproduzco mentalmente la discusión. Probablemente Peter tenga razón. A fin de cuentas, han pasado dos años, tiempo de sobra para que Adrian haya pasado página.

—No es verdad lo que dice, ¿vale? —me comenta Nelly por encima del crujido de los neumáticos en la pista de tierra. Bajamos a la zona donde se abre el valle y las granjas se esconden entre las densas arboledas. Al ver que no contesto, se vuelve a observarme. Me encojo de hombros y sonrío sin ganas—. Sabía perfectamente lo que decir, lo que más te iba a doler y lo ha dicho.

—Y yo. Pero eso no significa que sea mentira.

—Mírame. —Aparto a duras penas la mirada de Laddie y lo miro a la cara seria—. No es verdad.

Quisiera poder creerlo, pero Nelly tampoco puede saberlo con certeza. Me encojo de hombros otra vez. Ahora veo el día, que me había parecido precioso, como a través de una nebulosa gris. Me noto una fuerte pesadez en el estómago.

Peter tiene razón en que vivo en un mundo de fantasía, pero se equivoca de fantasía. Como una niña que cree en hadas y en unicornios, había pensado que Adrian y yo viviríamos siempre felices. Esa idea me había dado una pizca de esperanza de que todo esto pudiera terminar bien si sobrevivíamos el tiempo suficiente. Pero ahora veo lo boba que he sido. Tengo que centrarme en el aquí y ahora, no en alguien que probablemente me recuerda como esa persona a la que quiso hace tiempo. Si es que aún me recuerda.

John toma un largo camino de entrada a una finca.

—Es aquí. Richard, al que conocéis como el granjero Franklin, me dijo que tendría más heno y comida para las cabras. Qué raro que la cancela esté abierta.

Cruzamos la verja que conduce a una granja amarilla con porche al frente y una guirnalda de flores en la puerta. La tierra de un tiesto de barro volcado ha caído por los escalones. El marco de madera de la puerta mosquitera está astillado. En la hierba brillan los trozos de cristales rotos. La finca tiene un granero y un jardín donde pastan los animales, pero está vacío y esa puerta también está abierta.

—Esto no pinta bien —dice John. Rodea en coche la casa, por encima del césped lleno de baches, pero no hay nada, salvo el coche de los Franklin—. Tengo que echar un vistazo.

—No vas a entrar tu solo —protesta Nelly.

—Vale, entramos despacio. Yo voy por el pasillo principal hasta la cocina. Nelly, tú ve a la izquierda, que es el salón. Cassie, tú a la derecha. Al fondo hay un comedor con entrada independiente a la cocina. —Abrimos cada uno nuestra puerta de la camioneta. Laddie se queda plantado al pie de las escaleras y suelta un gemido grave—. ¡Tranquilo, chico! —le dice John acariciándole la cabeza—. Quédate aquí.

Con ojos de preocupación, Laddie nos ve subir los escalones. John entra y, mientras retiene la mosquitera con la espalda, nos hace una seña para que entremos también. Nos viene un tufo a descomposición que ya conocemos bien. Oigo a lo lejos el cloqueo de las gallinas de Franklin, pero la casa está en silencio absoluto.

—¿Richard? —grita John. Nos paramos y esperamos, pero nadie contesta.

Hay una entradita con un banco para descalzarse, pero casi todos los granjeros de la zona entran en casa por un cuartito que suele estar junto a la cocina. Ahí es donde acostumbran a estar las botas de goma y las chaquetas con hebras de heno aún pegadas. Paso al comedor. El suelo de madera pintada cruje bajo mis pies al pasar por delante de la mesa y las sillas.

Hay unas cuantas botellas de bebidas alcohólicas vacías en la encimera de la cocina, junto con platos de comida solidificada y mohosa. En la parte de atrás de la casa hay un mirador, pero, cuando me asomo por la puerta, me parece que está desierto.

—Cassie —dice John, que llega a la cocina por la entrada del pasillo—. Los hemos encontrado. A una parte, por lo menos.

Lo sigo al salón. En las dos estancias de ese lado hay unos sofás, una alfombra y una mesa de ordenador. El televisor cuelga de la pared, junto con fotos y cuadros. Es el típico salón acogedor en el que te puedes sentar cómodamente a ver una película.

O lo era, porque ahora los cojines de colores están tirados por el suelo y mamá y papá Franklin están sentados en dos sillones, muertos desde hace días. Las cuerdas que los retenían cuando aún estaban vivos se les clavan en el tejido inflamado, pero las veo asomar por donde los tienen atados. Algo que parece un niño adolescente está tendido bocabajo en el suelo de roble, como si estuviera huyendo cuando murió. Los cadáveres parecen devorados desde dentro y, en algunas zonas, la piel se ha desprendido en láminas.

Tengo la sensación de que cada vez que creo haber visto algo verdaderamente horrible me topo con un horror mayor, algo que jamás se me habría ocurrido siquiera. Me tapo la cara con la pañoleta que me he acostumbrado a llevar encima y respiro. Están tan descompuestos que resulta imposible saber cómo los han matado, pero es obvio que eso es lo que ha sucedido.

—Tienen dos hijas. Vamos a mirar arriba —propone John.

En la planta superior no hay nada, salvo el contenido abandonado de los cajones que alguien ha desvalijado. Al bajar, reparo en que la pared de la escalera está forrada de fotografías que empiezan con un bebé rubio y regordete y terminan con una foto familiar tomada en Disneyworld y gofrada con una fecha del año pasado. La miro bien hasta que estoy segura.

—¿Os acordáis de las chicas del Walmart...? —les digo a John y Nelly, que asienten al pie de la escalera—. Una de ellas era esta —añado, señalando a la hija de la melena rubia y los dientes blanquísimos y perfectos. En la foto, están todos abrazados por la cintura, pasándoselo en grande.

—¿Y la otra? —pregunta John.

Se me dan bien las caras, pero la habían estrangulado y tenía la cara demasiado llena de ronchones para poderla distinguir bien en la penumbra. En la foto, está riendo y mirando a su padre, que lleva puestas unas orejas de Mickey y resulta tan ridículo que no me extraña que ella se parta de risa.

—Tenía el pelo rizado, como esta, pero no estoy segura.

John está furibundo. Creo que jamás lo había visto así. Frunce mucho el ceño y le late un músculo de la mandíbula.

—Vámonos —dice—. Está claro que ronda la zona gente muy peligrosa. No saben de nuestra existencia y quiero que siga siendo así.

Al salir, John abre la puerta del gallinero. No perdemos el tiempo pensando en una forma de llevárnoslas a casa, pero puede que libres sobrevivan un tiempo. Cuando se asienta el polvo que levantamos al salir de allí a toda velocidad, las veo picoteando la hierba por allí, disfrutando de su libertad.

CAPÍTULO 70

NELLY SE RECUESTA en el sofá con una cerveza en la mano.

—Qué maravilla —dice, le da un trago a la cerveza y hace una mueca.

—Lo dirás por la compañía, no por la cerveza —replica Penny.

Ana y Peter duermen en casa de John esta noche. Les ha prometido una película durante las escasas horas en que tiene encendido el generador. Seguro que están tan contentos de estar allí como yo de que no estén aquí. Después de escuchar por radio el comunicado de la noche, nosotros cuatro nos hemos ido. Han dicho lo mismo de siempre, pero cuando han mencionado la granja Kingdom Come no he tenido esa sensación de bienestar de antes; solo me ha recordado lo imbécil que soy.

Penny levanta su botellín. James, Nelly y yo alzamos los nuestros, brindamos con ella y bebemos. El amargor del líquido me produce un escalofrío, pero es mejor que nada.

—¿Tiene que saber así? —pregunto.

Nelly niega con tristeza.

—En absoluto. Pero, para la próxima, creo que ya sé lo que hemos hecho mal.

Le doy un buen trago a la mía. Jamás me voy a pillar un pedo como no me tome en serio lo de la bebida. Y esta noche voy en serio. Estoy deseando que se acabe el día y dudo que vaya a conseguir dormirme salvo que me emborrache y pierda el conocimiento. Cuando he apurado hasta la última gota, abro los ojos, que había cerrado muy fuerte, y me los encuentro a los tres mirándome fijamente.

—Esto sí que te desinfecta el paladar —digo, me limpio la boca con el dorso de la mano y alargo el brazo para coger otra.

—Más bien te lo destroza —tercia James y da unos tragos—, pero, oye, cuanto más bebes, mejor sabe.

Asiento con la cabeza, pero no contesto porque me estoy zampando la segunda cerveza. Nelly sostiene la suya en el regazo.

—Venga ya, Nels —le espeto con un manotazo al aire—, ¡bebe!

Penny y él se miran y luego Nelly se vuelve hacia mí con el ceño fruncido. Penny tuerce la boca. Yo escudriño a uno y después al otro.

—¿Qué?

—No te olvides de que hay que hacer guardia esta noche —me recuerda Nelly.

Nos habíamos relajado un poco con la vigilancia, pero los Franklin iban en pijama. La radio funciona bien entre nuestra casa y la de John y va a estar encendida toda la noche.

—Me toca el último turno. Para entonces ya estaré bien —respondo, encogiéndome de hombros, y cambio de tema—. ¿Sabéis lo que nos falta? La música. Se me hace raro que estemos aquí sentados, bebiendo, sin música.

Tengo la sensación de que Nelly quiere decir algo más, pero, para alivio mío, lo deja estar. Como me hagan hablar de Adrian o pensar en él un segundo más, voy a empezar a gritar.

—Sí —dice con aire soñador—. ¡Lo que daría por poder conectar mi iPod y escuchar una de mis listas de canciones!

—Yo estoy harta de que me ronden la cabeza las canciones más absurdas del mundo —tercia Penny, que casi siempre anda canturreando tonadillas de anuncios y de programas de televisión.

Nos pasa a todos. No tengo ni idea de por qué se me ha metido en la cabeza el tema de *Las chicas de oro*, pero, por lo visto, es lo que pasa cuando se te niega otra música.

—En el sótano hay un gramófono antiguo, de los de manivela —digo—, pero solo reproduce discos de setenta y ocho revoluciones. Mi padre tenía pensado adaptarlo para que reprodujera también discos de cuarenta y cinco, de los que tiene centenares. ¡Vamos a por él! —espeto levantándome de un brinco, dejando de golpe la botella vacía en la mesita de centro y casi volcando la lámpara de aceite que hay en ella y que Penny agarra a tiempo—. Ven conmigo, James.

Sé que me estoy pasando de entusiasmo, pero necesito hacer algo. Agarro una tercera cerveza y me dirijo al sótano. James me sigue con una lámpara. Veo el cajón de madera en un estante de un rincón del fondo del sótano.

—Aquí está —digo sacándolo y señalando la cantidad ingente de discos que hay encima—. Nos llevamos los de setenta y ocho.

Ya arriba, abrimos el cierre del cajón y ponemos un disco en el gramófono. Se oye un ruido de engranajes procedente del interior, pero el disco no gira. James lo inspecciona.

—Si lo desmonto, igual consigo que funcione, pero necesitaría mejor luz.

Nuestras noches son oscuras, como antes de que la luz eléctrica fuera corriente. Las lámparas que tenemos nos dan luz suficiente para leer, pero no para realizar tareas en las que sea necesario ver piezas minúsculas. Y no malgastamos baterías en cosas que pueden esperar a que sea de día. Suspiro y apuro la cerveza. No me siento la nariz, señal inequívoca de que me estoy emborrachando.

—Vaya, con lo que me apetecía bailar —le digo a Penny, que se levanta las gafas y me sonríe compasiva—. Una cosa tan tonta e insignificante como bailar.

Sé que parezco una quejica, pero si no puedo tener las cosas grandes, quiero una pequeña. Me abro una cuarta cerveza.

—Cass y yo siempre nos hemos organizado nuestros bailes, desde que éramos pequeñas hasta…, bueno, hasta ahora —le explica Penny a James; luego me sonríe y levanta la botella.

—¡Que vivan nuestros bailes! —grito.

Choco mi botellín con el de Penny y me lamo la espuma que me ha salpicado en la mano. Bebo y dejo la cerveza medio vacía. Así es como voy a ver las cosas a partir de ahora, decido: el vaso medio vacío en vez de medio lleno.

—¡Por nuestros bailes! —me secunda.

—¡Ay, Señor! —tercia Nelly.

Nuestras risitas se convierten en carcajadas, pero las mías terminan en sollozos.

Nelly me mira preocupado.

—No —le digo y me limpio la lágrima que se me ha escapado. No quiero que nadie me compadezca, que vean lo débil que he sido—. Por favor. Ya he cubierto el cupo de depres, ¿recuerdas? Estoy bien. ¿No podemos beber y divertirnos sin más?

Me da la impresión de que va a decir algo más y me preparo, pero se rinde.

—Sí, creo que eso se puede arreglar.

Se acaba la cerveza de un trago mientras Penny y yo lo animamos.

CAPÍTULO 71

—TE TOCA —ME susurra James.

Me quito las legañas de los ojos y me siento al borde de la cama.

—Ya estoy. Vete a dormir.

El fuego sigue encendido y el salón está calentito. Me sirvo una taza de té y me siento a la mesa. Me encuentro un poco mejor que antes. No recomendaría la bebida como solución habitual a los problemas, pero me ha venido bien: mis sentimientos son algo menos crudos de lo que eran. Aunque, cuando pienso en que había llegado a creer que iba a encontrar a Adrian y que él estaría deseando retomar lo nuestro donde lo dejamos, se me enciende el cuerpo entero de vergüenza. Mira que soy boba. Me fastidia que se hayan enterado todos. Además, apuesto a que a Peter le encanta saber que él estaba en lo cierto, que me ha dejado en evidencia.

Me parece ver algo delante de la ventana y me quedo muy quieta, lista para dar la voz de alarma, hasta que caigo en la cuenta de que es mi propio reflejo. Es como si por la noche solo pudiera haber asesinos, violadores y muertos vivientes. Me da miedo mirar hacia el ventanal, no vaya a ser que aparezca de pronto un rostro pálido y fantasmal, decidido a acabar conmigo. No es precisamente un miedo nuevo: me asusto de esta forma desde pequeña. La única diferencia es que ahora no solo está dentro de lo posible, sino que, además, tenemos la certeza casi absoluta de que terminará ocurriendo.

Opto por hacer pan en vez de quedarme aquí sentada, asustándome y reprendiéndome alternativamente. Me encanta hacer pan a mano, claro que, cuando me duelen los brazos de amasar, anhelo la batidora eléctrica de mi madre con su accesorio de amasar.

Saco la harina, la levadura y la sal, y mido las cantidades que me sé de memoria. Suelto la masa en la encimera de madera, levantando una nube de harina. La pliego y la aporreo y la vuelvo a plegar, obligándome a pensar solo en la sensación que me produce en las manos, en cómo pasa de nudosa y pegajosa a lisa y elástica. La pongo en un cuenco junto a los fogones para enjuagarme bien las manos.

Estoy a punto de llamar por radio a casa de John, pero hay un tercio de probabilidades de que me responda alguien con quien no quiero hablar, así que lo descarto. Me siento muy sola. Estamos aislados de nuestra familia, del resto del planeta, de hecho. Hay otras personas por ahí, está claro, las oímos por la radio todas las noches, pero es posible que jamás volvamos a ver a nadie más. A lo mejor aguantamos aquí y después terminamos como los Franklin, y nadie sabrá nunca lo mucho que nos hemos esforzado por sobrevivir.

Oigo un ruido fuera y doy un respingo, me llevo la mano al comunicador, pero reconozco el tictac de las patas de Laddie en el porche. Cuando lo dejo entrar, menea la cola y engulle el premio tan contento. Sabe que no puedo resistirme a esa carita de «necesito un premio perruno» que tiene tan ensayada. Se sube al sofá a mi lado y se acurruca mientras le acaricio la cabeza. Ya no tengo tanto miedo porque Laddie me alertará de cualquier cosa que deambule por el bosque antes de que pueda llegar a los ventanales. Nos quedamos en silencio un rato.

—Eres un buen chico —le digo, y él sacude la cola dos veces—. Debe de molar ser perro, ¿eh? No tienes tantos problemas con las personas. O te gustan o no. —Me mira a los ojos como si me entendiera. Le rasco detrás de las orejas—. Y tú le gustas a todo el mundo. No podía ser de otro modo. Porque eres guapo. Eres el perro más guapo del mundo. Sí, sí, sí, cachorrito. Sí…

Nelly interrumpe mi monólogo tontorrón.

—Sabes que hay humanos por aquí con los que podrías hablar, ¿verdad?

No me vuelvo, pero le detecto la sonrisa en la voz.

—Prefiero la terapia canina.

Se deja caer en el sillón que hay enfrente de mí y bosteza.

—Pues claro.

El reloj de cuerda de la repisa de la chimenea marca las cinco de la mañana.

—¿Qué haces tú levantado? Vuelve a la cama.

—No consigo dormirme —dice fastidiado y con los ojos rojos—. Se ve que me he acostumbrado a dormir acompañado. No es ni mucho menos la compañía que querría tener, claro, pero no paro de despertarme buscando a tientas ese bulto que se lleva toda la manta.

Llevo un tiempo diciéndole a Nelly de broma que le gusta compartir la cama, pero no quiere reconocerlo.

—¡Lo sabía! —digo dando palmas y riendo.

Finge que no me ha oído. Agarro el cuenco del pan mientras él pone la cafetera. La masa ya ha subido, así que la aporreo, le doy la vuelta y formo tres hogazas redondas. Las pongo en la pala de madera para que sigan subiendo y dejo que se caliente el horno.

—Mmm, pan —dice Nelly, inclinándose para inhalar el aroma a levadura. Me apoyo en la encimera y procuro no sonreír—. Sí, sí, en el fondo estoy enamorado de ti. No puedo vivir sin ti. ¿Se casaría usted conmigo, por favor, hermosa doncella? —me pide con una rodilla hincada en el suelo y la mano tendida.

—Calla ya, anda —contesto y le doy un tortazo en la mano—. Eres peor que yo. ¿Por qué no reconoces que necesitas algo de consuelo? Al menos yo eso lo admito.

Se levanta.

—Tú eres chica. Además, se te da de pena reconocerlo.

Nos volvemos cuando John irrumpe en la casa por la puerta principal, aún en pijama.

—Peter y Ana se han ido. Se han llevado mi camioneta y han dejado una nota diciendo que iban al pueblo.

CAPÍTULO 72

CUANDO PENNY LEVANTA la cabeza, que se está agarrando con ambas manos, su semblante por lo general plácido se ve tenso y demacrado. Los primeros rayos de sol que se cuelan por el ventanal le iluminan todas las arrugas de preocupación de la cara. Gracias a Ana, en estos momentos, parece lo bastante mayor para ser su madre.

—Lo siento, chicos —dice—. Sé que mi hermana es egoísta, pero no pensé que pudiera ser tan estúpida. ¿Cómo se les ocurre?

—Tú no eres responsable de sus actos —le recuerda John, sentado a la mesa del comedor, negando con la cabeza—. Anoche tuve una charla con ellos. Les dije que no volveríamos al pueblo en un tiempo, que era demasiado peligroso. Ana se disgustó y se quejó de que ella era siempre la última en conseguir lo que necesitaba, pero me pareció que lo habían entendido.

—¿Cuándo se han ido? —pregunta James agarrándole la mano a Penny y apretándosela.

John se encoge de hombros.

—Hace una hora por lo menos. Me tenían que despertar a las cuatro y, al abrir los ojos, he visto que la casa estaba vacía. Laddie ha debido de venir aquí cuando se han marchado. En ese caso, habrán llegado al pueblo de sobra.

—Vamos a ir a buscarlos —le dice James a Penny—. Los traeremos de vuelta.

Ella niega con la cabeza.

—No sabemos adónde han ido. Si empezamos a dar vueltas por ahí en el SUV, podríamos llamar la atención. No quiero cargar con esa responsabilidad. Ni que a cualquiera de vosotros le pase algo por su culpa. ¡Es que no me lo puedo creer! —añade subiendo la voz—. ¡Ahora mismo la mataría!

Plantado en el umbral de la puerta, Nelly estudia el caminito de acceso.

—Vamos a darles unas horas. Seguro que están bien. Si tardan en volver, iremos a buscarlos.

John va a su casa a cambiarse. Yo meto el pan en el horno, pero, cuando lo saco, perfectamente dorado y crujiente, ninguno de nosotros tiene apetito. El rumor de las copas de los árboles al viento se asemeja al rodar de neumáticos en la calzada y no paramos de sobresaltarnos, pensando que ya vuelven. Pero no vienen.

Al final, nos calzamos las pistoleras y las mangas protectoras. En silencio, salimos del caminito de acceso a la pista de tierra. Estoy cabreadísima, pero también preocupada. Quiero mucho a Ana, incluso a Peter, en cierto modo. Y quiero que vuelvan, aunque no me apetezca tenerlos cerca, porque no están a salvo en ningún otro sitio.

Cuando volvemos la última curva antes de la carretera asfaltada, casi chocamos con la camioneta de John. Ana y Peter están vueltos en sus asientos, observando la carretera principal. John se detiene en seco a su lado. Muy serio y seco, los señala con uno de sus dedos gruesos y después señala la carretera que lleva a la cabaña. Ana y Peter parecen adolescentes a los que hubieran pillado saltándose la hora tope para volver a casa.

Penny sale corriendo de la cabaña y espera a que aparezca Ana, asustada y arrepentida.

—Lo siento —le dice a Penny, pero esta la ignora.

—¡No sé ni qué decirte, Ana! Te he aguantado tus tonterías toda la vida, primero porque papá había muerto y luego porque…, bueno, porque «Ana es así» —dice, entrecomillando con los dedos la última parte—. Pero te lo digo desde ya: esto se tiene que acabar. Tus tonterías se tienen que acabar ahora mismo. Hoy. ¿Me has entendido? —Ana la mira fijamente, con esos ojos negros y enormes—. ¡No es una pregunta retórica! —le grita Penny con las mejillas encendidas de rabia—. ¡Ya está bien! ¿Me has entendido!

—Sí —susurra Ana y entra en la casa pasando por delante de Penny, pero esta no ha terminado aún.

Se vuelve hacia donde está Peter, que tiene la decencia de parecer avergonzado y la mira como esperando su castigo.

—No voy a decir que esto ha sido cosa tuya porque conozco a mi hermana lo bastante bien como para saber que siempre consigue lo que quiere, pero más te vale no volver a ser tú nunca más quien la ayude a hacer una cosa así.

Peter asiente una vez y entra con la cabeza gacha. Él, siempre tan imperturbable, de repente parece afectado y angustiado, tanto que, si fuera otra persona, hasta me daría pena.

Capítulo 73

A ÚLTIMA HORA de la tarde, salgo al granero a ordeñar a Flora. El ordeño tiene su propio ritmo sereno cuando le pillas el tranquillo. Me encanta el olor del heno y el sol que entra en franjas por las ranuras de entre las tablillas y hace que las cabras parezcan cebras. Casi he terminado cuando oigo a Ana y a Peter discutir al fondo del granero. No saben que estoy aquí, fuera, en la zona resguardada, donde me gusta ordeñar.

—Tenemos que contárselo, Ana —dice Peter con rotundidad—. No es algo que podamos ocultar. ¿Y si descubren adónde fuimos?

—Estuvimos vigilando —dice ella—. No pasó nadie. Estoy convencida de que no hay peligro. No sabemos seguro si son ellos siquiera. ¿Tú sabes lo que se cabrearían si se enteraran? Mi hermana ya ha estado a punto de matarme.

Cojo el balde de leche y me acerco con sigilo al umbral de la puerta.

—Ana, el *sheriff* dijo que era un tío problemático. No podemos arriesgarnos.

Ella está en actitud beligerante. No va a ceder hasta que Peter consienta. Carraspeo. Ana se gira sorprendida, con los ojos fruncidos.

—Estaba ordeñando —digo, sosteniendo en alto el balde a modo de prueba. La leche chapotea de la rabia que trato de contener. No puedo creer que hayan querido ocultarnos algo tan importante—. Ya nos estáis contando lo que pasó.

Nos habían contado que la excursión al pueblo se había producido sin incidentes y que las tiendas estaban vacías. Pensábamos que eso era todo, al menos en lo relativo a peligros, pero resulta que se toparon con alguien.

—No fuimos a Walmart, sino a ese pueblo que hay al otro lado. —A Peter parece que le cuesta hablar. Está de pie en el salón, mirando por los ventanales—. Queríamos ver qué había allí. Encontramos una peluquería. Esperamos y, al ver que no venía nadie, entramos. —Bueno, supongo que Ana consiguió el acondicionador. ¿Se puede estar dispuesto a morir por algo más absurdo? Pero, claro, no pensaban en eso. Nos estaban haciendo una pedorreta, demostrándonos que nadie les iba a decir lo que podían o no podían hacer—. Ya habíamos vuelto a la camioneta cuando se nos puso una furgo al lado. Dentro iban dos tíos. El del asiento del copiloto era uno de los que estaban en el control de Bellville, el bajito.

Perro Rabioso. Neil Curtis. Digo su nombre en voz alta y John asiente.

—Neil tuvo problemas hace años en relación con una agresión a una mujer. Desconozco los detalles, salvo que, a pesar de su empeño en averiguar lo ocurrido, Sam no consiguió sacarle nada. ¿La furgo era roja?

La furgoneta roja que entraba en Walmart cuando nosotros salíamos.

Peter asiente.

—Nos preguntaron adónde íbamos y yo procuré no dar muchos datos, como si estuviéramos de paso, pero entonces vieron a Ana. El tipo dijo que nos recordaba, que habíamos dicho que íbamos al norte. Contestamos que ya habíamos estado allí, pero que nos íbamos a otro sitio, que esto no nos interesaba. —Me mira a mí cuando dice eso. Yo mantengo la vista fija en las librerías que construyó mi madre y leo los títulos de los libros una y otra vez, repitiéndolos mentalmente para no gritar. No solo se toparon con otras personas, sino que esas personas son asesinos—. Me pareció que nos creía. Nos preguntó dónde estaban nuestras cosas. Les dijimos que íbamos a pasar a por ellas. El tipo nos propuso que nos diéramos una vuelta por el Walmart, si no nos importaba retroceder, porque aquella zona era segura y los devoradores estaban todos muertos. Se ofreció a llevarnos con la excusa de que él conocía bien la tienda y dentro estaba todo oscuro. Le dijimos que no, gracias, que nos teníamos que ir ya. No nos quitaron el ojo de encima mientras salíamos. Dimos un buen rodeo para que no pareciera que volvíamos aquí. Después nos quedamos sentados en el coche para ver si nos habían seguido, pero no pasaron en ningún momento por la carretera principal.

Lo dice como si tuviéramos que felicitarlo por sus excelentes aptitudes para el espionaje.

—Da igual —digo, controlando apenas el tono. Él mira a otro lado, con los labios apretados—. Sabe cómo me llamo por el día que nos vio en el control y ahora le habéis recordado nuestra existencia. No tiene más que buscar «Forrest» en el listín telefónico. O localizarlo en los archivos del ayuntamiento o en cualquier otro sitio.

—Eso será si se acuerda de tu nombre —me rebate Ana—. ¿Cuántas personas crees que habrán querido pasar el control? ¿Por qué iba a acordarse de tu nombre? —dice gesticulando mucho, como queriendo decir que con tanto jaleo, ¿quién se iba a acordar de nada?

—Por vosotras tres —replica Nelly señalándonos a Ana, a Penny y a mí—. Un tipo que ha violado y asesinado a unas adolescentes, probablemente ha matado al *sheriff* e incluso hecho saltar por los aires el instituto, seguro que se acuerda de tres chicas guapas que es muy probable que sigan vivitas y coleando.

John está sentado con un puño en la mesa y las aletas nasales infladas.

—Hay una clase de hombre al que le produce placer matar. Algunos se meten en el ejército y matan de forma legal; otros son asesinos sin más; y unos cuantos terminan encontrando la ocasión, ya sea aquí o en Sudán, de dar rienda suelta a sus instintos más básicos. Me da que Neil Curtis es de esos. No va a parar, menos aún habiendo encontrado algo que quiere y nadie le va a arrebatar. Se tomará su tiempo hasta que lo tenga todo claro y luego vendrá, pero estaremos preparados para recibirlo.

Debe de ser como vivir en el Medio Oeste y que te digan que se acerca un tornado que va directo a tu pueblo, un tornado que ya ha arrasado una franja de un par de kilómetros de ancho en los tres pueblos anteriores. Es tarde para echar a correr. Además, no hay adonde ir. Así que te preparas lo mejor que puedes y confías en que no te arrebate todo lo que conoces y quieres.

Capítulo 75

Al día siguiente, plantamos las verduras. Dos de nosotros hacen de centinelas y el resto introduce las plántulas diminutas en determinadas secciones de la tierra negra y blanda. Tomates, judías, melones…, todo tiene su sitio. Cualquier chasquido en el bosque nos sobresalta y damos respingos constantes hasta que John abandona su puesto y se acerca.

—Está todo bajo control —dice con voz firme—. De todas formas, dudo que vayan a venir a plena luz del día. Esperarán a que oscurezca.

El verano está aquí, lo noto en lo fuerte que me pega el sol en la espalda, en el césped del jardín, alto y mullido bajo mis pies desnudos. Adrian solía decirme que tengo pezuñas más que pies, porque en cuanto hace un poquito de calor me quito los zapatos y corro descalza por cualquier terreno. Mis pies odian estar encerrados.

Nos lleva todo el día, pero ya está todo plantado y regado. Después de cenar, nos sentamos a la luz de la lámpara, esperando, vigilando y hablando bajo hasta que es hora de acostarse.

El siguiente es otro día espléndido, seguido de uno más. John nos tiene haciendo pequeños arreglos en la casa que podrían otorgarnos una ventaja si vienen (o cuando vengan) esos tipos. Nelly y yo nos turnamos para dormir en el granero con John, y estoy agotada y me pica todo de dormir en el heno.

Peter y Ana han estado trabajando mucho. Estamos todos cabreados, pero percibo cierta disminución de la rabia de los demás. De la mía no. Este es el único sitio seguro que tenemos y ahora parece tan peligroso como cualquier otro. Esta casa siempre fue mi refugio y me lo han arrebatado.

—Igual no vienen —dice Penny con notable alivio en la voz al cuarto día y mira esperanzada a John.

—No, yo creo que vendrán esta noche —contesta John, ladeando la cabeza como si pudiera oírlos.

CAPÍTULO 76

Un breve ladrido me despierta de mi sueño ligero. Viene de dentro de la casa y lo sigue la voz de Nelly por radio.

—Están aquí.

Solo dos palabras que acumulan una cantidad asombrosa de tensión. Me quito de encima la manta, alerta de inmediato, y me reúno en silencio con John a la puerta del granero. Aún es de noche, pero la luna está baja.

—Que se dejen ver —dice.

Sostiene un rifle con mira telescópica. Antes de hacer nada, quiere saber qué plan tienen los intrusos. Me pasa el otro rifle. Los rifles van mejor para distancias largas. Vuelvo a enfundarme la pistola.

—Cuatro hombres de momento —susurra Nelly por radio mientras John se pone el auricular—. Dos se acaban de ir a la parte de atrás.

La luz de la luna es lo bastante intensa como para ver a los tipos rodear la casa por lados opuestos. Uno de ellos se acerca a la terraza mientras el otro se cuela entre los arbustos.

—Luces —ordena John por radio al tiempo que hinca una rodilla en el suelo.

Se enciende el foco solar de la terraza e ilumina una figura a punto de saltar la cerradura de las puertas correderas de cristal con una palanca. El otro foco debería ofrecer una visual clara del que está en la entrada de la casa. John apunta y aprieta el gatillo. Se oye el disparo y un grito, y el tipo cae al suelo, se retuerce y queda inmóvil. Vigilo por la mira, pero el segundo no ha salido aún de entre los arbustos.

Una bala se encaja en la madera justo por encima de nuestra cabeza. John da un respingo.

—¡A cubierto!

Me dirijo a la puerta del aprisco en el que Flora y Fauna pasan casi todo el tiempo. Dos balas más aciertan al granero, pero el tirador sigue apuntando a nuestra ubicación original. Me cuelo en el aprisco, con John siguiéndome de cerca, y repto por el suelo. Arrodillada, me llevo la mira al ojo.

—Va a venir para acá —me susurra John con el rifle en alto—. Estate al tanto.

La figura que tengo a la vista parece parte del follaje hasta que se mueve. John y yo le disparamos a la vez y lo abatimos.

Entonces se desata un infierno. Al estruendo de cristales rotos lo sigue una serie de disparos desde la entrada principal de la casa. Respiro con dificultad, pero las piernas me aguantan bien cuando me yergo.

—Voy a la entrada —dice John—. Tú ve atrás y entra si es seguro.

Saltamos la valla y cruzamos el césped corriendo. Al llegar a la terraza, nos separamos y John se va hacia la entrada, que ahora está en un inquietante silencio. Miro al tipo al que ha disparado John el tiempo suficiente para asegurarme de que está muerto y lo bordeo para acercarme a las puertas correderas.

Me detiene un grito procedente del interior. Veo el salón, pero no el pasillo, adonde miran todos. Nelly sostiene la pistola con ambas manos. A la escasa luz lo veo furioso. Peter está en posición de disparar por el ventanal, pero no deja de mirar con frenesí la escena que tiene a su espalda. Con cara de desesperación, Penny sujeta por el collar a Laddie, desbocado. No veo a Ana. Han debido de atraparla. El cristal roto era de alguien que ha entrado por el pasillo. Un ataque por sorpresa.

—¡He dicho que bajéis las putas armas! —grita una voz—. Bajadlas o la mato. Va en serio.

Ana grita. James hace una mueca y observa, impotente, con el arma en la mano. Laddie ruge, pero Penny lo agarra fuerte. Si lo suelta, Ana podría recibir un balazo.

Me dirijo al otro lado de la cabaña, donde está la ventana rota. A lo mejor también yo puedo entrar por ahí, enfilar el pasillo y sorprender por la espalda al asaltante. Empiezo a correr agachada justo cuando me pasa rozando la cabeza una bala que me levanta el pelo y atraviesa con gran estrépito la puerta. Las esquirlas de cristal se me clavan en la cara y en las manos. Ya he salido de la terraza y estoy escondida detrás de los arbustos cuando me pasa rozando otro disparo. Se oye un único disparo dentro y resuena la voz de Nelly.

Entre la maleza, no tengo buen tiro para el rifle. Lo suelto y apunto la pistola al lateral del granero, de donde creo que vienen los disparos, pero no oigo nada. Cuesta saberlo: en el bosque hay eco por todas partes. Repto entre los arbustos, con el corazón acelerado, esperando ese tiro, el que no voy a oír hasta que sea demasiado tarde, hasta que me acierte.

Tropiezo con algo blando y se me escapa un grito de sorpresa que corto por lo sano. Es el tipo al que hemos disparado John y yo, que, si no está muerto, poco le falta, o por lo menos inconsciente. Le trepo por encima, poniendo cara de grima cuando las rodillas se me hunden en su torso. Vuelvo a toda prisa la esquina de la casa justo cuando un hombre sale de un salto por el ventanal roto y corre hacia la carretera, seguido por Nelly. No puedo arriesgarme a disparar.

Laddie cruza como un bólido el césped de la parte de atrás en dirección al granero, ladrando furioso. Pretendíamos mantenerlo a salvo dentro, pero se ha escapado por el cristal roto de las puertas correderas.

Comienza de nuevo el tiroteo en la entrada y yo me quedo allí plantada, indecisa. Iba a seguir a Nelly, pero me dirijo a la entrada con la espalda pegada a los muros de madera, sin olvidar en ningún momento que hay alguien junto al granero que me quiere muerta. Hay dos hombres entre los árboles del otro lado del acceso a la casa; sus armas producen destellos cuando disparan a la otra esquina de la casa, donde John los tiene a raya.

Se han situado de tal forma que no están a tiro ni de John ni desde los ventanales de la casa, pero yo tengo visual de uno de ellos desde mi posición privilegiada. Le apunto al tripón cervecero. Ni me lo pienso ni le doy vueltas al hecho de que estoy matando a alguien, porque me da igual. No quiero otra cosa que verlo caer, verlo ahogarse con su propia sangre.

Antes de disparar ya sé que me lo voy a cargar. Como en el instituto con el machete. He entrado en ese oasis de serenidad en pleno terror. La bala y yo tenemos un entendimiento: yo le digo adonde debe ir y ella hace lo que le pido. El tipo cae cuando le alcanza y pongo fin a sus aullidos de dolor con un segundo disparo.

Su compañero comete el error que esperaba de él: correr hacia el otro lado del árbol. El porche se ilumina con los destellos de las balas y John avanza. Cuatro, cinco, seis tiros consiguen por fin tumbar al hombre con un ruido ensordecedor. El tipo se sacude un poco como si bailara y cae de espaldas.

Peter se gira desde su posición en el porche al tiempo que yo salgo de entre las sombras. Me apunta con su arma. Me petrifico.

—¡Soy yo, Cassie! —le grito.

Baja el arma, con los ojos como platos.

—¿Y Ana? —le pregunto.

—Está bien —contesta.

Suspiro de alivio.

—Queda al menos otro detrás del granero. Nelly ha salido detrás de uno que escapaba por el caminito de acceso a la cabaña. Voy con él.

—Te acompaño —dice John y se vuelve hacia Peter—. Vamos con Nel y a por el que está detrás del granero. Dos a la parte de atrás y dos a la de delante. Quedaos dentro. Os aviso por radio.

Peter asiente con la cabeza y se va adentro. Oigo un llanto antes de que se cierre la puerta. John y yo avanzamos por el borde del bosque, en paralelo al camino de acceso a la casa. Ojalá fuera descalza; mis botas hacen demasiado ruido en el suelo del bosque, que está quieto y en silencio. Las criaturas que, en circunstancias normales, andarían correteando por ahí se han escondido, a la espera de que pase esta tormenta.

Se oye un estrépito al final del sendero de entrada y dos tiros. Grita una voz, pero no consigo distinguir lo que dice con el ruido de un motor que se pone en marcha. No podemos dejarlos escapar; esto tiene que terminar esta noche. Hago un esprint en diagonal por el bosque, saltando obstáculos que apenas distingo. Salto la zanja y veo a Nelly plantado en la carretera con el arma en alto mientras la furgoneta se dirige a él. Revienta el parabrisas con dos disparos al lado del conductor y Nelly se aparta dando tumbos.

—¡Nelly! —susurro para que sepa que soy yo y lo agarro del brazo antes de que caiga.

La furgo pasa por nuestro lado y, cuando pienso que quizá no le haya acertado, se desvía y se estampa contra un árbol. Me dispongo a acercarme, pero Nelly me agarra de la camiseta.

—No vayas aún.

La puerta de la furgoneta sigue cerrada. Nelly apenas apoya la pierna izquierda. Está herido. John se acerca a la furgo y abre con cuidado la puerta. La luz del habitáculo revela el círculo perfecto de uno de los disparos de Nelly en la frente del conductor. Un grito agudo procedente del interior del vehículo nos sobresalta a todos. Sea lo que sea, parece asustado.

John se acerca al asiento del copiloto. Me acerco de un salto al conductor muerto y apunto con mi arma a la zona de carga, que está repleta de latas de cerveza y envoltorios vacíos. En un rincón, se encuentra acurrucada una niña, que se agarra la cabeza con las manos y grita sin parar.

Abriéndose paso entre la basura, John la coge en brazos mientras Nelly abre de golpe el portón trasero. La cría no tendrá más de siete años. Va descalza y lleva un camisón de poliéster fino que, en su día, quizá fuera rosa. Tiene la larga melena sucia y enmarañada. Le aporrea los brazos a John, pero él no la suelta.

—Tranquila, tranquila —le repite—. No vamos a hacerte daño.

Calla y nos mira a los tres alternativamente. Al verme a mí parece que por fin cree lo que John le dice. Sus inmensos ojos azules parecen asustados, pero están secos. Aun a la débil luz de la furgoneta, veo las pecas que resaltan como en relieve en su carita pálida.

Le tiendo los brazos. Se zafa de John y se abalanza sobre mí. Pesa menos de lo que imaginaba, todo brazos y piernas y caja torácica huesuda. Se me enrosca al cuerpo tan fuerte que me cuesta respirar. Huele a pis, a sudor y a alcohol. ¿Qué le habrán hecho?

—El que tenía a Ana ha salido corriendo hacia allí —dice Nelly, señalando al bosque que conduce al granero y a la parte posterior de la casa. Hace un aspaviento cada vez que descansa en la otra pierna—, pero quería liquidar al de la furgo para que no pudieran largarse.

—La pierna —le digo, indicándole el agujero dentado de la pernera de sus vaqueros, a la altura del gemelo, cercado por una mancha oscura.

—No es más que un rasguño —contesta Nelly encogiéndose de hombros.

Hay que encontrar al último y Nelly no va a poder correr con esa pierna.

—Nels, llévatela tú a la casa —le propongo e intento pasarle a la niña, pero la pequeña me clava las uñas y entierra la cabeza en mi hombro. No podemos dejarla gritar otra vez, pero tampoco me la voy a llevar conmigo—. ¿Cielo? —digo echándome hacia atrás para verle la carita—. Mírame, cariño. ¿Cómo te llamas?

Me mira a los ojos con los suyos, desconfiados, y susurra:

—Elizabeth. Beth.

Intenta volver a refugiarse en mí, pero yo la levanto y la obligo a hablarme.

—Beth, ¿tienes una superamiga?

Asiente con la cabeza.

—Alana.

—Yo tengo dos superamigos —le digo rápidamente—. Una es Penny, que está ahí dentro, en nuestra casa, y el otro está aquí. Él te va a llevar a la casa con Penny —le explico señalando con la barbilla a Nelly, que va hecho un asco y lleva un arma en la mano, pero, por lo demás, parece simpático cuando le sonríe—. Se llama Nelly —añado con la misma cara que si le estuviera contando un secreto—. ¡Tiene nombre de niña! ¿A que es gracioso? ¡Se lo he puesto yo! —Nelly me mira como si aún no me lo hubiera perdonado y la niña esboza algo muy parecido a una sonrisa—. Beth, necesito que te vayas con él y estés todo lo calladita que puedas. Tenemos que pillar a los hombres con los que has venido para que ya no nos molesten más.

Se suelta de forma casi imperceptible.

—¿Los vais a pillar?

—Sí. Te prometo que ya nunca más volverán a hacerle daño a nadie.

Me deja que se la pase a Nelly. Acurrucada en sus brazos enormes da aún más pena. John se comunica por radio con la casa para advertir de la llegada de Nelly y de nuestro plan.

—Vamos —me dice.

—Ten cuidado —nos pide Nelly.

Se pone a Elizabeth a un lado y agarra fuerte el arma. Sé que preferiría que yo me refugiara en la casa, igual que yo me alegro de que sea él quien se ponga a salvo en vez de yo.

Le dedico una pequeña sonrisa.

—Siempre —contesto.

Da media vuelta y se dirige cojeando al camino de entrada, hablando bajito a la figura pequeña que lleva en brazos.

Capítulo 77

Cuando éramos pequeños, mi juego favorito era el del cazador. Era como el escondite en el bosque, solo que, cuando el cazador pillaba a los que estaban escondidos, estos se sumaban a la persecución de los que quedaban. El último que quedaba debía llegar a «casa» sin que lo atraparan. O quizá debería decir «la última», porque casi siempre ganaba yo. Creo que el juego me encantaba, en parte, porque era el único momento en que mis pies estaban firmes y mi respiración controlada. En el gimnasio del colegio y en el campo, siempre perdía la pelota, me daba el flato o llegaba la última, pero, en el bosque, sobre todo en el mío, no había quien me pillara. Me tapaba con hojarasca, me escondía en zanjas, me arrastraba por el barro…, todo me valía. Mi cuerpo sabía adónde iba y qué debía hacer, aunque solo fuera un juego.

Esto no es un juego, y hace años que no juego al cazador, pero sigo sabiendo adónde voy. El bosque no para de cambiar, pero la sensación general aún es la misma. El tocón grande, el pino al que le ha caído un rayo…, todos mis viejos amigos continúan aquí.

No hace más de cinco minutos que hemos salido de la casa, pero es tiempo de sobra para que el resto de los hombres haya urdido un plan. John y yo saltamos la zanja, pasamos por encima del cable trampa y por debajo del alambre de espino y llegamos al borde del jardín. El foco está vuelto hacia fuera, de forma que no vemos a nadie de los que están en la casa, a su espalda.

John detecta movimiento a la izquierda y señala; podría ser el tío que tenía a Ana. Se oye un golpe fuerte a la derecha, cerca del granero. Le hago una seña para indicarle que voy hacia allí. Asiente y se dirige a la izquierda. Llevo el pelo pegado a la cara y el corazón acelerado. Me detengo al oír voces. Vienen del lateral del granero, donde los árboles no dejan ver.

Me acerco con sigilo al abrigo de los frutales, que ya han perdido todas la flores y andan haciendo fruta. Los pétalos que aún alfombran el suelo amortiguan mis pasos. Hay dos hombres acurrucados junto al granero, pero los árboles me impiden ver.

—Larguémonos de aquí —dice uno.

—Has oído los disparos de la carretera igual que yo —replica el otro—. No hay adonde ir. Tenemos que tomar este sitio. Yo me cargo el foco y te cubro. Tú corre.

Aunque me muevo rápido, no llego a tiempo. Una figura enjuta se acerca de un salto. Se oye un fuerte estrépito y el foco se apaga. No veo al que se ha quedado atrás: mis ojos están tan habituados a la luz que no son de gran utilidad hasta que se adaptan a la oscuridad. Oigo pasos fuertes en el suelo de madera de la terraza, seguidos de una ráfaga de disparos. Cuando se me agrandan las pupilas, veo a James y a Penny delante de las puertas de cristal rotas y los destellos de sus armas.

El otro hombre sale corriendo. Lo persigo. Es corpulento y se abre paso por el bosque como un elefante. Oigo disparos a mi espalda. John. Caigo en la cuenta de que veo al hombre a unos seis metros delante de mí. El cielo ya no está oscuro y las estrellas han desaparecido. Pero, si disparo ahora, seguramente le daré a algún árbol y sabrá que estoy aquí.

Gira hacia la carretera, sin seguir su propio consejo de quedarse y aguantar la pelea. Por cómo avanza a manotazos entre la maleza, creo que no es consciente del perímetro que hemos hecho. Deben de haber venido por el caminito de entrada, del que habíamos retirado las latas para que no supieran que los esperábamos, y luego entrado en el bosque. Sé que lo puedo interceptar si me muevo deprisa. Además, me mantendrá apartada de su línea de fuego. El aire frío me abrasa los pulmones. Odio correr. Paso por debajo del alambre de espino, me detengo justo detrás de un árbol y espero.

Oigo ruido a lo lejos, a mi espalda, alguien que lo sigue también. Durante el segundo que me permito pensar, albergo la esperanza de que sea John. El hombre está más cerca: lo oigo gruñir. Mi respiración es tan fuerte que intento contenerla, a pesar de que sé que me va a oír igual. Sujeto fuerte con ambas manos el arma que tengo pegada a mi pecho agitado. Lo voy a pillar igual. Si se me escapa, le disparo por la espalda cuando pase de largo.

Pero no consigue pasar. Se oye un grito y una vibración metálica cuando choca con el alambre de espino y se le engancha la ropa y la piel debajo. Salgo de detrás del árbol y me pongo en posición de disparo. No me sorprende ver que es Neil Curtis. Ha soltado el arma y, con las manos, intenta desenredarse del alambre en el que está atrapado. Consigue zafarse, cae de culo y busca a tientas el arma.

—¡Alto! —le grito.

Para en seco y me mira extrañado. Tiene la misma mirada que le vi en el control policial, perdida, salvo por un poco de maldad y mucha locura.

—Vale —dice levantando la mano con una pequeña sonrisa espeluznante—. Tú ganas. Me voy y no vuelvo nunca más.

Piensa que no le voy a disparar porque soy mujer. Está tan acostumbrado a camelarse a las mujeres, aunque para ello necesite cuerdas y armas, que piensa que esta vez también lo va a conseguir.

—No, no te vas —le digo, pero me tiemblan las manos.

Lo nota y se inclina hacia el arma que tiene a menos de un metro de distancia. Se me tensa el dedo que tengo sobre el gatillo y eso lo detiene.

—Ninguno de los vuestros ha resultado herido —dice casi gimoteando.

Me dan ganas de reír. ¿En serio piensa que eso es lo único que importa? Hay un montón de heridos. Acabo de sacar a una de una furgoneta, apestando a porquería y a hombres. Pienso en las hijas de los Franklin y en sus padres, en Sam, en aquel cuerpecito del instituto, envuelto en una última mantita de material aislante. Niego con la cabeza y dejan de temblarme las manos. En mi interior, todo se detiene en seco, como si lo cubriera una capa de hielo.

Se percata y me susurra:

—Por favor. —Por fin veo algo en su mirada además de maldad: miedo. Vuelve a susurrar, con la voz quebrada. Se humedece los labios. Oigo acercarse a la otra persona. Debo actuar ya—. ¿Por favor...? —me suplica esta vez.

Le apunto al pecho, me lo pienso y levanto el arma unos centímetros hasta la cabeza. A fin de cuentas, es una especie de zombi.

—No —contesto—. ¡No! —repito, más alto esta vez, y lo miro a los ojos.

Parece que hace ademán de recuperar el arma. O a lo mejor es lo que me digo para ocultar la oscuridad que me inunda las entrañas, algo que se regocija de arrebatarle la vida a alguien tan terrible. Aprieto el gatillo.

CAPÍTULO 78

JOHN ME ENCUENTRA contemplando los restos de lo que fuera la cabeza de Neil y me dice que ya está, que hemos ganado. Volvemos a pie por el bosque, yo con su brazo por los hombros. Pasamos por delante del cadáver del que ha perseguido él, que tiene una perilla de espumarajos de color rosa por la barbilla. James y Peter salen del bosque, al otro lado del camino de acceso a la casa, cuando llegamos a los escalones de entrada.

—Con los dos vuestros, ya están todos —dice James—. La niña, Beth, dice que no había más.

—Bien —contesta John.

Pensaba que la casa estaría peor de lo que está. Los cristales de la puerta corredera producen destellos mientras Penny los barre con una escoba y también se ha roto uno de los ventanales de la fachada principal. Sé que habrá agujeros de bala en las paredes y cosas agrietadas y rotas, pero esas ya las buscaré luego. Nelly está sentado en el sofá con la pierna encima de la mesita de centro y Beth acurrucada a su lado, envuelta en un edredón, con los ojitos cerrados. No sé si duerme, pero no quiero molestarla. Él me sonríe, pero la expresión de sus ojos es de dolor.

—Déjame ver —le digo en voz baja y me arrodillo. La bala no le ha rozado solamente; le ha atravesado el gemelo y le ha salido por el otro lado, pero la herida es superficial, con lo que es posible que el músculo no haya sufrido grandes daños. Alguien se la ha limpiado y le ha puesto una pomada—. Te tiene que doler de cojones.

Nelly ríe.

—Un poco.

—Razón por la que mis padres guardaron reservas de hidrocodona. Voy a buscarla.

—Adoro a tus padres —dice Nelly y, descansando de nuevo la cabeza en el respaldo, cierra los ojos.

Cuando vuelvo con las pastillas, Penny está tirando un recogedor lleno de cristales a la papelera que James le sostiene. Me aseguro de que Nelly tiene agua y voy a ayudarles. No me hace falta preguntarle a Penny cómo está: con una mirada me indica que está bien.

—¿Dónde anda Ana? —pregunto. Quiero verla con mis propios ojos para asegurarme de que sigue aquí.

—Tumbada. Le duele mucho la cabeza —responde Penny—. Tendrías que haberle visto la cara. Siéntate. Esto ya lo hacemos nosotros. Mientras te limpio, cuéntame qué ha pasado.

En cuanto me siento a la mesa, el agotamiento se apodera de mí. Me noto los muslos como si los tuviera atados a la silla. La cosa no habrá durado más de una hora, pero juraría que me he pasado la noche entera corriendo. No he entendido qué ha querido decir Penny con «te limpio»…, hasta que me miro los brazos y me los veo llenos de raspones y arañazos, desde los hombros hasta las yemas de los dedos. Debo de haberme quitado la cazadora en algún momento.

Como era de esperar, ahora que me he visto los cortes, me empiezan a escocer. Puede que me haya metido entre las zarzas; esas espinas siempre son las que más me irritan. Me arden la cara y el cuello también. Seguro que los tengo como los brazos, pero no me apetece levantarme de la silla para mirármelos. Oigo a Peter y a John en el porche, charlando y limpiando. Todos hablamos en voz baja para no molestar a Beth, pero el tono es casi reverencial. «Estamos bien; lo hemos conseguido» es lo que subyace a nuestras palabras. Cierro los ojos. «Laddie.» Vuelvo a abrirlos.

—¿Dónde está Laddie? —le pregunto a Penny, que se ha sentado a mi lado con la pomada antibiótica y un paño limpio.

Mira alrededor.

—No sé. No ha vuelto aún.

Me obligo a levantarme, recordando de pronto que lo he visto correr hacia el granero. Con un gesto, Penny me pide que espere, pero niego con la cabeza y cruzo el umbral de la puerta. Aunque silbo y lo llamo, no me sorprende no oír un tintineo de respuesta. Encuentro su cuerpo inerte detrás del granero, con el pelaje pardo apelmazado por la sangre. Podría estar durmiendo. Me acuclillo a su lado y le acaricio la cabeza inmóvil, deseando que suelte uno de sus gruñiditos de satisfacción.

—Lo siento, chico —le digo, notándome las lágrimas calientes en las mejillas—. Tú solo querías ayudar.

Lo voy a echar muchísimo de menos. Estoy furiosa con los tipos que lo han matado, que nos habrían matado a nosotros.

John y Peter vienen detrás de mí. John suspira y se arrodilla en el suelo. Le acaricia el lomo a Laddie y le rasca detrás de la oreja. La piel arrugada del contorno de los ojos se le ha quedado blanda y rosada.

—Buen chico —dice John con la voz ronca de contener las lágrimas.

Peter levanta la mano como si fuera a posarla en el hombro de John, pero la baja de nuevo.

—Lo siento mucho, John.

John se pasa dos dedos por los ojos, se levanta y se sacude las rodillas.

—Lo sé, hijo. Gracias a Dios, estamos todos bien. Eso es lo más importante. No es culpa de nadie.

Peter contempla el cadáver de Laddie, con los labios apretados. Ahora que ha ocurrido algo terrible es cuando lo siente. No se le ocurrió pensarlo antes. No se molestó en ver si sus actos podían perjudicar a alguien. Le dio igual, porque pensó que saldría tan bien parado como siempre. Aun en pleno fin del mundo, se ha comportado como si tuviera derecho a cualquier cosa que se le antoje.

—No, ¡la culpa es tuya! —digo señalando a Peter—. Te advertí que podías terminar muerto, pero, como de costumbre, hiciste lo que te dio la gana. Nunca te ha importado nada salvo tú mismo.

—Eso no es cierto —replica Peter en voz baja.

Río amargamente y me siento cruel. Me apetece devolvérsela por ponerme en la tesitura de tener que volarle la tapa de los sesos a alguien, por decirme que Adrian ya no me quiere, por mentir sobre mí, por detestarme tanto.

—Ojalá te hubiera dicho de verdad que no vinieras con nosotros cuando estábamos en Jersey. —Me mira espantado porque sabe que le he pillado la mentira. Asiento—. No nos hace falta que vengas a estropearlo todo. Aquí no pintas nada.

—Cassie, sé que estás disgustada… —empieza.

Por la cara que pone, tengo la sensación de que quiere enmendar sus errores, pero no es la primera vez que me ha parecido sincero. Levanto las manos para callarlo.

—Estoy mucho más que disgustada. ¡Mucho más! Mantente alejado de mí, Peter —le digo y salgo furibunda hacia la casa, medio deseando que fuera él el del balazo en el costado, en vez del tierno y protector Laddie.

CAPÍTULO 79

ANA TIENE LA cara fatal: el ojo derecho tan hinchado que no puede abrirlo y la mejilla el doble de grande de lo normal y de tres tonos de púrpura.

—¡Ostras! —digo cuando entra en el salón, donde yo estoy sentada en el sofá al lado de Nelly y de Beth, que duerme.

Ana sonríe; luego se lleva la mano a la mejilla y pone cara de dolor.

—Tendrías que ver el chichón que tengo en la cabeza. Quería dormir un poco, pero Penny ha estado entrando cada dieciocho segundos para asegurarse de que no lo conseguía. —No lo dice en su tono habitual de queja. Le acaricia la mano a Penny, que la tiene apoyada en el brazo del sillón, y se vuelve hacia mí, con el ojo bueno inundado de lágrimas—. Cass, la he cagado muchísimo. Sé que estás supercabreada, y es normal, pero lo siento, de verdad, de corazón.

La creo. Me levanto y la abrazo con suavidad, apartándole el pelo de la herida. No sé por qué a ella puedo perdonarla tan fácilmente y a Peter no, pero es así.

—Eh, Banana, ya está todo olvidado —digo y sonrío y noto que se me tensa más de la cuenta la piel de la cara arañada—. Pero no vuelvas a montarnos un numerito semejante.

—Jamás —contesta muy seria.

Me parece que a lo mejor la pequeña Ana ha madurado por fin.

Capítulo 80

Cuando volvemos de deshacernos de los cadáveres, ya es por la tarde. Entre gruñidos y sudores, los hemos cargado en la furgoneta y John la ha conducido colina abajo mientras James, Peter y yo lo seguíamos. Hemos abandonado el vehículo en un antiguo prado que hay por la carretera principal. Pensaba que John querría enterrarlos, pero ha dicho que, en esos momentos, no le inspiraban sentimientos muy cristianos. Me he alegrado. Después, ya en casa, hemos enterrado a Laddie en el jardín.

Cuando vuelvo a entrar en casa, Nelly está solo en el salón, leyendo, pero tener que estar quieto lo está matando.

—Beth se ha despertado —me dice con tristeza—. Ha empezado a trepar por el respaldo del sofá, para salir corriendo, hasta que se ha dado cuenta de dónde estaba.

—¿Y ahora dónde está? —pregunto.

—La están aseando. Penny le ha propuesto lavarle el camisón, pero Beth ha dicho que no se lo iba a volver a poner, así que me parece que le están buscando ropa.

—No me extraña que no quiera volver a ponérselo. —La sola idea de volver a vestir ese camisón, aun después de lavarlo, no es buena—. Habrá que ir a buscarle ropa mañana.

—Y cristales para las ventanas y las puertas —dice John, que está comiendo algo junto al fregadero de la cocina—. Si estáis por la labor.

—Yo sí —contesto, porque quiero salir de aquí, aunque eso signifique hacer una visita a los eleequis.

Beth y Penny entran en el salón cogidas de la mano. La niña lleva el pelo mojado y repeinado hacia atrás y mira nerviosa a todas partes. Le han puesto una de mis camisetas viejas, que le cuelga como un vestido. Se dibuja en sus labios un amago de sonrisa en respuesta a la mía.

—Hola, Beth —digo—. ¿Te encuentras un poco mejor? —Asiente con la cabeza—. ¿Tienes hambre? —Vuelve a asentir—. Ven a sentarte a la mesa conmigo. Yo tengo tanta hambre que me comería un bisonte. —Saco las cosas para hacer sándwiches de mantequilla de cacahuete con mermelada, la compota de manzana, un tarro de melocotones y pan con hummus casero. Beth se sienta en una silla, con las piernecitas colgando—. Soy Cassie, por si se te había olvidado. —Niega con la cabeza para que sepa que no. Nelly me dijo que tenía siete años, pero la veo pequeña para esa edad y no aparenta esa edad, sobre todo porque tiene los ojos como platos todo el tiempo, de miedo y de incertidumbre. Sonrío—. Vale. Voy a preparar un poco de todo y tú comes lo que te apetezca.

Sorbe ruidosamente los melocotones y un cuenco de compota, y luego se zampa medio sándwich en cuatro segundos. Abro frascos y unto pan para que pueda seguir comiendo y comiendo. Le hablo de la casa y de lo que hemos plantado en el huerto mientras ella lo absorbe todo muy atenta, con los ojos muy abiertos, pero cada vez menos recelosos según voy hablando, así que le cuento cómo hemos hecho la mermelada que se está comiendo y lo bobas que parecen las cabras cuando hacen cabriolas en el jardín. Cuando para por fin, le pregunto si le apetece ver el huerto.

Asiente pero vacila.

—No tengo zapatos.

Me quito los míos con los pies y meneo los dedos.

—¡Qué suerte! ¡Yo odio los zapatos!

Es la primera vez que sonríe de verdad en todo el día, puede que la primera en mucho tiempo.

Beth se mueve por la tierra caliente y el pelo se le va secando y adquiriendo un bonito color castaño claro con rizos en los extremos. No le hago muchas preguntas. En cambio, le hablo de cómo llegamos nosotros aquí, omitiendo las partes que dan miedo, claro, pero, cuando menciono que cruzamos el pueblo, interviene.

—Mi madre y yo estábamos en el instituto. Entonces voló por los aires justo cuando llegaban los devoradores. Los oí decir que lo habían hecho ellos. Fue entonces cuando nos cogieron, a mi madre y a mí.

Sé que me está hablando de Neil y compañía. Debieron de aprovechar la confusión. Me pregunto qué habrá sido de la madre, pero no digo nada. Me arrodillo y arranco un par de malas hierbas. La miro, aún de rodillas.

—Pasaríais mucho miedo…

Mira a otro lado.

—Sí —contesta, y me dan ganas de abrazarla, pero me da que no le apetece un abrazo—. Los dos han muerto. Mis padres —aclara, y se queda petrificada como una estatua, inaccesible.

Le tiendo una mano.

—Lo siento mucho, Beth.

Entiendo lo que es perder a tus padres, a los dos, pero no me imagino lo que debe de ser perderlos cuando aún no eres lo bastante mayor para quedarte sola.

Me pone una manita en la mía, pero sigue mirando hacia el huerto, hacia el bosque que forra el monte. «El tercio llano», como decía mi padre. Llora furiosa y se agita todo su cuerpo hasta la mano caliente que yo sostengo. No quiere que la vea llorar. A lo mejor, después de las últimas semanas, teme mostrarse vulnerable, confiarse demasiado y que vuelvan a hacerle daño. Eso sí que lo entiendo bien.

A LA MAÑANA siguiente John le pregunta a Beth si quiere ir a su casa a por alguna de sus cosas. Me lo llevo a un aparte y le digo que es demasiado peligroso, pero me recuerda que la niña ha visto cosas mucho peores que nosotros. Dice que, a lo mejor, tener cosas suyas por aquí la ayuda, sobre todo cuando se despierta gritando como lo ha hecho toda esta última noche. No me ha importado tranquilizarla porque yo me he pasado media noche en vela de todas formas. He vuelto a soñar con Adrian, solo que esta vez la mano muerta de Neil salía de debajo de los escalones del porche y me agarraba por el tobillo, y lo que quedaba de su cabeza sonreía con lascivia.

Beth se sienta atrás, entre James y yo. Peter va delante. Con todo lo que ha conseguido evitarme últimamente, llevo veinticuatro horas sin quitármelo de en medio. Bellville está igual que hace unas semanas, solo que no vemos ni un solo eleequis. John mete el vehículo en el recinto del instituto. Los cadáveres de los contagiados a los que matamos se van disecando lentamente sobre el asfalto. Rodeamos el edificio, dando brincos al pasar por encima de los cascotes, y nos topamos con una montaña de cadáveres de eleequis en el aparcamiento de detrás.

—Ya no hay eleequis por aquí —comenta John explorando las instalaciones del instituto—. ¿Adónde habrán ido?

—Los han matado a todos —tercia una vocecita, la de Beth, que tiene el gesto fruncido—. Tenían un juego. Lo llamaban… —se le atragantan las palabras— «cebo vivo». Ataban a alguien y venían los devoradores. Una vez me obligaron a ver cómo les disparaban.

Le paso un brazo por los hombros delgaditos. No puede contener las lágrimas, que le caen entre pequeños sollozos convulsos. Peter mira a la niña y luego la montaña de cadáveres con gesto oscuro, todo ceño fruncido y dientes apretados.

—¿Podemos irnos? —pregunto.

John pone en marcha la camioneta.

La casa de Beth es un edificio colonial de ladrillo muy cuco. Volver del colegio a una casa así debía de ser agradable. La cocina da al columpio del jardín trasero y la puerta de la nevera está forrada de fotos, dibujos y todas esas cosas que son señal de una familia feliz y activa.

He traído una maleta, pero, cuando subimos a su cuarto, Beth saca una del armario. Abre los cajones y saca la ropa en silencio.

—¿Quieres que te deje sola para que te puedas cambiar? —pregunto.

Asiente. Lleva mi sudadera del gatito como vestido. Cuando se la he dado esta mañana, se le han iluminado los ojos, igual que me habría pasado a mí a los siete años.

Me asomo a un despacho y al dormitorio de los padres, cuya cama está perfectamente hecha. La casa entera está como si esperaran visita en cualquier momento, pero parece una exposición de un museo: «*Homo sapiens* preapocalíptico».

Beth se ha puesto unos vaqueros y una camiseta. Llena la mochila del colegio de libros y mete también un peluche. Lo hace todo superdespacio, pero no voy a meterle prisa, así que me siento encima de la vistosa colcha y espero.

Hay montones de pegatinas de hadas y de flores por las paredes. Del cabecero de la cama cuelga una mosquitera. Es el cuarto completamente mágico de una niña de siete años. En la estantería hay una foto de Beth con una mujer rubia que es una versión mayor de la cría.

—Beth —le digo con cautela para no disgustarla—, ¿quieres llevarte esto también? ¿O alguna otra foto? —La guarda con cariño en la maleta. Parece más angustiada con cada minuto que pasa. La veo coger y dejar cosas, sin saber bien qué llevarse—. No hace falta que te lo lleves todo ahora, solo lo que más te apetezca. Mientras sea seguro, podemos volver a por más.

—¿Quién me traerá? —pregunta, acariciando unos calcetines—. ¿Adónde voy? —añade en un susurro.

Se le saltan las lágrimas. Pensaba que venía a por sus cosas antes de que nos deshiciéramos de ella de algún modo.

—Ay, cielo —le digo agarrándola de un hombro—. Te traeremos nosotros. Queremos que te quedes en nuestra casa. Siento mucho no habértelo dicho. Pensaba que lo sabías. Espero que te parezca bien…

Su cuerpecito se desinfla de alivio.

—Sí.

Por eso iba tan despacio, por miedo a lo que la esperaba.

—Te devuelvo tu camiseta, Cassie —dice señalando la sudadera del gatito doblada.

—¿Te la quieres quedar? —le pregunto, poniéndola encima de su ropa, en la maleta—. A ti te queda mejor. A mí no me pegan los gatitos. —Ríe como una boba y cierra la cremallera de la maleta. Ha sido un sonido precioso, esa risita, y me apetece oírlo más—. ¿No te llevas ningún juguete? —digo y le señalo la casa de muñecas, las Barbies y los juegos.

Los mira como si fuera la primera vez que los ve.

—No, no creo que vaya a querer jugar con juguetes ya.

Me dan ganas de cogerla en brazos y decirle que está a salvo, de insistirle en que no tiene que hacerse mayor tan rápido, pero, al verla tan seria y tan distante, me limito a asentir. Cojo la maleta y ella se cuelga la mochila de los hombritos. La ha llenado tanto que le sobresale como el caparazón de una tortuga. Cuando ya ha salido del cuarto, agarro un estuche de plástico con asa idéntico al que yo tenía de pequeña, de esos que llevan dentro las Barbies con sus accesorios, por si dentro de unos días quiere volver a ser niña.

CAPÍTULO 82

JOHN TERMINA DE instalar la nueva puerta corredera de cristal justo después de que se ponga el sol. Le quita el plástico protector y aplaudimos.

—Gracias, John —digo y le doy una cerveza. Hoy hemos encontrado unas cuantas también.

—Lo del pueblo ha sido tremendo —dice John dándole un trago a la cerveza y limpiándose la barba.

Hemos esperado a que Beth se quedara dormida para hablarlo. Lo ocurrido durante los últimos días debe de haberle pasado factura por fin, porque se ha quedado dormida con la cabeza en mi regazo a los diez minutos de cenar.

—Entonces, ¿no hay contagiados? —pregunta Nelly.

Le habría gustado venir y, cuando hemos vuelto, se ha puesto a andar cojeando por ahí para que viéramos que estaba bien. Cuando ha empezado a dolerle cada paso, se ha sentado por fin y ha hecho como que le apetecía leer un rato. Nosotros hemos hecho como que no nos dábamos cuenta.

—Ni uno —contesta John—. A ver, seguro que se les han escapado algunos atrapados en sus casas, pero habrán matado a centenares de ellos, millares quizá. Debe de ser lo único bueno que han hecho esos tipos en su vida.

—Salvo por la forma en que lo han hecho —digo yo.

John les cuenta lo que nos ha dicho Beth sobre sus métodos. Se hace un silencio horrorizado mientras todos pensamos en la posibilidad de convertirnos en cebo de un juego enfermizo.

—Bueno —dice Ana abrazándose las rodillas—, si cabía alguna duda de que merecían morir, ya no la hay. —Aún duele verle los moratones de la cara, pero tiene el ojo mucho menos hinchado—.

John —añade, volviéndose hacia él—, ¿podríamos ir al campo de tiro mañana? Quiero corregir lo que sea que hago mal.

—Vamos a esperar a que se te cure el ojo, cielo. Te prometo que en cuanto veas bien te llevo, ¿vale? —Ana hace un puchero y John ríe—. Te lo prometo, Ana. Vamos a empezar un entrenamiento regular. Además, ya tengo casi terminada la herramienta que estoy haciendo. Pero necesitas descansar.

Parece desilusionada, pero no protesta como lo habría hecho antes. Penny la mira intrigada y luego me mira a mí de reojo. Me encojo de hombros, pero estoy convencida de que Ana tiene un nuevo proyecto. Siempre ha sido obsesiva, pero antes lo era con la ropa y el dinero, no con el combate armado. Esto va a ser interesante.

—Beth no sabía que iba a vivir con nosotros —les digo—. No sé dónde pensaba que iba a ir, pero hay que dejarle claro que la queremos aquí. Aunque se empeña en ser fuerte, tiene miedo de que vuelva a ocurrir algo horrible.

—¿Y te extraña? —pregunta James desde el suelo, donde está sentado con Penny entre las rodillas.

—Hasta yo tengo miedo de que vuelva a ocurrir algo horrible. Porque es casi impepinable, entre los contagiados y lo que decían por la radio…

Los comunicados nocturnos han pasado de ser simples listados de zonas seguras a ser una especie de informativo con descripciones de cómo funciona cada una. La emisión se hace siempre desde el aeropuerto de White Mountain, en Whitefield, pero hace unas noches tenían a alguien de la zona segura de Maine. En algunas de ellas tienen avionetas y están sobrevolando las zonas peligrosas por razones de abastecimiento y repostaje.

Esta noche, Matt Burns, el locutor de Whitefield, ha recomendado que los grupos de menos de cuarenta personas no informen de su ubicación. Por lo visto, les están llegando supervivientes de sitios asaltados por hombres que supieron de su emplazamiento por las emisiones de radio.

Mi esperanza de contactar con Adrian se desvanece, pero casi me siento aliviada. Recuperar el contacto significaría saber lo que piensa de mí, para bien o para mal. Cada vez que empiezo a ilusionarme recuerdo lo que me dijo Peter y se me encienden las mejillas de humillación. Pero no puedo dejar de querer a Adrian solo porque él a lo mejor ya no me quiera. Eso es básicamente lo que el propio Adrian me dijo la noche en que corté con él.

Acaricio el contorno del anillo en el bolsillo, que me ha dejado en los vaqueros una leve marca circular de desgaste. Me lo quiero poner, pero no puedo. Solo me lo pondré cuando lo sepa con certeza. O me desharé de él para siempre, según corresponda. Pienso en el otro anillo, el que le devolví aun después de que me dijera que me lo quedara por si acaso cambiaba de opinión.

Hacía ya un año de la muerte de mis padres. Habíamos pasado los últimos meses prácticamente separados, en parte porque Adrian estaba terminando el grado en una universidad del noreste y en parte porque yo me había recluido en un mundo monótono y monocromo. Hacía lo mínimo imprescindible. Iba a trabajar todos los días. Salía a tomar una copa los viernes y no me quedaba otra. Adrian bajaba a verme en su coche viejo los fines de semana que no tenía prácticas e intentaba convencerme de que hiciera algo, lo que fuera, con él. Pero yo nunca quería. Habíamos dejado de hacer excursiones para ver solares y granjas. Yo no quería irme de la ciudad. En realidad, no quería marcharme jamás de aquella casa. Imaginar el futuro había perdido todo su atractivo para mí. Ahora sé que había caído en una depresión, pero entonces me parecía que la humanidad entera había venido al mundo para instarme a hacer cosas que no me apetecían. No entendía por qué no me dejaban en paz. Sola estaba bien, creía yo. Eric solía llamarme para preguntarme qué tal mi semana.

—La mía bien —le contestaba—. ¿La tuya?

—Cassie —suspiró un día—, sé que no estás bien. ¿Qué ha pasado con la exposición? No la has vuelto a mencionar.

Me había llamado la propietaria de una galería del noreste que estaba interesada en mis pinturas. Era una galería muy conocida y en otra vida había sido un sueño hecho realidad, pero llevaba un año sin coger un pincel porque ya no sentía esa necesidad. Al final dejó de llamarme.

—He estado liada —mentí.

—No, no es verdad. Adrian dice que ya casi no hablas con él y que no lo llamas a menos que te llame él, que te da igual verlo o no. Entiendo lo mal que lo estás pasando, créeme, y sé que es difícil, pero te estás aislando de todo el mundo. Igual tendrías que hablar con alguien.

Me fastidiaba que Adrian y él hablaran de mí como si fuera una especie de adolescente problemática.

—No tengo que hablar con nadie, Eric. Igual lo que necesito es que dejéis de hablar de mí. Me va bien. A lo mejor es que he cambiado. ¿Se os ha ocurrido pensarlo?

Un suspiro más al otro lado de la línea.

—Genial, Cass. Has cambiado. Has perdido la vitalidad y me revienta verlo. Piénsalo, por favor. Sabes que te quiero, ¿verdad?

—Sí, lo sé. Yo también te quiero. Ha venido Adrian, tengo que colgar.

Adrian entró y soltó la bolsa en el salón con una sonrisa. Me tendió los brazos y me arrojé a ellos, pero sentí que me asfixiaba. Siempre me había sentido a salvo y querida en sus brazos, pero, en aquel momento, solo quería huir. Al segundo, me zafé.

—¿Tienes hambre? —le pregunté sin mirarlo—. ¿Quieres que pidamos algo?

—Había pensado que podíamos salir —contestó, bajando los brazos que aún tenía en alto mientras yo procuraba ignorar su cara de pena—. ¿Llamar a Nel quizá?

No me apetecía ir a ningún sitio ni hablar con nadie.

—Eeeh, me parece que Nelly tiene planes.

Me miró con sus ojos de un verde intenso, desafiantes.

—No, no tiene. Lo he llamado cuando venía para aquí.

—Mejor nos quedamos en casa.

—Igual a mí me apetece salir y quedar con él.

—Pues ve tú —le propuse—. No me importa.

—Es obvio que no —masculló, tan bajito que casi no lo oí.

Si venía con ganas de bronca, la iba a tener. Aún me duraba el cabreo de saber que Eric y él se estuvieran llamando para hablar de mí. Me planté en la alfombra del centro del salón, con los brazos en jarras.

—¿Qué has querido decir?

—Pues que ya nunca te apetece verme ni hablar conmigo. Ni siquiera hablar de casarnos. Sé que este año ha sido horrible y no digo que no tengas derecho a estar triste o deprimida…

—¡No estoy deprimida! —le grité—. Ya me ha dicho Eric que andáis entretenidos hablando de mi depresión. ¡Estoy bien!

—Pues sí, hemos hablado. Porque los dos te queremos y queremos que vuelvas a ser la Cassie de antes.

Me hablaba con voz suave, aunque yo le berreara, y con cara muy triste. No podía soportarlo.

—Bueno, a lo mejor esto que ves es la nueva Cassie —repuse, extendiendo los brazos como para presentarme—. Y, si no os gusta, pues… —No terminé la frase.

Estaba en lo cierto: no quería tenerlo por allí y llevaba meses intentando averiguar por qué. Recordaba lo mucho que lo había querido, lo mucho que me había gustado estar con él, pero aquello había pasado a la historia. A veces casi lo notaba, como cuando, después de que se te pase un dolor de muelas, te sigues hurgando en la zona con la lengua, sin tener claro que aún te notas el pinchazo. Lo miré fijamente, no dispuesta a decirle lo que había estado pensando.

—¿Qué quieres que haga? —me preguntó, dejándose caer en el sofá y mirándome desesperado—. Necesito saberlo. Necesito saber si aún quieres estar conmigo, si todavía me quieres.

Entonces es cuando tendría que haber dicho: «Pues claro que sí, pero ten un poquito más de paciencia conmigo, por favor». Porque, en el fondo, pensaba que a lo mejor no había dejado de quererlo del todo. Pero, si lo decía, iba a tener que procurar recuperar ese amor y, por consiguiente, liberar todos los demás sentimientos que había encerrado con él.

—No… —Esperaba expectante mi respuesta—. No sé si aún te quiero. —Me miró como si acabara de darle un puñetazo a traición. Y era lo que había hecho. De todas las cosas que podría haberle dicho, jamás se habría esperado que le dijera eso. Apretó la mandíbula y miró a otro lado con una cabezada afirmativa—. Lo siento —añadí. Quería consolarlo, pero supuse que no sería de mucho consuelo para él.

Se volvió hacia mí con las manos extendidas y los ojos llenos de lágrimas.

—¿Por qué? ¿Podrías decirme por lo menos eso?

—No… —No sabía qué decir—. Se ha esfumado. No queda… nada.

—Nada —repitió con inmensa tristeza.

Contemplé el pequeño diamante del anillo que llevaba puesto. Era perfecto. Se había recorrido los anticuarios de todas partes hasta que había encontrado el anillo que pensaba que me iba mejor. Yo no quería que se gastara un dinero ganado con mucho esfuerzo en un anillo, pero me juró por lo más sagrado que era una ganga. «Y te vale —me dijo—. Estaba escrito, como lo nuestro.»

Lo hice girar hasta que por fin conseguí quitármelo. Me apenó causarle tanto dolor a Adrian, pero, sobre todo, me sentí aliviada. Por entonces, creí que significaba que había tomado la decisión correcta, pero luego descubrí que lo que me aliviaba era poder seguir escondiéndome y no tener que volver al mundo de los vivos, no tener que reconocer que en algún momento del último año había olvidado cómo ser yo. Le di el anillo.

—¿Podemos hablarlo? —me dijo estupefacto—. No puedo creer que…

—Podemos hablar —contesté de mala gana, porque no quería que el alivio se esfumara—, pero ya hace un tiempo que me siento así. No sé qué es lo que hay que hablar.

No sé cómo pude ser tan cruel. Me cargué todos aquellos años con unas frases, sin ganas de hablarlo siquiera. Después de aquellos diez minutos, Adrian estaba destrozado, derrotado. Me odié por hacerle algo así, pero me dije que había que hacerlo. Yo ya no lo quería. Él aún no había cogido el anillo que le daba.

—Quédatelo —me dijo, mirándome como si fuera una desconocida—. Era para ti. A lo mejor algún día vuelves a quererlo.

Cerré el puño con fuerza y nos miramos unos segundos. Su semblante, siempre transparente, se tornó indescifrable. Sacudió la cabeza como para salir de un ensueño y se levantó del sofá.

—Será mejor que me vaya.

Yo quería que aquello terminara.

—Vale.

Cogió su bolsa y se quedó allí plantado, como esperando a que le dijera que había sido todo una broma.

—Lo siento —repetí—. De verdad.

Se encogió de hombros como si no me creyera y se echó la bolsa al hombro. Enfiló el pasillo, pero luego se volvió. Jamás lo había visto tan triste y me dieron ganas de desdecirme. Pero no lo hice.

—Yo aún te quiero —me dijo él—. Hasta el fin del mundo.

Y se fue.

Capítulo 83

La mano de Neil sale de debajo de los escalones del porche y me agarra el tobillo. La sigue lo que queda de su rostro sonriente. Grito, pero me sale un silbidito. Adrian mira entre los árboles, sordos a mis súplicas de ayuda. Despierto y me encuentro a Beth sentada a mi lado, mirándome desde arriba en la oscuridad.

—¡Cassie! —chilla.

La he asustado. En mi sueño era un susurro, pero yo misma he podido oír el final de un alarido al tiempo que me despertaba.

—Estoy bien —digo, procurando quitarme el sueño de la cabeza—. Perdona, he tenido una pesadilla, cielo. No pretendía asustarte.

Le cojo la manita caliente y doy unas palmadas en la almohada para que vuelva a tumbarse. En cuestión de minutos, se ha vuelto a dormir y los brazos le cuelgan inertes. Voy al salón y le digo a James que descanse un rato. Me da que ya he dormido bastante por hoy, así que ya hago yo la guardia.

Aún tengo el corazón desbocado. Ahora me arrepiento de no haberle dicho a James que se quedara un rato hablando conmigo de nimiedades que me calmen los nervios, porque, aunque sé que Neil está muerto muertísimo, aún me noto su mano gélida en el tobillo. Si Laddie estuviera aquí, sabría qué decirme.

Las fresas están en su mejor momento y trituro un cuenco entero para hacer otro lote de mermelada. Nos hemos estado atiborrando de ellas. Entre la parcela de John y la nuestra, no paramos de envasar un frasco detrás de otro. Beth aplaude cada vez que suena la tapa de un tarro al salir de la envasadora. Peter y ella hacen apuestas tontas sobre cuál será el siguiente frasco en hacer clonc.

Peter pregunta qué puede hacer y ayuda a John con todo y con nada. Todos le tienen cariño. Supongo que ellos lo pueden perdonar porque no les afecta de forma personal, pero yo sé lo que piensa de mí y no puedo perdonárselo ni perdonarle lo que ha dicho y hecho.

Ana suplica las prácticas de tiro y, cuando no lo consigue ni están haciendo tareas domésticas, practica con el arma nueva de John. La llamamos «el carnicero». Se compone de un mango de medio metro que termina en una hoja de cuchillo de carnicero, pensada para la decapitación instantánea. Rebana casi cualquier cosa que le pongas delante, incluido, esperamos, el cuello de un eleequis. En el otro extremo tiene una punta metálica, perfecta para clavarla en la base del cuello o en un ojo. Cuando John nos lo explicó, Penny se puso blanca, pero procuró tomárselo con calma.

Mezclo las fresas con pectina y las pongo al fuego. Mido el azúcar y empiezo a preparar las gachas de avena. Al menos mis pesadillas me conceden tiempo de sobra para hacer las cosas. En cuanto se despiertan todos, nos sentamos a la mesa del desayuno y comemos gachas a cucharadas, con mermelada de fresa, claro.

Beth me mira.

—Cassie, ¿te parece bien que duerma en una de las camas del cuarto de Peter? Es que…, bueno…

Me pongo como un tomate.

—Claro, cielo. Si a él le parece bien. Siento estar despertándote todo el rato.

—Tranquila, yo también tengo pesadillas todas las noches —dice con cara de solemnidad—. ¿Puedo, Peter?

Peter sonríe.

—Por supuesto, Bits.

Ahora la llamamos Bits. Peter nos hizo creer que pensaba que la niña decía «Lilly Bits» cuando le preguntaban su nombre, en vez de «Elizabeth» y se ha quedado con ese apodo. La pequeña le ha cogido cariño a Peter y, aunque sigo sin aguantarlo, puedo entenderlo. Él la adora, bromea con ella y se empeña en ponerle nombre a todas sus pecas.

Levanta la mano para chocar los cinco con ella.

—¡Fiesta de pijamas todas las noches! Pero vas a tener que preguntarle a Nel, porque la cama es suya.

Bits ríe y choca los cinco con Peter, posiblemente el último ser humano al que podía imaginarme pidiendo un choca los cinco. Ya no sé qué pensar de él.

Nelly sonríe y traslada sus cosas a mi cuarto.

—Estoy de vueeelta —canturrea.

Sé que no le puedo pedir a Bits que me aguante toda la noche, pero me siento como un monstruo. Puede que Nelly termine durmiendo en el sofá.

—Prepárate para el suplicio —le digo—. Está claro que no hay persona en su sano juicio que quiera compartir cuarto conmigo por las noches.

—Bueno, nadie dice que esté en mi sano juicio —replica y me pellizca la nariz.

CAPÍTULO 84

—¿ME ACOMPAÑAS A revisar la cerca? —me pregunta John.

Me yergo de los lechos de flores de mi madre, donde estoy agachada, y me limpio las manos en los vaqueros.

—Claro.

La primera parada es el árbol de los mensajes. John se sube a una raíz nudosa y mete la mano en el hueco. Abre la antigua lata de café y saca un papel doblado.

—Les escribí una nota a las niñas y a Eric, advirtiéndoles de que venía Neil. Les dije adónde podíamos ir si teníamos que marcharnos, pero tenemos que ponernos de acuerdo en eso, para que sepan dónde encontrarnos.

Me maravilla su previsión. Cuando pienso que ya le he cogido el tranquillo a las cosas, él me lleva tres pasos de ventaja.

—Yo también quiero meter una nota para Eric.

Han pasado más de dos meses ya. No puedo evitar pensar que se topó con algo de lo que no pudo escapar. Eric escala montañas, ha hecho travesías por el sendero de los Alpes, no es fácil pararlo. Tiene que estar bien.

Sé que el paseo de John tiene un motivo oculto y espero a que lo verbalice.

—Entonces, Cassie, si tenemos que largarnos, ¿vamos a Kingdom Come o a Whitefield? Estamos a la misma distancia de ambas, así que a mí me da igual, pero tengo la sensación de que a ti no.

Me hace un favor entreteniéndose con la lata. Cuando hablo, lo hago con un hilo de voz.

—A mí me gustaría ir a Vermont.

Cabecea una vez.

—Pues ya está decidido. Vamos a seguir la cerca.

Avanzamos por el bosque, asegurándonos de que la cerca sigue tensa y no se ha quedado nada atrapado en ella o en la zanja. John me señala unos excrementos de ciervo y un nuevo nido, pero yo estoy pensando en la última vez que corrí por estos bosques. Según nos acercamos al sitio, se me seca la boca y creo ver al Neil de mis sueños enredado en el alambre. Pero el bosque está como de costumbre. Solo las calvas en la hojarasca indican que aquí ocurrió algo.

John apoya una mano en el alambre de espino y me mira a los ojos.

—Hiciste lo que había que hacer.

Piensa que me asalta la incertidumbre, pero no es exactamente eso. Intento explicárselo.

—Lo sé y no me arrepiento, volvería a hacerlo cien veces más, pero eso no impide que ese tipo se me cuele en los sueños, que no pare de darle vueltas.

—Cassie, yo he matado antes, a hombres malos que merecían morir y, en Vietnam, a otros que probablemente no lo merecían. Los llevas contigo para toda la vida. Te persiguen. Te lamentas de haber tenido que hacerlo, pero lo hiciste y buscas el modo de vivir con ello.

—Pero yo sí quería hacerlo. No es que supiera que era lo que había que hacer, es que quería matarlo. Disfruté haciéndolo, John. Un poquito —digo, mirando aún al sitio concreto, y levanto la cabeza esperando encontrarme una cara de sorpresa, pero lo que veo es compasión.

—No disfrutaste matándolo, cielo. Te alegró ver que una amenaza de ese calibre dejaba de serlo. No todo el mundo consigue eso. ¿Sabes lo que solía decir tu padre de ti? —Me da un brinco el corazón y niego con la cabeza. A veces lo más difícil es que lo único que tengo son recuerdos—. Tu padre decía que si alguna vez necesitaba que alguien le cubriera las espaldas en un callejón oscuro, se lo pediría a Eric, pero que si lo que necesitaba era alguien que apretara el gatillo, recurriría a ti. Sabía que tú ibas a hacer lo que hubiera que hacer. Él también era así. ¿Por qué crees que te quería en el granero conmigo?

Enmudezco. Jamás me cupo la duda de que mi padre haría cualquier cosa por protegernos, pero no era consciente de haber heredado ese rasgo. De pronto, ya no me siento una asesina en serie, solo alguien que protegía lo suyo. Y la sensación no me desagrada.

CAPÍTULO 85

JOHN, PETER Y Ana vuelven con un nuevo vehículo después de pasar el día en el pueblo extrayendo gasolina de otros coches y consiguiendo más provisiones. John baja de un salto de la furgoneta y, dando unos golpecitos con los nudillos en el capó, dice:

—Nuestro nuevo transporte. Aquí cabemos todos. Con suministros. De ese modo, podremos marcharnos en cualquier momento.

—Mola —dice Nelly y se acerca al vehículo sin cojear apenas—. Es como la furgo con la que salimos de la ciudad.

—Peter ha visto el concesionario de coches usados y se le ha ocurrido que podíamos buscar algo más grande. Esta furgo nos viene de perlas y tenía el depósito lleno —explica John dándole una palmada en el hombro.

Ana sonríe a Peter y él le devuelve la sonrisa. La forma en que se miran me hace pensar que son algo más que amigos. Y amigos son: siempre se ofrecen voluntarios para ayudarse el uno al otro y para reparar la cerca juntos. Siempre están riendo. Ya ni siquiera juegan al Michelin zombi.

Me asalta una especie de ataque de celos, a pesar de que intento convencerme de que no. Parecen felices. Procuro tragarme el sentimiento y fuerzo una sonrisa. Me quedo todo el rato que puedo aguantar y luego me meto en casa.

Trato de ordenar mis sentimientos, pero son demasiados los que me zumban por dentro: celos, rabia, impotencia, miedo…, no me falta de nada. Aún no he conseguido ni mucho menos aclararme cuando entran todos en tropel, riendo. Los oigo contarles a los demás que el pueblo sigue desierto. Con tanto alboroto, no puedo pensar y me dan ganas de gritarles a todos que se callen de una vez.

312

—¿John? —digo, acercándome a él mientras mide el cristal del ventanal—. ¿Puedo irme a tu casa un rato?

Se vuelve a mirarme, preocupado.

—Por supuesto, pero enciende la radio para que podamos contactar contigo si hace falta. ¿Estás bien?

—Muy bien —contesto sin mirarlo a los ojos—. Es que necesito estar sola un rato.

Me siento a la mesa de la cocina y miro fijamente por la ventana. Desde el día en que Peter y yo discutimos, tengo la sensación de que todo ha empeorado. No hay amenaza inminente ni de vivos ni de contagiados, pero no me siento aliviada. Lo único que tengo es esa sensación gris y devastadora que se apoderó de mí a la muerte de mis padres. Subyace a todo e intenta paralizarme de nuevo.

Me niego a permitírselo. Cuando Peter dijo que Adrian ya no me quería, lo creí, pero no sé bien por qué. Tampoco es que él lo sepa. Peter cada vez me fastidia más. Hace lo que le viene en gana y sigue teniendo acólitos. Yo me como sus marrones y no consigo más que sentirme abandonada y triste.

Me quedo allí sentada hasta que vienen todos a escuchar la emisión de radio. Peter, Ana y Bits se han quedado en la cabaña jugando a un juego de mesa. Me pregunto si el que yo me haya ido de la casa tendrá algo que ver. Al menos Peter se ha mantenido alejado de mí como le pedí.

Matt Burns empieza con los informes de costumbre. Nombra todas las zonas seguras, incluidas las de Pensilvania y el noroeste de Nueva York. Después habla de los alimentos que están cultivando en Whitefield, de lo difícil que es llevar agua hasta las plantas y del interminable desbroce.

—Nos hemos convertido en soldados agricultores —ríe—. Por suerte, contamos con la granja Kingdom Come, que nos echa una mano con la logística. Y hoy tenemos aquí a uno de sus cabecillas o…, no sé, ¿cómo te llamarías tú?

Oigo una risa que conozco bien y se me para el corazón. El universo se ha propuesto fastidiarme hoy. Tengo tantas ganas de oír su voz que debo de haberla imaginado. Pero ahí está, serena y comedida, una octava más grave de lo que te la esperas.

—Yo me llamaría Adrian —contesta.

Me agarro con fuerza al borde de la mesa cuando se vuelven todos hacia mí. Miro fijamente la radio. Está vivo. Ahora lo sé con certeza.

—Muy bien, Adrian. Adrian Miller ha venido a vernos desde la granja Kingdom Come, en el noreste de Vermont. La granja es tuya, ¿verdad?
—Bueno, mi socio, Ben Sullivan, y yo montamos la granja hace año y medio. Nos conocimos en la universidad y conseguimos una beca para crear una granja experimental. Encontramos una finca vieja y la compramos. Empezamos a trabajar en ella el invierno anterior a este último e hicimos la primera cosecha el verano pasado.
Recuerdo a Ben. Lo conocí antes de que murieran mis padres.

—Háblanos de ella.

Adrian se aclara la voz. Odia ser el centro de atención y está nervioso.

—Bueno, queríamos que fuera un ecosistema en la medida de lo posible: que los cultivos nos alimentaran a nosotros y a los animales y los excrementos de los animales alimentaran la tierra que, a su vez, alimentara los cultivos. Nuestro objetivo era producir incluso el combustible basado en un aceite vegetal con el que funcionarían nuestros equipos agrícolas modificados.
—¿Por qué hablas en pasado?
—Bueno, porque lo seguimos haciendo, pero ahora mismo nos interesa más defendernos y alimentarnos. De momento, hemos acogido a doscientas personas, pero creemos que

podemos con muchas más. Lo bueno de esa zona es que está bastante aislada y rodeada de montañas. Tenemos vecinos y, entre todos, nos proponemos ampliar aún más la zona segura.

—¿Cómo?

—Enviamos patrullas a eliminar las amenazas, ya sean vivas o muertas. En eso somos muy muy rigurosos.

Sé qué cara está poniendo ahora mismo: aprieta la mandíbula y le brillan los ojos. Sabía que era como mi padre, pero supongo que nunca caí en la cuenta de que él y yo nos parecíamos también en eso.

—¡Bandidos, tened cuidado! —bromea Matt—. ¿Qué puede esperar la gente que llegue hasta allí?

—Comida, un lugar relativamente seguro en el que vivir, un grupo de personas verdaderamente extraordinario y muchísimo trabajo. Y lo del trabajo va en serio —dice riendo y luego suaviza la voz—. Acogemos a todo el mundo que quiera unirse a nosotros. Cuando sobrevolamos las zonas más pobladas y vemos lo que ha sido de ellas, no me sorprende que no nos hayan llegado tantos refugiados como esperábamos, pero confío en que la gente oiga estas emisiones y vaya allí.

—Sé que te necesitan en otra parte, Adrian —dice Matt—, así que una última pregunta: ¿tu familia ha conseguido sobrevivir?

—Mi madre había ido a ver a mi hermana al oeste. Consiguieron llegar a la zona segura de Idaho. He tenido suerte.

Me alivia saberlo. Esperaba que estuvieran con él, pero eso tampoco está mal.

—Eres afortunado. Entonces, ¿no había nadie más?

Espero algo de vacilación, una señal, pero responde demasiado rápido para que yo pueda imaginar siquiera una pausa en la que quizá fuera a mencionarme.

—No, no hay nadie más. Salieron justo a tiempo.

—Gracias por venir, Adrian. Casi lo he tenido que traer a rastras. Pero la granja Kingdom Come confía en que algunos de vosotros vayáis allí si podéis.

Adrian murmura un «gracias» y Matt se queda solo, repasando de nuevo la lista. Ignorando a todo el mundo, me levanto y salgo al bosque.

La casa está prácticamente a oscuras cuando vuelvo. He infringido nuestras normas quedándome fuera sola después de que se ponga el sol, pero me da igual. John está de guardia, pero se limita a saludarme con la cabeza y sigue leyendo. Me pongo el pijama y me meto en la cama con Nelly. No tengo energía para lavarme los dientes. Allí tumbada, escucho la respiración de mi compañero de cuarto.

—No significa nada —me dice.

—Igual nada es algo —contesto.

Calla, pero me coge la mano con su manaza y nos dormimos. Al menos esta vez no tengo que ver a Adrian en mi pesadilla, porque Neil y yo estamos solos en los escalones de entrada.

CAPÍTULO 86

POR LA MAÑANA, me dispongo a pasar el anillo de la estrella a los vaqueros limpios. Cuando caigo en la cuenta de lo que estoy haciendo, paro y guardo el anillo en el primer cajón de la cómoda. Ya tomé la decisión en su momento y va siendo hora de que deje de autocompadecerme y acepte las consecuencias por mucho que me duela. Voy a la cocina y empiezo a hacer tortitas. Entra Penny con la leche de Flora cuando estoy dando la vuelta al primer lote. Se planta a mi lado y me apoya la cabeza en el hombro.

—Hola, señora —dice. Sé que quiere hablarme de lo de Adrian, pero no lo hace—. Te quiero.

—Y yo a ti —le contesto—. ¿Qué tal tu vida amorosa?

—Bien —responde con prudencia.

—Pooor favooor. Resplandeces de amor y ni siquiera me lo quieres contar. He sido una superamiga de mierda y lo siento. No pretendía que pensaras que no me interesa.

Sonríe y enarca una ceja.

—¿Resplandezco?

Asiento.

—Resplandeces. Venga, siéntate, tómate una tortita y cuéntamelo todo.

Ya en el huerto, aún sonrío de lo colorada que se ha puesto Penny cuando me ha confesado que está enamorada de James y, mientras arranco una mala hierba tras otra, caigo en la cuenta de que me alegro muchísimo por ella. Eso me hace sentir un poco mejor, me produce la sensación de que no me he convertido en una persona completamente horrenda. Bits se arrodilla a mi lado y arranca las plantitas que está segura de que son malas hierbas.

—Hola, Bits —le digo. Se le han multiplicado las pecas y hay color debajo de ellas, en vez de aquel blanco mortecino de antes—. ¿Qué tal has dormido?

—He tenido el mismo sueño, pero Peter me ha dado la mano hasta que me he vuelto a dormir.

Me río para mis adentros porque Nelly me ha hecho lo mismo a mí. He vuelto a ser una niña de siete años.

—¿Quieres contarme el sueño? A veces, si se lo cuentas a alguien, dejas de tenerlo, o por lo menos te asusta menos.

Le veo el miedo en los ojos. Luego asiente y habla tan bajito que tengo que acercar la oreja a su boca.

—¿Te acuerdas del juego que te conté…, ese de atar a la gente para…? —Cabeceo afirmativamente y le cojo la manita—. Bueno, pues aquella vez que me obligaron a mirar fue después de que mamá intentara escapar conmigo. Y esa vez…, esa vez el cebo era mamá. Y eso es lo que sueño todo el tiempo.

Me deja de piedra. «¡Menudos cabrones!» Por un segundo, querría tener delante a Neil para volver a dispararle. Y esta vez me regodearía, aunque luego tuviera pesadillas. Llora desconsoladamente y yo la estrecho en mis brazos. Al cabo de un buen rato, se tranquiliza. Le cojo la carita con ambas manos y la miro a los ojos.

—Vamos a hacer todo lo posible por protegerte —le digo—. Me crees, ¿verdad? —Asiente despacio, algo asustada por la intensidad de mi afirmación—. Sabes que te queremos, ¿eh? —Aunque haga solo un par de semanas que la conocemos, es así. Se encoge de hombros y mira a otro lado—. Te queremos —repito, volviéndole despacio la cara por la barbilla—. Y me alegro muchísimo de que te encontráramos.

—Esa noche te produce pesadillas —arguye.

—Cielo, este mundo produce pesadillas a cualquiera. Mis pesadillas serían peores si siguieras con ellos. —Esboza una sonrisa y apoya su manita en la mía—. Quiero enseñarte una cosa —le digo—. ¿Has leído alguna vez los libros de *La casa de la pradera*?

Niega con la cabeza.

—Los tengo…, bueno, los tenía, pero nunca los he leído. Mamá los iba a leer conmigo.

La miro con atención, pero su cara es de entusiasmo, no de tristeza.

—Yo aún tengo los míos aquí. Vamos a buscarlos.

Dudo mucho que hablar del horror que ha vivido vaya a impedir que siga teniendo pesadillas, pero ya la noto un poco más contenta. Y yo también lo estoy.

Capítulo 87

—Necesitamos blancos en movimiento —dice Ana.

Miro de reojo a Peter, que está cortando leña, pero me da que va a ser más prudente tener la boca cerrada, así que me limito a asentir. Con tanto trabajo al aire libre, su piel, antes tostada, es ahora de color canela. La cubre una capa de sudor que le da brillo, a diferencia de los ríos de antiestético sudor que genera mi cuerpo. Se ha empeñado en dominar todas las armas habidas y por haber y no hay manera de seguirle el ritmo.

—No, gracias —dice Penny, que está descansando en el césped. Ella se esfuerza, pero es demasiado blanda. Además, las gafas le resbalan con el sudor. La tierna y tranquila Penny no está hecha para este mundo, y me asusta—. Al menos sé disparar —añade.

La recuerdo disparando por la puerta trasera aquella noche y se me pasa un poco la preocupación. Vuelvo a coger el carnicero y ataco. Me arde el muslo de lo que debe de ser la centésima estocada de hoy.

—Sí —le digo a Ana—, tampoco exageremos. A mí me vale con practicar al aire y en madera.

—Ya sabéis por qué lo digo —insiste Ana, como si, en realidad, no lo estuviera deseando.

—Sí, lo sabemos —contestamos Penny y yo a la vez, y nos echamos a reír.

Se acerca Peter con la camiseta pegada al cuerpo y Penny enarca las cejas, admirada de lo que se esconde debajo, y sonríe cuando yo pongo los ojos en blanco.

—Oye —le dice a Ana—, ¿me dejas que te enseñe una cosa que John me ha enseñado a mí?

—Claro —contesta ella.

Se coloca detrás de ella y sujeta el mango del carnicero poniendo sus manos encima de las de ella.

—Así —dice, haciéndole levantar los brazos—. Seguramente tendrás que subirlo un poco para acertar en el cuello. —Ella se recuesta en él y los brazos de Peter la rodean más tiempo del necesario. Él me mira de reojo, le da una palmada en el hombro a Ana y se aparta—. Eso es —añade volviéndose hacia mí—. ¿Quieres que te enseñe?

—No, gracias —contesto—. Tengo ojos, ya lo he visto.

Nos miramos, yo a él con frialdad y dureza hasta que por fin se encoge de hombros y vuelve a la leñera.

—¿No os podéis llevar bien? —espeta Ana meneando la cabeza.

Hago un gesto de indiferencia.

—Vamos a seguir entrenando.

CAPÍTULO 88

EL 4 DE Julio, hacemos una barbacoa. John dice que habrá caza en otoño, así que podemos comernos a gusto los últimos filetes. Penny encuentra unas viejas bengalas en el cajón de las porquerías varias y Bits corre por ahí con ellas.

—¿Cuándo decías que era tu cumpleaños, Bits? —le pregunta John mientras comemos sentados en la terraza.

—El 28 de noviembre —contestan Peter y ella a la vez.

La niña ríe como una boba. Debo reconocer que Peter tiene maña con ella. La otra noche, la pobre tuvo una pesadilla, pero en lo que tardé en recorrer el pasillo él ya había conseguido que volviera a dormirse. Cuando fui a mirar después, vi que se había quedado dormido con la cabeza apoyada en la cama de ella y cogido de su manita.

Esa noche se me ablandó algo por dentro. Hasta el día siguiente, cuando insinuó que a la salsa marinara de mi madre le faltaba perejil, en su habitual tonito insufrible. Le pasé la cuchara y le dije que toda suya. Terminó de hacer la cena él y, como era de esperar, a todos les pareció estupenda.

—Oye, ¿por qué no vamos al pueblo mañana? —propone Nelly—. Mi herida ya está curada y tengo ganas de liberarme un poco. En realidad, necesito más prendas íntimas.

—Yo también necesito cosas, de higiene femenina y demás —digo y le guiño un ojo a Penny, que me pone cara de que me calle, así que se lo vuelvo a guiñar.

—Por mí bien —contesta John—. O me puedo quedar aquí si no me necesitáis.

—¡Yo voy! —tercia Ana con entusiasmo y la boca llena de filete—. Igual nos topamos con algún eleequis.

Protestamos todos y Nelly le dedica una media sonrisa.

—Vete tú a saber —dice.

—A mí también me gustaría ir —comenta Peter.

No me apetece pasar el día entero en el coche con él. Cambio de opinión.

—Yo te paso una lista, Nelly.

Peter me mira y aprieta fuerte la silla. Pienso que me va a hacer algún comentario desagradable, pero suelta la silla y suspira.

—¿Sabes qué? Tengo cosas que hacer aquí. Que vayan James o John con vosotras tres.

Sonrío y me levanto a hacer mi lista.

Capítulo 89

El pueblo está aún espeluznantemente tranquilo. Nos dirigimos a Walmart por la misma razón que el resto de la humanidad antes de que el mundo se acabara: porque allí tienen casi todo lo que necesitamos.

Continúa teniendo el mismo aspecto, aunque es posible que huela peor. Nelly y yo vamos al fondo en busca de munición, mientras John y Ana se dirigen al extremo opuesto. Cogemos lo que queda y le pillamos a Bits una mochila para hacerle su equipo de supervivencia. En la sección de perfumería y droguería el hedor es insoportable, pero esta vez vengo preparada con una pañoleta perfumada. A Nelly le da una arcada hasta que accede a coger la otra pañoleta que le ofrezco.

—Solo un par de cosas más —digo.

Echo a la bolsa de Nelly champú y jabón. Lo gastamos que da gusto, a pesar de que ya no nos duchamos tanto como antes. Agarro todas las cajas de condones que encuentro. Nelly me mira sorprendido.

—He pensado que podríamos empezar a ser amigos con derecho a roce —le digo. Ríe y se le infla el pañuelo que le cubre la cara—. Son para Penny, bobo.

—Por lo menos alguien tiene suerte.

—En serio.

Ana parece desilusionada cuando nos marchamos sin haber tenido un solo altercado con un muerto viviente. Estamos cargando las cosas cuando oímos el zumbido de una moto que se acerca rápido. John gira la llave de contacto y preparamos las armas. No hay tiempo para escapar.

La moto entra en el aparcamiento, seguida de una caravana. Con poquísima antelación, el motorista le hace una seña a la caravana para que se detenga. Es un tiarrón de melena gris vestido de cuero negro, pero parece más o menos amistoso.

—¡Hola! —grita—. Me llamo Zeke. ¿Os importa que me acerque? —Se abre la cazadora para enseñarnos la pistolera—. Llevo un arma en la pistolera, pero, lo siento, no me la voy a quitar. —John asiente con la cabeza y se enfunda el arma, pero nos indica que no guardemos las nuestras. Zeke baja de un salto de la moto y se aproxima despacio. De cerca parece cincuentón—. Sois las primeras personas vivas que vemos en días —dice con una sonrisa—. Me alegro muchísimo de veros. —Nos presentamos. Zeke nos cuenta que viene desde Kentucky—. Vamos a Whitefield, New Hampshire. ¿Habéis oído hablar de la zona segura de allí? Hemos pensado en unirnos a ellos.

—Kentucky queda bastante lejos —dice John.

—Ya te digo. Hemos tenido que ir dando esquinazo a todas las grandes ciudades. Nueva Jersey era una auténtica pesadilla.

—Entonces, no ha cambiado mucho —tercio con una sonrisa sin poder contenerme.

Zeke me mira fijamente y, por un momento, tengo la sensación de haberlo ofendido con la broma, pero luego se echa a reír a carcajadas, enseñando sus dientes blanquísimos y perfectos, hasta que se le ponen coloradas las mejillas y se le inundan de lágrimas.

—Ay, tío, qué falta me hacía echarme unas risas —dice Zeke secándose la cara con una pañoleta.

John le insiste a Zeke en que haga bajar a sus acompañantes a estirar las piernas. En cuanto el motero les da la voz, empiezan a salir todos como payasos de un vehículo diminuto. Hay una familia con dos niños, tres hermanas, dos parejas casadas y un surtido de solteros. Intercambiamos anécdotas.

—Escapamos por los pelos —dice la madre de la familia—. Casi perdemos a mi marido, pero Zeke vino a ayudarnos.

Zeke protagoniza todas las historias y yo lo observo con creciente fascinación. El hombre ha ido recogiendo a este grupo variopinto de personas y los lleva a un sitio seguro. Es como el anti-Neil. Les hablamos de Neil y de lo que se van a encontrar en la tienda, pero les decimos que no teman porque hay bastantes cosas aún.

—Gracias. Nosotros también nos hemos topado con algunos asesinos. Entonces, ¿tenéis pensado ir a alguna zona segura? —pregunta Zeke.

—Estamos bastante bien instalados aquí —contesta John—, pero tenemos previsto ir si es necesario.

Zeke se acaricia la barbilla y asiente con la cabeza.

—Ahora mismo tenéis muchísima suerte, no hay devoradores por aquí, pero hemos observado que se están formando grupos inmensos. Los llamamos manadas, ¿como los grupos grandes de animales? No se hacen ningún caso unos a otros, pero van juntos. Además, están en movimiento. Igual buscando más humanos vivos, ahora que las grandes ciudades están prácticamente desiertas.

—¿Sabéis algo de Nueva York? —pregunta Ana desesperada—. ¿De Brooklyn, en particular?

Zeke niega con la cabeza.

—No, lo siento, salvo que hay un grupo emitiendo desde la ciudad. Pero estad atentos a esas manadas que se están formando. Suponemos que estaremos más seguros con mucha más gente en el norte, sobre todo cuando llegue el frío.

—Zeke, ¿a qué te dedicabas antes de todo esto? —pregunto—. ¿Eras militar o algo?

—Qué va. En realidad, no me llamo Zeke. Me empezaron a llamar así en broma por la abreviatura de matazombis en inglés, *Zombie Killer*, Z. K., ¿lo pilláis? Martin George, doctor en Odontología, para serviros.

—¿Eres dentista?

Vuelve a reír a carcajadas.

—Sip, así que, si os duele una muela, ya sabéis a quién acudir.

Les deseamos suerte y los vemos entrar en el Walmart antes de irnos. Pienso si no deberíamos haberles propuesto que se alojaran con nosotros, pero ¿dónde íbamos a meterlos a todos? John debe de estar pensando lo mismo.

—Ojalá nuestro grupo fuera más grande —dice—. A lo mejor deberíamos plantearnos en serio lo de mudarnos a una zona segura antes del invierno, pero viajar hasta allí va a ser peligroso y me fastidiaría correr ese riesgo, a menos que no nos quede otro remedio.

—A mí me gusta estar donde estamos —tercia Ana—. Aunque me apetezca probar estas armas, aún no he perdido el juicio.

CAPÍTULO 90

—¿PUEDO HABLAR CONTIGO? —me pregunta Peter.

Levanto la cabeza tan bruscamente que le doy a Flora en el costado y esta suelta un balido de protesta. Dejo de ordeñar y me vuelvo. Peter está apoyado en la pared, con las manos en los bolsillos.

A mí me tiemblan las mías cuando las junto.

—Vale.

—¿Podríamos intentar ser amigos?

Recuerdo haberle preguntado lo mismo no hace demasiado.

—Pensaba que no querías que fuéramos amigos.

Su cara no me dice nada, pero en sus ojos rebosa una emoción que no sé interpretar.

—Bueno, ahora me gustaría que lo fuéramos. Tenemos que convivir. Estoy haciendo un verdadero esfuerzo, Cassie —contesta, como si lo irritara que no valore su empeño.

—Solo alguien como tú tendría que «esforzarse» por ser agradable. Te has pasado el último mes siendo un miembro activo del grupo, sí, muy bien, pero con eso no borras la forma en que me has tratado ni las cosas que me has dicho.

—¿Me puedo disculpar? Me parece que Adrian…

No me puedo creer que se atreva a mencionar a Adrian. Me levanto tan rápido que vuelco el taburete de ordeñar.

—No digas ni una palabra más, Peter. Ya sé lo que piensas. Lo cierto es que lo has dejado muy claro y ni siquiera es asunto tuyo, joder. —Sé que estoy colorada como un tomate y estoy a punto de ponerme a gritar. Contengo las lágrimas. No pienso llorar delante de él. Se revuelve incómodo contra la pared—. Además, uno no se ofrece a disculparse ni pregunta si puede hacerlo. Si de verdad lo sientes, te disculpas y punto.

Ahora se ha puesto colorado él, de rabia o de vergüenza, ni lo sé ni me importa.

—¿Puedo empezar de cero? —pregunta.

—Puedes hacer lo que te venga en gana, Peter. Sin repercusiones de ningún tipo. Eso me ha quedado clarísimo.

A lo mejor no es del todo justo, pero se lo digo igual. Lo veo abatido por un segundo, pero enseguida recupera su gesto normal. Agarro el balde de la leche y me voy airada para la casa.

CAPÍTULO 91

NELLY ME TRAE otra bandeja de guisantes secos. Los vierto en un frasco y saco el exceso de aire con la bomba. James corta judías verdes y Penny las mete en frascos para la envasadora. Cuando ya nos hemos puesto al día, entra Bits con otro cuenco.

—Peter dice que hay montones más en la parte alta a la que él llega —dice.

—Chachi —masculla Penny.

Tiene el pelo pegado a las sienes, del sudor. Hoy hace mucho calor y todas las ventanas están abiertas, pero no sopla ni una gota de aire. Como, además, están encendidos todos los fogones, la cocina es un horno.

—Gracias, Bits —digo y cojo el cuenco.

La niña agarra unas cuantas judías y se las come, que es lo que lleva haciendo todo el día.

—Oye, Bits, tampoco comas demasiadas.

Me mira preocupada y mastica más despacio.

—¿Por qué?

—Porque, si comes demasiadas judías frescas, te vuelves verde —contesto, procurando no sonreír—. Supongo que no lo sabías.

Medita lo que le acabo de decir y me observa con atención.

—¡Cassie, sé que me estás tomando el pelo!

Nos sonreímos.

—Cuando yo era pequeña, mi madre estuvo a punto de pillarme con esa, pero tú has sido más rápida que yo.

Arranca de un mordisco el extremo de un puñado de ellas, como desafiándolas a que la vuelvan verde, y se escabulle por la puerta despidiéndose con la mano. Hemos estado leyendo los libros de *La casa de la pradera* y está entusiasmada de hacer las mismas cosas que Laura. Lleva un tiempo dándonos la lata para que consigamos un cerdo que podamos matar en otoño y que construyamos un ahumadero. John le ha dicho que a ver qué podía hacer.

—Dios, me estoy muriendo —dice Penny levantándose el pelo y abanicándose el cuello—. ¿Cómo podían hacer esto tus padres todo el verano?

—Te imaginas todos los frascos alineados en los estantes en invierno y se te pasa el calor —contesto. Me mira con recelo—. Vale, sudas como un cerdo, pero merece la pena de todas formas.

—Además, hay que hacerlo sí o sí —tercia James—. Vamos a necesitar comida —añade, corta el último lote de judías y silba.

—¿Te has enfadado alguna vez en tu vida, James? —le pregunto, porque me encantaría coger una pizca de él y espolvoreármela por encima.

—Pues claro —responde confundido. Por el rabillo del ojo, ve a Penny negar con la cabeza y, agarrándola de la cintura, le dice—: Contigo no me enfado nunca porque eres perfecta.

Penny se ruboriza. Yo hago una mueca, aunque me parece una monada.

—Sí, sí, claro, lo que hace el amor —digo—. En serio, aun cuando te cabreas, solo pareces medio cabreado.

Se encoge de hombros.

—No suelo exaltarme mucho con nada. Nunca lo he hecho. La vida es demasiado corta, sobre todo ahora.

Sé que tiene razón. No paro de decírmelo con la esperanza de asimilarlo.

Capítulo 92

John ha encontrado un cerdo escuálido y abandonado para Bits, que lo ha llamado Bert y procura recoger la mesa antes de que nos lo hayamos comido todo para poder dárselo a él. No tengo yo muy claro lo de la matanza de otoño. Me da que acabamos de adquirir un cerdo mascota.

Bits es tan buenaza que parece imposible malcriarla. Cuando veo la foto de ella con su madre, intento no imaginarla atada y gritando, o esforzándose por no gritar, desesperada por disfrutar de unos segundos más antes de que los contagiados le den alcance. Me pregunto si lo pasaría aún peor pensando que Bits se iba a quedar desprotegida. Espero que pueda vernos y que su corazón esté en paz, y que pueda oírme cuando le prometo que lo vamos a hacer lo mejor posible.

La pequeña aún cree en las hadas. Al principio me pareció extraño, pero vivimos en un mundo con zombis, así que igual lo de las hadas tampoco es tan descabellado. Hemos creado un jardín encantado y estamos tumbadas en el césped, esperando a las hadas. Aún no hemos atrapado ninguna, aunque una vez vi a Peter espolvorear purpurina a escondidas para que Bits la encontrara por la mañana.

Peter procura ser civilizado conmigo, aunque, en el mejor de los casos, hago como que no existe. En el peor, me pone de mal genio y lo trato fatal. Se me escapan de la boca los comentarios hirientes. No me enorgullece, pero tampoco soy capaz de parar.

Estoy subida a una escalera, en el granero, clavando las tablillas sueltas. Últimamente parece un granero de verdad, con el heno y los sacos de pienso apilados para el invierno. Bert ronca en su aprisco, Flora y Fauna dan brincos por ahí y las gallinas cloquean suavemente. Hasta huele a granero a veces.

Me vuelvo a decirle algo a Nelly, que está limpiando la cuadra de las cabras, y la escalera se tambalea.

—¡Mierda! —grito.

Me agarro a la pared para no perder el equilibrio y justo entonces aparece Peter, que sujeta la base de la escalera y me mira desde abajo.

—El suelo es irregular aquí. Te la sujeto hasta que termines.

No quiero su ayuda. No quiero deberle nada, ni siquiera un «gracias». Aporreo un clavo y niego con la cabeza.

—No hace falta.

—No quiero que te caigas —dice.

No entiendo por qué no me deja en paz y ya está.

—¡Peter! No. Quiero. Tu. Ayuda. Déjame en paz.

Se le agarrotan los hombros. Suelta la escalera y sale del granero sin rechistar, aunque con un portazo. Le doy fuerte al clavo con el martillo y procuro no sentirme culpable. La escalera vuelve a estar estable y, al mirar abajo, le veo la cara seria a Nelly. Conozco bien esa cara.

—¿Qué? —pregunto.

—¿Te acuerdas de cuando me decías que, a pesar de todas sus chorradas, Peter era un tío majo? —Asiento y miro a otro lado—. Pues tenías razón. ¡Alucina!, estoy reconociendo que tenías razón. —Bromea para disimular que me está echando la bronca, pero el sofoco me trepa por el cuello igual—. Está haciendo todo lo posible para demostrarte que lo siente, Cass. Me llevó a un aparte para disculparse por haber sido un capullo, incluso antes de que pasara todo esto. No es posible que no veas lo que adora a Bits, lo bueno que es con ella. Se ha puesto a la altura de las circunstancias. Solo que le ha costado un poco más y un gran error. —Vuelvo a asentir, pero estoy tan avergonzada que no lo puedo ni mirar—. Tú nunca has sido rencorosa, ¿por qué lo eres ahora? Tienes que perdonarle lo que te ha dicho y hecho. A estas alturas, también tú te has pasado un montón. Y deja de culparlo de lo que no es culpa suya. No sabes qué estará pensando Adrian. Ni lo sé yo. Ni Peter, ya puestos. Y ahora mismo no hay forma de saberlo, así que, para empezar, deja de portarte como si lo supieras y de pagarlo con los demás. Todos tenemos nuestras mierdas. Da gracias por que Adrian esté vivo. —Pienso en Eric y en lo que daría por saber qué ha sido de él, en las familias de todos y en lo desesperados que estamos por tener noticias de ellos. Una vez dije que me bastaba con saber que Adrian seguía vivo, y entonces era cierto. Estoy hecha un lío—. Estás siendo cruel, Cassie, y tú no eres así. Dale a Peter una oportunidad de demostrarte que ha cambiado, ¿vale? —Me tiende la mano. La agarro, pero mantengo la mirada fija en las motas de polvo que revolotean en un haz de sol. Me la aprieta una vez—. Te quiero, Cass. Te dejo sola.

Lo veo marcharse y descanso la cabeza en los peldaños de la escalera. Nelly tiene razón. Le he negado a Peter lo que más deseo para mí misma: el perdón. En vez de comprender que quizá le ha sido imposible ser la persona que yo esperaba que fuera, lo he estado castigando, alimentando las ofensas y el rencor y echándoselo en cara, que es precisamente lo que temo que Adrian haya hecho, que no pueda perdonarme por haber sido débil y haber estado perdida. No he podido perdonármelo yo y por eso pensé que Peter tampoco se lo merecía.

Es hora de dejarlo correr, de aceptar que lo que sea es, de agradecer y disfrutar lo que sí tengo, porque sé que ahora mismo, en comparación con el resto del mundo, es muchísimo.

Capítulo 93

Espero a que Peter se quede a solas en los escalones del porche, tallando un palito, y me obligo a acercarme adonde está sentado.

—¿Estás aprendiendo a tallar? —pregunto e intento sonreír.

—No sé, puede —dice soltando el palito y poniéndose a la defensiva—. ¿Eso merece tu aprobación? —añade exasperado.

Resisto la tentación de largarme hecha una furia. Llevo un mes sin decirle una sola palabra agradable, ¿cómo va a saber que eso es lo que me propongo ahora?

—No pretendía… Peter, siento haberte tratado tan mal. —Lo digo todo de golpe y la voz se me quiebra al final. Levanta la vista de la navaja con un ceño fruncido que se suaviza cuando me ve la cara. Señalo los escalones y me hace sitio para que me siente. Por las tardes, esta parte está a la sombra y hace fresco. He rescatado las flores de mi madre de su lamentable estado y, antes de continuar, aprovecho para inhalar una bocanada de aire fresco y perfumado—. No he sido justa contigo. Sé que te has esforzado y que yo te lo he puesto más difícil. No he hecho más que autocompadecerme en vez de agradecer todo esto —digo señalando con la mano el bosque y la casa, incluso a él.

Recoge el palito y le da vueltas con ambas manos; luego me mira de reojo con una sonrisa de medio lado.

—Te vas a copiar de mí —dice—. Yo también lo siento, ¿sabes? No sé por qué, pensaba que podía librarme de decírtelo. Tampoco sé por qué me costaba tanto hacerlo —añade y menea la cabeza.

Me encojo de hombros.

—Estabas cabreado conmigo. No he hecho muy bien las cosas, ¿no?

—Mejor que yo —dice como si fuéramos dos críos discutiendo. Sonrío.

—A ver, la ruptura podría haber sido menos brusca. Lo siento.

Ahora se encoge de hombros él.

—Se veía venir desde hacía tiempo.

—¿Lo sabías?

—No estoy tan ciego, ¿sabes? Tenía claro que terminarías cortando conmigo tarde o temprano. Solo que aguanté todo lo que pude. Pensé que quizá en algún momento… Pero, después de aquella noche, ¿la de antes de la fiesta? —Asiento. Así que estaba despierto—. Después de eso, ya era cuestión de tiempo. Me sorprende que tardara tanto como tardó.

—Bueno —digo—, no se me da muy bien romper con la gente.

«Salvo con uno.» Sé que sabe qué estoy pensando. Estoy segura de que Ana le ha contado la historia completa.

—¿Puedo decir algo? —pregunta con cautela—. Es sobre el que empieza por A.

Suspiro entrecortadamente.

—Claro. No te cortes.

—Sé lo que dijo por radio, pero creo que lo estás interpretando mal. Diste por sentado que no hablaba de ti, pero ¿y si hablara «para» ti?

—¿Cómo?

Peter ha perdido la cabeza. No había mensaje oculto en las palabras de Adrian.

—Igual no le apetecía sincerarse por radio con alguien que piensa que no lo echa de menos, pero puede que dijera que no había nadie más para que tú lo supieras, por si estabas escuchando. Cassie, piénsalo: «No hay nadie más».

Miro a Peter como si fuera la primera vez que lo veo. Puede que tenga razón. No que fuera un mensaje, sino en que lo he estado interpretando mal. «No hay nadie más.» A lo mejor aún tengo una oportunidad. Y una vocecilla interior me recuerda que conozco a Adrian, que él jamás habría hablado por radio voluntariamente, habría mandado a Ben o a cualquier otro. A lo mejor quería que yo oyera su voz. Por si acaso. Es una chispa minúscula de esperanza y no voy a dejar que se apague, pero tampoco que me consuma. Puede que algún día lo sepa.

—¿Cuándo te has vuelto tan astuto? —pregunto.

Sonríe y pone esa cara de autosuficiencia tan suya, esta vez fingida.

—Hace nada —reconoce y vuelve a bajar la vista al palito—. Desde Bits y aquella noche horrenda.

—Siento lo que dije, Peter. Eso de que nadie te quiere. No es cierto, ¿sabes? Y Bits…, Bits te quiere con locura.

—Y yo siento habernos puesto a todos en aquella situación, aunque nunca podré lamentar de verdad lo ocurrido, porque gracias a eso salvamos a Bits. —Asiento. Yo también lo he pensado—. Me recuerda a mi hermana pequeña. Tenía nueve años cuando mis padres y ella murieron. —Retuerce el palo con manos temblonas y me mira de reojo—. Nunca le he contado esto a nadie —dice con un suspiro—: la noche en que murieron mi hermana iba a una fiesta de cumpleaños en unos recreativos de esos, ya sabes, de los que tienen Skee-Ball y cosas de esas.

»Vivíamos en Westchester. No estábamos forrados ni nada. Mi abuela era de esas personas a las que solo les importa el dinero y mi padre se había desentendido de ella. La veíamos en vacaciones. Él era abogado y ganaba bien. Éramos felices.

Sonríe y mira fijamente los árboles del otro lado del camino de acceso a la casa.

—Así que esa noche Jane, mi hermana, quiso que yo fuera con ella. Prácticamente me lo suplicó, pero a mí no me apetecía que nadie de clase me viera con un puñado de críos de nueve años y ya era mayor para quedarme solo en casa. Por eso le dije que ni hablar, y se fueron los tres. La siguiente vez que los vi fue en su funeral.

»En el velatorio, oí a la gente hablar del accidente. Mis padres habían muerto en el acto, pero lo que todos me habían ocultado era que mi hermana no. Debió de quedarse atrapada en el asiento, porque murió por inhalación de humo del incendio. Tenía las uñas ensangrentadas, como de haber estado intentando soltarse, pero el coche estaba tan retorcido que no pudo soltar el cinturón. A lo mejor, si yo hubiera estado allí, habría podido sacarla. Pero fui un egoísta.

Gira el palito cada vez más rápido. Le cojo la mano con la mía. Lleva años cargando con esto, furioso consigo mismo.

—No, Peter. ¡Tenías doce años!

Suelta el palo y me agarra la mano. Le corre una lágrima por la cara.

—Después de eso, no me costó ser como mi abuela, egoísta, lo que era en realidad. No tenía a nadie más. Al cabo de un tiempo, olvidé por completo que se podía ser de otro modo. Pobre niño rico, ¿verdad? —Meneo la cabeza al oírlo reír con desprecio. Mi madre solía decir que todos llevamos dentro muchas cosas que nadie sabe; por eso ella era tan buena con todo el mundo. Como de costumbre, tenía razón—. Bits es como si recuperara parte de mi familia. Una segunda oportunidad de proteger a Jane. Seguro que te parece absurdo.

—No, no lo es. En absoluto. —Me devuelve la mano a la rodilla con una palmadita suave y se limpia las lágrimas. Estamos tan cerca que nuestros hombros se rozan. Oigo el ruido de platos en la mesa del comedor y pasos en la entrada. Quien sea debe de habernos visto aquí sentados, porque los pasos retroceden—. Nosotros somos tu familia —le digo, y lo pienso de verdad.

Sonríe y mira al suelo. Es como en mi sueño, solo que estoy con Peter.

—Bits y tú tenéis los pies más sucios que he visto en mi vida —ríe y se limpia las lágrimas por última vez. Me vuelve a mirar de reojo—. ¿Te puedo decir una cosa más?

—Por supuesto.

—¿Quieres a Adrian?

Levanto la vista a las copas de los árboles y veo volar en círculos a los cuervos.

—Siempre lo he querido. Solo que le dije que no.

—¿Y cómo se te ocurre hacer semejante estupidez? —me dice dándome un codazo en el costado.

—Muchas gracias —respondo y le devuelvo el codazo.

Deja de sonreír y se pone serio.

—Cassie, si lo quieres de verdad y él lo sabía, ¿lo sabía con certeza? —asiento con la cabeza porque sí que lo sabía y porque sé que él también me quería—, seguro que aún te quiere. Nadie te dejaría escapar tan fácilmente, créeme.

Me sonrojo, pero más de felicidad que de vergüenza. Veo que lo dice de corazón y es una de las cosas más bonitas que me han dicho nunca.

—Gracias. —Coge el palito y me pega con él en la rodilla. Se lo quito y le devuelvo el golpe—. Entonces, ¿somos amigos? —pregunto.

—Sí, por fin, creo que lo somos.

Le miro las botas de trabajo, tan distintas de la clase de calzado que solía llevar. Le quedan bien.

—Oye, Petey —digo y me muerdo el labio para no sonreír—, siento lo de tus zapatos caros, ya sabes, lo de la pota y eso.

Ríe y se recuesta sobre el escalón más alto.

—Me lo merecía. Aunque aquellos zapatos me encantaban.

Seguimos allí un poco más, apoyados el uno en el otro, escuchando el alboroto de nuestra familia dentro de casa, y luego nos levantamos y nos reunimos con ellos.

CAPÍTULO 94

ME HE OFRECIDO voluntaria para la ingrata tarea de colocar los tarros nuevos de comida detrás de los antiguos, en el sótano. Usamos primero las harinas y demás alimentos de primera necesidad que hemos traído del pueblo, porque mis padres envasaron los suyos de forma que duraran entre diez y veinte años. Me pregunto si aún estaremos refugiados aquí dentro de diez años. La idea me espeluzna y procuro quitármela de la cabeza tarareando cualquier cosa menos el tema de cabecera de *Las chicas de oro*, con lo que no oigo que Nelly se me acerca por la espalda hasta que habla.

—¿Qué harías tú sin mi? —dice con los brazos en jarras y aspecto de galán.

—¡Ay, qué se yo, señor! —le contesto con acento sureño.

—Llevas días canturreando y me da que mi sermón evangelizador ha tenido algo que ver.

—Nelson Everett, siempre tan modesto. —Hace el típico gesto de falsa modestia: se resopla en el puño y luego se lo frota en el pecho—. Aunque certero como de costumbre. Ven a ayudarme, anda.

—Sabía que, si bajaba aquí, me ibas a liar para que trabajara.

—En verano siempre hay trabajo. Tú piensa en los largos días de invierno que pasaremos junto al fuego, sin hacer nada, cada vez más aburridos y desquiciados.

Gruñe y se sienta en un cubo de veinte litros.

—No me malinterpretes, estar vivo mola, pero la idea de que pasemos todos el invierno entero aquí metidos me resulta una pizca deprimente. ¿Crees que podríamos encontrarme novio antes de que empiece a nevar?

—Igual el año que viene nos mudamos a una zona segura y te encontramos uno —le digo, procurando que no se note mucho lo que me gustaría estar en cierta zona segura. No es que me quiera ir de aquí, pero me encantaría poder estar cinco minutos a solas con Adrian, lo justo para saber lo que siente por mí. Sonrío contenta.

Nelly sonríe también y menea la cabeza.

—De «igual» nada, cariño. Como tengamos que verte dos años más deambulando por la casa en un ay, te amarro a mi espalda y te llevo allí yo mismo, aunque tenga que ir descabezando zombis a diestro y siniestro hasta Vermont.

La imagen me hace reír, pero me finjo ofendida.

—Tampoco soy tan insufrible, ¿no? Lo procuro, al menos.

—No andas lloriqueando por ahí, pero yo lo sé igual.

—No lo pongo en duda —respondo con un suspiro—. Así que nos toca celibato a los dos. Salvo que te apetezca cambiar de acera para el invierno —añado guiñándole el ojo con picardía.

—No, gracias —contesta muy seco—. Aunque, si así fuera, tú serías mi primera opción. Si eso, pregúntame otra vez en febrero.

—Piensa en todos los Nelson Charles Everett pequeñitos que podríamos tener correteando por aquí —digo y le doy una palmadita imaginaria en la cabeza a uno de ellos.

—Vale, me acabo de decidir: ¡ni de coña! —espeta, y se pasa la mano por el pelo hasta que parece que ha metido los dedos en un enchufe.

—Bueno, necesitamos un proyecto. ¿Es solo cosa mía o tú también te has dado cuenta de que Ana y Peter...?

Sonríe.

—Mmm, sí. Hasta Bits se ha dado cuenta. El otro día le preguntó a Ana si Peter era su príncipe. Ana se puso toda sofocada, fue genial —dice, se revuelve en el asiento mientras ríe y oigo un chasquido inquietante.

—El problema no es Ana. Me parece que a Peter también le gusta ella, pero la trata como si fuera una hermana pequeña superamiga. Ya me enteraré de por qué.

Aparto las latas viejas de alubias y apilo las nuevas detrás.

—¿Lo llevas bien? —me pregunta y se levanta de un brinco para coger al vuelo una lata. Me la da, escudriñándome la cara.

Me encojo de hombros.

—Sí. ¿Por qué no iba a llevarlo bien?

—Ah, no sé —contesta, como si yo fuera boba—. Hay personas a las que se les hace raro que su ex salga con su hermana pequeña.

—Venga ya. Ana no es mi hermana pequeña. Además, Peter y yo tendríamos que haber cortado hace una eternidad. No siento nada por él más que amistad.

—Bueno, igual deberías reservártelo para febrero, por si yo no estoy disponible.

Le doy una colleja.

—Calla, anda. Voy a terminar convenciéndote, ya verás —digo, apoyándome sensual en el estante con una mano en la cadera, hasta que me resbala la mano y Nelly se echa a reír—. Me veo obligada a retirar mi oferta por haberte reído de mi pose sexi. Lo vas a lamentar —lo amenazo, cruzándome de brazos, y él ríe—. En cualquier caso, voy a averiguar qué piensa Peter de Ana. Así tendremos algo que hacer, aparte de recolocar latas de alubias para dejar sitio a las nuevas —añado señalando lo que parece un millar de latas a la espera de ser colocadas.

—¿En serio?

Suspira con dramatismo, se acerca a las estanterías y empieza a reubicar latas.

CAPÍTULO 95

A MITAD DE la tercera vuelta entre la cabaña y la casa de John, paro y apoyo las manos en las rodillas. No estoy hecha para correr. Tengo flato y me arden los pulmones. Me podría estar muriendo. Ana corre en el sitio, delante de mí, y su coleta se mece jubilosa. De hecho, está sonriendo. La odio.

—No hemos hecho ni dos kilómetros —dice.

—Ya son dos kilómetros más de lo que suelo correr —replico y me dejo caer al suelo—. Me muero. Sigue sin mí. No me olvides nunca.

Me mira ceñuda y me da un puntapié con la zapatilla.

—No te mueres. Deja de portarte como una cría.

El reciente interés de Ana por su preparación física se ha convertido en una obsesión y, aunque en estas últimas semanas me he puesto más en forma que en toda mi vida, no tengo su empuje. Quiero poder matar cosas, no ser una superheroína. O ser superheroína sin tener que correr quince kilómetros.

—Dame un segundo. —Aquí, en el bosque, el suelo está blando y fresco. Ana da botes de puntillas. Sé que quiere continuar y yo no tengo intención de levantarme en breve—. Sigue tú, Ana. Te veo a la vuelta. —Asiente y se dirige a casa de John—. O nunca —añado.

—¡Te he oído! —me grita mientras salta de la raíz de un árbol y acelera.

La observo hasta que la pierdo de vista. Ana sigue siendo tozuda y mandona, pero ahora exhibe la vulnerabilidad que siempre había ocultado. Y yo lo fomento. Es la razón principal por la que corro por el bosque como una imbécil, machacándome.

Me quito las zapatillas sudadas y espero a que dejen de arderme los pulmones. Tengo que llevarle ventaja si quiero escapar de sus garras, así que me levanto con la ayuda de una rama baja. Paso por delante del cobertizo y veo a Peter y a James dentro. Llevan días intentando arreglar el sistema de placas solares que suministra electricidad a la casa.

—¿Cómo va? —pregunto.

Me miran y sonríen. Me gusta que la reacción de Peter al verme sea una sonrisa en vez de un ceño fruncido, y poder sonreírle yo también.

James se aparta el pelo de la cara y suelta el manual.

—Bueno, creo que empiezo a enterarme. Por desgracia, lo mío son los ordenadores, algo que ahora mismo me resulta tan útil como el dominio del griego clásico. Vamos a necesitar un montón de cosas, pero sobre todo baterías nuevas.

Es muy modesto. Él arregló la radio y ayudó a John con el cableado del generador. Apuesto lo que sea a que terminaremos teniendo electricidad.

—Podemos ir mañana —digo, recostándome en la pared para masajearme los muslos, y miro a Peter para ver si le apetece.

—Claro —contesta Peter torciendo la boca—. ¿La instrucción militar te tiene dolorida?

—No me va la marcha.

Se me escapa antes de caer en el doble sentido de la expresión. Peter parece a punto de comentar, pero se lo piensa mejor, porque cierra la boca y enarca la ceja, divertido. Ha cambiado tanto que ya no lo veo como el Peter con el que salía. Hago como que me he estado acostando con su gemelo malvado.

Me ruborizo y cambio de tema.

—Ana es incansable.

Justo entonces, llega ella corriendo y saluda con la mano. Rodea el cobertizo y, al pasar por delante de la ventana, vuelve a saludar.

—Tesón tiene, desde luego —dice él.

La vemos adentrarse en el bosque.

—Las mallas de yoga del Walmart le quedan de miedo, ¿eh? —le digo yo y me mira extrañado, pero no contesta. Según Nelly no sé ser sutil—. Es preciosa, ¿no te parece?

—Por supuesto —responde por fin.

—Y lista y tiene un gran sentido del humor. Pero seguro que eso ya lo sabes, con lo buenos amigos que sois.

—¿Por qué tengo la sensación de que intentas venderme algo? —pregunta impasible, aunque me parece verle un destello en la mirada.

James ríe con disimulo a su espalda. Yo le lanzo una mirada asesina.

—Mañana me pongo a buscar las cosas de la lista —dice James, conteniendo apenas la risita mientras se va.

Peter me mira con recelo. Nelly tiene razón: no sé ser sutil. Voy a tener que ir al grano.

—Es que estaba pensando que Ana y tú hacéis buena pareja. Le gustas, ¿sabes? —digo sonriente.

Mira a todas partes menos a mí.

—Esto es raro, Cassie. Mi exnovia intentando liarme con su hermana pequeña, que además es demasiado joven, por cierto.

—¡No es mi hermana! Tú y yo salimos, sí, pero ya no —replico, con los brazos en jarras—. Me parece que te gusta, Peter.

Aun estando bronceado, diría que se ha sonrojado un poco más, pero es difícil saberlo. Siempre me ha gustado provocar a Peter. No lo puedo evitar. Se le ve tan seguro en todo momento que me tengo que asegurar de que es un ser humano falible como todos los demás.

—Es joven. Además, ¿qué voy a hacer?, ¿llevarla a cenar por ahí?

No ha negado que le guste. Algo es algo. Hago una mueca para desechar su argumento.

—Tiene veinticinco años, no catorce. Sé que tú ya eres un abuelete de treinta, pero me parece que hay formas de salvar el abismo que os separa. Además, lo que hace tres meses podría haber sido una gran diferencia de edad ahora ya no significa nada. Y la falta de restaurantes tampoco ha impedido a la gente formar pareja en los últimos tropecientos años. —Se encoge de hombros, pero se lo piensa—. Y no digo más —añado y doy media vuelta para marcharme.

—Cassandra —lo oigo decir mientras cruzo la puerta—, si eso es verdad, cuando todo esto acabe, te cedo hasta el último centavo que tenga.

Aunque parece serio, sé cuándo bromea, así que me despido y me largo corriendo. Craso error, porque tengo los isquiotibiales la mitad de largos de lo normal. Chillo y avanzo a trompicones. Peter se parte. Le hago la peseta y vuelvo a la casa, cojeando al ritmo de sus carcajadas.

Capítulo 96

El aparcamiento de las galerías comerciales de Radio Shack está sembrado de vehículos. Es como si alguien hubiera querido levantar delante del salón de manicura una barricada de bidones metálicos, alineándolos en tres semicírculos concéntricos debajo de los soportales. Sin embargo, no hay nadie en el aparcamiento y los ocupantes de los vehículos se fueron hace tiempo. Hasta ahora, aún no nos habíamos alejado tanto de la cabaña, pero Radio Shack es nuestra mejor apuesta para el material eléctrico que necesitamos.

—Eh, allí hay una tienda de recambios para automóviles —dice James señalando por la ventanilla—. Seguro que ahí encontramos baterías marinas. Así ya no tenemos que volver a parar.

La tienda es una enorme isla cuadrada y situada en diagonal con las galerías comerciales en el mismo aparcamiento. Nelly mete una palanca entre las dos hojas de la puerta hasta que consigue abrirla. Todo está en su sitio. Supongo que a nadie le han hecho falta recambios de automóvil antes de que se acabara el mundo. Las estanterías del fondo están forradas de filas de baterías de coche y de barco.

—Esto es perfecto, tío —dice James.

Nos relajamos. Aquí dentro no hay nada y solo hemos visto un eleequis por el camino. Pensaría que han muerto o se han descompuesto si no fuera porque Matt, el de Whitefield, ha informado de avistamientos de grupos grandes de contagiados caminando sin parar. Zeke ha debido de llegar allí ya, porque Matt también los llama «manadas».

—¿Queréis ir unos cuantos a por lo de Radio Shack? —dice James—. Os podéis llevar el SUV y venir a recogerme luego. Ya llevo yo todo esto a la entrada. Peter, tú sabes lo que buscamos tan bien como yo.

—Alguien debería quedarse contigo —tercia Ana—. Cass, ¿te quedas tú? —añade volviéndose hacia mí.

Me encojo de hombros.

—Claro.

Voy a la entrada a por un carrito y los veo marcharse en el SUV a Radio Shack. James recorre los pasillos como un crío en una tienda de chuches, echando cosas encima de las baterías. Está mascullando no sé qué de una especie de controlador cuando veo moverse algo en el aparcamiento.

—James, acabo de ver algo. —Echamos a correr hacia los ventanales de la entrada. Ana está echando cajas y bolsas a la zona de carga de la camioneta mientras Nelly vigila—. Perdona —le digo—. He visto una de las bolsas y no sabía lo que era.

—Más vale prevenir que curar —contesta dándome una palmada en el brazo.

El segundo carrito no tarda en rebosar y James lo revisa todo con ojos soñadores.

—De niño, montaba radios. Igual deberíamos acercarnos a Radio Shack, por si hubiera algo más que me pueda valer.

No me importaría. Empieza a incomodarme que nos hayamos dividido. Me sudan las manos dentro de los guantes de cuero y solo quiero cargar el SUV y marcharme.

Oigo el grito al mismo tiempo que veo la masa de figuras harapientas. Nelly, Peter y Ana están de espaldas al escaparate roto del salón de manicura, dentro del semicírculo de bidones metálicos. Empieza el tiroteo y caen los contagiados, pero decenas de ellos siguen avanzando.

Esos bidones metálicos son lo único que impide que los avasallen. Hay un hueco en ambos extremos del semicírculo, donde los bidones no tocan la pared, y los contagiados se cuelan por ellos como coches en un embotellamiento. Nelly intenta mover uno de los bidones, pero deben de estar llenos, porque ni se inmuta.

James y yo entramos corriendo en el aparcamiento y disparamos desde detrás de un coche. Nos cargamos a los rezagados, pero no a los que están más cerca de nuestros amigos, por miedo a que alguna bala perdida alcance a los nuestros. Han soltado las armas descargadas y van eliminando a cuchilladas a los que llegan, uno por uno.

Ana grita. Se estampa contra el cristal agrietado del escaparate del salón de manicura y hace un esfuerzo por erguirse. Vislumbro unas manos a la entrada del salón, enredadas y retorcidas en su coleta. Nelly les clava el machete, pero tiene que girarse para eliminar al siguiente eleequis que se ha colado por el hueco y se dirige a él. Peter tampoco da abasto. Corta un cuello y aparta el cadáver de un empujón, pero en cuestión de segundos llega otro.

A Ana se le tensan los tendones del cuello mientras forcejea y pelea. Le veo cara de desesperación y, lo que es peor, de cansancio. Alguien tiene que liquidar a los eleequis que se han colado en el salón de manicura.

Me vuelvo hacia James.

—Voy a por el que está atacando a Ana —le digo.

Asiente. Recargo mi revólver y le paso la nueve milímetros. No me molesto en esconderme. Corro lo más rápido que puedo a la parte posterior del edificio. La puerta trasera de cristal del salón de manicura está cerrada con llave. La reviento con mi carnicero y retiro a golpes los bordes dentados.

Salto por encima de los frasquitos de esmalte tirados por el suelo del almacén y paso a la tienda. En la pared de la izquierda hay una fila de sillones de pedicura y a la derecha una de mesas de manicura. Hay dos eleequis junto al escaparate, estorbándose el paso el uno al otro, que debe de ser la única razón por la que Ana aún sigue en el otro lado. Tiene una punta de cristal debajo de la espalda y cada vez que la roza se yergue como un resorte, pero no va a poder seguir haciendo eso eternamente.

Me paso el carnicero a la mano izquierda y saco el revólver. No veo el eleequis que se me viene encima hasta un segundo antes de que me tire al linóleo y caiga sobre mí. Respiro con dificultad y el revólver se desliza por el suelo. No me puedo levantar. Debe de pesar por lo menos noventa kilos, pero consigo encajarle el mango del carnicero debajo de la barbilla. Da mordiscos al aire a escasos centímetros de mí. Unos hilillos de sangre coagulada le caen del labio inferior y me encharcan la pechera. Me tiemblan los bíceps de aguantar cada embestida. Puedo resistir dos más, quizá tres, y luego esa boca podrida y asquerosa hará blanco en mi cara o en mi cuello. Dará lo mismo dónde, porque, para el caso, habré muerto igual. Un súbito ataque de puro pánico me proporciona el subidón que necesito. Grito del esfuerzo mientras me zafo de él rodando hacia un lado.

Repto marcha atrás y me pego en la cabeza con una de las bañeras de pedicura. Experimento un fundido en negro momentáneo, hasta que unas manos me agarran de la bota y empiezo a deslizarme. Me sujeto al borde de la bañera y me lío a patadas. Oigo un chasquido cuando le parto la mandíbula con el pie. Eso lo tumba, pero enseguida se pone de rodillas. No es justo que no sientan el dolor, que no paren nunca, que no se cansen ni se asusten ni se queden sin aliento. Con un gruñido sibilante, alarga la mano para atraparme.

—¡Ni hablar, cabrón! ¡Hoy no! —le replico con la misma furia.

Agarro el carnicero como si fuera un ariete y le asesto un fuerte golpe lateral con la parte plana, por debajo de la barbilla. La hoja le rebana limpiamente las vértebras y se desploma. Patino en el fluido viscoso de su cabeza cercenada y resbalo hasta el escaparate donde Ana reparte puñetazos a ciegas a su espalda. Los dos eleequis le muerden los brazos forrados de cuero, pero la manga protectora cumple bien su cometido. El escaparate roto le protege la cabeza y cada vez que los contagiados intentan devorarla, se hacen cortes profundos, sin sangre, en la cara.

A mí no me han visto. Vuelvo el carnicero por el lado de la punta metálica, lo pongo a la altura del bulbo raquídeo del primero y se lo clavo. Lo saco de un tirón. El otro deja a Ana y viene a por mí. Le clavo el carnicero en el ojo con más fuerza de la que habría hecho falta. Ana se gira enseguida, aterrada y aliviada, y sube de un salto a los bidones, soltando por la boca una retahíla de improperios.

—¡Cabro! —dice, clavándole la pica en lo alto del cráneo a un eleequis—. ¡Nazo! —termina al clavársela al siguiente con un gruñido. Le da la vuelta a su carnicero y decapita a uno.

Va dando brincos por los bidones, clavando la punta del carnicero en cabezas y ojos y sacándola de nuevo. Concluye el recorrido en el lado de Peter y da media vuelta hacia el de Nelly, que sostiene el machete por la empuñadura con el último contagiado empalado en el otro extremo. El eleequis lleva el cuero cabelludo del revés, le falta media cara y se le ven los dientes. Agita los brazos y forcejea con las manos. Parece inconsciente, o solo es consciente de nuestra presencia, que resulta igual de aterrador.

James, que ha ido avanzando despacio y matando eleequis por la espalda, se acerca y le hunde el cuchillo en el cuello con un chasquido. El contagiado se desliza del machete de Nelly y cae al suelo. Cuando salgo del salón de pedicura, Ana corre a mis brazos. Más que abrazarnos, nos sostenemos la una a la otra.

—Gracias —susurra.

Siento de pronto todo el miedo que he estado conteniendo y trago fuerte.

—No, ¡gracias a ti! Tanta carrera por el bosque por fin ha servido para algo.

Ana ríe a carcajadas. Evaluamos los daños. Hay eleequis en el aparcamiento, pero casi todos están amontonados a nuestro alrededor. Nos subimos de un brinco a los bidones para no pisar a los contagiados o, peor aún, meter el pie en alguno de ellos, y volvemos a la cabaña casi volando.

Nos hemos limpiado bien a manguerazos y nos hemos duchado. Nuestra ropa y nuestros protectores están a remojo en un cóctel de detergentes al que dudo que haya virus capaz de sobrevivir. Ana se ha duchado la última y, cuando por fin entra en el salón, pasándose una mano por el pelo mojado, nos quedamos de piedra. La melena larga de color castaño que solía plancharse con infinita paciencia ha dado paso a una melenita corta, por la barbilla, y aún más corta por la nuca. Nada la va a volver a agarrar del pelo. Procura fingir naturalidad, pero está nerviosa.

—Me encanta —le digo—. De verdad.

Le resalta los pómulos y el cuello de cisne. Parece mayor, más sofisticada. Sonríe, pero se tira de las puntas como si quisiera alargárselo mientras todos murmuran su asentimiento. Peter se la queda mirando y yo lo miro a él y le hago una seña con la barbilla para que diga algo.

Traga saliva.

—Estás preciosa.

Ana sonríe de oreja a oreja y me doy cuenta de que era la reacción de él lo que más le preocupaba, pero, a juzgar por la cara de él, no tiene nada que temer.

Penny está boquiabierta.

—No me puedo creer que te hayas cortado el pelo. No me malinterpretes, te queda genial, pero me cuesta creer que… —Se interrumpe, meneando la cabeza.

—Prefiero seguir viva a tener un pelo bonito —replica Ana.

—¿Quién eres tú y qué has hecho con mi hermana? —pregunta Penny y, sonriente, se acerca a tocarle el pelo a su hermana, maravillada.

CAPÍTULO 97

Bits arranca hojas de albahaca de los tallos bajo el tutelaje de Peter, que está haciendo una especie de pesto. En un plato hay tomates, rociados de queso de cabra desmigado. Sus cenas siempre son muy elaboradas y antes de que termine ya estamos todos pululando por la cocina, como perrillos hambrientos. Pongo la mesa y saco una botella de vino que hemos encontrado. No hay mucho vino, pero esta cena hay que acompañarla de algo especial. Además, John está elaborando un vino de fresas en su sótano.

—¡Qué bien huele ahí dentro! —dice Nelly olisqueando a través de la mosquitera de la puerta de atrás. Ha estado cavando y va cubierto de tierra hasta el último centímetro de su ser—. Pete, igual algún día podrías enseñarme a cocinar.

Peter se inclina hacia la puerta y ríe. Ya no le importa que Nelly lo llame Pete.

—Lo bañarás todo en salsa barbacoa.

—Tú lo has dicho —contesta Nelly—. Soy texano.

Deja fuera las botas pringadas de barro y se dirige al baño. La mesa está bonita con las copas de vino, y eso me hace pensar.

Cuando ya se han sentado todos, me levanto de un brinco.

—¡John, se nos ha olvidado mirar los tomates de tu huerto hoy! —exclamo y me llevo la mano a la boca—. Ayer ya estaban a punto de reventar.

John me mira con calma, sin duda pensando que exagero.

—Bueno, pues lo dejamos para mañana.

—¿Y si mañana ya están pasados? ¿Vamos a desperdiciar toda esa comida? ¿Y si esas horas son cuestión de vida o muerte?

Me parece que me he pasado con el melodrama, pero creo que nadie sospecha. Me planto detrás de la silla de Nelly y le doy un golpe disimulado en la espalda.

—Yo te ayudo —espeta, casi atragantándose con el tomate, y mira con anhelo su plato de pesto.

—El pesto está estupendo a temperatura ambiente —le digo yo. Masculla no sé qué y le sonrío—. ¿Penny, James, John…? Hay montones de tomates.

—No recuerdo tantos —replica John con el ceño fruncido.

—Yo he visto muchos —dice Bits, a la que cinco tomates le parecen una barbaridad. Pero no voy a discutir.

—Vale —responde John, y se levanta de la mesa—. La cena seguirá aquí después del anochecer, pero habrá que recoger los tomates si tú lo dices.

—No, vosotros quedaos —les digo a Ana y a Peter haciéndoles una seña para que se sienten—. Ya somos bastantes. Ana, ¡tú no deberías doblarte! —Aún tiene la espalda bastante fastidiada y hemos estado procurando que descanse—. Y Peter, tú has hecho la cena, así que te toca disfrutarla.

Me ha descubierto, se lo veo en los ojos. Sonrío tranquila y les sirvo vino. Me lanza una mirada asesina. Tarareo una canción y se me ocurre encender una vela, pero aún hay luz y eso sería una exageración. Le guiño un ojo antes de escabullirme. Menea la cabeza y suspira, pero, cuando se vuelve hacia ella, le ronda una sonrisa en los labios. Lo considero su primera cita. Mientras enfilamos el sendero que lleva a la casa de John, el recuerdo de mi primer beso con Adrian hace que me dé un vuelco el corazón.

Sucedió en nuestra tercera cita de verdad. Habíamos salido en grupo también, pero Adrian no había intentado besarme, ni a solas ni en grupo. Empezaba a pensar que había malinterpretado las señales. Nelly me acorraló en el bar después de nuestra segunda cita.

—¿Y bien? —inquirió con las cejas enarcadas.

Suspiré.

—Y bien nada. Ni siquiera ha intentado besarme. Me ha propuesto una excursión para el sábado, así que creo que estamos muy bien juntos, al menos yo, pero igual no somos más que amigos.

Nelly puso cara de escepticismo.

—Ni de coña sois solo amigos, mirándote como te mira.

—¿A qué te refieres? —le pregunté con un codazo en el brazo.

Dio un buen trago a su cerveza mientras meditaba la respuesta.

—Como que se pone blandito. Te sonríe como si fueras un gatito o algo así.

—A la gente, en general, no le gusta morrearse con gatitos. A lo mejor me ve como uno de esos gatitos viejos y sarnosos que dan pena a todo el mundo, que resultan monos aunque estén hechos un asco y por eso llaman más la atención…

Nelly rio.

—Estás ciega, niña. Ciega, te lo digo yo. Voy a preguntarle a Adrian por qué… —empezó a decir, saludando con su cerveza en alto a Adrian, que estaba sentado a la barra y nos sonreía mientras hablaba con alguien.

Lo agarré por la espalda de la camiseta y lo obligué a retroceder.

—¡Ni se te ocurra!

Sonrió.

—Que no lo voy a hacer. Si te besa el sábado. Si no, habrá que llegar al fondo de este asunto.

El sábado Adrian vino a buscarme a casa en su coche destartalado. Me abrió la puerta del copiloto y rodeó el vehículo. Yo alargué el brazo para quitar el seguro de la del conductor, como me había enseñado mi padre, que creía que aún vivía en los setenta, aunque ya ningún coche llevara aquellos pivotitos con los que se echaba el seguro a todas las puertas. Solo que el coche de Adrian sí los llevaba y sonreí al seguir las normas de cortesía para citas que había aprendido de mi padre. Adrian se disculpó por el aspecto general del automóvil, pero, como yo no tenía coche, le dije que el suyo seguía siendo mucho mejor que el mío.

—Además, yo solo le pido una cosa a un coche —dije—: con que no se averíe y te deje tirado en una carretera de mala muerte en medio de la nada o en una autopista desierta, me vale. Que lleve radio tampoco está mal —añadí, acariciando la puerta como si quisiera trabar amistad con el vehículo.

—Entonces, este es el coche de tus sueños —respondió, sonriendo y meneando la cabeza.

—¿Qué? —pregunté.

—Nada, que eres diferente. En el buen sentido.

Me pregunté si diferente en el buen sentido me hacía más deseable o me asemejaba más a ese gatito sarnoso.

Caminamos unos cuantos kilómetros por la orilla de un riachuelo antes de parar a comer. A esas alturas del otoño, helaba ya siempre por las mañanas, pero había salido el sol y caldeado el día, aunque yo tenía los dedos de las manos y de los pies fríos y me apetecía un poco del chocolate caliente que había traído. Encontramos el sitio perfecto para un pícnic en una roca plana que sobresalía por encima del riachuelo. El agua formaba remolinos y charcos a su alrededor y por todas partes había insectos de esos de patas largas que patinan por el agua. Cada vez que un pez salía a la superficie para zamparse uno oíamos un chapoteo.

Adrian hurgó en su mochila.

—He traído sándwiches de salchichón y también uno de pavo.

—Me encanta el salchichón —dije.

—Lo sé —contestó, sosteniendo en alto el sándwich perfectamente envuelto—. Lo mencionaste una vez.

Intenté recordar una conversación en la que me fuera preciso enumerar los fiambres que más me gustan para el almuerzo, pero probablemente no la había habido. ¡A saber por qué habría decidido yo compartir semejante joyita con Adrian! Aunque el comentario me dio esperanza: uno no recuerda el fiambre favorito de alguien que no le importa. Me parece que lo vi escrito una vez en una tarjeta de felicitación.

Me juré mantener en secreto mi raza de perro favorita y la marca de tampones que más me gustaba, al menos ese día, y le devolví la sonrisa.

—Ay, gracias.

Observé cómo las hojas carmesí y doradas entraban a la deriva en el riachuelo para dar un último viaje por sus suaves rápidos. Me recordó algo.

—¿Sabes? Una vez leí que no hay motivo para que las hojas de los árboles cambien de color en otoño —dije mientras sacaba el termo y las tazas—. Se sirven de sus azúcares y nutrientes para sacar todos esos colores, en vez de pasárselos al tronco del árbol para que los utilice. Cuando me enteré, me dieron ganas de abrazar un árbol, o de darle las gracias o algo. Estoy convencida de que no lo hacen por nosotros, pero igual lo hacen simplemente porque es hermoso.

Se hizo el silencio. Alcé la vista, arrepentida de haber dicho una cosa tan rara. Tenía los ojos clavados en mí, y entonces entendí lo que decía Nelly sobre su forma de mirarme. Era una mirada tierna pero a la vez curiosa y de una intensidad que me hizo estremecer un poco.

—Oye —dijo en voz baja—, me gustas mucho, Cassie.

—Tú también me gustas mucho —susurré yo.

Al oírlo decir aquello, me crujió y me silbó todo por dentro. Hasta que lo había conocido a él había mantenido la norma estricta de guardarme mis sentimientos para mí en una relación, sobre todo porque lo que yo sentía nunca estaba a la altura de lo que la otra persona sentía por mí.

—Eso esperaba —contestó, cogiéndome un lado de la cara con la mano, y el hoyuelo se le frunció—, «abrazárboles».

Solté una carcajada. Antes de que me diera tiempo a decir nada, vi que se había acercado, y luego que seguía acercándose, y después que su boca era más tierna de lo que había imaginado. Se me subió el corazón a la boca como se te sube en la primera caída en picado de una montaña rusa. Tenía su mano en la clavícula y yo puse la mía en su pecho. Cuando noté que el corazón le latía tan deprisa como a mí, lo agarré de la camiseta y lo atraje hacia mí. No me reconocía: aquella chica que agarraba a un chico por la camiseta, le mordisqueaba suavemente los labios y habría hecho lo que fuera en aquella piedra en aquel preciso instante era nueva para mí.

Al separarnos, noté cómo me ardían las mejillas. Respiraba entrecortadamente. Me avergonzaba que mi deseo fuera tan obvio, hasta que se lo vi en la cara y en la mirada perdida.

—Tienes el pelo de un color precioso —me dijo sin aliento, acariciando un rizo con dos dedos.

Me encogí de hombros.

—Castaño —contesté.

Levantó la cabeza a los árboles.

—No, es del color de las hojas de roble caídas. Marrón con matices rojizos. Bermejo.

—Ah.

Me gustaba la idea de tener el pelo bermejo en vez de castaño.

Adrian sirvió el chocolate caliente. Yo me recosté y lo observé. Me moría de ganas de besarlo otra vez.

Alzó la mirada.

—¿En qué piensas?

—No tenía muy claro que fueras a decidirte a besarme —dije, sorprendida de soltar aquello en voz alta.

—Por ganas no era, pero lo que he dicho antes iba en serio: me gustas y no quiero estropearlo.

De pronto lo vi algo cortado, pero cuando nuestras miradas se cruzaron la suya era directa. Me pregunté como haría para decir lo que sentía sin que le diera el pánico. O igual sí le daba, pero no permitía que eso lo parara. A lo mejor yo podía aprender a hacer eso también. Me pasó una taza de chocolate caliente y yo le soplé encima por tener algo que hacer mientras pensaba en qué más decir. Recordé que me había preguntado en qué estaba pensando.

—No lo vas a estropear —le dije con todo el aire que llevaba en los pulmones, o a mí me lo pareció—. Al menos si me vuelves a besar.

Y eso hizo.

—¿Ves?, hay un montón —dice Bits señalando los dos cubitos de tomates.

Río al ver la cara de desconcierto de John y le cuento la verdad.

—Peter se estaba quejando de que no podía llevar a Ana a cenar por ahí, así que se me ha ocurrido que podíamos convertir la cena en una velada romántica sin que resultara raro. Se ha presentado la ocasión y no he querido dejarla escapar.

—Ya me parecía a mí que tramabais algo —dice Penny y mira a Nelly.

A Bits se le va ensanchando la sonrisa según hablamos. Por lo menos tengo una aliada.

—A mí no me mires —dice Nelly con las manos en alto, como a la defensiva—. Yo habría sido mucho más disimulado.

Puede que yo no sea nada sutil, pero resulta agradable velar por la vida amorosa de otros, además de la mía.

—¿Qué os parece si os preparo a todos unos sándwiches de mantequilla de cacahuete con mermelada en casa de John? —pregunto—. De aperitivo, hasta que volvamos. —Protestan todos al pensar en la comida que hemos dejado abandonada en la cabaña, que es lo más *gourmet* que puede conseguirse por estos lares—. ¡Vaaa, que es por amor! Si os vais a tomar la comida rica igual.

Bits empieza a dar vueltas y canta el tema de *La bella durmiente*. Nelly la coge en brazos y baila el vals con ella. Me siguen dentro de la casa gruñendo, pero el amor está en el aire y los sándwiches de mantequilla de cacahuete entran mejor de lo que parecía.

Capítulo 98

Menos mal que me gusta el huerto, porque a veces tengo la sensación de que vivo en él. Cuando no estamos desbrozando, estamos regando o recogiendo o abonando o secando o procesando lo que hemos recogido. Las tomateras tienen ya metro y medio de altura y están cargadas de esferas rojas y verdes. La parcela de los melones huele dulce y ya nos han madurado unas cuantas sandías. Nelly ha enseñado a Bits a escupir las pepitas y ella se enorgullece de ostentar el récord mundial. Cortar la piel fina del primer melón ha sido una experiencia religiosa. Antes, la fruta fresca era algo que cogías en las tiendas; ahora es algo que comes cuando está madura y saboreas todo lo posible hasta el año siguiente.

Las cuatro chicas estamos en el huerto cogiendo judías. Los chicos, como los veo yo, han ido a por propano para la cocina. Yo quería ir, pero luego me he preguntado por qué quería ayudar a cargar con una bombona que pesa cien kilos. Mientras busco entre la maraña de tallos de la planta trepadora me preocupo. No he olvidado nuestra última excursión, precisamente por eso quería ir. Tengo la sensación de que, si estoy allí, puedo controlar las cosas y conseguir que salgan bien, a pesar de que sé que es un auténtica falacia.

Procuro deshacerme de la preocupación. En las últimas semanas, he aprendido a dejar correr las cosas. No puedo hacer que Adrian me siga queriendo, no puedo cambiar el curso de este virus, no puedo proteger a todos mis seres queridos, no puedo ir por ahí clavándome las uñas en la palma de la mano del estrés que me produce todo eso. Pero sí puedo darles la lata a Ana y a Peter hasta que terminen juntos.

—Oye, Ana —digo—, ¿qué hay entre Peter y tú?

Se queda muy quieta.

—Nada. —Se yergue y me mira con los ojos muy abiertos—. Te lo juro, Cassie.

Cree que me voy a enfadar. Me lo he estado planteando de la forma equivocada.

—Ana, Ana… —le digo frenándola con una mano—, que no pasa nada. Sé que te mola desde siempre. Y tú le gustas a él, ¿sabes?

Relaja el gesto y se muerde el labio inferior.

—Ah. ¿Tú crees?

—Lo sé. Se lo he preguntado.

Agacha la cabeza y el pelo le tapa la cara mientras sonríe.

—Ah, ¿sí? A mí también me lo ha parecido, como un par de veces, pero mírame —dice señalándose el top manchado y pasándose, vergonzosa, una mano por el pelo corto. Lleva los brazos llenos de porquería y de arañazos y no se ha puesto ni una pizca de maquillaje. Está preciosa.

—Ana, tú sabes que eres guapa. Tienes la piel de un dorado luminoso y te brilla el pelo. —Se va animando según hablo—. Tus manos son delicadas y tu trasero regordete. Siempre hueles a rosas y… —Me tira una judía, riendo—. No, en serio, no te hace falta nada de eso: le gustas y él te gusta a ti.

—¿Y a ti eso te parece bien?

En lo que respecta a los chicos, a Ana jamás le ha preocupado lo que tuviera que hacer para conseguirlos.

—Insisto: me estáis volviendo loca entre los dos, con tanta miradita lánguida y tanta caricia mal disimulada. Puaj —digo como si fuera a vomitar y me atizan con diez judías.

Bits viene corriendo desde la entrada de la casa.

—¡Ya han vuelto y traen una sorpresa para todos! —grita, da media vuelta y rodea la casa de nuevo a toda velocidad.

La zona de carga de la camioneta está hasta arriba de cosas. Hay dos bombonas de propano sujetas con correas y una maraña de metal que de pronto veo que son bicicletas y una baca. Bits chilla al ver la de color púrpura, que es para ella. Se sube de un brinco y da vueltas alrededor.

—Hay una para cada uno —dice John—. En el pueblo había un tío que las arreglaba y las vendía. Fijaremos la baca al techo de la furgoneta y dejaremos un par de ellas allí. Esta es para ti, Cassie —añade ofreciéndome una bici roja.

Penny mira a John y luego me mira la cara y se echa a reír.

—Cassie no sabe montar en bici —les explica cuando se vuelven todos a ver dónde está la gracia.

Seis rostros me miran incrédulos. Me pongo colorada como un tomate.

—Siempre me caigo. Consigo montar, pero, de repente, me pongo nerviosa y pierdo el control.

—¿Nerviosa? —repite Nelly con una sonrisa burlona. Me alegra mucho que mi ineptitud lo divierta tanto—. ¿Por qué será que no me sorprende?

—Es fácil, Cassie —dice Bits dando otra vuelta—. Igual necesitas ruedines hasta que les cojas el tranquillo, como hice yo. —Su comentario provoca tales risas que termino riendo yo también. Siempre he ansiado subirme a una bici y llegar adonde fuera como un rayo, pero al final termino cayéndome. No sé qué pasa: tan pronto estoy bien como me subo a un bordillo o me estampo contra un árbol, y eso me desespera—. Yo te puedo ayudar —continúa la pequeña—. Me acuerdo de cómo se hace.

—Gracias, Bits —digo, esforzándome por no reír—. Voy a necesitar toda la ayuda que pueda conseguir.

Mi primera clase de montar en bici, en la pista de tierra, termina con la tragedia de siempre. Pongo los pies en los pedales y mantengo el equilibrio, pero la rueda delantera topa con una piedra, el manillar se tuerce y yo cierro los ojos y me meto en una zanja.

—¿Por qué te da miedo la bici? —grita Peter desde el caminito de acceso a la cabaña mientras salgo despacio de la zanja.

Me pregunto cuánto tiempo llevará mirando. Bits, mi animadora personal, se planta a su lado.

—Porque me quiere matar —contesto.

Peter ríe. Me da tanta vergüenza tener otro público que no sea Bits que vuelvo a pie, con la bici de la mano.

—Yo enseñé a montar a Jane —me dice. Es la tercera vez que menciona a su hermana pequeña en el último mes. En el año entero que estuvimos juntos, ni siquiera me dijo cómo se llamaba—. Si una niña de seis años lo puede hacer, tú también. Solo recuerda una cosa: la bici es tu amiga. La bici no te quiere matar. —Sonríe al verme dudar. Pues claro que me quiere matar, me pasa con todas—. Repítelo.

—Ni de coña —digo riendo.

—De coña. Dilo, Cassandra.

Esto no va a salir bien. Pongo los ojos en blanco y repito con todo el sarcasmo de que soy capaz:

—La bici es mi amiga. La bici no me quiere matar.

—Bien —dice Peter fingiendo que no parezco una niña de dos años—. Ahora súbete. Y no cierres los ojos, que es lo que estás haciendo, ¿vale?

—¿Y tú cómo lo sabes?

Le guiña el ojo a Bits.

—Porque mi hermana hacía lo mismo. ¡Venga, sube!

No quiero público porque así no voy a poder ni mantener el equilibrio.

—Pero no mires —le digo—. Cierra los ojos.

Bits ríe como una boba y Peter se dobla para que ella le tape los ojos.

—Vale. Ya no veo.

Me subo otra vez. La bici coge velocidad y tengo la sensación instantánea de haber perdido el control, pero resisto la tentación de cerrar los ojos y aterrizo de forma más o menos segura. Agarro el manillar y sigo. El viento me azota el pelo y me refresca el cuello. Esa debe de ser la razón por la que la gente monta en bici. Mola muchísimo más que correr. Cuando llevo un trecho pedaleando, paro y giro poniendo los pies en el suelo. No pienso arriesgarme a hacer una maniobra que me parece diabólica aunque Bits y seguramente todos los niños de siete años del mundo la sepan hacer. Luego regreso al punto de partida.

Tengo los ojos clavados en la carretera y solo cuando oigo silbidos y vítores levanto la vista. Bits está demasiado ocupada aplaudiendo para taparle los ojos a Peter y los dos son testigos atentos de mi llegada. Freno delante de ellos, sintiéndome a un tiempo orgullosísima de mí misma y la mayor imbécil del planeta.

—¡Ya sé montar en bici! —exclamo—. Más o menos.

—¡Lo has hecho genial! —dice Bits—. ¡Entrenaremos juntas!

Lo dice con tal sinceridad que me agacho y le doy un beso.

—Gracias por el consejo —le digo a Peter—. Ha funcionado. Ahora estaría bien que tú siguieras el mío.

—Lo voy a hacer, Cassandra, pero deja de agobiarme.

—Hecho y hecho —contesto.

Pero los dos sabemos que no pienso hacer semejante cosa. Me mira muy serio, aunque le vibran los labios, y yo me lo quedo mirando también hasta que esboza una sonrisa. Les dirijo a los dos un saludo militar y vuelvo a la casa en mi bici, sin caerme ni una vez.

CAPÍTULO 99

EL SOL SE oculta tras unos nubarrones, pero yo me despierto al alba, como de costumbre. Como llueve, hay menos que hacer, así que podemos dormir un poco más. Hubo un tiempo en que pensaba que levantarse a las ocho era madrugar y a las once era razonable los fines de semana. Decido intentar levantarme a los ocho esta mañana. Me tapo bien, pero, a los pocos minutos, suspiro y me doy por vencida.

—Yo antes no me levantaba a esta hora; era la hora a la que volvía a casa después de estar toda la noche de juerga —protesta Nelly.

Con un brazo debajo de la cabeza, mira por la ventana. Estiro los brazos y me toco las puntas de los pies. Ya no me duele tanto como solía. Mi cuerpo se ha habituado a todo el ejercicio que hacemos.

—Ya llevas dos noches sin pesadillas, ¿no? —pregunta, saliendo de golpe de su ensoñación.

Asiento con la cabeza.

—¿Cómo lo sabes?

—Suelo notar si me apalean y me despiertan a gritos, y también noto cuando no.

Le doy una patada por debajo de las mantas. Chilla y aparta las piernas. Tengo los pies helados, aun en verano. Adrian siempre me dejaba meterlos debajo de sus muslos. Apretaba los dientes y sonreía mientras yo suspiraba de contento.

—Creo que las pesadillas han desaparecido, al menos de momento.

No sé por qué, pero estoy convencida de que es así. Empiezo a sentirme yo misma otra vez.

Salgo de la cama y busco mi ropa. Al abrir el primer cajón de mi cómoda, veo el destello de plata y cojo el anillo. Lo noto caliente en la palma de la mano. Lo dejo en la encimera del lavabo y, cuando ya estoy vestida, me lo guardo en el bolsillo. Ese es su sitio porque me hace feliz llevarlo ahí. Pase lo que pase. Le doy una palmadita suave y salgo a preparar el desayuno.

La partida feroz de Monopoly ha terminado y estamos todos sentados por allí, escuchando cómo la lluvia aporrea el tejado metálico, cuando se oye un estrépito en la cocina.

Penny está plantada entre los restos de un cuenco.

—Mierda. Lo siento, Cass.

No paro de decirle que esta también es su casa, pero sé que le duele que se le rompa alguna cosa de mis padres.

—No pasa nada, Pen, de verdad. ¿Te acuerdas de cuando yo rompí el jarrón de tu madre?

Teníamos doce años y yo le estaba enseñando a Penny una payasada de baile que me había inventado. Sonríe al recordar que, cuando María volvió a casa, ni siquiera se enfadó. Puso música, me pidió que le enseñara el baile y, acto seguido, lo repitió por toda la casa mientras nos partíamos de risa todas. Ojalá estuviera aquí o por lo menos supiéramos que está a salvo. Veo mi temor reflejado en los ojos de Penny, que enseguida mira de nuevo el cuenco hecho añicos. Cuando levanta la vista, ya sonríe otra vez.

—Hoy sería el día perfecto para ver pelis —suspira—. Apenas echo de menos la tele, pero en un día como hoy…

—Una peli —dice Bits como si acabaran de ofrecerle un viaje a la luna—. Ojalá pudiéramos ver una peli.

John ríe.

—Bueno, bueno, señoritas, de haber sabido lo desesperada que era la situación, lo habría propuesto antes. ¿Por qué no vemos una peli en mi casa con el generador?

Apenas nos permitimos excesos de electricidad. El generador sigue en casa de John y con él funcionan los congeladores unas horas al día para que los alimentos no se descongelen. Además, alimenta la radio y la lavadora, carga las baterías y las herramientas. La gasolina es un recurso muy limitado y hay que tener suficiente para todo el invierno.

—¡Sí! —grita Bits y se cuelga del cuello de John.

Durante estas últimas semanas se ha vuelto muy expresiva (yo he sido destinataria de al menos un millar de besitos) y, aunque sigue teniendo pesadillas, ya no son tan frecuentes. Confía tanto en nosotros que me aterra la idea de fallarle de algún modo.

—Vale, pero sin palomitas, desde luego —la provoco.

Sonríe.

—¡Caaassie! ¡Claro que con palomitas! Y mis Barbies y tu perrito también vienen —dice y enfila corriendo el pasillo para ir a por los juguetes con los que ha empezado a jugar otra vez.

—¡Guau! —dice Nelly—. A esa cría le hace mucha falta una peli, ¿no?

Cuando termina *La princesa prometida*, suspiramos todos. Pasar un rato en otro mundo sí que ha sido como viajar a la luna. Podría pasarme una semana entera viendo pelis sin parar, una detrás de otra.

—Bueno, ya casi es la hora de las noticias de las siete —dice John.

Nos comemos las palomitas que han quedado mientras esperamos. Aun sabiendo que es muy improbable, me preparo para volver a oír la voz de Adrian, pero solo habla Matt, que repasa la lista de las zonas seguras, en la que ha desaparecido una.

La zona segura de las afueras de Allentown, Pensilvania, se ha visto comprometida —informa—. Los supervivientes hablan de una manada de varios centenares de eleequis. Se desconoce el número exacto de bajas, pero ha sido elevado. Al parecer, algunos de los supervivientes se encuentran ahora en la zona segura de Starlight, Pensilvania.

Nos recuerda que las manadas de esas dimensiones podrían significar un cambio de hábitos de los contagiados. El informe termina un minuto después. Supongo que incluso a Matt, que parece haberle cogido el gustillo a eso de ser una personalidad radiofónica, le faltan energías para mostrarse contento.

—Vale —dice John abatido—, hay que empezar a fortificar la zona mañana.

Intento imaginarme al grupo de eleequis con el que nos topamos en Radio Shack multiplicado por nueve.

—Tampoco podríamos con tantísimos —digo.

—Nop —responde John—. Por eso tenemos la furgoneta.

Cuando volvemos a la cabaña, la magia que pudiera habernos dejado la película se ha esfumado ya. Bits me coge de la mano y parlotea sin parar de la princesa Buttercup. Al menos ella sigue contenta, y quiero que siga así. La idea de que se quede sola, indefensa, me hace apretarle la manita más fuerte.

—¡Ay! —protesta.

Aflojo la mano.

—Perdona, cielo —le digo, pero estoy tan preocupada que no puedo evitar volver a apretar.

Capítulo 100

John reparte munición por todas las mochilas que tenemos en la furgoneta. Él tiene algunas raciones de combate y, con las que quedan de Sam's Surplus, hay comida para unos días.

—Puaj —dice Penny cuando me ve meterlas en las mochilas.

John sonríe.

—Bah, no están tan mal. Tendrías que ver lo que nos daban en Vietnam. Sabía mucho peor y encima pesaba un quintal.

—Pero, por entonces, los paquetes llevaban tabaco, ¿no? —pregunta James con nostalgia mientras acerca una de las bicis para subirla a la baca. No ha vuelto a fumarse un cigarro desde que nos acabamos su última cajetilla.

—Así es, y eso era lo mejor del lote.

—Pues, solo por la comida, tendrían que subirles la paga a los soldados —dice Penny añadiendo otro saco de dormir a la parte de atrás—. Creo que ya está todo.

John ríe.

—James, necesito ayuda con las contraventanas. Las cortamos en mi casa y las traemos aquí en la camioneta.

James sujeta bien la bici y dice:

—Eso está hecho, jefe.

Mientras ellos preparan las contraventanas, yo escribo unas notas para el árbol de los mensajes. Le escribo una nueva a Henry Washington para decirle que, si no estamos aquí, nos encontrará en Vermont. Recuerdo cuando pensaba que era afortunada de no tener niños a los que mantener a salvo y, ahora que sí tengo una, veo que estaba en lo cierto. Me asalta el temor de tener que verla morir y, lo que seguramente es peor, que yo muera y ella sufra un destino terrible, asustada y sola. Pienso en Hank, tan pequeño y tan serio, y me esfuerzo por imaginarlo lleno de vida, en vez de arrastrándose y descomponiéndose por algún bosque.

Escribo a Eric. Le hablo del anillo y le doy las gracias por habérmelo guardado. Le digo que él tenía razón, en lo del anillo, en lo de Adrian y en lo de que la infección era mucho peor de lo que pensábamos. Le digo que me salvó la vida haciéndome prometerle que me iría de Nueva York. Le digo que lo quiero y que los imagino a Rachel y a él recorriendo el bosque y pasándolo de maravilla, porque así es como lo veo siempre. Le pido que se reúna con nosotros en Vermont cuando pueda.

Son solo las tres de la tarde, pero la casa ya está a oscuras. Hemos tapado la cara interna de todas las ventanas y puertas del salón. John ha montado unos marcos alrededor para poder colgar fácilmente de ellos las contraventanas interiores de contrachapado grueso. Se sujetan con unas bisagras que permiten abrirlas para ver y para disparar.

—Tengo una para el pasillo —dice John—. No me quedaba madera suficiente para los dormitorios, pero esas ventanas son más altas. Podemos convertir el salón en una especie de habitación antipánico hasta que consigamos más. Las colgaremos todas las noches.

—Me siento como si estuviera en un episodio de *El equipo A* —digo. Al ver que me miran todos intrigados, me explico—: Yo veía la reposición de la serie con Eric. ¿No os acordáis de que al final siempre terminaban construyendo un vehículo o fortaleza disparatados o algo por el estilo?

James, que ha estado muy serio mientras, sentados en la oscuridad, nos imaginábamos rodeados, recupera ahora su sonrisa habitual.

—Esa era mi parte favorita.

—¿Me puedo pedir a Fénix? —pregunta Nelly.

—Os lo tenéis que repartir entre Peter y tú —digo—, pero yo soy Murdock, que era mi preferido.

—No me extraña ni una pizca —tercia Peter.

Nelly y él chocan los cinco. ¿De qué va ese colegueo?

—Bueno —interviene James—, creo que no cabe duda de que yo soy M. A. Por lo visto, mi parecido con el sargento es asombroso.

—Eso fue lo primero que me atrajo de ti —le dice Penny a James, que cruza los brazos como lo haría M. A.

—Pobre del imbécil que se atreva a tocar mis contraventanas de contrachapado —dice James con voz grave, y nos hace reír a todos.

Hasta Bits ríe, aunque no tenga ni idea de qué hablamos. Y, cuando lo imita y repite la frase, con sus bracitos cruzados y poniendo lo más grave posible su vocecilla, nos partimos todos de risa.

—Vale, más vale que las quitemos —dice John con fingida preocupación—. Me parece que la oscuridad os está afectando a todos.

Capítulo 101

SON LAS SIETE de la mañana, pero ya hace calor, humedad y no corre una gota de aire. Nelly lava los platos del desayuno mientras los demás nos repantigamos en el salón. Hay muchísimo que hacer, pero a ninguno le apetece moverse.

—Hace calor —lloriquea Bits, tumbada en el suelo.

—Cierto —coincide Peter—. Me parece que estás empezando a derretirte. Mírate, te estás colando por la madera.

La cría ríe como una boba. Yo la abanico con una revista vieja y ella cierra los ojos y jadea cuando pasa la ráfaga de aire.

—Hace demasiado calor para hacer nada —dice Penny y me mira con un ojo fruncido, como hacía en el instituto—. ¿Hacemos pellas?

Es la mejor idea que he oído en toda la mañana.

—¡Me apunto! Deberíamos ir a la poza.

Bits se incorpora.

—¿A la poza? ¿A nadar?

Asiento con la cabeza.

—Sip. Hay que caminar como un kilómetro y medio y está llena de barro y sucísima, pero podemos coger ranas y salamanquesas. Y nadar, si no te da mucho asco.

—¡No me da! ¿De verdad podemos? —pregunta, levantándose de un brinco sin acordarse ya del calor.

Miro a John, que me responde con una cabezada afirmativa.

—Primero hay que echar un vistazo, Bits, comprobar que es segura, pero no veo por qué no. Aún tengo en casa las redes con las que los niños cogían ranas.

—¿Podemos hacer un pícnic? —pregunta la niña—. Y Cassie, ¿podemos pintar?, ¿afuera, como me decías tú que lo hacías?

—Claro. —Me encanta verla tan ilusionada y lamento por enésima vez que no vaya a tener una infancia normal—. Se lo colgamos todo a nuestra mula de carga —propongo señalando a Nelly.

—Yiiijaaa —dice él.

—¡Eso es un burro, bobo! —ríe Bits y sale corriendo a buscar algo que ponerse.

John y Peter nos avisan por radio de que podemos bajar. La poza es un afluente diminuto del riachuelo que cruza las tierras de mis padres y termina en una represa. En esta época del año está repleta de libélulas y ranas, y rodeada de espadañas.

Cuando llegamos a la poza, chorreamos sudor. John y Peter vigilan los alrededores. Yo me quedo en bañador y me rocío y rocío a Bits de protector solar.

—¡Eh, blanquito! —le dice Penny a James con acento puertorriqueño—. Ven, que te echo un poco de esto.

Rocía a James y yo la miro, celosa de su bronceado.

—Te odio —le digo y me responde con una sonrisa.

Nelly suelta las bolsas en la hierba y se quita la camiseta.

—Yo me meto ya. ¿Vienes, Bits?

—¡Sí! —grita la niña, entra corriendo en el fango de la orilla y se vuelve hacia nosotros—. Uf, es asqueroso, pero no demasiado. El agua está buena, eso sí. ¡Venid!

Me meto en el agua. Me encanta este sitio, aunque estar tan lejos de la casa sin sistema de alerta me inquieta.

Bits chilla cuando las ranas saltan al agua mientras entramos despacio, con el barro colándose entre los dedos de nuestros pies.

—¡Hay una, Cassie! ¡Y otra! ¡Hay como un millón!

Nelly pasa corriendo y se zambulle. Sale a la superficie escupiendo agua y vuelve a sumergirse. Bits nada al estilo perrito a mi alrededor, sin parar de parlotear. El agua está fresca y es una maravilla. Estoy a punto de zambullirme cuando algo me agarra del tobillo. De pronto, me veo el agua hasta el cuello. Cojo aire para gritar. En cuestión de segundos, veo cómo va a terminar todo: el mordisco en el tobillo, la muerte lenta, a mis amigos liquidándome cuando por fin he muerto para que me quede así. Doy patadas hasta conseguir zafarme y agarro a Bits justo cuando emerge Nelly, masajeándose un ronchón en el pecho.

—Perdona —se disculpa con una sonrisa tontorrona—. Se me ha olvidado que estas cosas han dejado de tener gracia. Me va a salir un moratón, ya verás. Buen karate el tuyo, por cierto.

—¡Ay, Dios, Nelly! —digo llevándome la mano al corazón—. ¡Me has dado un susto de cojones!

Le salpico todo lo fuerte que puedo. Bits me ayuda y ríe mientras Nelly acepta su castigo con una sonrisa. Peter, que se ha acercado corriendo al ver que pasaba algo, coge en brazos a la niña y la estrecha contra su cuerpo. Ella cabecea y él la vuelve a tirar al agua, salpicando. La pequeña sale a la superficie entre chilliditos.

—¡Otra vez, Peter!

John sigue vigilando el bosque. No hemos visto ni un solo eleequis cerca de casa porque estamos en lo alto de un monte empinado, pero no hay garantía de que eso vaya a seguir siendo así. Cuando me he refrescado lo suficiente, me dirijo a las mantas y preparo las pinturas. Enseño a Bits a mezclar colores y nos sentamos al sol con nuestros pinceles y el cuerpo fresco del agua.

Se cierne una sombra sobre mí, por la espalda.

—¡Eh, eso está genial! —dice Peter.

Resisto la tentación de tapar lo que he pintado.

—Ay, no, qué va. Es horrible.

Se acuclilla a mi lado.

—Bueno, en treinta minutos has hecho algo mejor de lo que yo podría hacer en un año, así que para mí es bueno. No había visto ninguna de tus obras.

—Sí, claro que sí. ¿El cuadro del salón?

Es una pintura de un huerto en flor, con una mujer, mi madre, entre las sombras, ocupándose de él.

—¿Ese lo has hecho tú? Guau. Siempre que paso por ahí pienso en lo mucho que me gustaría meterme en ese mundo. Los colores son como de sueño: luminosos y difusos pero cremosos.

Sonrío y asiento. Mi madre siempre me decía que así era como ella soñaba que debía de ser el cielo.

—Gracias. Ese cuadro me gusta, pero estoy oxidada. Hay que practicar para mejorar, ¿verdad, Bits?

Asiente y señala su lienzo, donde ha pintado tropecientas ranas sentadas en la orilla.

—Mira el mío, Peter.

Peter se acerca a ella y se queda allí plantado, con la mano bajo la barbilla, como si fuera un marchante de arte muy serio.

—Me encanta. Me gusta mucho el uso que has hecho de la rana. Habrá que colgarlo cuando lo termines.

—¡Cassie me ha dicho que vamos a montar una galería! Y yo voy a exponer en ella. —Limpia el pincel y se quita el sudor de la frente—. ¿Me puedo bañar otra vez? Tengo calor.

Nelly y Ana están en la poza, así que le digo que sí.

—Claro, y luego comemos.

La vemos acercarse al agua a grandes zancadas y sonreímos cuando Nelly la lanza por los aires.

—Adoro a esa niña —digo—. Me preocupaba que todo esto la marcara demasiado, pero se lo toma con filosofía. No sé si yo podría ser tan fuerte —digo negando con la cabeza.

—Ya —contesta Peter mientras la ve reír como una boba cuando Ana la arrastra por el agua—. Me asombra.

—¿No te da miedo? —Necesito saber si es solo cosa mía—. ¿Que no seamos capaces de protegerla?

Cabecea, muy serio.

—Haría lo que fuera por mantenerla a salvo. La quiero muchísimo. No lo creía posible… —Se interrumpe y mira a otro lado, parpadeando rápido.

Le pongo en el hombro la mano pringada de pintura.

—Lo sé. Y ella también lo sabe. A lo mejor por eso es tan feliz, porque todos la queremos. —Peter me cubre la mano con la suya y sonríe. Parece contento, al menos todo lo contento que se puede estar pensando en cosas así—. Haremos todo lo posible —le digo, sintiéndome menos sola en mi temor—. Bueno, ¿pelea en el agua? —espeto tirándole de la mano para que se levante—. ¿Tú y yo contra Nelly y Ana, que seguro que se apuntan?

Sonríe enseñando los dientes.

—Bah, les vamos a dar una paliza.

CAPÍTULO 102

HE DORMIDO HASTA tarde, por una vez. Nelly ha debido de escabullirse sigilosamente a modo de regalo de cumpleaños. Siempre me ha gustado cumplir años en agosto porque podía pasarlo aquí.

Bits asoma al fondo del pasillo y se escabulle en cuanto me ve, muerta de risa. Lleva días actuando de forma sospechosa e inocente, como solo los críos saben hacerlo. Hay tortitas en la mesa y las contraventanas están apoyadas en la pared del fondo del salón, retiradas durante el día.

Penny está en la cocina, limpiando.

—¡Felicidades! —me dice con un abrazo—. ¿Qué tal sienta hacerse mayor?

—Lo sabrás dentro de cuatro meses. Hasta entonces, eres demasiado joven para entenderlo.

—¡Felicidades! —me grita Bits—. ¡Cuando yo tenga tu edad, llevaré maquillaje! —añade sin que venga a cuento. Por lo contenta que está, cualquiera diría que es su cumpleaños en vez del mío—. ¡Veintinueve, qué mayor! —remata. Me encorvo y me acerco a la mesa como si fuera apoyándome en un bastón. Bits me pone algo en la cabeza. Alargo la mano y me noto un tejido suave—. Es tu corona de cumpleaños —dice—. A mí siempre me ponen una.

Me quito la corona de fieltro púrpura con una estrellita cosida por delante.

—Es preciosa —le digo—. ¿La has hecho tú? —Sonríe de oreja a oreja, asiente y yo la estrujo fuerte—. Muchísimas gracias. La voy a llevar todo el día.

Me lleno el plato de comida y recibo más felicitaciones de los otros. Entra Nelly con un balde de leche y le doy las gracias por dejarme dormir un rato más.

—Gracias por dejarme dormir tú a mí, cumpleañera —contesta masajeándome los hombros. Llevo semanas sin tener pesadillas.

Me encuentro a Ana en el huerto. Sé que sabrá lo que está maduro porque se pasa el día ahí.

—Hay muchísimas cosas —dice—. Tenemos que empezar a envasar otra vez mañana.

—Ya hago yo unos tomates hoy —contesto.

—Digamos que los fogones van a estar ocupados hoy y tú no vas a pisar la cocina. Si digo más, Bits me mata.

Río.

—Entendido. —Olfateo los tomates que estamos recogiendo y suspiro.

—Ya —dice Ana—. Y encima saben igual que huelen.

Comparo a la Ana de hace cuatro meses, siempre ceñuda y agitando la melena, con la que tengo delante. Debe de adivinarme el pensamiento porque menea la cabeza.

—Lo sé. Yo cuidando de un huerto, ¿quién lo iba a decir?

—Juraría que te he visto hablándoles a los semilleros.

—Seguro, cuando no me veía nadie. Me habría encantado cantarles cuando lo hacíais Penny y tú, pero no fui capaz. Me parecía que hacerlo era una forma de claudicar, de aceptar que esto que está pasando es verdad. No quería que las cosas cambiaran —dice, encogiéndose de hombros, y deja los tomates en el cajón que tiene a los pies—. Y sigo sin quererlo.

—Yo tampoco. —Pienso en los años que perdí tras la muerte de mis padres—. Me gustaría poder volver a lo de antes, pero hacer algunas cosas de otro modo.

—Y a mí. Pero mamá siempre dice que refugiarse en el pasado no sirve de nada, así que, por una vez, le voy a hacer caso.

—Tu madre tiene razón —digo, y lo sé por mi experiencia reciente—. A propósito del futuro, ¿cómo va lo tuyo con Peter? Te lo digo en modo cotilla total, así que cuenta.

—No va —contesta gesticulando mucho y frunciendo el ceño—. A veces me parece que quiere besarme y luego nada. No tengo ni idea. Me está volviendo loca. Me gusta muchísimo, Cass. —Su tono se ha ablandado—. Es el primer tío que me gusta de verdad, ¿sabes?

Lo sé perfectamente.

—Estoy en ello.

Nelly y yo encendemos el generador por la tarde después de que Bits me ordene que salga y no vuelva hasta la hora de la cena. La casa de John está fría y en silencio. Nos desparramamos en el salón mientras los congeladores están en funcionamiento.

—Tengo una cosa para ti —me dice Nelly desde el sofá.

—¿Un regalo? —pregunto.

—Sí, pero no sé si te va a gustar —contesta algo inseguro.

—¿Cómo no me va a gustar un regalo tuyo? ¡Dámelo, anda!

Se saca del bolsillo un estuche de joyería. Dentro hay una cadena de plata de eslabones diminutos trenzados a mano. Parece antigua y me enamora de inmediato.

Me arrodillo y le doy un beso en la mejilla.

—Es preciosa. Gracias.

—Sé que no llevas muchas joyas, pero es para el anillo. Igual no te lo quieres poner en el dedo, pero en el bolsillo se te podría perder. —Lo miro fijamente unos segundos, preguntándome cómo lo ha sabido. Enarca una ceja—. Compartimos habitación. Además, te conozco, cariño. Pero no hace falta que la uses para eso si no quieres.

—Quiero —contesto, ensarto el anillo en la cadena y abrazo a Nelly en cuanto me la pone—. ¿Cómo es que siempre sabes lo que necesito?

—Pues me digo: si yo fuera una artistilla rarita y patosa, ¿qué querría?

—Muy gracioso. No, en serio —digo tocándole la rodilla—. Gracias, Nels, por estar siempre pendiente de mí.

—Tú también estás siempre pendiente de mí —replica y se encoge de hombros, avergonzado del sentimiento, y vuelve a ser su yo de siempre—. Espero un regalo de cumpleaños de la hostia, que lo sepas.

—A ver qué puedo hacer —contesto guiñándole el ojo.

CAPÍTULO 103

BITS SE EMPEÑA en que me vende los ojos y luego me quita la venda al tiempo que gritan todos:

—¡Sorpresa!

En la mesa hay una tarta preciosa, algo inclinada y cargadísima de glaseado, sin duda obra suya, rodeada de *pizza* casera y cerveza. Pero lo mejor de todo es el gramófono de mi padre. Cuando abro los ojos, James baja la aguja y suena «Happy Birthday Sweet Sixteen» a todo trapo por el altavoz. Ha arreglado el aparato para que funcione con discos de cuarenta y cinco revoluciones.

—¡Es un baile! —dice Bits—. Penny me dijo que querías uno.

Se me empañan los ojos cuando Penny me sonríe. Soy muy afortunada de tener amigos que saben lo que quiero y hacen todo lo posible por conseguírmelo. Los abrazo a todos, uno a uno.

—Tranquila —tercia James respondiendo a la pregunta que no he llegado a hacer—, John ha comprobado el volumen: no se oye desde el caminito de acceso a la finca.

Me relajo. Crecí con esta música, que es con la que se criaron mis padres, y al oírla siento que de verdad he vuelto a casa. Le enseñamos a Bits el *twist*, el *swim* y el *mashed potato*. El estado de ánimo es tan contagioso que hasta John baila, aun habiendo jurado que no lo haría. Hacemos una pausa mientras Bits rebusca entre los discos y nosotros comemos.

—¿Qué tal este? —pregunta—. ¿«This Magic Moment»?

Penny se lo quita con delicadeza y me mira de reojo para ver si me he dado cuenta. Me noto un pellizco en el corazón, pero asiento con la cabeza.

—Es una de las canciones más bonitas del mundo. Era la canción de mis padres. Ponla.

Suenan los primeros acordes y se me encoge aún más el corazón. Esa canción es mi madre y mi padre, y es Adrian. Pero entonces se me acerca Nelly con la mano tendida y me pongo en pie. Duele, pero de pronto comprendo que es mejor sentir algo que no sentir nada en absoluto y descubro que, una vez que te rindes, el dolor va remitiendo y lo que queda es amor.

Peter está en la cocina, cortando zanahorias y pepinos en daditos. Me subo de un brinco a la encimera y balanceo los pies. Él me da una tobita en la corona y sonríe.

—Hola, princesa cumpleañera.

—Hola —digo—. Bueno, ¿qué?, ¿vas a besar algún día a esa pobre chica?

Deja de hacer lo que está haciendo.

—Cassie, tengo mucho dinero. Mucho. Y puede ser todo tuyo.

—El dinero me da igual —contesto con un manotazo al aire.

—Lo sé —replica, y le brillan los ojos—. Siempre me pareció reconfortante, pero ahora se me hace fastidioso.

Me río a carcajadas. Reanuda su tarea.

—No, en serio —le digo tocándole el brazo—, ¿a qué esperas?

Contempla por la ventana la oscuridad de la noche, angustiado.

—Es que no quiero estropearlo todo.

Recuerdo que eso fue lo que me dijeron a mí. Si él siente lo mismo por ella, es solo cuestión de tiempo.

—Pero sois perfectos el uno para el otro —arguyo—. No vas a estropear nada. ¿Te preocupan los besos? No hay de qué preocuparse, Pete. Lo sé por experiencia.

Se pone coloradísimo. Me oigo hablar y pienso que a lo mejor podría haber prescindido de esa última cerveza, pero no me siento borracha. Me siento bien y boba.

—Piensa que podríais abrir juntos la primera *boutique* posapocalíptica del planeta —digo, y formo un marco con las manos, como si pudiera verlo.

Ríe muy a su pesar.

—Cass, ¿qué bicho te ha picado esta noche?

—Estoy contenta, nada más.

No me puedo borrar la sonrisa de la cara y él esboza una también. Peter siempre parece reprimirse un poco, como si tuviera miedo de reír demasiado fuerte, pero esta sonrisa es auténtica.

—Me alegra mucho oír eso. Aunque, en consecuencia, te comportes de forma aún más extraña de lo normal.

—No lo vas a estropear —digo, no dispuesta a cejar en mi empeño.

—Somos muy buenos amigos. ¿Y si nos quedamos aquí diez años? Necesitaba asegurarme de que es de esas cosas que pueden durar diez años.

Pero lo dice en pasado, lo que me hace pensar que ya se ha decidido.

—Así es como debe ser. Tenéis que ser amigos para que funcione. Entonces, ¿Ana es una chica de las que dan para diez años?

—Sí. —Lo dice con timidez y eso me hace sonreír más—. Sí, creo que sí.

—Pues deja de esperar. Igual no nos queda mucho tiempo, no lo malgastes. ¡Regálamelo por mi cumpleaños! —propongo, aplaudiendo mi propia idea.

—Quieres que tu exnovio se líe con otra chica como regalo de cumpleaños… —dice meneando la cabeza con incredulidad mientras coge el plato y se dispone a salir.

—Solo quiero que seáis felices los dos —contesto apenada, y se vuelve a mirarme, intrigado—. ¿No hemos perdido ya los dos demasiados años de nuestra vida siendo infelices?

Sonríe con tristeza.

—Tienes razón.

—Pero ya no.

—No, ya no.

Pasa entre nosotros una corriente de esa nueva felicidad. Nos sonreímos y caigo en la cuenta de que Peter se ha convertido en uno de mis mejores amigos. Me alegro mucho de que esté aquí. Asiente y se vuelve otra vez.

Bajo de un salto de la encimera.

—¡A por ella, tigre! —digo dándole una palmada en el trasero.

Intenta pegarme con una patada que no me alcanza.

—¿Sabes?, creo que me gustaba más que no me hablaras.

—No es verdad.

—No, no es verdad —confiesa sonriente.

Bailo unos cuantos temas más y me siento a descansar con el siguiente. Bits decide poner «Breaking Up is Hard to Do». Peter saca un disco del montón.

—Después viene una lenta —le dice a Ana, que se está comiendo un bastoncito de zanahoria cubierto de hummus—. ¿Me reservas el baile?

Ella deja de masticar y sonríe satisfecha. Luego traga saliva y bebe agua.

—Peter sabe bailar el vals, el foxtrot y todo —le digo guiñándole un ojo—. Lo tuvo que aprender para un baile de gala.

Él pone los ojos en blanco.

—No era un baile de gala, Cassandra.

Ya lo sabía, solo que me gusta vacilarle con lo de que es rico.

Ana ríe y se muerde el labio.

—No te voy a poder seguir.

Peter sonríe.

—Si, además, casi no me acuerdo de los pasos. Lo harás de maravilla.

Miro a otro lado para ocultar mi enorme sonrisa. Al final voy a conseguir juntarlos, y ni siquiera me ha hecho falta la pistola. Ya empezaba a considerarlo una opción. Nelly hace girar a Bits, muerta de risa, cuando empieza la canción que ella ha elegido. Yo me como la tarta y decido que, a su manera peculiar, este es el mejor cumpleaños de mi vida. Hay muchísimo que celebrar, aunque también haya muchísimo que lamentar.

—¡Nelly! —grita Bits.

Su voz de miedo hace que se me caiga el tenedor y me gire enseguida. Nelly la coge en brazos. La niña señala los ventanales, con la boca abierta en un grito mudo. Es exactamente como yo lo había imaginado todos estos años cuando evitaba las ventanas por la noche por miedo a ver una cara fantasmal mirando desde fuera. La mosquitera de la ventana de encima del sofá cede ante la presión de los contagiados, que pegan la boca en ella, gruñendo y gimiendo.

—¡Copón! —grita John, que jamás usa ese lenguaje, y no sé si es un juramento o una súplica—. ¡Coged las contraventanas!

Nos ponemos manos a la obra enseguida. Esas piezas de madera siempre me parecen muy pesadas, pero las levanto como si nada. James viene corriendo a ayudarme y aprieta los tornillos. Peter y Ana tapan la otra ventana del porche y aguantan, haciendo un gran esfuerzo para contener la embestida. Deben de haber rasgado la mosquitera.

Nelly, que ha dejado a Bits en el suelo, carga con las contraventanas de las puertas correderas por toda la habitación. La pequeña se queda plantada en la alfombra, pálida y llorosa. Corro a echar una mano a Nelly y ponemos las maderas en el preciso instante en que se rompe el cristal. Deben de estar por todas partes. Una manada.

Neil Sedaka termina de cantar sobre ser sincero y, en el silencio, oigo a Flora y a Bert y a las gallinas chillando y cloqueando. Y, por supuesto, esos gemidos horribles y espeluznantes.

Las contraventanas se nos vienen encima. Me pongo de espaldas y empujo la madera, pero me resbalan los pies, milímetro a milímetro, por el suelo. Justo cuando empiezo a pensar que no aguanto más, veo a Ana a mi lado y conseguimos que la madera encaje en el marco. Las manos firmes de John aprietan los tornillos.

En las otras ventanas más altas, unas manos van dejando huellas pringosas. Aparecen rostros que intentan morder el cristal y caen de espaldas; a lo mejor se han subido encima de otros contagiados. Penny ha arrastrado las contraventanas hasta sus respectivas ventanas y nosotros las atornillamos. Me tranquiliza un poco que ya no los veamos y ellos tampoco nos vean a nosotros. Tengo la boca seca y el sudor que me corre por la espalda se me congela cuando caigo en la cuenta de que nos tienen completamente rodeados. Atrapados.

—Joder —dice Nelly—. Estamos jodidos.

—No sabemos cuántos hay ahí fuera —tercia John—. Voy al desván a mirarlo. Que todo el mundo se ponga las botas y las mangas protectoras.

Hacemos lo que nos dice. Los porrazos retumban por toda la casa. Se rompe la ventana de uno de los dormitorios, pero no saben trepar y Penny ha cerrado las puertas. Me calzo la pistolera y atiendo a Bits, que está allí de pie, como en trance. Le pongo los zapatos y le subo la cremallera de la cazadora.

—No va a pasar nada —le digo abrazando su cuerpecito agarrotado.

John se asoma desde el desván.

—Son demasiados, y vienen más por el bosque. No podemos coger la furgoneta. —Subo la escalera de mano. Están por todas partes. Se amontonan en el porche y van de un lado a otro del acceso a la finca. Rodean la furgoneta, aparcada junto a una esquina de la casa—. Si encontramos un modo de traerlos a todos hasta aquí, yo puedo salir por la ventana del pasillo a por la furgoneta —dice John.

—Podemos romper la ventana del desván, disparar o tirar una lámpara —propongo—. A lo mejor el fuego los atrae.

John asiente en la penumbra. Volvemos a bajar y él les explica el plan.

—Yo espero arriba, en el desván —digo—. En cuanto oiga la furgoneta, tiro la lámpara y vengo corriendo.

—Venimos corriendo —me corrige Nelly—. Yo voy contigo.

Penny se arrima a Bits a la cadera y asiente, con los ojos como platos. Cojo la lámpara que voy a usar y que ilumina nuestros rostros con un resplandor titilante, como si estuviéramos contando historias de miedo en un fuego de campamento. No hay tiempo para decir más: los porrazos son cada vez más atronadores y, aunque las contraventanas aguantan, se desplazan con cada embestida. Nos han servido para ganar tiempo, pero quizá no mucho más, menos aún habiendo tantísimos ahí fuera.

Nelly y yo subimos al desván. Reviento los cristales con mi carnicero y él lanza afuera los cristales rotos con la ayuda de una silla. Salimos al mirador.

—¡Eh, aquí arriba! —grito.

Nos arrodillamos al borde del mirador y les apuntamos a la cabeza, aunque lo único que pretendemos es llamar su atención. No podemos matarlos a todos ni de coña y no tiene sentido malgastar munición. Levantan la cabeza y la mecen como si estuvieran en un concierto de *rock*. El aire está cargado, impregnado de su hedor a muerte. Están pisoteando las flores de mi madre, que debería ser la menor de mis preocupaciones, pero los odio aún más por eso. Nelly se quita la manga protectora y le veo un destello de metal en la mano.

—¿Qué haces? —pregunto.

Se pasa la hoja del machete por el brazo y le empieza a salir sangre.

—Darle al pueblo lo que pide —contesta sacando el brazo.

La sangre corre y gotea sobre los contagiados. En cuanto les llega, se vuelven locos. Los gemidos y los gruñidos sibilantes son tan fuertes que atraen a los rezagados de la entrada principal, que, al oler la sangre, se suman a la aglomeración.

Arranca el motor de la furgoneta y Nelly sacude el brazo por última vez. Agarro la lámpara para arrojarla a un espacio vacío. Vuelvo a acordarme del año que hice béisbol. No me habría venido nada mal entrenar más. En la vida se me habría ocurrido pensar que esas aptitudes me podrían salvar la vida; siempre creí que jugar al béisbol terminaría matándome. Lanzo la lámpara, que se hace pedazos, y el aceite prende al lado de uno de los contagiados. Nos deslizamos por la escalera de mano y corremos hacia el pasillo.

El culo de la furgoneta está pegado a la ventana. Peter y Ana la guardan a ambos lados y disparan a todo lo que se acerca demasiado. Vienen más eleequis hacia nosotros; la distracción ha durado poco. James ayuda a Penny y a Bits a subir a la furgoneta. Se oye un estallido de madera seguido de los gruñidos aterrados de Bert y de las cabras. Bits se tapa los oídos y me mira fijamente con los ojos muy abiertos mientras los demás subimos al vehículo.

La furgoneta se bambolea y los que vamos dentro chocamos contra sus paredes como animales enjaulados. John pisa a fondo el acelerador. Me agarro al asiento mientras cruzamos el césped dando botes y llevándonos por delante todo lo que se cruza en nuestro camino. Me pregunto si algún día volveré a ver mi querida casa y, cuando me vuelvo a echar un último vistazo y veo que el fuego prende los harapos de los contagiados y las llamas les trepan por la espalda hasta el porche, pienso si quedará siquiera algo que ver.

CAPÍTULO 104

PASAMOS LA NOCHE en la furgoneta. La única que descansa es Bits. Los demás dormimos a saltos, esperando a que sea lo bastante de día para movernos con seguridad. Penny le venda a Nelly el corte profundo del brazo.

—Eso ha sido lo que los ha vuelto locos —digo y pongo cara de asco al recordar los ruidos que han hecho cuando les ha caído la sangre encima—. ¿Te duele?

—Na —contesta Nelly—. Estoy bien.

Nos ponemos en marcha cuando el cielo está teñido de amarillo. Se ve un leve resplandor anaranjado hacia donde está la cabaña. Me digo que estamos demasiado lejos para ver un fuego y que es el amanecer, pero no me lo creo.

James tenía pensado bordear Bennington, pero el camino está atestado de coches abandonados, así que seguimos por la carretera principal, que es lo bastante ancha como para que podamos ir sorteando obstáculos. Dejamos atrás granjas ahogadas por las malas hierbas y los dientes de león. En algunos sitios, hay signos de lucha, cadáveres por el suelo y coches volcados en la calzada; en otros, es el mismo bosque del noreste por el que he correteado toda la vida. En el césped de una vivienda, un eleequis está sentado al sol, como si disfrutara de un hermoso día de verano. Se levanta con torpeza, pero, cuando lo consigue, ya nos hemos ido.

—No hay nadie —dice Penny en voz baja. James le coge la mano.

Según nos adentramos en Bennington, vamos viendo más casas. Pasamos por delante del restaurante Friendly's, donde Eric y yo nos hartábamos de comer helados de lacasitos hasta que nos dolía la cabeza. Nos zampábamos el helado y luego nos bebíamos de golpe el agua, que nos parecía caliente en comparación. Sonrío al recordarlo y veo a John cruzar zigzagueando un antiguo control de carretera para esquivar las bolsas negras de basura sembradas por el suelo.

—¿De qué te ríes? —pregunta Nelly.

Estoy a punto de contestar cuando pillamos un bache. Se oye un ruido como de reventón y la furgoneta se estremece. John conduce unos cuantos metros más y se detiene.

—Que no baje nadie —dice. Deshace el camino y, al arrancar los plásticos, descubre los tablones de madera con clavos. Cuando vuelve y se asoma por la ventanilla, está muy serio—. Nos han reventado las cuatro ruedas. Debieron de abandonar el control de carretera cuando la cosa se puso fea. Necesitamos cuatro neumáticos nuevos u otro transporte.

Penny entierra la cabeza en las manos y gimotea. Bajamos todos de la furgoneta y parpadeamos al sol. Aunque es muy temprano, el sol ya calienta lo suficiente como para quemarme la nuca. Se me pega la camiseta al cuerpo, no sé si por el sol o por estar plantados en medio de una calle desierta, agotados y sin ningún sitio adonde ir. Hay coches, pasado el control, y los probamos todos. Los que tienen llaves ni siquiera se encienden.

—¡Maldita sea! —espeta Peter dando un puñetazo en el techo del utilitario.

—Aquello parece la calle mayor —dice James señalando los edificios de más abajo—. ¿Qué os parece si vamos hasta allí y vemos si hay algo? De todas formas, hay que ir hacia el oeste por esa calle.

—Tampoco estaría de más que rodáramos el equipo hasta allí —dice John.

Los bordes de las ruedas rechinan según avanza a nuestro lado. La calle mayor es una línea de edificios de ladrillo con fachadas de madera. No hay coches, solo una amplia extensión de asfalto.

—A James se le ha ocurrido una idea —dice Nelly—. Al pasar, ha visto algunas casas con todoterrenos y caravanas. Igual encontramos las llaves dentro de las casas. Cogemos las bicis y vamos nosotros mientras nos esperáis aquí.

—No creo que debamos separarnos —interviene Penny mirando a James desesperada.

—Pen, no podemos ir todos —contesta James con voz suave—. No hay bicis suficientes, aunque pudiéramos llegar todos. Tardaremos una hora como mucho.

A mí tampoco me gusta, pero no tengo un plan mejor. No solo necesitamos un coche, sino uno lo bastante grande en el que quepamos todos.

El rótulo del edificio de la esquina reza BENNINGTON BREW COMPANY & PUB. Es un bloque de ladrillo de tres plantas con molduras blancas decorativas alrededor de las ventanas. Me parece ver algo moverse cuando la cortina de una ventana abierta de la segunda planta se agita. La veo revolotear otra vez, pero no hay nada más. Habrá sido el aire.

—Podemos esperar en la furgoneta o aquí dentro —dice Peter—. Igual deberíamos echar un vistazo.

Dentro, la luz del sol se cuela por los ventanales y hace brillar el roble bruñido y el latón de la barra. Tanto la estancia principal como la cocina están vacías. Descargamos la furgoneta y amontonamos las mochilas junto a la barra.

—Peter y yo vamos a retirar los clavos del control de carretera para que puedan pasar. Volvemos dentro de quince minutos. Vosotras quedaos aquí con Bits. Encended el transmisor —dice John, y Nelly y él se ponen un pinganillo cada uno. Coloco el transmisor encima de la barra.

—Volvemos enseguida, te lo prometo —le dice James a Penny, que asiente sin abrir la boca.

Cuando oigo el chasquido de la puerta al cerrarse, tengo un mal presentimiento y de pronto estoy convencida de que no van a volver. Los veo pasar por delante de los ventanales y confío en que no les pase nada. En cuanto los pierdo de vista, reparo en Bits. Me mira con atención, con el gesto desprovisto de esperanza, y caigo en la cuenta de que su cara es un reflejo de la mía. Me obligo a sonreír.

—Dadme un segundo —digo, y voy a la cocina, donde he visto dos botellas de carísimo *ginger-ale*. De nuevo en el salón, saco cuatro vasos y me planto detrás de la barra.

—¿Qué haces? —pregunta Bits.

Haciéndome la interesante, sirvo el *ginger-ale* seguido de sirope de granadina. Veo en una balda polvorienta un frasco de guindas sin abrir, echo unas cuantas en cada vaso y les paso a Penny, Ana y Bits su bebida.

—Son *shirley temples* —contesto—. ¡Por las chicas! —digo alzando mi vaso.

Bits sonríe. Brindamos las cuatro y sorbemos por las pajitas rojas.

—Ñam. Hacía una eternidad que no me tomaba uno de estos —espeta Penny—. Apuesto a que estaría rico con vodka. —Alargo la mano a uno de los estantes inferiores y saco una botella de vodka barato, porque todas las botellas de alcohol de los estantes de arriba han desaparecido—. ¿Qué son, las ocho de la mañana? —comenta riendo y meneando la cabeza.

—Vivimos en un mundo nuevo —contesto—. Los cócteles a las ocho de la mañana son casi necesarios.

Se oyen interferencias de la radio.

—Cassie —dice John en tono enérgico pero no aterrado—, viene una manada hacia nosotros. Prepárate para dejarnos entrar y echar la llave.

—Recibido —contesta Ana.

Penny y yo corremos hacia la puerta. Pasan volando por delante de los ventanales y entran a toda prisa en el bar. Penny cierra de golpe y echa la llave.

—Creo que nos han visto —jadea Peter.

Esperamos en silencio, con el corazón desbocado. Un alboroto de gruñidos nos indica que está en lo cierto. Aparecen los eleequis por el ventanal. Se produce un estrépito cuando uno de ellos se arroja contra las puertas. No sé si ven bien, pero esos ojos legañosos se asoman dentro como si vieran. Contenemos la respiración. Bits está sentada en su taburete, aferrada a la bebida, a medio camino de la boca.

Las puertas ceden un poco. La cerradura aguanta, pero no durará mucho. El dorado del cerrojo brilla un poco cuando las puertas se abren más. La estancia está en penumbra ahora: el pelotón de cuerpos que asaltan los ventanales no dejan pasar el sol.

—Por atrás —dice John.

Peter agarra a Bits con un brazo y dos mochilas con el otro y sale por la puerta de la cocina, reculando. Lo seguimos con todo lo que podemos coger. Lo último que veo son nuestros *shirley temples*, mi intento fallido de normalidad, abandonados en la barra.

Capítulo 105

Los porrazos se oyen menos aquí dentro. Miro por el ventanuco de la puerta al callejón. Hay un aparcamiento justo detrás de nosotros, pero está al otro lado de una valla metálica. La única salida seguramente es a la izquierda, donde el callejón se estrecha y conduce a la otra manzana, pero varios contenedores me tapan el otro extremo.

—Voy a echar un vistazo —dice John y abre la puerta—. Despejado. Podemos enfilar el callejón hasta la calle. Esperad, que voy a ver por dónde andan Nel y James. —Les explica la situación por radio y luego escucha—. Han encontrado una furgoneta. La van a coger y vienen para aquí. Nos esperan al final del callejón. Coged solo las mochilas de supervivencia, por si hay que correr.

Le cuelgo a Bits su mochilita a la espalda y saco la mía de la mochila grande. Lleva comida, munición y un botiquín, lo único que no puede faltar. Se oye una explosión de cristales en la entrada. No tardarán en llegar aquí.

—Venga —dice Ana y cierra despacio la puerta cuando ya hemos salido todos.

—Vamos a… —empieza John, pero antes de que nos dé tiempo a movernos ya nos ha tirado a todos al suelo detrás de los contenedores. Vienen contagiados por el callejón, pero, gracias a John, no nos han visto—. ¿Dónde estáis? —susurra John al transmisor—. Cambio de planes. Vais a tener que venir al aparcamiento de detrás del bar. Estamos al otro lado de la valla metálica. —Hace una pausa—. Habrá que intentarlo. —Se vuelve hacia nosotros—. Unos minutos más. Nos avisan cuando estén cerca.

Cae uno de los cubos de basura del callejón y rueda con gran estrépito. Miro por una rendija entre los contenedores y veo al menos una docena de eleequis en mi limitado campo de visión. Los tenemos a unos diez metros de distancia.

—¿Cómo vamos a saltar la valla? —pregunta Penny en voz tan baja que tengo que leerle los labios.

Ella, Ana y Bits están agachadas, pegadas al muro del edificio. Peter está acuclillado a mi lado, pegado a los contenedores, apretando la mandíbula. Me hace una seña para que vuelva a mirar por la rendija. El callejón está atestado. No nos daría tiempo a saltar la valla a todos. John, a mi otro lado, echa un vistazo y se pasa una mano por la cara.

—Hay que distraerlos —les susurro.

En la cabaña funcionó. Se hace el silencio mientras pensamos. Valoro un montón de posibilidades y las descarto todas. No nos queda otra que correr y confiar en que nos salga bien.

—¿Recuerdas lo que dijiste antes de que saliéramos de Nueva York? —dice Peter, y su aliento caliente me acaricia el oído. Me mira a los ojos. No tengo ni idea de a qué se refiere ni de por qué saca el tema ahora. Al verme confundida, vuelve a acercarse—. ¿Lo de que a veces, por amor al prójimo, uno hace cosas que podrían poner en peligro su propia seguridad? —Claro que lo recuerdo—. Yo los distraigo —susurra lo bastante alto como para que John lo oiga—. Me subo encima del contenedor mientras vosotros saltáis la valla.

No va a funcionar. Lo rodearán en cuestión de segundos. Niego con la cabeza.

—Jamás conseguirás salir.

Me sostiene la mirada y, en la seriedad de su rostro, veo que ya lo sabe. Hago un aspaviento y vuelvo a negar con la cabeza.

—Tres minutos —susurra John—. Solo disponemos de un minuto antes de que los del lateral del pub vengan para aquí. Nelly se va a pegar a la valla.

Me vuelvo de nuevo hacia Peter y le susurro furiosa al oído.

—¡No!

Peter observa a Bits, que ha levantado la cabeza y nos mira aterrada. Él le sonríe y yo descifro con dificultad las palabras que le dice solo con la boca: «No me va a pasar nada». Se gira otra vez hacia mí y, aunque su gesto es decidido, le veo el miedo en los ojos. Me recuerda a Neil justo antes de que le disparara, aunque en su caso es distinto: a él le brillan los ojos con una luz que me recuerda a las pinturas de santos de las iglesias, a los mártires.

—Es la única forma —coincide John—, pero ya lo hago yo. Vete tú.

No me puedo creer que estemos discutiendo esto.

Peter niega con la cabeza.

—No, ya os daré alcance. Llévalos tú a la granja, sé que puedes —dice con desesperación y sus siguientes palabras suenan ahogadas—. Prométeme que los llevarás.

—Lo juro —dice John. Agarra del brazo a Peter y lo mira a los ojos—. Juro que lo haré.

Peter cabecea una vez y exhala a través de los dientes apretados.

John levanta dos dedos y señala hacia la valla. Dos minutos para encontrar un plan alternativo. Miro alrededor como loca. No podemos dejarlo morir. Tiene que haber otra forma.

Peter está preparado para subirse de un salto al contenedor. Tiene el pelo y la cara empapados, las pupilas dilatadas, más negras de lo que se las he visto nunca. Las lágrimas casi no me dejan ver. Quiero luchar, gritar, pero no puedo hacer nada para cambiar esto.

Le tiendo la mano y le susurro con la voz quebrada:

—Te quiero.

Necesito que sepa que lo queremos tanto como él a nosotros. Mientras nos aferramos el uno a la mano del otro, le noto los dedos helados.

—Te quiero —me dice solo con los labios, y los ojos irritados.

Luego, a regañadientes, lo suelto. Ana, enfrente de nosotros, no oye nuestros susurros. Confundida, nos mira alternativamente. Abre mucho los ojos, aterrada. Peter señala la valla con la barbilla y le regala una sonrisa tierna. Ella palidece y se queda boquiabierta. Él separa los labios, a punto de decir algo, pero John coge en brazos a Bits y susurra:

—¡Ahora!

Se oye el rechinar de unos neumáticos en el aparcamiento y una camioneta hace un viraje completo y se pega a la valla. Peter se sube de un salto a los contenedores y aporrea con el machete el ladrillo del edificio.

—¡Eh! —grita—. ¡Aquí!

Los eleequis se vuelven hacia él al unísono. Es la señal para que salgamos corriendo, pero Ana no se mueve. Aún está boquiabierta y se ha quedado en cuclillas, como paralizada.

La agarro del brazo.

—¡Ana!

Se pone en pie. Golpeamos la valla con un clamor metálico. Ana, la más ágil, sube y salta en un segundo. Levantamos a Bits para que la coja en brazos y las dos caen a la zona de carga de la camioneta. La valla se bambolea y chirría cuando trepamos los tres. Se me enganchan los vaqueros arriba y caigo en la camioneta como un saco de patatas, sobre la bici de Nelly. Ignoro el dolor y me incorporo para arrodillarme junto al portón. Disparo a través de la valla a los eleequis que Peter tiene a sus pies.

Peter pelea. Les atiza con el machete y luego retrocede y les dispara a quemarropa en la cabeza. No pueden atraparlo y eso los está volviendo locos. Por un instante, pienso que podemos llegar hasta él, embestir la valla y tumbarla, pero entonces llegan más contagiados al aparcamiento. Sacando medio cuerpo por la ventanilla, James dispara al grupo invasor.

—¡Vamos, vamos! —dice John nervioso, aporreando el techo de la camioneta.

Rechinan los neumáticos. Ana y yo disparamos a los contagiados que rodean a Peter, pero no sirve de nada. Peter levanta la vista mientras nos alejamos y, antes de que se vuelva de espaldas, juro que le veo un destello de felicidad en el rostro.

Nelly salta el bordillo hasta la calzada. Me agarro fuerte al portón, con los ojos clavados en Peter. Me dan igual los contagiados que nos rodeen. Yo no dejo de mirarlo y observo cómo pelea con todas sus fuerzas, hasta que volvemos la esquina y lo pierdo de vista.

CAPÍTULO 106

NELLY SE DETIENE en un claro y baja de un salto del asiento del conductor. A la intensa luz del sol, su pelo parece albino, casi tan blanco como su cara.

—Peter —es todo lo que dice.

—Ha sido idea suya —dice John alzando su cuerpo grande para bajar de la camioneta y saltando después a la pista de tierra—. No me ha dejado… —añade y levanta las manos como si quisiera demostrar su inocencia ante un jurado.

James abraza fuerte a Penny, que lleva en brazos a Bits, con los ojos cerrados. Dudo mucho que se haya quedado dormida en los quince minutos de accidentado trayecto. Menos aún después de lo que ha pasado.

Veo a Nelly mermado, como si fuera encogiéndose poco a poco. Me duelen las rodillas de apoyarlas en la base metálica de la camioneta. Sigo arrodillada, aferrada aún al portón, mirando todavía hacia Peter. Ana también, y respira entrecortadamente.

Nelly abre la boca. Quiero que diga algo, lo que sea, que aplaque esta horrible sensación de vacío, pero en lugar de pronunciar unas palabras de consuelo, traga aire a bocanadas, como un pez fuera del agua. Luego mi amigo, al que jamás he visto más que con los ojos llorosos, se recuesta en la camioneta, entierra la cara en las manos y llora. Le corre la sangre por el brazo, empapándole la camiseta, y eso me saca de mi estupor. Repto hasta él. Es el corte del brazo. Ya no lleva el vendaje y la herida se le ha vuelto a abrir.

—Tu brazo —le digo arrimándole la cabeza a mi pecho como haría una madre.

Asiente con la cabeza y, cuando remite el llanto, habla.

—Hemos sufrido un altercado cuando hemos cogido la camioneta —explica, con las mejillas empapadas de lágrimas, y se limpia la cara con el brazo bueno—. Me han arrancado de cuajo el vendaje. La manga protectora me la he dejado en la casa cuando me he cortado el brazo.

—Vamos a curártelo —le digo, contenta de tener algo que hacer.

Nos sentamos debajo de un árbol. Le echo agua por encima de la herida profunda. Tiene los bordes rojos e irritados. Me pongo pomada antibiótica en el dedo.

Nelly me agarra la mano.

—Ponte guantes —me pide con rotundidad—. O déjame que lo haga yo.

—Nels —le digo sonriendo—. Por favor, creo que ya nos conocemos lo bastante…

Se mira el brazo y sonríe para compensar su brusquedad, pero no se le arrugan los rabillos de los ojos.

—Cass, me ha agarrado del brazo antes de que lo matara. Acabo de caer en la cuenta de que podría haberme pegado algo, haberme contagiado.

Me quedo completamente paralizada un segundo. Luego niego con la cabeza. Las posibilidades son mínimas.

—Estás bien, Nelly, pero me voy a poner guantes de todas formas, ¿vale?

Asiente satisfecho y se recuesta en el árbol. John ha convencido a Ana de que se acerque adonde estamos. Se sienta abrazándose las rodillas y mira al bosque, con una mano en su carnicero. Bits descansa la cabeza en el regazo de Penny. Cuando termino, Nelly coge los guantes y se los guarda en el bolsillo.

—Tenemos que alejarnos más de Bennington —dice John.

—Tenemos que volver a por Peter —digo yo. Ana me mira enseguida y luego vuelve a mirar al bosque.

—Cassie —me dice John—, dudo mucho que Peter siga…

—¿Vivo? —Hacen todos una mueca. Recuerdo cómo lo hemos dejado, acorralado contra la pared, rodeado de contagiados por tres lados—. Ya lo sé, pero no lo podemos abandonar. —Imagino la cara guapa de Peter poniéndose gris y pudriéndose, y casi no lo puedo soportar. Me dan ganas de darle un puñetazo a algo. Estoy tan furiosa que, por una vez en mi vida, no soy capaz de llorar—.

Tenemos que ir —insisto, arrancando hierba del suelo—. Él querría que… —No quiero emplear el verbo matar porque ya está muerto y porque suena fatal—. Querría que nos ocupáramos de él. —Ana se levanta de un brinco, sollozando, y se adentra en el bosque.

—Peter no se ha sacrificado para que volvamos y nos pongamos en la misma situación —dice John con delicadeza.

Y tiene razón, desde luego. No queda otra que seguir adelante, seguir huyendo, preguntándome para siempre qué habrá sido de otro ser querido.

Vislumbro a Ana entre los árboles y me levanto. El suelo forrado de helechos amortigua mis pasos, pero Ana sabe que voy detrás de ella y espera a que le dé alcance. Le tiendo los brazos y se arroja a ellos, llorando desconsoladamente, como cuando era cría y tenía que deshacerse de aquel conejito. Le acaricio el pelo corto y sedoso y le susurro palabras que no sirven de nada en absoluto, lo sé por experiencia, pero se las digo igual.

CapÍTULO 107

JOHN INSISTE EN que comamos antes de continuar. No hemos tomado nada en condiciones desde anoche. Hay cóctel de frutos secos, raciones de combate y barritas energéticas. Miro como ausente la comida hasta que me pasa una barrita. Le quito el envoltorio y me la voy comiendo metódicamente: mastico, trago, bebo, repito. Llevamos un rato esperando a que Bits despierte, pero sigue traspuesta. John dice que, mientras su pulso sea normal, no hay de qué preocuparse.

Ana, Nelly y Penny se sientan en la cabina de la camioneta. Nelly lleva una camiseta limpia en la mochila y, antes de que nos vayamos, lo veo enterrar la otra, ensangrentada, bajo una alfombra de hojarasca. Tumbamos a Bits en la zona de carga, con la cabeza en mi regazo, y le acaricio el pelo mientras avanzamos dando tumbos por la carretera.

—Van a ser por lo menos veinte kilómetros —dice James y, mientras dobla el mapa, le noto el rostro descarnado, hundido por el contorno de los ojos y bajo los pómulos—. La camioneta no tiene gasolina suficiente. Además, a esta velocidad, no llegaremos hasta la noche, eso si no hay que parar.

—El motor es diésel —dice John—. Si encontramos otro diésel y un recipiente de algún tipo, puedo perforarle el depósito por debajo. No es difícil. Lo complicado va a ser encontrar uno y que le quede combustible. Si no, habrá que buscar otro transporte.

El sol pega fuerte, así que le tapo la cara a Bits con mi cazadora para que no se queme. Arruga el gesto hasta que, por fin, abre despacio los ojos y los vuelve a cerrar, esforzándose por olvidar, por dormir, pero se le escapan las lágrimas. Le limpio los churretes que le forman.

Se incorpora y se acurruca más en mi regazo. La envuelvo con mis brazos y la oigo susurrar con un hilo de voz:

—Peter.

—Ay, cielo —le digo, apartándole el pelo de la cara—. Él te quería muchísimo. Nos quería a todos y quería que estuviéramos a salvo.

No sé cómo explicárselo, pero ella asiente como si lo entendiera, como el alma vieja que es o en la que se ha convertido.

Cruzamos unos cuantos pueblos pequeños. Pueblos bonitos con grupos feos de contagiados, por lo que no paramos a buscar otro transporte. Las casas aisladas por las que pasamos no tienen vehículos a la entrada o, si los hay, no nos sirven. La camioneta levanta un polvo que nos cubre la piel y se mastica. Me estoy bebiendo el agua que me queda cuando nos detenemos. Un revoltijo de coches abandonados nos impide el paso. No hay forma de esquivarlos. A un lado de la carretera hay árboles y al otro una pendiente que conduce a un arroyo.

—¿Retrocedemos? —pregunta Nelly asomándose por la ventanilla.

James consulta el mapa y niega con la cabeza.

—¿No has visto todos los eleequis que había en el último pueblo? Nada más salir había un grupo inmenso. Ni de coña deberíamos volver a pasar por allí.

—Entonces, hay que mover estos coches —dice John—. Los puedo poner en punto muerto desde el chasis y los apartamos.

Tardamos más de lo que pensábamos. Dos horas después, estamos tirando el penúltimo vehículo por la cuneta cuando veo a Nelly poner cara de dolor.

—Tienes que relajarte —le digo—. Creo que necesitas puntos, pero, como poco, no deberías andar empujando cosas que pesan un quintal. ¿Cómo lo llevas?

—Me duele un poco.

Sé que le está quitando importancia.

—Déjame que lo vea. —Intento levantarle el vendaje, pero aparta el brazo y lo hace él. La herida está de un rojo intenso e inflamada por los bordes—. Se está infectando —le digo. Aparta el brazo nervioso y lo miro a los ojos—. Se está infectando como se infectan las heridas de toda la vida, Nels. Hay amoxicilina en el botiquín. Voy a por ella.

Cuando vuelvo con el frasquito y le paso dos pastillas, ya han quitado de en medio el último coche. Llenamos las botellas de agua del arroyo y nos lavamos para quitarnos el polvo. El agua fría me alivia las quemaduras del sol. Ana se asea con la mirada perdida; no ha dicho una palabra desde el bosque. Penny la mira de reojo, preocupada, pero no dice nada. Ninguno de nosotros está bien ahora mismo, así que preguntar resulta absurdo.

Bits y yo nos sentamos en la cabina con Nelly. Nos detenemos dos veces más para mover coches y, como viajar de noche es demasiado peligroso, está claro que no vamos a llegar a la granja Kingdom Come hoy. Antes, pensar en esa granja me llenaba de emoción y de miedo a partes iguales, pero ahora ya no siento nada. Ni siquiera me parece posible que logremos llegar. Me obsesionan todos los obstáculos que podríamos encontrar, pero no puedo pensar así. Tenemos que llegar allí, aunque solo sea por Peter. No permitiré que su muerte haya sido en vano.

Se me escapa un puñado de lágrimas calientes que me corren por las mejillas. Cierro los ojos para pararlas y deslizo el anillo por la cadena. Me concentro en los saltitos que da el anillo al pasar por cada eslabón hasta que recupero el control. Bits está acurrucada a mi lado y la presión de su cuerpecito es como una manta. Noto que el sueño se apodera de mí y, como estoy tan cansada, me rindo.

La camioneta hace un giro brusco y me estampo contra la puerta. Abro de golpe los ojos, dispuesta a enfrentarme a lo que sea que haya en la carretera, pero no hay nada.

—¡Perdón! —grita Nelly por el ventanuco de cristal corredero a los que van en la zona de carga, agarrándose como pueden, sorprendidos.

Le corre el sudor por la cara colorada y el pecho le sube y le baja demasiado rápido. Me inclino sobre Bits y acerco los labios a la frente de Nelly. Noto el calor incluso antes de posarlos.

—¡Nelly, estás ardiendo! ¡Para!

Se limpia el sudor con una pañoleta.

—Hace calor. Pensaba que era solo eso.

Se detiene en el arcén. Después de poner la camioneta en punto muerto, se recuesta en el asiento y cierra los ojos.

—¿Qué pasa? —pregunta John por el ventanuco.

Rodeo el vehículo hasta el lado del conductor.

—Nelly no se encuentra bien —contesto—. Tiene fiebre.

John se planta a mi lado.

—¿Cómo tienes el brazo?

Nelly abre los ojos y parpadea para enfocar. Con torpeza, manipula el borde del vendaje y lo levanta. La herida está peor, inflamada y de color púrpura. Una veta rosada le sale de la herida y le trepa por el brazo. Parece una quemadura solar, pero sé que no lo es. Esa veta significa que la herida está infectada y que la infección se está extendiendo.

—Vale —dice John—. Necesitas antibiótico. Cassie, ¿se los traes?

Voy a por el frasquito de amoxicilina y le echo cuatro pastillas en la mano a Nelly.

—Tómatelas todas —le digo y le paso agua—. Tienes que noquear a la infección.

Nelly hace lo que le digo y se vuelve hacia John.

—Podría ser el virus.

John asiente y le pone una mano en el hombro.

—Vale ya —digo furiosa—. No es más que una infección.

—Cass —responde Nelly volviéndose hacia mí como si nada—, ¿te acuerdas del tío de la autopista? ¿Recuerdas el mordisco que llevaba en el brazo? —Cabeceo afirmativamente. Su herida también tenía estas vetas, ramificaciones que le salían hacia los lados como las carreteras de un mapa. Penny se me acerca por la espalda y hace un aspaviento al verle el brazo a Nelly—. Era igual que esto —le dice a John—. Me duelen todas las articulaciones, como dijeron que pasaba en las noticias.

—No nos precipitemos —responde John disimulando la duda. Solo lo delata la forma en que se pasa la mano por las cejas—. Esos son los síntomas de cualquier infección importante. A ver cómo reaccionas a los antibióticos. Tú descansa, que ya conduzco yo.

Nelly insiste en ir atrás para poder tumbarse. Penny le improvisa una tienda de campaña poniendo una camiseta de John sobre dos mochilas para que no le dé el sol en la cara.

Bordeamos varios pueblos más grandes que probablemente sean demasiado peligrosos. Nelly se queda dormido en cuestión de minutos. Me veo tentada de asomarme por debajo de la camiseta para asegurarme de que está bien, pero no quiero molestarlo. De momento, su pecho sube y baja, pero no paro de pensar en si habrá una siguiente respiración. Esa angustia ha reemplazado a la sensación de vacío, pero, desde luego, no es ninguna mejora. John divisa una vieja cabaña en el monte a última hora de la tarde y enfila el descuidado camino de acceso.

—He pensado que es preferible que busquemos un sitio donde pasar la noche —dice—. No vamos a encontrar nada más seguro. No me apetece seguir conduciendo para tener que detenernos al final en algún sitio repleto de contagiados.

Nelly se incorpora y me acerco corriendo a él.

—¿Cómo te encuentras? —pregunto, tocándole la cabeza, que aún tiene demasiado caliente.

—No mucho mejor, cariño —me contesta y sonríe sin ganas—. Pero me parece que tengo hambre.

Lo ayudo a entrar en la cabaña. Hay una estancia principal con una mesa medio podrida y dos sillas junto a la ventana sin cristal de la fachada. La estufa de leña está cubierta de herrumbre. En el cuarto pequeño, la ventana sí tiene cristal y hay un colchón de cuna en el suelo. Sobre unas estanterías toscas hay un par de mantas apolilladas del ejército. No huelen genial, pero servirán. Arrastro el colchón a la estancia principal. Nelly se sienta en él, apoyándose en la pared forrada de humedades.

Bits se arrodilla a su lado y le ofrece su botellita de agua.

—Nelly, ¿quieres un sorbo de mi agua?

Nelly se aparta un poco, pero ella no lo nota.

—No, gracias, Bits. Y procura no beber tú de la mía —dice, mirando alarmado alrededor—. ¿Dónde está?

—En tu mochila —le digo yo y le pongo la mochilita al lado—. No ha bebido nadie de ella. —La cubre con el brazo para protegerla.

James trae lo poco que tenemos y lo pone en la mesa—. ¿Qué quieres comer? —pregunto volviéndome hacia Nelly, pero ha cerrado los ojos—. ¿Bits? —La niña repasa la comida con desgana mientras yo abro una ración de combate. Sus ojos se iluminan al verme sacar una bolsita de lacasitos y un paquetito en el que pone «bizcocho de chocolate»—. Toma, te los doy —le digo, y se sienta al lado de Nelly, con los dulces en el regazo, pero no come—. ¿Pasa algo?

—Pensaba que Nelly a lo mejor quería. Cuando yo estoy mala, me apetecen cosas dulces. Esperaré a que se despierte.

Su cara esperanzada me da ganas de llorar. Los únicos dulces no caseros que caen en sus manos en un mes y los quiere compartir.

—Qué bonita eres —le digo—. Pero cómetelos tú, cariño. Si Nelly quiere, hay más, ¿vale?

Levanta el bizcocho de chocolate y le da un mordisco. Yo me meto en la boca una cucharada de algo que sabe a relleno de pastel de manzana, pero ni me molesto en mirar lo que es. Se está poniendo el sol y nos vamos marchitando como flores, por el calor, el agotamiento y el duelo. Penny va de un lado a otro intentando limpiar y organizar nuestras cosas. Procura estar contenta, pero me alivia verla rendirse al final.

James parpadea por el esfuerzo de mirar el mapa en la penumbra.

—Nos quedan aún unos ciento cincuenta kilómetros y solo una octava parte del depósito de gasolina. Mañana buscaremos una solución, supongo. Dependiendo de cómo se encuentre Nel.

Nelly suspira. Tiene los ojos irritados. Tiembla y le cae una gota de sudor de la nariz. Agarro una manta y lo envuelvo con ella. Me habla castañeteando los dientes y a trompicones.

—Lo voy a decir: creo que me he contagiado. No sé cuánto puedo durar con solo un rasguño, pero no os podéis quedar días aquí mientras sigue su curso. Os tenéis que ir mañana.

—¡Joder, Nelly! —espeto furiosa, como lo haría mi yo jovial de siempre—. ¡Si piensas que te voy a dejar aquí, es que has perdido la puta cabeza!

Me miran todos espantados. Incluso Ana, que estaba sentada en un rincón, mirando al infinito, levanta la cabeza.

—Nel, estás delirando —dice Penny con voz suave—. No sabemos lo que es. Y aunque lo supiéramos, no vamos a ir a ninguna parte.

Nelly cabecea afirmativamente, sin dejar de castañetear los dientes. Le doy seis pastillas de amoxicilina con la esperanza de que le hagan algo. En una de las raciones de combate hay un sobre con un zumo de electrolitos, que templo con el calentador incluido en el envase. A Nelly le tiemblan tanto las manos que tengo que sujetarle yo la taza. Es como si ahora que ha reconocido que podría tener el LX, quisiera demostrarnos lo mal que está. O eso o está empeorando a marchas forzadas.

Capítulo 108

Cuando Nelly ha empezado a temblar tanto que se ha asustado hasta él, me ha dejado acurrucarme con él en el colchón. Está ardiendo y, aunque sé que el frío es interno, intento calentarlo. Mis brazos parecen minúsculos alrededor de su tronco ancho, pero creo que lo alivia. Al final se duerme y tiembla solo de vez en cuando.

Bits y Ana duermen bajo la otra manta. James tiene a Penny abrazada como si fuera un osito de peluche. John hace la primera guardia. Se sienta y, con una linterna, comprueba nuestras armas. A lo mejor Peter tenía razón: John sabe lo que hacer. No habríamos conseguido retirar esos coches de la calzada hoy sin los conocimientos de John. Cierro los ojos y veo a Peter subido en un contenedor, así que los abro y miro a la oscuridad hasta que se me cierran de agotamiento.

Cuando me despierto para hacer la guardia antes del amanecer, Nelly está peor. Está colorado y le cuesta respirar. En cuanto se hace de día, lo obligo a despertarse y a tomarse lo que queda de la amoxicilina. Casi no puede tragar y vuelve los ojos para mirarme sin mover el cuello. Le han salido algunas vetas rosadas más, que le trepan por los bíceps.

—¿Puedes comer? —le pregunto.

Niega con la cabeza. Tampoco bebe, por más que le insisto.

—Cass… —dice, conteniendo las lágrimas como puede.

Sé que se está preparando una especie de discurso de despedida, pero no lo quiero oír. Prefiero morir si hace falta. Lo arropo con la manta.

—Nelson Charles Everett, si estás a punto de declararme tu amor incondicional, te lo puedes ahorrar hasta que estés mejor —espeto, agarrándole la mano buena y soltando una carcajada estrangulada.

—¿No puedes tomarte en serio ni esto? —pregunta, pero logra esbozar una sonrisa—. Estoy en mi lecho de muerte.

—No, no puedo —digo—. Lo he aprendido del maestro —añado señalándolo—. Y este no es tu lecho de muerte. No es más que un colchón asqueroso y lleno de manchas. No te puedes morir en él, sería inapropiado.

Me aprieta un poquito la mano y se queda traspuesto, pero abre los ojos un instante después. Se gira hacia mí con una mueca de dolor. Sus luminosos ojos azules se han vuelto vidriosos y me recuerdan a la mirada perdida de los contagiados. Siento una punzada de pánico en el vientre, pero, cuando sonríe, veo al Nelly de siempre.

—Te quiero, cariño.

Sonrío y procuro disimular mi desesperación.

—Yo también te quiero.

Capítulo 109

Al despertar, Ana se sienta fuera, en la hierba, e ignora los intentos de Penny de hablar. No sufre una conmoción, al menos no en el sentido clínico del término. Si fuera una tienda, tendría puesto en el escaparate el cartel de Cerrado al público. Penny y James se ofrecen a ir en busca de un reemplazo para la camioneta. No me gusta la idea de que ella ande por ahí. Penny le toca la frente a Nelly y, cuando se yergue, le veo los ojos hinchados y la cara de resignación.

—Pen, igual deberías quedarte tú y voy yo —le digo tocándole la manga—. No estás…

No quiero que vaya, pero tampoco quiero dejar a Nelly.

—Sé disparar bien —contesta, encogiéndose de hombros, pero se acaricia la patilla de las gafas—. Si James va, no quiero quedarme aquí sentada.

—Buscad antibióticos. Que sean más fuertes. —Ya he hecho esa misma aclaración una decena de veces, pero supongo que una más tampoco hace daño a nadie—. Y tened cuidado.

Asiente mientras se hace un moño. Desde el incidente de Ana con el pelo, también yo me recojo el mío en dos moñitos cuando estamos en algún sitio peligroso. Nelly me llama «princesa Leia» y James me gasta bromas de superfán de Star Wars que no pillo.

Sonríe.

—Oye, pensaba que lo de ser mamá gallina era cosa mía. Tú cuida de Nelly.

Me esfuerzo por devolverle la sonrisa.

—Vale.

Nos abrazamos fuerte y se van.

CAPÍTULO 110

HAN PASADO VARIAS horas y Penny y James aún no han dado señales de vida. Bits recoge flores silvestres; yo me siento a la entrada para poder vigilarla. Tengo la sensación que está desapareciendo todo el mundo.

Nelly no ha vuelto a hablar desde el amanecer. Está inconsciente y las vetas rosadas se le extienden rápidamente por el hombro. Le cubre el rostro una capa fina de sudor. Sus rasgos son más afilados, se le notan más los huesos, como si fuera un anciano. Le doy una palmadita en el hombro bueno.

—Tranquilo, Nels, que te vas a poner bien —le digo, y me parece que miento.

Respira muy mal. Es posible que a Peter le haya pasado lo mismo, solo que él estaba completamente solo, desesperado por que alguien le diera de beber, le ofreciera una mano amiga. Mi única esperanza es que lo hayan devorado hasta tal punto que no haya quedado mucho de él que transformar. Jamás comentaría con nadie ese deseo enfermizo, pero me da la impresión de que los demás piensan lo mismo.

Registro otra vez todas las mochilas esperando encontrar de repente, como por arte de magia, algo que cure a Nelly, pero no hay nada, claro, así que me paseo nerviosa por allí. Vuelve Bits con un ramillete de flores para Ana, que le sonríe distraída.

—Cassie, ¿estás bien? —me pregunta John con ternura.

—No, no estoy bien. ¡No es justo! —Hemos sobrevivido tantos meses para esto. Ya nunca vamos a estar a salvo. John cabecea a modo de asentimiento, de aceptación, y eso me enfurece aún más—. ¿Para qué nos molestamos siquiera? —pregunto—. ¿De qué sirve? Peter ha muerto. Nelly… —Se me cierra la garganta. John se sienta en una de las sillas desvencijadas y me observa mientras Bits se acurruca a su lado. Se me saltan las lágrimas y me las limpio rabiosa—. ¡No lo entiendo! —grito.

—Todo ocurre por algo…

Lo interrumpo.

—¿Y tú cómo lo sabes? ¿Cómo sabes que todo ocurre por algo? ¿Cómo puedes estar tan seguro? Porque yo estoy convencida de que no hay una buena razón para todo esto —digo, intentando abarcar el mundo entero con un movimiento del brazo.

Cojo el frasquito vacío de la inútil amoxicilina y lo tiro con todas mis fuerzas. Golpea la pared con un triste chasquido. Busco algo mejor que tirar, pero todo es demasiado valioso para destruirlo. En cambio, pongo en filas las botellas de agua con más fuerza de la necesaria. Apilo la comida y coloco con rabia las armas junto a la puerta. Se sobresaltan todos con el ruido que estoy haciendo, pero me da igual. Nelly ni se inmuta y eso es lo único que me importa. Aquí estoy yo, dejando que otra persona se muera delante de mis narices. No lo pienso tolerar.

—Hay un sendero en el mapa que parece un atajo a otro pueblo —digo—. Voy a buscar una farmacia o similar. Me puedo llevar una de las bicis. Traeré algo más fuerte para la infección.

—Cassie —me contesta John muy apenado—, es demasiado peligroso plantearse una misión inútil cuando James y Penny están a punto de volver.

—¡No es una misión inútil, John! Hace horas que se han ido. ¿Y si no vuelven? —Me fastidia decirlo, pero es la verdad. Ana cierra los ojos y yo sigo—. La amoxicilina es el antibiótico más flojo del mundo. Hay otros: eritromicina, ciprofloxacino… —No se me ocurren más y doy una patada en el suelo de frustración—. Ya encontraré algo. No puedo quedarme aquí sentada esperando una ayuda que no va a llegar. No voy a dejar morir a Nelly. ¡No pienso hacerlo!

—No sabemos…

—¡Por eso mismo: no lo sabemos! Podría ser una infección normal. Necesitamos algo más potente.

—Tienes razón, Cassie. Podría ser una infección tratable, pero no quiero que te arriesgues y al final descubras que no. Espera un poco. Por favor —dice, levantando y bajando las manos como pidiéndome calma—. Sé que estás furiosa. Todos lo estamos. No parece justo, cielo, pero no sabemos lo que Dios nos tiene preparado, cuál es su plan.

Me cuesta creer que este sea el plan de alguien, o de algo, que todo esto sea una especie de prueba, un experimento retorcido destinado a vernos fracasar. Niego con la cabeza. No quiero vivir en un mundo así si eso significa tener que perder a todos mis seres queridos, uno por uno. Prefiero morir rápido y quitármelo de encima. Brota en mi interior una rabia que no había sentido antes, una ira que resuena por todo mi cuerpo. Me da igual hacer ruido o lo injusta que esté siendo o si me estoy metiendo en la boca del lobo o no. Necesito encontrar un modo de liberarla, así que cojo la silla vacía y la estampo contra la pared. Bits gimotea cuando cae destrozada al suelo, pero voy demasiado embalada para parar ahora.

—¿Qué pasa, que Dios se ha dicho: «Venga, ya sé, me voy a cargar a toda la gente buena y a los bebés y a los niños, y no solo eso, sino que, además, los voy a convertir en putos zombis para que se cepillen a los demás»? —le grito a John, aunque nada de eso sea culpa suya.

Me cuelgo la mochila y agarro mi carnicero. John me observa con calma. Sé que está deseando que me quede, pero no sería capaz de vivir conmigo misma si no hago algo.

—Voy contigo —me dice.

—No, tú tienes que quedarte con Nelly por si despierta. Cu- cuídalo tú. No sé si Dios existe ni cuáles son o no son sus planes, pero mi puto plan es sencillo: Nelly vive. Ya está. No creo que sea mucho pedir. —Miro al techo—. Así que, Dios, me voy al pueblo a por medicinas. Hazme el favor de apoyarme en esto. Gracias.

Salgo disparada de la cabaña y me planto en lo alto del monte. Mi respiración es agitada. Tengo sensación de ahogo. Sé que, si sucumbo a esta tristeza, jamás me recuperaré, así que me centro en la rabia. Soplo esas ascuas de ira, las abanico y las convierto en llamas. Oigo pasos a mi espalda y rezo para que no sea John. Ahora mismo no estoy para disculpas. Pero es Ana, con su mochila y sus armas. Muy serena y seria.

—No va a morir nadie más —dice con una mirada dura y los labios apretados—. Al menos si yo puedo evitarlo. Vamos.

Enfilamos la pista de tierra hacia el sendero. La bici de Nelly es demasiado pequeña, pero consigo recorrer los kilómetros de terreno irregular que nos separan del pueblo. Ni siquiera me planteo la posibilidad de caerme y no cierro los ojos ni una vez.

Capítulo 111

En una gasolinera de las afueras del pueblo encontramos una cabina telefónica donde figura un centro de urgencias. Según el mapa turístico, está a menos de un kilómetro. Ana y yo nos sentamos en el mostrador y comemos Snickers que se han derretido, se han solidificado y se han vuelto a derretir con el calor, pero que siguen estando buenas.

Ana lleva pantalones negros, botas de travesía de cuero negro y una camiseta negra. Con el carnicero y las mangas protectoras, parece una especie de excursionista *ninja*. Se lo digo y sonríe.

—Gracias por acompañarme —le digo.

—¡No iba a perderme esto! —contesta riendo, pero su sonrisa se esfuma enseguida—. Hay que intentar algo. Si hubiéramos podido ayudar a…

Contempla los surtidores de gasolina a través del ventanal, parpadeando rápido. No sé ni cuántas veces he reproducido mentalmente aquellos momentos, tratando de ver qué más podíamos haber hecho. Me bajo de un salto del mostrador y me planto delante de ella.

—Lo siento mucho, Ana. Es…

—Es una tontería, pero es que creo que me había enamorado de él, que igual yo le gustaba bastante.

—No —digo—, él te quería. —No sé si eso lo va a empeorar, pero debería saberlo—. Yo veía cómo te miraba. Te quería, Ana. Créelo, ¿vale? —añado y le pongo la mano en la rodilla para que me mire y vea que le cuento la verdad.

Asiente y se limpia las lágrimas.

—Vale. Gracias, Cass. —Baja también del mostrador y cambia de tema para no echarse a llorar otra vez—. ¿Lista?

—Lista, chica *ninja*.

411

La carretera que conduce al pueblo está plagada de coches abandonados y sembrada de botellas vacías, bolsas de plástico y latas, detritos de la huida de los humanos. Las calles están punteadas de hermosas casas antiguas bajo un toldo de árboles más antiguos todavía. Parece como si en cualquier momento fuéramos a ver pasar un desfile del 4 de Julio. Es una calle de cuento, salvo por las mosquiteras destrozadas y arrancadas de sus goznes y las ventanas con boquetes dentados a interiores oscuros. En los jardines descuidados, yacen cadáveres putrefactos, consumidos tan enteramente por los eleequis que ni siquiera se han llegado a transformar. Los afortunados.

Cuando aparcamos las bicis en el Centro de Urgencias de Green Mountain, lo hacemos con prudencia, porque al final muchos enfermos han terminado acudiendo a los hospitales y puede que aún haya alguno dentro, golpeándose contra las ventanas y las puertas, entre zumbidos, como moscas atrapadas.

Al entrar, el aire cargado y el hedor nos producen arcadas. Al otro lado del mostrador de admisión hay un pasillo con puertas a ambos lados. Dos están cerradas y algo choca contra ellas.

—Menos mal que son demasiado estúpidos para abrir una puerta —susurra Ana—. ¿Te imaginas que encima fueran listos?

Me estremezco. Habríamos muerto hace tiempo. Avanzamos con sigilo y nos detenemos al oír una especie de susurro sibilante, pero no sale nada del puesto de enfermeras que tenemos delante. En otra puerta cerrada pone Farmacia. Ana levanta su carnicero al tiempo que yo desenfundo la pistola y abro la puerta. La sala está vacía, salvo por las estanterías de frasquitos de medicamentos, y me flojean las piernas de alivio. Temía que no hubiera absolutamente nada.

Miramos las etiquetas a la luz de la linterna. En un vademécum que hay en el mostrador, encuentro los nombres de varios antibióticos de los que nunca he oído hablar y los busco en las estanterías.

—Coge alguno líquido —propone Ana, iluminando unos frasquitos diminutos, que se guarda en el bolsillo—. Igual hacen efecto más rápido.

Antes de que salgamos al pasillo, se mete un puñado de jeringuillas en la mochila. Junto al puesto de enfermeras, se caen unos portapapeles de pinza al suelo cuando tres eleequis vienen hacia nosotras tambaleándose. Se han disecado como momias del calor de estar atrapados dentro tanto tiempo. El sonido del roce de sus piernas esqueléticas al andar nos sigue mientras salimos corriendo por la puerta. Montamos en las bicis y los vemos pegados al cristal, con esas manos nudosas y esas bocas siempre abiertas.

—Que os den, capullos —masculla Ana. Sé perfectamente cómo se siente.

Casi hemos salido del pueblo cuando nos topamos con un grupo pequeño reunido en la única zona abierta de la calle, entre los coches abandonados. No nos dejan pasar.

—Los podemos eliminar —me grita Ana.

La única otra opción es buscar una salida distinta, pero es probable que de ese modo nos encontremos con otro grupo mayor. Tiramos las bicis al suelo y desenfundamos los carniceros que llevamos a la espalda por miedo a que las armas atraigan a más.

Nos plantamos, hombro con hombro, y dejamos que se nos acerquen. El primero que llega hasta mí es una muer de pelo gris que viste falda y blusa. Aún lleva las gafas colgando del cuello con una cadena de oro y se le ve el hueso de la mandíbula. Los tendones que lo sujetan a su cráneo se contraen cuando castañetea los dientes.

«No voy a dejar que me mate una puta bibliotecaria.»

Le atizo con la hoja plana y la cabeza se le separa de los hombros fácilmente, prueba de las aptitudes de John para la construcción de armas. Al siguiente, un tío joven que aún lleva puestas las mallas de ciclismo, también lo dejo sin cabeza. No hay sangre, solo salpicaduras asquerosas de coágulos. Se me escapa un gruñido. Los odio. Puede que no sea culpa suya, a fin de cuentas también eran personas que deseaban vivir tanto como yo, pero están convirtiendo mi vida en una pesadilla.

Vuelvo la cuchilla y retrocedo para esperar a los dos siguientes: unas adolescentes que visten camisetas con brillibrilli muy sucias. Por el rabillo del ojo veo a Ana tumbar de una patada a un hombre bajito, decapitar a otros dos y darle la vuelta al carnicero con una mano para clavarle la punta en el ojo al del suelo.

Las niñas van tan juntitas como si fueran susurrándose cotilleos por los pasillos del instituto. Les atravieso un ojo a cada una, dos crujidos húmedos en rápida sucesión. Ana gruñe mientras le clava la hoja al último eleequis y este cae a la acera.

Nos quedamos allí plantadas, blandiendo los carniceros, pero no aparece nada más. Me acerco a la bici y cojo mi botella de agua. Estoy sin aliento, del miedo y del esfuerzo. Ana mira más allá de donde estoy y levanta el carnicero otra vez. Le brilla el pelo cuando gira y se lo clava debajo de la barbilla a un adolescente que lleva una camiseta de Nascar y ha salido de detrás de un monovolumen estrellado.

Le doy las gracias entre resoplidos y bebo un trago de agua caliente.

—Eres una *ninja* de verdad —digo, porque apenas ha sudado. Ana ríe.

—Hacemos buen equipo.

Me asombra lo fácilmente que los hemos despachado a todos. Los entrenamientos han valido para algo.

—Larguémonos de una puñetera vez —digo, y montamos en las bicis y nos vamos.

CAPÍTULO 112

ME ARDEN LOS muslos de subir la cuesta a la vuelta, pero ignoro el dolor. Cada pedalada me acerca un poco más a Nelly, al que puede que no le quede mucho tiempo. Una vocecilla interior me dice que a lo mejor ya lo ha agotado, pero la ignoro también. Las sombras empiezan a alargarse cuando llegamos a la cabaña y vemos una cámper clásica de Volkswagen aparcada a la entrada. Dentro, James y Penny están sentados con Nelly, mientras Bits y John abren una lata de sopa que han birlado.

—Nos hemos quedado sin gasolina —nos explica Penny después de abrazarnos—. Hemos tenido que caminar, pero al final hemos encontrado la casa de unos jipis mayores. De ahí hemos sacado la cámper y todo lo demás —dice, señalando un montón de sacos de dormir, lámparas y comida. Es un buen alijo, pero no parece contenta—. No había medicinas. Hemos parado en todas las casas que hemos podido. Había demasiados contagiados en el pueblo. Lo siento, chicos.

—Ya las tenemos nosotras —dice Ana meciendo su mochila—. Hemos encontrado algunas.

—¿Algún problema? —pregunta John.

—Nada que no hayamos podido resolver. Hasta los contagiados sabían que no está para tonterías hoy.

Sonrío con tristeza y recupero mi puesto junto a Nelly. Tiene peor aspecto. La herida está de un púrpura intenso y huele. La vocecilla interior me susurra que huele igual que los eleequis, pero la mando a hacer puñetas. Tiene la piel seca: ha sudado hasta la última gota de líquido de su cuerpo. Ana vacía su mochila y yo me dispongo a aplastarle algunos comprimidos a Nelly, pero ella me detiene, enseñándome una jeringuilla.

—Deberíamos pinchárselo.

415

—Temo que no sirva de nada si lo hacemos mal.

—Ya lo hago yo —contesta resuelta—. Sé hacerlo. —Coge uno de los frasquitos y destapa la aguja—. De pequeña, mamá me llevaba a las clases que daba. Veía a las enfermeras aprender a pinchar y a sacar sangre —dice y clava la aguja en el vial y tira del émbolo hasta llenarla del medicamento transparente—. Algunas se desmayaban, pero a mí me fascinaba, aunque tenía claro que no iba a ser enfermera en mi vida. —Aprieta el émbolo para sacar el aire—. Pero recuerdo los pasos: buscar la vena. —John le aprieta el brazo bueno a Nelly con ambas manos, a modo de abrazadera, hasta que las venas son más prominentes. Ana cabecea afirmativamente—. Vale, ahora se introduce la aguja justo con esta inclinación —añade, y pincha sin que le tiemble la mano. Un rizo de sangre de Nelly forma un remolino en el cuello de la jeringuilla—. Ya está. Ahora hay que inyectar.

Aprieta el émbolo despacio. Cuando retira la aguja, yo presiono la gota se sangre con una torunda de servilletas. Le cojo la mano a Nelly y me sobresalto cada vez que lo recorre un escalofrío. No me he quitado la pistolera porque sé que me la estoy jugando. Tengo que ser realista.

John propone que traslademos a Nelly al otro cuarto para no molestarlo, pero sé cuál es la verdadera razón: si se transforma, podremos detenerlo antes de que haga demasiado daño. Me pregunto cuánto tardará. ¿Te mueres primero y luego, al cabo de unas horas, te transformas o es instantáneo?

Los demás se van sentando por turnos con Nelly y conmigo. Le limpiamos la cabeza con un paño frío. Penny me pasa un tazón de sopa, que ignoro después de la primera cucharada. Miro fijamente a Nelly, deseando que su pecho se eleve. Ana le inyecta otra dosis de antibióticos y se lleva a Bits a dormir. Penny le da un beso en la frente a Nelly y le susurra algo que solo él puede oír. Luego me besa a mí en la cabeza y se marcha.

John se acuclilla a mi lado.

—Ya hago yo la primera guardia de Nelly.

—Despiértame si… —Asiente ante de que termine la frase—. Es que…, ya sé que, en el fondo, no será él, pero merece que haya alguien… ahí, ¿sabes?

—Te aviso, te lo prometo.

John me pone una mano en el hombro. Es tan bueno que de pronto me siento culpable.

—Siento lo de antes, John. Ojalá tuviera una fe tan firme como la tuya en algo.

Menea la cabeza.

—Ay, cielo, esto ha puesto a prueba mi fe, pero, cuando creo, cuando confío en algo superior a mí, puedo con lo que me echen. Así conseguí superar la muerte de Caroline. Alguien me dijo hace mucho tiempo que hay muchos caminos al cielo. Y así lo creo.

—Yo no soy capaz de creer en nada de esa manera —digo, aunque ahora mismo me gustaría de verdad poder hacerlo.

—No tienes por qué aferrarte a una sola creencia. Dudo que a Dios le importe. ¿Lo que tú has hecho hoy? ¿Arriesgar la vida por un amigo? No se puede ser más cristiano que eso. «Nadie tiene amor más grande que el que da la vida por sus amigos», Juan 15,13.
—Se refiere a Ana y a mí, pero sé que los dos estamos pensando en Peter—. Échate un rato, cielo. Ya me encargo yo.

Le doy un beso en la mejilla y me meto en el saco de dormir, pero antes de cerrar los ojos, me curo en salud pidiéndole perdón a Dios también. Por si acaso.

Capítulo 113

Despierto sobresaltada en medio de una luz mortecina y veo a Nelly tendido en su palé. John duerme de pie, apoyado en la pared, a la cabecera del enfermo. Se ha quedado dormido mientras hacía la guardia; jamás le ha pasado. Nelly está pálido y demacrado. Le miro el pecho a ver si respira. Nada.

Contengo un sollozo y me acerco un poco más. Desenfundo la pistola con una mano temblona. No estoy segura de cuánto tiempo lleva muerto ni de cuánto tardará en transformarse si es que lo hace. Vamos a tener que cuidar de él.

«Ese no es Nelly. Ese no es Nelly.»

Estiro el pie y le doy un empujoncito. Abre un ojo. Se está transformando. Lo apunto con el arma, el dedo listo en el gatillo.

«No es él, no es él, no es él.»

—Cassie —me dice John con voz suave para no asustarme—. Baja el arma. Está bien. Nel está bien.

Oigo lo que dice, pero no me cuadra. Sujeto con firmeza la pistola.

—¿Qué?

Entonces veo inflarse el pecho de Nelly. Y otra vez. Apenas se mueve, pero respira. Abre los ojos y vuelve su cara pálida, guapa y vivísima hacia mí.

—Dios 0 - Cassie 1 —grazna, y se dibuja una sonrisa en sus labios agrietados.

Me quedo sentada, estupefacta, un segundo y luego me lanzo sobre él. Le doy un golpe sin querer en el brazo cuando le beso la frente caliente pero no ardiendo, y hace una mueca de dolor.

—¡Perdona, perdona! —le digo, con el rostro sonriente a unos centímetros del suyo. Vuelvo a besarle la frente para asegurarme.

—Agua —dice.

418

Le sujeto la botella y bebe con ansia. Penny, Ana y Bits entran corriendo en el cuartito. Al ver a Nelly, se detienen en seco, como me ha pasado a mí, y después se acercan. John, plantado en el umbral de la puerta, sonríe.

—A las pocas horas de la segunda dosis de antibióticos ya he visto que estaba mejorando —nos explica John—. He sabido que estaba bien cuando ha dicho unas palabras y ha bebido un poquito. A James le ha dado la misma impresión cuando lo he despertado para la guardia. No he querido despertaros a vosotras. Necesitabais dormir.

Nelly me deja que le examine el brazo. Tiene un aspecto terrible, pero las vetas rojas están remitiendo. Me siento como si me hubiera tocado la lotería. Ha funcionado de verdad.

—Gracias, pequeñaja —susurra Nelly.

Parece que se vaya a echar a llorar y al final me hace llorar a mí.

—¿Qué te parece como regalo de cumpleaños anticipado? —le pregunto con un sollozo—. ¿Lo bastante «de la hostia»? —Ríe sin fuerzas—. Ha sido Ana la que te ha pinchado. Ha hecho un gran trabajo.

Nelly le tira un beso y ella le tira otro.

—Pero Cassie es la razón por la que hemos ido a buscar medicinas —tercia Ana.

—Lo oí —contesta Nelly mirándome con los ojos empañados, que ya son de su color azul normal, y me dan ganas de volver a saltarle encima, pero me conformo con besarle la mano—. Debió de oírlo todo el mundo en un radio de varios kilómetros a la redonda. No se cabrea a menudo, pero, cuando lo hace, ni Dios la desafía.

—Lo siento —digo avergonzada. Alargo la otra mano y atraigo a Bits a mi regazo. Aún lleva en el puño cerrado la media bolsita de lacasitos que le ha estado guardado a Nelly. La abrazo fuerte—. No pretendía asustarte, Bits. No sé qué me pasó.

Niega con la cabeza, como queriendo decir que no pasa nada.

Los primeros rayos de sol se cuelan por la ventana sucia, iluminando porquería, telarañas y manchas de cuya existencia prefiero no saber, pero hasta el último centímetro de semejante decrepitud me parece hermoso. Nelly está vivo. Cierra los ojos, pero esta vez ya no me preocupo. Sé que los volverá a abrir.

—Eres como tu madre —dice John—: tardas en enfadarte, pero a fuego lento se va calentando el verdadero infierno. Y eso no siempre es malo.

Tiene razón: mi enfado no ha salido mal. Nelly ha resucitado de entre los muertos y, por una vez en este mundo dejado de la mano de Dios, eso es bueno.

Capítulo 114

—Me encanta este coche —digo al volante del Volkswagen. Es todo madera resplandeciente por dentro, con una mininevera, fregadero y asientos tipo banco. Por fuera es de un blanco inmaculado y verde azulado y cromo. Alguien más adoraba este vehículo.

—No es un «coche» —replica Nelly—. Se llama cámper, o incluso furgo.

—Lo que sea. Me encanta. ¡Tiene hasta especiero! ¿Cuántas personas llevan especiero en el coche? Si conseguimos que nos lleve hasta allí, nos lo podríamos quedar, ¿no?

—Claro. Para hacer excursiones por carretera. Visitar las zonas rurales atestadas de zombis.

Aún está pálido y todavía le duele el brazo, pero, después de tres días más de antibióticos, está casi recuperado. No hemos querido irnos hasta que estuviera lo bastante fuerte.

—Listillo —le digo, y le iba a dar un cachete, pero, en cambio, le toco la frente, que tiene maravillosamente fría.

Me esquiva.

—¿Cuánto tiempo vas a seguir tocándome la frente cada diez minutos?

Hace dos días que no tiene fiebre.

—Para siempre. Acostúmbrate. ¿Seguro que estás bien para salir mañana?

Apoya el brazo bueno en la ventanilla e inspira hondo.

—Segurísimo. Mañana es tan buen día como cualquiera para morir —contesta, enarcando una ceja, y no me queda claro si habla en serio.

Un vestigio de esa tristeza y esa rabia abrumadoras me asaltan de nuevo.

—¡No! No te permito que te mueras. No te he salvado el culo para que ahora te me vayas a morir otra vez. Prométemelo.

Mantiene la cara de asombro. Sé que es ridículo pedirle que me prometa algo que no puede controlar, pero me da igual.

—Vale, Cass. Prometo no morir. Jamás.

—Eso está mejor —digo, ignorando el sarcasmo de su voz. Me tranquiliza, y puede que eso sea aún más absurdo que obligarlo a hacer la promesa.

Penny sale de la cabaña y lanza las mochilas al fondo de la cámper.

—Estamos listos para salir mañana a primera hora.

Lleva el pelo lacio y grasiento, recogido en una coleta. Ojalá pudiera ducharme. Plantarme en la granja echa un asco y oliendo a choto no es la idea que tenía de mi reencuentro con Adrian después de dos años. Sé que no debería importar en el conjunto de los acontecimientos, pero, si no se alegra de verme, estaría bien que al menos no me sintiera físicamente repulsiva encima.

Penny se sube a la parte de atrás y suspira.

—Me encanta este coche.

—Es una cámper, cariño, no un coche —dice James, que llega en ese momento con unas latas de conservas.

Ignoro la mirada victoriosa de Nelly.

Capítulo 115

—Unos sesenta kilómetros —dice James cuando Bits le pregunta por enésima vez «¿Falta mucho?».

Nos ha estado sirviendo agua, unas gotas cada vez, con tal de tener una excusa para usar el fregadero todo el rato. Hemos tenido que apartar algunos coches, pero a medida que nos adentramos en una zona menos poblada va habiendo menos obstáculos.

El paisaje es precioso. Adrian y yo soñábamos con vivir aquí arriba algún día. Las montañas son verdes, como en la parte baja de Vermont, pero más escarpadas y agrestes. Parece que, si te apartas un poco del sendero, podrías perderte para siempre. Pero también es una zona de suaves valles y campos de cultivo, ahora abandonados, con las granjas desiertas. Cuento los kilómetros y los traduzco a minutos. Estamos a cuarenta y cinco minutos. Treinta y cinco. Tengo la boca seca y me aprieto las manos tan fuerte que me duelen los antebrazos.

—¿Más agua? —pregunta Bits.

Me obligo a sonreír y cabeceo afirmativamente. Se acerca al fregadero dando brincos a buscar más. En sueños, llora por Peter y, como él la consolaba casi todas las noches, cuando despierta y se da cuenta de que la pesadilla es real, el golpe es mucho mayor. Pero es una niña resistente, espero que lo bastante para este mundo.

Treinta minutos. El agua me pasa por la lengua acorchada sin rozarla. Ojalá me ahogue las mariposas que tengo en el estómago. Veinticinco minutos. Veinte.

—Alguien ha apartado los coches de la calzada —dice John señalando las cunetas en las que yacen los vehículos abandonados.

La carretera punteada de granjas da paso a los jardines y las casas del pueblo anterior a Kingdom Come. Nos preparamos para los contagiados. Hay por lo menos un grupo en todas las localidades pequeñas y a veces salen cuando oyen un coche. Dejamos atrás el ayuntamiento y un ejido, pero no nos persigue ningún eleequis. La tienda del pueblo tiene un cartel de un sándwich a la entrada. Al lado hay un bidón metálico con una bomba de mano y una manguera. El cartel reza:

GASOLINA EN EL BIDÓN. COMIDA DENTRO DE LA TIENDA.
COGE LO QUE NECESITES.
POR FAVOR, PIENSA EN LOS QUE VIENEN DETRÁS.

—Guau —dice James—. Han limpiado el pueblo y hasta tienen un puesto de avituallamiento. Deben de tener todas sus mierdas… —mira a Bits, que sonríe—, sus cosas muy bien organizadas, ¿no?

Tomamos una carretera secundaria que serpentea por el bosque y desemboca en una pequeña granja. El rótulo indica que se trata de la granja Cob Creek, pero no la vemos porque el acceso punteado de árboles termina bruscamente en una valla alta de madera que rodea la casa y los edificios anexos. En los campos del exterior de la valla, se ha plantado maíz. Pasamos otras granjas fortificadas: una tiene una malla metálica y otra una tapia de cemento. Nuestro alambre de espino y nuestras contraventanas parecen un juego de niños en comparación.

Forzando la vista, John lee el siguiente rótulo:

—Kingdom Come Road. Aquí es.

Toma el desvío. En un claro del bosque se alza una cabaña encaramada a un armazón con patas. Una escalera de mano conduce a una plataforma a la entrada de la cabaña. El hombre que se encuentra en la plataforma levanta la mano y John detiene el vehículo. Baja por la escalera una mujer rubia. Lleva un rifle, pero sonríe cuando nos pide que bajemos de la furgoneta.

—Hola. Perdón por las armas. —Ve el brazo vendado de Nelly y su sonrisa se desvanece—. ¿Alguno de vosotros está contagiado?

—No —dice Nelly, y se retira el vendaje para enseñarle la herida, que sin duda se está curando—. Me he cortado con un cuchillo.

Afloja el agarre del rifle.

—Perdonad, pero tenemos que ser cautos. Me llamo Shelby. Bienvenidos a Kingdom Come. Seguid por la carretera como medio kilómetro y veréis la puerta. Avisaré por radio.

La puerta de metal corrugado tendrá unos tres metros de alto. Hay dos tíos vestidos con vaqueros y camiseta junto a una portezuela abierta en el muro contiguo. Una valla metálica se adentra en el bosque hasta donde alcanza la vista. No sé cómo habrán conseguido todo esto, aunque supongo que, con gente suficiente, se puede hacer cualquier cosa.

El guaperas de rasgos duros y ojos azules apoya un brazo en la ventanilla de la furgoneta.

—¿Qué hay? Me llamo Dan. ¿Venís a quedaros o solo estáis de paso?

—Confiamos en poder quedarnos —contesta John—. Somos amigos de Adrian Miller. ¿Lo conoces?

Dan ríe.

—Pues claro. La granja es suya y de Ben. Todos los demás estamos de visita —dice, nos guiña el ojo a Bits y a mí, y sonríe cuando la niña le devuelve el guiño de medio lado—. Veréis una puerta pequeña un poco más adelante. Maureen os recibirá allí —nos explica Dan—. Nos vemos. Bienvenidos.

Penny se inclina hacia delante y me pone una mano encima de la mía para que la relaje.

—Todo va a ir bien.

Ojalá tuviera su confianza.

CAPÍTULO 116

A LA DERECHA, antes de llegar a un recodo de la carretera, hay un cobertizo con un tubo de extracción de humos. Una mujer mayor, agradablemente oronda y sonriente, sale y saluda.

—¿John? —pregunta—. Soy Maureen. Voy a cruzar la puerta en bici y me seguís, que os indico dónde aparcar y luego ya resolveremos todo lo demás. ¿Os parece?

John asiente con la cabeza.

—Adelante, te seguimos.

Cuando por fin vemos la granja, nos quedamos pasmados. En un claro, se alza un edificio blanco con un parque enorme, rodeado de arces. A la izquierda, un manzanal con árboles retorcidos por la edad. Más allá hay un invernadero y dos graneros gigantescos, y animales en sus corrales, al sol. Al fondo de la parcela, se ve una serie de cabañas y tiendas de campaña y, detrás de ellas, el mayor huerto que he visto en mi vida. Destella algo más atrás una valla metálica a cuya espalda se vislumbran campos de cultivo.

La granja propiamente dicha es preciosa, con sus graneros rojos, su casa blanca y sus bosquecillos, pero lo más impresionante son las montañas entre las que se encuentra cobijada. Estamos rodeados por un círculo de puro verde que me hace sentir minúscula, insignificante y segura. Sé cómo debió de sentirse Adrian al ver este emplazamiento y me habría gustado estar aquí. Es perfecto.

Nos dirigimos a un edificio de postes y vigas situado detrás de la casa y aparcamos junto a una ambulancia. En cuanto pongo los pies en el suelo, me despego los vaqueros de los muslos. Por las puertas traseras del edificio resuena un estrépito de cacharros.

—Lo llamamos el restaurante —dice Maureen señalando hacia el origen del ruido— porque es donde hacemos casi toda la comida. ¿Tenéis hambre? El almuerzo no es hasta dentro de dos horas, pero siempre hay algo por ahí. —Negamos con la cabeza. Lo único que quiero saber yo es dónde está Adrian, pero no consigo abrir la boca para preguntar—. Vale. —Nos escudriña con mirada amable—. ¿Supongo que no os importará estar todos juntos en una tienda de campaña? Hay una vacía. La verdad es que son bastante bonitas. Y seguro que os apetece una ducha, ¿verdad?

—Sí a todo, señora —contesta John, que se ha convertido en nuestro portavoz.

A Maureen se le inflan aún más los carrillos cuando sonríe.

—John, ni se te ocurra volver a llamarme «señora». Por cierto, no sé cómo os llamáis los demás.

Nos presentamos mientras la seguimos al interior de la tienda. Por dentro es acogedora y luminosa, con catres, literas, una pequeña librería y una estufa de leña que expulsa los humos por el techo.

—Mmm, vais a estar un poco apretados. Estamos construyendo cabañas, pero no estarán listas hasta dentro de unas semanas. Hay sitio en otras tiendas si os queréis repartir.

La idea de separarnos me inquieta y, a juzgar por cómo niegan con la cabeza los demás, creo que no soy la única. Estoy convencida de que nos meteríamos como fuera los siete en una tienda de dos si hiciera falta.

—Esto está genial —dice Nelly—. De verdad.

—Vale. Consideradme vuestra directora de crucero. —Reímos—. Hoy podéis dedicaros a investigar las instalaciones. Mañana ya os asignaremos trabajo y eso. ¿De dónde sois?

—De Nueva York —contesta James.

—¿La gente ha conseguido salir de allí? —pregunta espantada. James le explica que nosotros nos escapamos antes—. Pues me alegro de que lo lograrais. Luego conoceréis a algunas de las personas que viven aquí. Son todas estupendas. Somos como una familia.

Abro la boca, pero Nelly se me adelanta.

—En realidad, somos buenos amigos de Adrian Miller. ¿Está aquí?

—Adrian está en Whitefield. Se espera que el avión regrese antes de la cena. Compartimos nuestros conocimientos y nuestra comida con los de allí —dice, juntando las manos y sonriéndonos—. Se alegrará mucho de saber que habéis venido.

Me siento muy desilusionada, pero también un poquitín aliviada porque me aterraba este momento y deseo con toda mi alma que Maureen esté en lo cierto.

Maureen nos lleva a Penny y a mí a por ropa mientras los otros esperan en las duchas. En un cuarto construido dentro del restaurante hay contenedores de ropa organizados por tallas. Cojo unos vaqueros, una camiseta de tirantes y una sudadera con capucha para mí, y conjuntos para los demás. Maureen y yo esperamos con mi pila de prendas mientras Penny busca pantalones para James.

—Gracias por la ropa —le digo—. Esto está genial.

—¿Verdad? —responde—. Cuando llegué aquí, estaba todo en pañales, pero ahora lo tenemos todo controlado.

—Adrian es muy organizado.

—Sí, sí lo es —dice, recostándose en una mesa—. Todo el mundo lo adora. ¿De qué lo conocéis?

—Nos conocimos en la universidad.

No quiero entrar en detalles. Si no se alegra de verme, al menos no le pondrán enseguida el sambenito de «exprometido».

—¿Lo conoces bien? —Asiento con la cabeza y observo a las personas que pasan de vez en cuando por fuera—. Entonces, sabrás que, aunque es muy reservado, siempre consigue que todo el mundo haga lo que debe hacer. A lo mejor porque no quieren decepcionarlo.

Titubeo, pero, como Penny sigue ocupada, le hago la pregunta.

—¿Sale con alguien? —le digo con ligereza, como si anduviera chismorreando, y funciona, porque Maureen se me acerca con aire conspirador y los ojos muy abiertos.

—¡Con nadie en absoluto! Cierto es que aquí hay más hombres que mujeres, pero lo he visto rechazar algunas proposiciones muy descaradas. —Me vuelven las mariposas al estómago. «No hay nadie más.»—. He oído decir que el verano pasado tuvo un lío con una de las becarias —prosigue—. Fue algo muy tórrido, pero en cuanto acabó el verano se acabó el lío. —Brotan los celos. Sé que no tengo derecho a enfadarme, pero eso no me impide imaginarme a Adrian «muy tórrido» con otra. Me dan ganas de vomitar—. Tengo la impresión de que no te ha hecho gracia saberlo —me dice poniéndome una mano encima de la mía en un gesto maternal—. Perdona. Tengo la mala costumbre de hablar más de la cuenta. Demasiada información, dice mi hija.

Le aprieto la mano y me trago la amargura.

—No te disculpes. Te he preguntado yo. ¿Está aquí, tu hija, digo?

Se le empañan momentáneamente los ojos y sonríe.

—No, vive en Florida. No sé si está bien. Perdí a mi marido cuando veníamos para aquí.

—Lo siento. Nosotros también hemos perdido a alguien por el camino. Y mi hermano… Habíamos quedado en reunirnos, pero no ha aparecido.

Maureen suspira.

—No conozco a nadie que no haya perdido a algún ser querido. Seguimos adelante lo mejor que podemos, ¿verdad?

Su tono cariñoso me recuerda tanto a mi madre que me dan ganas de abrazarla. Dudo que le importara que lo hiciese.

Se acerca Penny.

—Vale, ya he encontrado vaqueros para el tirillas. Gracias, Maureen.

Capítulo 117

La ducha no es más que agua caliente que cae de un barril a través de un cabezal de ducha, pero me sienta de maravilla. Me enjabono el pelo, se lo enjabono a Bits y siento que parte del horror de la última semana se va con la espuma y corre por debajo del palé en el que estamos subidas. Antes de marcharse, Maureen me ha preguntado si quería que nos viéramos en el restaurante cuando el avión estuviera en camino. Al verme asentir, me ha apretado la mano y me ha prometido que vendría.

Deshacemos las mochilas en la tienda antes de ir a almorzar. El comedor tiene vigas a la vista y un surtido de mesas, bancos y sillas. Los que trabajan en la cocina reponen constantemente la comida de las mesas del fondo. Estamos en pleno verano, así que todo es fresco. Le sirvo un vaso grande de leche de vaca a Bits, que se lo bebe de golpe y me pide más.

—Me parece que quieres más a ese café que a mí —le dice James a Penny, que se está bebiendo una taza de café con crema fresca como si fuera una experiencia religiosa.

Ella abre de golpe un ojo y lo vuelve a cerrar.

—Igual tienes razón.

Mi comida tiene una pinta estupenda, pero no me entra. La hora punta del almuerzo ya ha pasado, pero el comedor sigue lleno de gente. La mayoría andará entre los veinte y los cincuenta años, aunque también hay algunos niños y ancianos.

Por cómo hablan y ríen, parece que aquí se llevan todos muy bien. Siempre que nuestras miradas se cruzan con la de alguien, nos sonríe y nos saluda con la mano. Los que pasan por nuestra mesa se aseguran de darnos la bienvenida, pero no intentan sonsacarnos información, probablemente porque estamos aquí sentados, con los ojos como platos y conmocionados de la cantidad de gente que hay y de lo increíble que es que estemos a salvo. Ya no tenemos que estar pendientes a todas horas del traqueteo de las latas o del chasquido de cualquier cosa que se mueva por el bosque.

Maureen entra por la amplia puerta del comedor y yo me tenso. Niega con la cabeza. Aún no viene el avión. Se acerca una silla y sonríe.

—¿Os habéis aseado bien? ¿Os vais adaptando?

—Perfectamente —dice John pasándose una mano por el pelo mojado—. Oye, me estaba preguntando cómo funciona aquí lo de los trabajos.

—Pues procuramos que cada uno haga lo que le interesa. A ver, están los huertos y los cultivos, por supuesto. Luego está la construcción, la gestión del sistema eléctrico, las guardias y las patrullas, el agua, el ganado, la cocina y las conservas… Muchos hacen un poco de cada cosa. Hay unos horarios para apuntarse.

—A mí me gustaría trabajar en los huertos —dice Ana—. ¿Se puede ser vigilante y hacer eso también?

—Claro. Casi todos los adultos hacen turnos de guardia. Lo más peligroso son las patrullas. —A Ana se le iluminan los ojos al oírlo—. Entonces, ¿sabéis de horticultura?

John le habla de los huertos que teníamos en casa.

Maureen parece impresionada y después iluminada.

—Eso explica por qué no os habéis abalanzado sobre los alimentos frescos como si llevarais meses sin verlos, que es lo que les pasa a casi todos cuando llegan aquí. Entonces, si ya sabéis de esto, todo el mundo os va a querer en su equipo, seguro. Antes de llegar aquí, yo sabía un poco de jardinería, pero este sitio ha sido toda una experiencia de aprendizaje. Lo único que había hecho en mi vida era abrir latas, no meter cosas en ellas y cocinarlas. —Ríe y se vuelve hacia Bits—. Y tú eres Beth, ¿no?

—Sí —contesta Bits con una galleta en la boca—, pero ahora me llaman Bits, como Little Bits, el gatito de la serie.

—Bueno, Bits, sé de al menos dos niños de tu edad a los que les encantaría jugar contigo. ¿Quieres venir con alguno de tus amigos a conocerlos después de comer?

Bits dice que sí con la cabeza y se termina la leche. Maureen le hace una seña a alguien para que se acerque. Es más bien bajito, pero todo músculo, con el pelo castaño rizado y una cara amable que recuerdo bien. Ben, el socio de Adrian.

—Ben, estos son unos amigos de Adrian que han llegado hoy —nos presenta Maureen.

—Hola —contesta él sonriente—. Había oído que había venido alguien, pero no sabía que conocierais a Adrian. —Nos estrecha la mano según nos va presentando Maureen. Yo soy la última—. A Cassie sí la conozco —dice, y le veo cierto destello en los ojos cuando me sonríe, de incertidumbre quizá. «Bienvenido al club, Ben.»

—Hola, Ben —digo—. Este sitio es precioso. Entiendo que lo escogierais.

Me da las gracias y habla un minuto más hasta que lo llaman. Cuando se despide, se queda mirando a Ana. Ella le dedica una sonrisa de cortesía y baja la vista a su servilleta de tela. A mí se me da fatal ligar, pero Ana lo lleva en la sangre. Sin embargo, no levanta la vista hasta que Ben se ha ido.

Ayudamos a llevar los platos a la cocina. Es inmensa, con varios fogones de leña y una despensa. De camino al enorme fregadero, me detengo a mirar por la ventana. Todas tienen unas vistas preciosas de las montañas; en mi vida he visto nada parecido.

Se acerca Maureen.

—El avión llega dentro de unos treinta minutos. La pista de aterrizaje no está lejos. Hay un cobertizo para las herramientas que hace las veces de guarida del piloto. Puedes esperarlo allí si quieres.

Tengo los pies clavados al suelo. Nelly me arranca la bandeja de las manos, la lleva al fregadero y vuelve.

—¿Quieres que te acompañe? —pregunta.

Niego con la cabeza. Aunque quiero muchísimo a Nelly, no me apetece que sea testigo de algo de lo que probablemente no voy a volver a hablar con nadie.

CAPÍTULO 118

Sigo a Maureen por una carretera secundaria hasta un cobertizo con un pequeño desván y ventanas.

—Tengo que hacer unas cosas fuera, pero, si me necesitas, ando por aquí —dice—. ¿Dejo la puerta abierta?

Asiento.

—Gracias.

Veo la pista de aterrizaje, una franja marrón ancha segada en medio de un campo. Me paseo nerviosa por la estancia y miro sin verlos los mapas de la pared. Intento sentarme, pero al minuto me levanto como un resorte y vuelvo a pasearme.

Repaso todas las posibles reacciones que Adrian podría tener al verme aquí. Casi todas me hacen encogerme de miedo. Lo mejor que puedo esperar es que aún me quiera y termine perdonándome y volviendo a confiar en mí. A fin de cuentas, le partí el corazón.

Con manos temblonas, bebo un trago de mi botella de agua. Me late con fuerza el corazón, tengo la cabeza llena de interferencias y estoy empapada en un sudor frío. A la mierda la ducha.

—Ni que fueras a la guillotina —me digo en voz alta. Genial, ahora hablo sola.

Ya he vivido sin Adrian antes, pero no vivía de verdad. Solo mataba el tiempo. Y ahora, sobre todo ahora, quiero exprimir hasta el último instante de felicidad que pueda conseguir. Hace tres años descubrí lo rápido que puede acabarse todo, pero no aprendí la lección que debería haberme enseñado: a aferrarme a las cosas que aún tenía. Al contrario, las fui apartando de mi vida.

Pienso en Peter y en que no tuvo ocasión de decirle a Ana lo que sentía. Lo más importante no es que me guste la respuesta de Adrian, sino que le plantee la pregunta.

Oigo el motor antes de ver la avioneta y me acerco a la puerta a mirar. La aeronave blanca traza un círculo y se dispone a aterrizar. Toca suelo y rueda por la pista hasta detenerse a unos cincuenta metros de distancia. Se abre la puerta.

Ensayo por enésima vez lo que voy a decir y me limpio las manos sudadas en los muslos mientras Adrian baja del avión. Viste vaqueros, botas negras de trabajo y cazadora; se la quita y deja al descubierto una camiseta de color verde aceituna. Se asoma al interior de la avioneta para decir algo, se despide con la mano y se gira.

Está como siempre: los pómulos, la sempiterna barbita de cuatro días y esa nariz que hace que más que atractivo sea guapo. Conozco hasta el último centímetro de su ser, desde los espantosos dedos de los pies con los que yo siempre le tomaba el pelo hasta la cicatriz que la varicela le dejó en la sien a los cinco años, pero ha pasado tanto tiempo que también lo encuentro distinto, como a un desconocido.

Maureen se acerca a él con un rastrillo en las manos y le toca el hombro mientras le habla. Adrian no solo te hace pensar que le interesa hasta la última palabra que le digas, sino que, además, es verdad. Ella señala el cobertizo y él se queda inmóvil. Me pregunto qué estará pensando. Sé que debería salir, pero no puedo.

Adrian mueve la boca y, cuando ella asiente con la cabeza, se le cae la cazadora de la mano al suelo polvoriento. Gira de pronto y viene hacia mí. Me meto en el cobertizo y oigo sus pasos firmes. En ese momento incómodo en que entre y se detenga, le voy a decir lo que he ensayado. Voy a soltárselo todo antes de que le dé tiempo a decir nada: lo mucho que lo siento, lo avergonzada que estoy de haberle hecho daño y que nunca he dejado de quererlo.

Al verlo entrar en el cobertizo, inspiro hondo. Sus ojos hacen juego con la camiseta y me miran llenos de incredulidad.

—Adrian, yo... —empiezo, pero no se detiene.

Se acerca a mí sin vacilar y me estrecha en sus brazos. Su corazón late tan fuerte y tan rápido como el mío.

—Estás aquí —dice en tono de oración—. No puedo creer que estés aquí.

Me coge la cara con las manos, unas manos toscas y agrietadas que huelen a gasolina. Dudo que haya sentido jamás algo tan maravilloso como esas manos en mi rostro.

—Lo siento mucho. Yo…

Intento hablar, pero su boca cubre la mía con un beso tan crudo que no puedo hacer otra cosa que corresponderle. No me acuerdo de lo que quería decirle porque me distrae ese beso que no me he atrevido ni a imaginar en estos dos años. Su tacto es el mismo de siempre, sabe igual que siempre y yo me siento como si volviera a casa.

Es muchísimo más de lo que merezco. ¿Por qué pensaba que me iba a odiar? Yo soy la que podría no olvidar fácilmente. Él, en cambio, es un libro abierto. No hay más que gozo en sus labios y en la forma en que me abraza como si no me creyera real, como si fuera algo muy valioso. Se me escapa un sollozo y él se aparta, pero sin soltarme.

—¿Qué pasa? ¿No te…?

Baja las manos. Quiero que las vuelva a poner donde estaban, aunque no me lo merezca.

—Lo siento mucho —digo—. Siento muchísimo lo que te dije, lo que hice. Solo quiero que me perdones.

Frunce el ceño y me contesta con ternura.

—Ya te he perdonado. Hace tiempo. Te quiero. —Eso me hace llorar aún más y Adrian me envuelve en sus brazos. Nos quedamos así, con su barbilla apoyada en mi cabeza, como lo hacíamos antes—. No hice otra cosa que pensar en ti el día de tu cumpleaños —dice, y le retumba la voz en el pecho cuando habla—. Me preguntaba dónde estarías, si estarías a salvo, así que al día siguiente les pedí que me llevaran a la cabaña de tus padres. En teoría, no deberíamos usar la avioneta para esas cosas, pero me dio igual, no aguantaba más. La casa… —se le quiebra la voz— estaba completamente calcinada. Había eleequis por todas partes. Les hice sobrevolar la zona una y otra vez para intentar ver si alguno de ellos eras tú… —Calla y se estremece.

Le acaricio la espalda.

—Estoy bien.

—Estaba convencido de que estabas bien. Convencido. Sabía que podías escapar de Nueva York, pero, cuando vi la casa, pensé que había llegado demasiado tarde. Me odié por no haber ido a buscarte antes.

Se culpa él cuando, en realidad, la culpa es mía. Niego con la cabeza, pegada a su pecho.

—No, yo tendría que haberme puesto en contacto contigo de algún modo, pero tenía muchísimo miedo de que no quisieras hablar conmigo y por eso no lo hice.

Me suelta un poco y me levanta la barbilla con la mano.

—Yo jamás querría…

—¡Adrian! —Irrumpe en el cobertizo un chico joven y rubio—. Uy, perdona, tío —dice, más intrigado que arrepentido.

—¿Qué pasa, Marcus? —pregunta Adrian, pero no se mueve y me aprieta fuerte para que no me escape.

—Eeeh, algo echa humo en el cobertizo de la instalación eléctrica. Nos vendrías bien ahora mismo.

—¿Dónde está Janine?

—Ha ido a pasar la noche a Cob Creek. Hemos oído la avioneta y me han mandado a buscarte. —Ahora sí que parece arrepentido.

Adrian suspira.

—Vale, voy enseguida.

—Claro —dice Marcus, mirándome intrigado antes de marcharse.

Sonrío a Adrian. No puedo creer que esté aquí, entre sus brazos.

—¿Estás bien? —me pregunta.

Estoy mejor que bien. Me pongo de puntillas y le doy un beso suave, agarrándolo de la nuca. Me dedica una de esas miradas tiernas, de las que a Nelly le parecían blandas hace un millón de años.

—Te quiero —le digo—. De verdad.

—Bien —contesta.

Reímos los dos porque eso era lo que hacíamos antes y me gusta volver a estar en ese punto.

Una chica con la cabeza rapada asoma por la puerta y pone cara de estar haciendo lo que nadie más ha querido hacer.

—Eeesto…, eeeh, perdona, pero es que sale mucho humo, en serio.

Adrian asiente.

—Voy ahora mismo. Nos vemos allí.

—El deber te llama —le digo dándole un pequeño codazo—. Ve a apagar ese fuego. Estamos todos en una de las tiendas grandes del fondo.

Me mira incrédulo y me coge la mano.

—Ni de coña, tú te vienes conmigo a apagar el fuego. ¿Y quiénes son «todos»?

Salimos del cobertizo, él tirando de mí, y enfilamos el sendero mientras se lo cuento.

CAPÍTULO 119

ADRIAN ME LLEVA de aquí para allá toda la tarde, aunque tampoco yo me resisto. Cuando va a hacer pis, me cuesta no acompañarlo y me paseo nerviosa a la puerta del baño hasta que sale. Nuestras manos siempre cogidas despiertan la curiosidad cuando me presenta mientras atiende un millón de tareas. Debo de parecer una pirada, porque no dejo de sonreír.

Me lleva a las cabañas que están construyendo y me hace cruzar el umbral de una puerta. Las paredes están forradas de material aislante y se ha instalado ya una estufa de leña, hecha con un barril metálico. El resto del planeta se está derrumbando, pero este sitio crece.

—¿Cómo has hecho todo esto? —le pregunto admirada—. Es increíble.

—No, qué va —contesta negando con la cabeza y se sienta en un anaquel construido en una pared terminada—. Mientras todo el mundo intentaba ponerse a salvo, yo ya estaba a salvo. Fue cuestión de identificar lo que estaba pasando y hacer algo.

—No, claro que es increíble, porque en vez de cerrar la granja la has abierto. Has acogido a la gente. Los has inspirado para que hagan todo esto —digo señalando las ventanas sin cristales.

Se encoge de hombros y agacha la cabeza. Piensa que cualquiera habría hecho lo que ha hecho él. No se da cuenta de lo especial que es. Pienso en cómo me beneficia a mí, que jamás he tenido claro que me mereciera a alguien tan intrínsecamente bueno. Puede que no haya nadie lo bastante bueno para él.

—Te quiero —le digo.

Mantiene la cabeza gacha, pero le veo el hoyuelo y sé que está sonriendo. Me atrae hacia sí y mete el meñique por el anillo que llevo colgado al cuello.

—Aún lo tienes —comenta haciéndolo correr por la cadena—. ¿Por qué lo llevas colgado del cuello?

Me avergüenza mi superstición.

—Se me hacía raro ponérmelo, como si no debiera llevarlo hasta estar segura.

—¿Te lo quieres poner ahora? —dice mirándome de reojo.

Sé que me está preguntando algo más que si quiero ponerme el anillo.

—Sí —le susurro.

Lo saca de la cadena y me lo calza en el anular de la mano izquierda.

—Todavía te va bien —dice y me besa la mano—. Como a nosotros.

No me salen las palabras, así que acerco su mano a mi boca y le acaricio los dedos con los labios, uno a uno. Cuando levanto la vista, lo veo mirarme con tal deseo que me deja sin aliento. Se levanta y me sube al anaquel. Lo atraigo hacia mí y saboreo sus labios, su lengua, su cuello. Me retuerce un puñado de pelo en la nuca.

—Qué bonita eres —me susurra a la boca.

Cada parte de mi cuerpo que entra en contacto con el suyo arde y se licúa, como si nos fundiéramos el uno con el otro. Me mete la mano por la cinturilla de los vaqueros y me arqueo hacia él. Su piel, por debajo de la camiseta, está caliente, suave. No me veo capaz de parar, me digo, justo antes de que empiece a estremecerse por los martillazos la pared de la cabaña que tengo justo a la espalda. Doy un respingo y le pego un cabezazo sin querer a Adrian.

—Ay —digo, masajeándome la frente y sonriendo—. Lo siento. —Adrian tiene tal cara de bobo con un ojo cerrado que me empiezo a reír a carcajadas. Él se agarra la cabeza con una mano y sonríe—. ¿Es que no puede tener uno intimidad en este sitio? —grito sin dejar de sonreír.

Me coge de la mano, salimos a la luz del atardecer y saluda con la mano a los que están claveteando los revestimientos de la cabaña.

—No mucha, pero ser uno de los propietarios tiene sus ventajas. Tengo mi propio cuarto en la granja. Estaba pensando en cedérselo a una pareja, pero… —Le aprieto la mano. Quiero estar en su cuarto con él, pero ahora que se me ha pasado un poco el acaloramiento, me da vergüenza decírselo. Aunque no sería la primera vez para nosotros, me siento como una virgen en su noche de bodas. Suena una campana en algún lado—. Es la hora de la cena —dice—. Igual vemos por fin a Nelly y a Penny —dice, porque hemos pasado por la tienda antes, pero habían ido a explorar.

Nelly nos detecta en cuanto entramos y le tira de la manga a Penny. Se abre paso corriendo entre la multitud y, al vernos cogidos de la mano, me dedica su sonrisa sanota, a la que consigue dar un aire pícaro. Adrian y él se abrazan y se dan palmadas fuertes en la espalda.

—¡Pensaba que jamás volvería a ver esta cara bonita! —le dice Penny estrujándosela con ambas manos y plantándole después un beso en los labios.

Adrian ríe y da vueltas con ella como si bailaran. Nos está mirando todo el mundo, pero la mayoría de la gente sonríe. Algunos parecen tristes. Pienso en lo que me ha dicho Maureen de que todos hemos perdido a alguien y me siento un poquitín culpable de que a nosotros nos hayan encontrado.

CAPÍTULO 120

EL COMEDOR ESTÁ casi vacío. Un puñado de personas juegan a las cartas o hablan, pero la mayoría se han ido ya a dormir. Nosotros nos hemos apartado de la mesa y estamos sentados a la luz de la lámpara. Bits se ha hecho amiga de una niña que se llama Jasmine y se quedan las dos debajo de la mesa, riendo como bobas, hasta que es la hora de acostarse de Jasmine. Ahora Bits está en mi regazo, medio dormida. Hoy nos hemos levantado al alba y está agotada.

Nelly se ha encargado de contarle a Adam nuestra historia: le habla de Brooklyn, de Jersey, de los Washington y el *camping*, de la pandilla de Neil y hasta de Zeke, al que Adrian conoce. En efecto, llegó a Whitefield, como pensábamos. Cuando le cuenta lo de Peter, baja la voz y se asegura de que Bits sigue dormida. Consigue de algún modo hablarle de él sin mencionar que estuvimos saliendo. No tengo pensado ocultárselo, pero es algo que debo contarle a Adrian en privado.

—Debía de ser un tío estupendo —dice Adrian. Repara en las mejillas húmedas de Ana y le ofrece una servilleta—. Ojalá pudiera darle las gracias.

Me toca la rodilla y sus ojos se posan en Bits. Debe de haber sido una sorpresa para él que haya venido con una niña de siete años que está a mi cargo, a cargo de todos, pero la niña ya se lo ha metido en el bolsillo. Lo he visto darle a escondidas un valiosísimo paquete de chicles cuando pensaba que nadie miraba.

Cuando Nelly y Ana le hablan de mi insistencia en encontrar un medicamento para Nelly, yo miro el suelo de madera. Me pintan como una especie de ángel vengador y Nelly me imita estampando cosas contra las paredes.

Pongo los ojos en blanco.

—Si tú estabas medio inconsciente… Tampoco fue para tanto —le digo a Adrian, aunque parece impresionado.

—Claro que fue para tanto —replica Nelly con un guiño, y luego se recuesta y bosteza.

—Yo estoy deseando meterme en el sobre —dice John frotándose los ojos—. Ha sido un día largo —añade, cogiendo a Bits y acunándola como si fuera un bebé, y los demás nos levantamos.

Adrian me coge de la mano.

—¿Preparada?

Asiento. Salimos a la oscuridad y doy las buenas noches. Se me hace raro dormir separada de las personas con las que he pasado todos los días y las noches durante meses.

—Un momento —le digo a Adrian y salgo corriendo para darles alcance.

—Quería daros las buenas noches otra vez —digo—. Os voy a echar de menos, chicos. —Le planto un beso a Bits, dormida. Los abrazo y me dejo a Nelly para el final—. Me había acostumbrado a dormir contigo —le susurro al oído—. Te voy a echar de menos.

Sus carcajadas resuenan en el silencio de la noche y vislumbro su sonrisa burlona a la tenue luz de las lámparas solares que marcan el camino.

—Cariño, si me echas de menos es que algo estás haciendo mal.

CAPÍTULO 121

EL INTERIOR DE la casa es precioso, con grandes ventanas y molduras clásicas. Las escaleras crujen cuando subimos por ellas. Adrian me señala el baño y abre una puerta al final del pasillo.

—Este es mi cuarto —dice.

Enormes ventanales ocupan dos de las paredes. Debe de haber unas vistas hermosas durante el día. Pulsa un interruptor y se enciende una luz eléctrica. Entro admirada.

—Guau, una luz de verdad de la buena —digo, y me parece superintensa porque ya me he acostumbrado a los círculos de luz suave que proyectan las lámparas de gas.

—Otro privilegio. Pronto las pondremos en el restaurante también, conectadas a los paneles solares.

Hay una cama grande y un escritorio atestado de papeles bien organizados; una estantería llena de libros; un armario ropero tras cuyas puertas de madera intuyo que hay prendas perfectamente colgadas… Adrian es el ordenado y yo la desastrada. Me llama la atención una pintura colgada entre las ventanas y me acerco a verla.

Es un cuadro que yo le pinté, del primer sitio donde nos besamos, tal como lo vi justo después. En él todo se entremezcla, como cuando no consigues enfocar del todo. Los colores son más intensos. Los amarillos y los rojos de las hojas de otoño y el gris de las piedras con el plata espumoso del agua.

—Lo has colgado —digo, sorprendida de que no lo enterrara en alguna caja. Pienso en ese contenedor que solo existía gracias a Eric y me siento fatal.

—Pues claro —contesta, se sitúa a mi espalda y me coge por la cintura, y yo me recuesto en él y cierro los ojos—. No quería renunciar a ti —dice y me estrecha contra su cuerpo—. Fui a verte a Nueva York la primavera pasada. Quería saber si habías cambiado de opinión. Pensé que igual no querías…

—¿Reconocerlo? —me adelanto—. ¿Disculparme?

Me daría de tortas.

—Algo así. Pensé que igual me castigarías pensando que, de todas formas, yo ya no te querría. —Asiento. ¡Qué bien me conoce!—. Pero, al llegar, un viernes, te vi subir al coche de alguien, de un tío. Te dio un beso en la coronilla y tú sonreíste. Me dije que a lo mejor eras feliz otra vez y no quería estropearlo. —Nelly me dijo que Adrian había dejado de mandarle correos hacía como un año. Debió de ser entonces—. Pero no era eso —añade, de pronto tenso—. Estaba enfadado contigo, por pasar página cuando yo no quería hacerlo, y tampoco creía que tú fueras a hacerlo, al menos de verdad. Así que decidí creer lo que me habías dicho, confiar en que el tío moreno del coche bonito y tú erais felices…, bueno, eso cuando no estaba furibundo.

«El tío moreno del coche bonito…»

—Era Peter.

No me doy cuenta de que lo he dicho en voz alta hasta que deja de abrazarme y se aparta. Pero quiero que lo sepa. No quiero mentir. Ni siquiera omitirlo.

—¿Era Peter? ¿El mismo Peter que…? —pregunta.

Se queda pasmado, salvo por los ojos, que se le encienden. Sé lo que debe de pensar de mí en este momento: que como he perdido a mi nuevo novio he venido en busca del antiguo, que casualmente está en un sitio seguro. Aunque Adrian sea confiado, también es humano y yo no he demostrado ser digna de su confianza.

Me vuelvo a mirarlo.

—Estuvimos saliendo un tiempo, pero ya no había nada entre nosotros cuando escapamos de Nueva York. —No me quiere mirar. Su expresión es similar a la de la noche que lo vi por última vez y, una vez más, es culpa mía. Parece que el día se repite—. Es cierto —le digo en tono suplicante—. Ana y él estaban más o menos juntos. No éramos más que buenos amigos. —Intento cogerle la mano, pero tiene los brazos pegados al cuerpo y no se deja—. Adrian, yo nunca… —Iba a decirle que nunca le he mentido, pero no es cierto. Nunca le mentí hasta que lo hice y la mentira fue enorme—. Solo te he mentido una vez.

—Ah, ¿sí? —dice muy seco—. ¿Y cuándo ha sido eso, Cassie?

Me revienta la forma en que dice mi nombre, como si fuera una maldición. Quiero que me mire. Le tiro del brazo y se vuelve a regañadientes. No sé qué hacer para que me crea, así que le cuento la verdad.

—Cuando te dije que no te quería.

Rezo para que se me note en la cara mientras espero que me diga que me vaya, pero me lo debe de notar, porque su mirada vuelve a ablandarse y me estruja contra su cuerpo. Nos besamos y esa vez no nos interrumpe nadie.

Me da un vuelco el corazón como aquella primera vez. Los colores de mi cuadro forman un remolino en mis pupilas. Se estremece cuando le quito la camiseta. Mi ropa desaparece entre sus manos toscas. Vamos a la cama y mi último pensamiento consciente es cómo demonios he podido renunciar voluntariamente a esto en algún momento de mi vida.

Y Nelly tenía razón: no lo echo nada de menos.

Despierto al amanecer y voy al baño con sigilo. Me brillan los ojos y tengo los labios hinchados de la barba de Adrian. Cuando vuelvo al dormitorio, sigue dormido, con un brazo en la frente. Me acurruco dentro de la cama y apoyo la cabeza en su pecho.

—Te quiero —le susurro para no despertarlo.

Me acaricia la espalda.

—Dilo otra vez —me pide adormilado.

—Te quiero.

—Otra vez.

Le noto la sonrisa en la voz y levanto la cabeza. Me mira con ojos luminosos y una sonrisa en los labios.

—Te quiero —le digo.

—Una vez más.

Me incorporo. La vista por los ventanales es justo como suponía que sería. Dibujo la curva de su pómulo con el dedo.

—Te quiero. Hasta el fin del mundo.

Se ensancha su sonrisa.

—¿Y después?

Me vuelvo hacia el ventanal y pienso en lo que habrá más allá de la seguridad relativa de esa hermosa cordillera. Luego me giro de nuevo hacia él y le sonrío a pesar del escalofrío que me recorre la espalda.

—Y después, desde luego.

Estoy en la cocina, escaldando y pelando tomates para envasarlos. La cosecha es enorme y, si queremos tener suficiente para todo el invierno, habrá que trabajar toda la semana sin pausa. En el aire otoñal ya se nota el frío del invierno, pero este año lo vamos a agradecer. Confiamos en que las bajas temperaturas hielen a los contagiados y nos permitan acabar con ellos, y que los que se nos escapen terminen como filetes congelados y que con el deshielo de primavera los músculos se les queden atrofiados.

Es un trabajo repetitivo pero reconfortante. La idea de que esta comida nos sustentará en las horas oscuras de febrero lo hace menos arduo, como solía decir en broma mi madre. Casi la siento aquí conmigo, envasando tomates como hacíamos todos los otoños. No me pasa inadvertido que estoy viviendo la vida que quería, con Adrian, y el corazón me da un brinco. Sé que a mis padres les alegraría verlo, salvo por el detalle de que hay hordas de muertos vivientes deambulando por el mundo.

Bits se planta a mi lado y me ayuda a pelar. A lo mejor estoy generando esos mismos recuerdos reconfortantes para ella, aun en pleno apocalipsis. Ahora tiene muchas madres y todas la queremos muchísimo. Ella es nuestra esperanza para el futuro, la razón por la que deseamos que haya uno. Le sonrío y su rostro se ilumina. Puede que todos los horrores que ha vivido no hayan destrozado del todo su infancia. Ojalá no.

En el anaquel de una ventana, junto a una de las cocinas, hay un transistor. Los tenemos por todas partes, por si hay una emergencia y tenemos que dirigirnos a las vallas. Por ellos se oyen voces entrecortadas que anuncian cosas que hay que reparar, peticiones de ayuda y alguna ocurrencia graciosa de vez en cuando. Me parece asombroso que el humor haya sobrevivido y que aquí todo el mundo se esfuerce por llevarse bien. Ahora tengo una familia enorme.

Casi todos los días se oye por radio algún aviso de que hay alguien en la puerta, personas que han oído los comunicados y han conseguido llegar aquí, aunque muchísimos menos de los que esperábamos. Uno o dos cada vez. La semana pasada llegó una familia entera, con niños y todo, y nos alegramos muchísimo de que hubieran sobrevivido, una familia intacta entre millones de hogares rotos. Pensé en los Washington y recé para que fueran otra excepción a la norma.

Según los informes, la cosa ha empeorado mucho ahí fuera y no conseguirá llegar nadie aquí en invierno, lo que significa que, en primavera, habrán muerto muchos de frío, de hambre o del virus. Mis pensamientos son tan ruidosos que me pierdo la última llamada por radio con el estrépito de cazuelas y frascos.

—¿Qué han dicho? —pregunto—. Me ha parecido oír mi nombre.

—Eso me ha parecido a mí también —dice Mikayla, una chica dicharachera con la piel de color caramelo que estaba aquí estudiando agricultura sostenible cuando estalló la pandemia del bornavirus—. Creo que hay alguien en la puerta, pero no estoy segura.

Mike, que hace guardia en la primera puerta, sigue hablando por radio.

—Va para la segunda puerta. Tiene pinta de Rambo, pero Shelby dice que sus vaqueros son de los que costaban cuatrocientos pavos —comenta entre risas—. Un tío majo; le hace falta una buena ducha y una cabezadita.

Se me acelera el corazón. Me planteo si detenerme a llamar por radio, para que me lo aclaren, pero no quiero. No quiero que me digan que me equivoco. Quiero creerlo por un minuto más.

Agarro a Bits de la mano y me vuelvo hacia los demás.

—Creo que es alguien a quien conozco.

—¡Ve! —me gritan sonrientes.

Todos sueñan con el día en que esa persona que está a la puerta sea para ellos. Agarro nuestros suéteres y busco mis zapatos en el montón que hay a la entrada. No los encuentro, así que me doy por vencida. Bits me mira como si me hubiera vuelto loca cuando la saco a rastras de la cocina y echo a correr por la gravilla del caminito de entrada. Sé que es posible que Ana y los otros no hayan oído el aviso por radio aún y, aunque no quiero darles falsas esperanzas, tampoco me puedo contener.

—Ve a por Ana —le digo a Bits—. Dile que venga a la puerta.

Asiente, con los ojos como platos, y sale corriendo hacia el huerto. Yo sigo por el caminito, donde los árboles están perdiendo las hojas y una alfombra de naranja, amarillo y rojo cubre el sendero. Oigo mis pasos firmes y mi respiración. No he corrido así desde antes de que llegáramos aquí. Entonces corría para salvar la vida, pero ahora corro con esperanza.

Paso corriendo por la segunda puerta y saludo a Maureen. Tomo la curva y allí está. Viene con Dan, que probablemente le está hablando de la granja. Me detengo, jadeando, cuando él levanta la cabeza. Lleva la camiseta sucia y arrugada, el pelo le cae a mechones por los ojos y los vaqueros son más marrones que azules. Con una pistola en la cadera, un rifle al hombro y un machete colgando de la otra cadera, ciertamente parece Rambo.

—¡Peter! —grito y corro hacia él.

Sonríe y enseña los dientes, blanquísimos en comparación con la cara mugrienta. Creo que jamás lo he visto tan contento. Miento, sí lo he visto: en esas fotos de cuando era un crío. Ahora mismo es clavadito a aquel niño, salvo por las pecas.

Cuando le doy alcance, casi lo tiro al suelo. Su mochila cae al suelo como un saco de patatas al abrazarme. No puedo creer que sea él. Es Peter, que había muerto; todos lo sabíamos. Recuerdo su cara cuando nos marchamos y que, por un instante, me pareció feliz, y lo abrazo aún más fuerte. No me doy cuenta de que estoy llorando hasta que intento hablar.

—¿Cómo? —grazno, incapaz de decir nada más.

—Había gente en el edificio. Arriba. Me tiraron una de esas escalas que se enganchan a la ventana. —Aquella cortina. No la movió el aire. Meneo la cabeza pensando en la suerte que ha tenido, que hemos tenido, y lloro aún más. Le brillan los ojos—. ¿Cuándo te has vuelto tan llorona? La última vez que nos vimos llorabas. Volvemos a vernos y lloras.

Soy incapaz de contener las lágrimas, pero ese comentario no va a quedar sin réplica.

—Pues más o menos cuando tú encontraste tu sentido del humor.

Ríe.

—Esa es mi chica.

Entonces, por fin, dejo de llorar y le sonrío de oreja a oreja.

—Ya no —le digo—. La tuya está en los huertos y viene para acá. Estamos todos aquí. Lo conseguimos gracias a ti.

Sé que le daba miedo preguntar y, cuando se lo digo, desaparece de su rostro el último vestigio de preocupación. Quiero contarle cómo llegamos aquí, lo de Nelly, que Ana me ayudó a salvarlo, pero ya habrá tiempo para eso. «Tiempo.» Eso es algo que ya no damos por supuesto.

No quepo en mí de gozo y se lo noto a él en la cara también. Ríe y me hace dar vueltas y vueltas como si estuviéramos bailando un vals, pero para en cuanto Bits y Ana doblan la esquina. La pequeña se lanza a sus brazos con un grito de alegría y le enrosca las piernas al cuerpo como si fuera un pulpo. Él le besa la nariz y escudriña su rostro.

—Bits, ¡tienes muchísimas más pecas! Veo una que se llama Morris justo ahí.

La sonrisa de Bits resulta cegadora y sus manitas manchadas de tomate no sueltan a Peter.

—¡Te he echado muchísimo de menos! —le dice.

Peter la abraza más fuerte.

—Yo también te he echado de menos, chiquitina. Muchísimo.

El resto del grupo, y Adrian, llegan también. Abrazan a Peter y le hacen un millón de preguntas a la vez.

Presento a Adrian, que le estrecha la mano a Peter con una sonrisa.

—He oído hablar mucho de ti. Me alegro de que hayas conseguido llegar aquí.

Peter vuelve a dedicarme una sonrisa inmensa. Yo le guiño el ojo y busco a Ana, que se ha quedado a un lado y lleva un sombrero de ala ancha que la protege del sol cuando está en el huerto. Se pasa el día ahí, cuando no está intentando camelarme para que haga ejercicio con ella o buscando eleequis a los que destruir. Se muerde el labio y mira fijamente a Peter, sin saber qué hacer.

Peter le susurra algo al oído a Bits. La niña salta al suelo cabeceando afirmativamente y sonríe. Él se dirige hacia donde está Ana y se detiene a unos pasos de distancia. Luego, con un gesto casi caballeresco, le tiende la mano.

—¿Sabes? —le dice esbozando una sonrisa—, al final no me concediste aquel baile.

Ana ríe y le coge la mano. Cuando él la atrae hacia sí y empieza a bailar el vals, a ella se le cae el sombrero. Peter no ha olvidado los pasos, pero Ana lo sigue, como él dijo que haría.

—¡Baile, baile! —grita Bits, y su voz resuena entre los árboles.

Coge a Adrian con una mano y a Nelly con la otra y baila como si oyera música. Mi padre solía coger a mi madre para bailar con ella por toda la casa; a Eric y a mí también nos lo hacía. «Siempre suena música en algún sitio, solo hay que prestar atención.»

Tengo que creer que sigue siendo así, que suena música en algún sitio, por ahí, que en algún otro lugar la gente está bailando. Y, mientras Nelly me hace girar, me parece oír un leve tintineo procedente de algún lugar lejano. Penny y yo nos cogemos del brazo, hacemos un corro y lloramos de risa cuando Nelly y Adrian nos imitan. Bits ha arrastrado a la fiesta a Dan, que se la pasa entre las piernas y la lanza al aire.

Debemos de parecer ridículos, bailando en un camino de tierra, pero me da igual porque oímos la música, que cada vez suena más fuerte y ahoga los gemidos de los cuerpos descompuestos que vagan por el mundo sin saber que están destruyendo todo lo que un día amaron. Alivia el dolor de las familias rotas y los corazones partidos que tenemos todos ahora.

James no para de darle pisotones a Penny, pero veo que él también oye la música. Hasta John cabecea al compás. Adrian me atrapa y me abraza fuerte, pasándole a Nelly a Bits, que chilla encantada. Me siento superfeliz y superimpotente al mismo tiempo, y río y lloro a la vez. Ni siquiera sé ya de qué son las lágrimas. Adrian sonríe y me las limpia con el pulgar.

La impotencia empieza a remitir. Lloro por lo que un día fuimos, pero tengo fe en que el mundo seguirá adelante. Cuando de niña prometía querer a mis padres hasta el fin del mundo y después, no lo decía en serio. Era imposible. Si el mundo se acababa, se acababa y punto. Pero resulta que no era cierto, que podíamos quedarnos sin esto: los humanos podíamos terminar siendo un puntito intermitente en el radar de la historia.

Aunque no estoy tan segura de eso, porque el mundo ya se ha acabado y nosotros seguimos aquí.

Escribir una novela es emocionante, difícil, frustrante y divertidísimo. Y cuando por fin tienes algo que enseñar, tu cerebro te hace dudar de cada palabra que has escrito (al menos el mío). Por suerte, he contado con personas que me han animado y me han dicho que de verdad tenía una buena historia que contar y una forma decente de contarla.

Mi madre, Linda Isaacs, que ha leído encantada, adorado y criticado todos los borradores. Bueno, salvo este primero, que solo vamos a ver mi ordenador y yo. No ha parado de preguntarme cuándo tendré terminado el siguiente y me ha dicho que la historia no la ha aburrido en ningún momento. Me cuesta creerlo, pero parecía sincera, aunque sea mi madre.

Mi padre, Bill Lyons, que ha leído y releído la novela y me ha dicho lo increíble que soy (aunque igual no es muy imparcial). No sería el ser alocado que soy si no hubiéramos acampado juntos en un cobertizo durante un mes ni me hubiera pasado *Malevil* aquel verano en que apenas tenía diez años.

Gracias a mis primeros lectores:

Rachel Greer, mi primera lectora extrafamiliar, que me animó muchísimo en un correo electrónico largo que habré leído como diez veces.

Jamie Arest McReynolds, que se sentó al ordenador y devoró la novela en tres días, desatendiendo a sus hijos y todo lo demás, y luego me dijo lo que le encantaba y lo que se podía mejorar. Shawn, su marido, un tío al que espero poder conocer antes de nuestro encuentro posapocalipsis zombi, me dio excelentes consejos mecánicos. ¡Un cubo y un destornillador, obvio!

Allie Brichler y Danielle Gustafson, cuyos consejos en algunas partes clave de la novela la han mejorado mucho. Paulette Letson, mi suegra, que la ha leído y se ha unido a las filas de los encantados. Larry «Big La» Isaacs, mi padrastro y un tío excepcional.

Will Fleming, el Rey de la Gramática (alias mi marido). Sus observaciones, sugerencias y correcciones gramaticales siempre son sesudas, sinceras y astutas. Si la novela contiene algún error gramatical o estilístico, es culpa mía, seguro. Además, siendo un buen conocedor del arte de escribir, su aliento y sus amables palabras me han hecho creer que igual esta novela no estaba nada mal. ¡Gracias, Ruggles! (Le pondría muchísimas más exclamaciones, pero ya sé que no es correcto.) Dudo que sea posible expresar lo mucho que valoro tu opinión y tus consejos.

Y a Sadie y Silas, esos niños que solo duermen la siesta con los pies en el regazo de mamá: si no me hubierais tenido atrapada estos años, quizá jamás me habría decidido a escribir una novela. Así que gracias, chiquitines. Aunque no estaría mal que durmierais toda la noche de un tirón. Ahí lo dejo.

Podium

www.ingramcontent.com/pod-product-compliance
Lightning Source LLC
Chambersburg PA
CBHW020639120726
47906CB00001B/34